高职高专新课程体系规划教材·

计算机系列

# 办公自动化
## 应用技术

马慕周◎主　编

杨　浩　刘　鑫◎副主编

U0131853

清华大学出版社

北　京

# 内 容 简 介

本书根据高职院校对应用型办公人才的需要进行编写。对于具有一定计算机基础的读者，通过学习本书，可熟练使用办公软件、办公设备、办公网络，提高办公操作技能，培养实践办公能力。

全书共 9 章，分别介绍了办公自动化和计算机的基本知识、办公中的文档处理、表格数据处理、演示文稿制作、数据库处理、网络办公、常用办公设备的使用与维护、协同办公自动化系统的综合应用等内容。

本书可作为管理、财经、文秘、信息、物流等专业办公自动化课程的教材或教学参考书，也可作为政府、企事业单位工作人员培训及自学的参考用书。

**图书在版编目（CIP）数据**

办公自动化应用技术/马慕周主编. —北京：清华大学出版社，2011.3

ISBN 978-7-302-24900-9

I. ①办… II. ①马… III. ①办公室-自动化-应用软件 IV. ①TP317.1

中国版本图书馆 CIP 数据核字（2011）第 028255 号

责任编辑：朱英彪
封面设计：刘　超
版式设计：侯哲芬
责任校对：姜　彦　张彩凤
责任印制：何　芊

出版发行：清华大学出版社　　　　　　　　　　地　　址：北京清华大学学研大厦 A 座
　　　　　http://www.tup.com.cn　　　　　　邮　　编：100084
　　　　　社　总　机：010-62770175　　　　　邮　　购：010-62786544
　　　　　投稿与读者服务：010-62776969，c-service@tup.tsinghua.edu.cn
　　　　　质　量　反　馈：010-62772015，zhiliang@tup.tsinghua.edu.cn

印　刷　者：北京富博印刷有限公司
装　订　者：北京市密云县京文制本装订厂
经　　销：全国新华书店
开　　本：185×260　印　张：21.75　字　　数：503 千字
版　　次：2011 年 3 月第 1 版　　印　　次：2011 年 3 月第 1 次印刷
印　　数：1～4000
定　　价：34.00 元

产品编号：038086-01

# 办公自动化应用技术

## 编审委员会成员名单

刘玉树　　教授、博导

戴维镛　　教授级高工

吴克忠　　教授级高工

王启智　　教授

马慕周　　高工

郭春燕　　副教授

潘　毅　　副教授

徐　刚　　讲师

张学云　　教授

路秋生　　教授

舒适良　　教授级高工

# 序

从 20 世纪 80 年代起，我国已经历了三次全国性的计算机普及高潮，现在正在迎接又一次新的计算机应用的高潮。

回顾我国计算机普及的历程：20 世纪 80 年代出现了全国性第一次计算机普及高潮，当时普及的对象主要是大学中非计算机专业的师生、部分在职科技人员、管理人员和大城市中的中学生，普及的切入点是计算机高级语言（特别是 BASIC 语言），学习的人数以百万计。90 年代出现全国性的第二次计算机普及高潮，普及的对象扩展到广大公务人员、在职干部和一般知识分子，普及的切入点是常用办公软件等，学习的人数以千万计。21 世纪初出现了第三次计算机普及高潮，普及的对象扩展到中小学生和一切有文化的人，普及的切入点是网络应用，学习的人数以亿计。在这个基础上，今天又迎来了第四次全国性的计算机普及高潮，这次高潮的特点是大力推广计算机的应用，掀起应用领域的高潮。所谓应用，包括两个方面：一是提高多数人计算机基本技能的应用水平，例如使用办公软件，实现办公自动化；二是大力推动计算机在国民经济各个领域的应用，扩大应用的范围，提高应用的水平，取得应用的成果，由此大力推动我国实现信息化。应该说，这是一个事关国家前途、事关每个人的重要任务。

学习计算机有两种方法：一种是从理论入手，注重的是理论知识；一种是从应用入手，注重的是应用能力。对多数人来说，计算机只是一个工具，不应把它作为理论课程来学习，而应当作为一种应用技能来掌握，从应用入手，以应用为目的，需要什么就学什么，坚决舍弃那些现在用不到、将来也用不到的内容。

十多年来，我国的高职教育以超常的速度蓬勃发展，高职学校的数量和学生的数量已占到了全国高校数量和学生数量的一半左右，高职教育已成为我国高等教育的重要组成部分。高职教育和普通本科教育的目的与方法完全不同，它是面向社会、面向岗位和面向应用的教育，以工作过程为导向，引导学生切实掌握应用技能，适应职业岗位的要求。搞好高职教育，需要有新的教学理念、新的课程体系、新的教学方法和新的教材。经过十多年的努力，我国的高职教育取得了显著的成效，打下了初步的基础，但还需要为之长期努力奋斗。

办公自动化是近年来在国内外迅速兴起的一个计算机应用的新领域，它深刻地改变了传统的办公方式，极大地提高了办公效率，实现了传统办公条件下无法想象的丰富功能。它影响面广，意义深远。可以说办公自动化应用技术是一切办公人员和管理人员应当学习和掌握的基本技能。

近年来，不少高职院校也设立了办公自动化专业或开设了办公自动化课程，各出版社也出版了一些介绍办公自动化的教材，但这些教材由于实践经验的不足，离实际应用还有一定的距离。因此，当前很需要一些切合实际需要的优秀的办公自动化教材。

《办公自动化》杂志社社长马慕周先生是我国办公自动化的倡导者和积极推动者。在一批有影响的专家支持下，1997 年在北京举行了第一届"办公自动化国际学术研讨会"，马慕周先生担任大会秘书长。此后每年都举行一次这样的学术研讨会，成为了我国办公自动化领域的重要交流平台，对推动我国办公自动化的开展起到了重要的作用。马社长对办公自动化技术有着深入的研究，针对国内缺乏相应教材的情况，马社长组织了写作班子，编写了这本《办公自动化应用技术》，该书全面介绍了办公自动化的内涵和发展，立足应用，根据实际需要选材，使读者能在较短的时间内了解并学会有关的应用技能。另外，根据办公自动化应用水平的发展，该教材将会不断地进行修订和完善。

我们希望并相信，随着我国办公自动化技术的深入发展，经过作者和读者的共同努力，该书会成为一本优秀的办公自动化教材，也期望图书市场上能够涌现出更多优秀的办公自动化教材。

谭浩强谨识

2011 年 2 月

谭浩强教授十几年来一直是办公自动化国际学术研讨会（OA 大会）的副主席，非常重视办公自动化应用技术，关注如何扩大其应用范围、提高其应用水平、取得其应用成果，为提高我国的信息化水平作出了卓越的贡献，并为这本《办公自动化应用技术》特别写序，以指导 OA 大会组委会关注、促进办公自动化应用在高职教育方面的工作。

OA 大会组委会

2011 年 2 月

# 前　言

　　随着信息通信技术的高速发展，无论是政府机关、企事业单位，还是商业服务领域，各行各业的工作都已离不开信息通信技术与现代办公设备。办公自动化已广泛应用于社会各办公领域，成为现代办公不可替代的手段。对办公自动化的了解、掌握和应用已成为广大办公人员提高办公处理能力的重要基础。而对于职业院校的办公自动化教育而言，不仅要掌握办公自动化与时俱进的知识、理论，更重要的是对软件、硬件的实际应用，应加强操作培训，提高动手能力。

　　本书共9章，第1章介绍办公自动化的基本知识；第2~6章分别介绍计算机软件的使用，包括 Word、Excel、PowerPoint 和 Access；第7章介绍网络办公；第8章介绍常用办公设备；第9章介绍办公自动化综合系统的使用操作。

　　本书的指导思想是：

　　（1）为企事业单位培养非计算机专业的复合型应用人才。

　　（2）在了解一般知识的基础上，兼顾基本技能与高级技能。

　　（3）基础理论以应用为目的，以必要、够用为度，但要体现新技术，以培养读者的科学、创新思维。

　　本书由马慕周担任主编，杨浩、刘鑫担任副主编，各章的具体分工为：第1章由马慕周、潘毅编写；第2章由闫俊伢编写；第3章由周明红、林书兵编写；第4章由周明红、刘鑫编写；第5章由刘鑫、林书兵编写；第6章由杨浩编写；第7章由闫俊伢编写；第8章由许波勇、王志坚、徐刚编写；第9章由熊学武、杨浩编写。

　　本书可作为管理、财经、文秘、物流等专业办公自动化课程的教材或教学参考书，也可作为办公自动化社会培训教材、各类办公职员的学习及参考教材等。

　　发展职业院校教育是我国当前的重要战略措施。低碳办公、绿色办公、智能办公、移动办公、居家办公的技术与应用能力教学应是众多职业教育院系的重要课程。为此，办公自动化杂志社、办公自动化学会和办公自动化国际学术研讨会组委会特邀请有关专家学者组织《办公自动化应用技术》教材编审委员会编审了全书，努力做好《办公自动化应用技术》教材的编审工作。

# 目　　录

第1章　概述 .................................................................................................................... 1

1.1　办公自动化的概念 ................................................................................................. 1

1.1.1　办公自动化的定义 ..................................................................................... 1

1.1.2　办公自动化的功能 ..................................................................................... 1

1.2　办公自动化的发展 ................................................................................................. 2

1.2.1　办公工作的发展历程 ................................................................................. 2

1.2.2　办公自动化的发展趋势 ............................................................................. 3

1.3　办公自动化系统 ..................................................................................................... 4

1.3.1　办公自动化系统概述 ................................................................................. 4

1.3.2　办公自动化系统的技术支持 ..................................................................... 5

1.3.3　协同办公与协同办公平台 ......................................................................... 7

1.3.4　数字化办公设备新篇章 ............................................................................. 7

练习及训练 ............................................................................................................................ 8

第2章　计算机的使用 ........................................................................................................ 9

2.1　计算机的使用与维护 ............................................................................................. 9

2.1.1　计算机的主要性能指标 ............................................................................. 9

2.1.2　计算机的使用环境 ..................................................................................... 10

2.2　操作系统 ................................................................................................................. 11

2.2.1　Windows XP 操作系统的基本知识 ........................................................... 11

2.2.2　文件管理 ..................................................................................................... 15

2.2.3　磁盘管理 ..................................................................................................... 18

2.2.4　添加和删除程序 ......................................................................................... 22

2.2.5　用户账户管理 ............................................................................................. 24

2.2.6　其他操作系统简介 ..................................................................................... 27

2.3　常用工具软件 ......................................................................................................... 28

2.3.1　WinRAR 压缩工具 ...................................................................................... 28

2.3.2　Adobe Reader 文档阅读工具 ..................................................................... 30

2.4　汉字输入法 ............................................................................................................. 32

2.4.1　拼音输入法 ................................................................................................. 32

2.4.2　五笔字型输入法 ......................................................................................... 34

本章小结 ................................................................................................................................ 40

练习及训练 ......................................................................................40

**第 3 章 办公中的文档处理** ....................................................43

3.1 创建文档 .............................................................................43

    3.1.1 使用 Word 处理文字的特点 .......................................43

    3.1.2 打开 Word 通用模板 ..................................................44

3.2 办公文档中图形对象的使用 ..............................................47

    3.2.1 办公文档中的简易流程图制作 ...................................47

    3.2.2 其他图形的使用 ..........................................................49

    3.2.3 组织结构图的制作 ......................................................50

3.3 办公文档中的公式编辑 ......................................................51

3.4 文字编辑的基本技巧 ..........................................................53

    3.4.1 文档中的编辑对象与选择技巧 ...................................53

    3.4.2 实现快速编辑的方法 ..................................................56

    3.4.3 文档的格式与修饰技巧 ..............................................59

    3.4.4 调整文档的版面效果 ..................................................62

3.5 办公公文制作实例 ..............................................................64

    3.5.1 办公公文的行文规范 ..................................................64

    3.5.2 文件模板的创建和使用 ..............................................65

    3.5.3 样式的创建和使用 ......................................................68

3.6 目录的制作 ..........................................................................71

    3.6.1 用制表位生成目录 ......................................................71

    3.6.2 自动生成目录 ..............................................................73

3.7 页面与打印设置 ..................................................................76

    3.7.1 页面设置 ......................................................................76

    3.7.2 页眉和页脚 ..................................................................77

    3.7.3 打印设置 ......................................................................80

3.8 邮件合并 ..............................................................................82

3.9 文档的审阅 ..........................................................................84

    3.9.1 插入或删除批注 ..........................................................84

    3.9.2 修订 ..............................................................................85

    3.9.3 标记的显示 ..................................................................85

本章小结 ..................................................................................86

练习及训练 ..............................................................................87

**第 4 章 办公中的表格数据处理** .............................................94

4.1 Excel 的基本操作 ..............................................................94

    4.1.1 各类数据的输入 ..........................................................94

    4.1.2 单元格的编辑 ..............................................................97

　　　　4.1.3　页面设置与工作表的打印 ...................................................... 99
　　4.2　"工资表"表格的建立 ................................................................... 101
　　　　4.2.1　创建"工资统计表"框架 ...................................................... 101
　　　　4.2.2　对表进行特殊的设置 ............................................................ 102
　　　　4.2.3　表内公式的设置 .................................................................... 104
　　4.3　数据分析 ......................................................................................... 107
　　　　4.3.1　筛选和排序 ............................................................................ 107
　　　　4.3.2　对"数据分析"表中的数据分类汇总 .................................. 110
　　　　4.3.3　对"数据分析"表进行数据透视分析 .................................. 111
　　　　4.3.4　数据合并计算 ........................................................................ 112
　　4.4　利用数据图表表现数据之间的关系 ............................................. 113
　　　　4.4.1　创建图表 ................................................................................ 113
　　　　4.4.2　数据图表的格式设置及内容更新 ........................................ 114
　　　　4.4.3　选取不连接区域制作表现不同级别员工工资比例的饼图 ......... 118
　　本章小结 ................................................................................................... 119
　　练习及训练 ............................................................................................... 119
第5章　办公中的演示文稿制作 ................................................................. 125
　　5.1　用 PowerPoint 制作演示文稿 ....................................................... 125
　　　　5.1.1　基本概念 ................................................................................ 125
　　　　5.1.2　PowerPoint 2003 的启动方式和窗口结构 ......................... 126
　　　　5.1.3　创建演示文稿 ........................................................................ 127
　　5.2　幻灯片中各种对象的添加 ............................................................. 130
　　　　5.2.1　幻灯片中文字的编排 ............................................................ 130
　　　　5.2.2　幻灯片中表格与图表的添加 ................................................ 132
　　　　5.2.3　幻灯片中多媒体对象的添加 ................................................ 132
　　　　5.2.4　幻灯片中旁白的录制 ............................................................ 134
　　　　5.2.5　幻灯片中其他对象的添加 .................................................... 135
　　5.3　演示文稿的编辑与修饰 ................................................................. 137
　　　　5.3.1　幻灯片的编辑处理 ................................................................ 137
　　　　5.3.2　幻灯片模板的设计和更换 .................................................... 138
　　　　5.3.3　幻灯片版式的更新 ................................................................ 138
　　　　5.3.4　幻灯片背景的修改 ................................................................ 139
　　　　5.3.5　幻灯片配色方案的修改 ........................................................ 139
　　　　5.3.6　幻灯片母版的设计 ................................................................ 140
　　　　5.3.7　页眉和页脚的添加 ................................................................ 141
　　5.4　演示文稿的放映 ............................................................................. 142
　　　　5.4.1　放映方式的设置 .................................................................... 143

5.4.2　切换效果的设置 ........................................................... 143

5.4.3　动画效果的设置 ........................................................... 145

5.4.4　超链接的建立 ............................................................... 146

5.4.5　自定义放映的设置 ....................................................... 147

5.5　演示文稿的显示与打印 ........................................................ 147

5.5.1　屏幕视图方式的作用与特点 ........................................ 147

5.5.2　页面设置 ....................................................................... 148

5.5.3　打印设置 ....................................................................... 149

本章小结 ....................................................................................... 149

练习及训练 ................................................................................... 150

第 6 章　ACCESS 数据库处理数据 ................................................. 152

6.1　数据库的概念 ........................................................................ 152

6.1.1　什么是数据库 ............................................................... 152

6.1.2　什么是数据库管理系统 ................................................ 152

6.1.3　数据库的分类 ............................................................... 153

6.2　Microsoft Access 的基本操作 .............................................. 155

6.2.1　认识 Access 的工作界面 ............................................. 155

6.2.2　Access 的基本操作 ..................................................... 155

6.3　创建表 .................................................................................... 157

6.3.1　利用向导创建表 ........................................................... 157

6.3.2　利用设计器创建表 ....................................................... 158

6.4　查询 ........................................................................................ 160

6.4.1　查询的创建 ................................................................... 160

6.4.2　查询的主要类型及操作 ................................................ 163

6.5　窗体 ........................................................................................ 172

6.5.1　窗体的功能 ................................................................... 172

6.5.2　创建窗体 ....................................................................... 173

6.5.3　使用控件工具创建子窗体 ............................................ 176

6.5.4　窗体中数据的操作 ....................................................... 182

6.6　报表 ........................................................................................ 183

6.6.1　报表的功能 ................................................................... 183

6.6.2　报表的创建 ................................................................... 184

6.7　案例解析——利用 Access 和 Web 创建一个报名系统 ........ 189

本章小结 ....................................................................................... 194

练习及训练 ................................................................................... 194

第 7 章　网络办公 ............................................................................ 196

7.1　网络的介绍 ............................................................................ 196

7.1.1　网络的组成 ......................................................196

7.1.2　网络的拓扑结构 ..............................................198

7.1.3　局域网概述 ......................................................200

7.1.4　广域网概述 ......................................................201

7.1.5　Internet 的上网方式 ........................................202

7.2　网络资源的搜集与使用 ...............................................204

7.2.1　办公局域网上的资源共享 ................................204

7.2.2　搜索网络资源 ..................................................208

7.2.3　下载网络资源 ..................................................212

7.3　网络办公的应用 ..........................................................215

7.3.1　电子邮件 ..........................................................215

7.3.2　视频会议 ..........................................................220

7.3.3　无线互联网、手机上网、物联网 ....................221

7.4　网络安全 .....................................................................222

7.4.1　计算机病毒的基本知识及预防 ........................222

7.4.2　常见杀毒软件及其使用 ....................................224

7.4.3　防火墙的使用与配置 ........................................225

本章小结 ..............................................................................226

练习及训练 ..........................................................................226

第 8 章　办公自动化常用设备 ..................................................229

8.1　打印机 .........................................................................229

8.1.1　打印机的类型 ..................................................229

8.1.2　打印机的安装、使用与维护 ............................230

8.1.3　打印机的常见故障与排除 ................................234

8.2　扫描仪 .........................................................................235

8.2.1　扫描仪的结构与类型 ........................................235

8.2.2　扫描仪的使用与维护 ........................................236

8.2.3　扫描仪的常见故障与排除 ................................237

8.3　复印机 .........................................................................238

8.3.1　复印机的结构 ..................................................238

8.3.2　复印机的使用与维护 ........................................240

8.3.3　复印机的常见故障与排除 ................................241

8.4　传真机 .........................................................................242

8.4.1　传真机的结构 ..................................................242

8.4.2　传真机的使用与维护 ........................................243

8.4.3　传真机的常见故障与排除 ................................244

8.5　多功能一体机 ..............................................................246

8.5.1 多功能一体机的结构 ............................................................ 247

8.5.2 多功能一体机的使用与维护 .................................................. 247

8.5.3 多功能一体机的常见故障与排除 ........................................... 249

8.6 刻录机 ............................................................................................ 250

8.6.1 刻录机及刻录盘简介 .............................................................. 250

8.6.2 使用 Nero 刻录光盘 ............................................................... 251

8.7 投影机及显示器 ............................................................................. 253

8.7.1 投影机 .................................................................................... 253

8.7.2 显示器 .................................................................................... 255

8.8 数码相机及摄像机 ......................................................................... 255

8.8.1 数码相机 ................................................................................ 255

8.8.2 摄像机 .................................................................................... 256

8.9 移动办公设备 ................................................................................. 257

8.9.1 智能手机 ................................................................................ 257

8.9.2 其他移动办公设备 .................................................................. 257

本章小结 ................................................................................................... 260

练习与训练 ............................................................................................... 260

第 9 章 办公自动化综合系统软件的使用与实践 .............................. 262

9.1 协同办公的概述 ............................................................................. 262

9.1.1 协同办公 OA 软件的基本定义 ............................................... 262

9.1.2 协同管理的基本定义 .............................................................. 262

9.2 泛微协同办公 e-Office 总体介绍 ................................................... 263

9.2.1 e-Office 总体架构介绍 ............................................................ 263

9.2.2 e-Office 功能应用架构图 ........................................................ 263

9.3 泛微协同 OA 软件的应用与实践 ................................................... 267

9.3.1 协同 OA 软件登录操作 .......................................................... 267

9.3.2 协同 OA 系统模块的使用与操作 ............................................ 270

9.3.3 系统后台维护管理配置介绍 .................................................... 300

本章小结 ................................................................................................... 329

练习及训练 ............................................................................................... 330

参考文献 ................................................................................................... 332

# 第1章 概　述

## 学 习 目 标

**知识目标：**
- 掌握办公自动化的含义及发展；
- 了解办公自动化系统及其应用。

**能力目标：**
- 通过学习办公自动化的概念及发展，掌握办公自动化的发展过程；
- 通过学习办公自动化系统的知识，熟悉办公自动化系统的作用及 OA 平台的结构。

## 1.1　办公自动化的概念

### 1.1.1　办公自动化的定义

办公自动化（Office Automation，OA）是指用现代化的计算机技术和通信技术来实现办公业务过程的数字化和决策管理信息化，使办公业务超越传统时空限制，实现无纸办公、移动办公和协同办公。办公自动化将向多媒体化、网络化、集成化和智能化发展。

办公自动化系统（Office Automation System，OAS）是以人为主导，集成系统管理、信息技术和科学决策的人机信息处理系统。

### 1.1.2　办公自动化的功能

办公自动化的功能主要包括以下几点。

（1）文字处理：在办公中，大量的工作是文字处理，包括对中外文字和数字的输入、编辑、排版、存储和打印等工作。

（2）数据处理：对数值及非数值工作的处理。

（3）资料处理：对各种文档资料的分类、登记、查询和搜索等工作。

（4）事务处理：人力资源、工资、财务和办公事务管理等工作。

（5）图形图像处理：有关对图形图像的输入、编辑、识别、修整和输出等工作。

（6）语言处理：对语言的输入、输出、存储以及文字的转换等工作。

（7）网络通信：对单位内部及外部之间沟通信息处理、事务处理等工作。

（8）信息管理：对信息的收录、存储、查询和发布等工作。

（9）辅助决策：在对数据信息进行分析的基础上，为决策制定提供优化处理解决方案。

（10）安全保密：对需要安全保密的数据信息按要求进行防范加密措施。

办公自动化是一门综合系统科学，它随着 IT 技术及其应用的发展而持续快速发展。

## 1.2　办公自动化的发展

### 1.2.1　办公工作的发展历程

办公工作的发展经历了以下 5 个历程：

第 1 代，传统办公。主要是面对面的工作，以纸和笔为工具，这是最基本的办公方式。

第 2 代，机器办公。20 世纪，美国开始使用机器来办公，用打字机打字，发明、使用了复印机，出现了 OA（Office Automation），即办公室自动化。1983 年以前，我国办公使用铅字中文打字机、铅字排版、铅字印刷和刻蜡板油印。1983 年，我国筹建 OA 学会，决定将"室"字去掉，定名为"办公自动化学会"，从此国内不再称"办公室自动化"，这也是办公自动化的由来。

第 3 代，网络办公。从第 2 代到第 3 代是办公领域的又一场划时代的转变。1984 年，办公自动化学会以支秉彝院士研发的第一个汉字输入方法——支码、上海印刷技术研究所研发的第一个汉字排版系统及日本理光 1010 型台式胶印机组成第一套计算机办公排版文印系统，供人民银行总行、外经贸部、胜利油田总部等 6 大单位使用，首次取代了以 3000 个铅字的中文打印机、油印机等组成的传统铅字排版印刷系统。

借助于计算机信息技术、局域网、广域网和互联网，办公能力得到了极大提升，好像有了"千里眼、顺风耳"，有了"超人"能力。1998 年，OA 国际学术研讨会中，中国北京和美国硅谷间进行了国际视频会议，实现了远程办公，这在国内是首创。互联网的兴起，办公室的物理界限被完全打破，移动办公、家庭办公就是没有墙的办公室的模式，这也再次证实了定名为"办公自动化"的预见性和正确性。但第 3 代办公方式只有在计算机前才有"超人"能力，限制了人们的工作地点。

第 4 代，有限移动办公。有限移动办公是第 3 代的升级。手提电脑的出现解决了台式机不能移动的问题，通过无线上网，可以方便地利用互联网。但手提电脑体积大、分量重、电池使用时间短，且每次开机、关机需要较长时间，以及必须坐下来使用，使得第 4 代办公模式只能实现"有限移动"（一般是在室内环境使用）。

第 5 代，随时随地办公和低碳办公。通过实施手机工作系统来使用原有 OA 系统，既可在计算机上使用，也可在手机上使用，就可以随时随地工作，实现了第 5 代的"无限移动"模式，这就是现代办公的移动办公。全球气候变化给人类带来了一次严峻的挑战，低碳成为当前的热点，单靠信息技术（IT）不能实现低碳，而是需要信息通信技术（ICT）的支持。

## 1.2.2 办公自动化的发展趋势

**1. 移动办公**

随着移动通信技术的发展，移动办公与移动商务出现。过去人们说的 SOHO（Small Office, Home Office）时代，发展为移动办公、居家办公（Mobile Office, Home Office）并已在我国快速发展，大大提高了办公效率，增强了竞争能力。同时也给我国通信业、信息业带来巨大商机。

现代 OA 具有如下 3 条理念：

（1）2004 年，OA 大会研讨新一代办公模式，提出现代办公已进入移动办公时代，提出"MOHO"理念，即 Modern Office（现代 OA），Mobile Office（移动 OA），Home Office（家居 OA）。

（2）2006 年，提出"办公设备从贵族走向平民，深入中小企业，进入千家万户"的理念。

办公设备特别是现代信息通信技术的主要办公设备，如台式机、笔记本电脑、打印机、投影仪、手机等产品的技术性能不断飞速发展，而价格却大幅度下降，以打印机为例，以前要 10 万元的彩色打印机才能打印的图文现在一两千元的打印机就能完成；过去要 3 万元一台的"大哥大"手机远不如现在 500 元的小巧手机。如今高性能的办公设备不仅中小企业买得起，更已进入普通家庭中，例如原来只有大企业才能配备的投影仪，现在不仅普遍进入学校教室，而且进入家庭，发展为家庭影院。办公设备为我国带来巨大的产业和服务市场，前景无限。

（3）2010 年的 OA 国际研讨会提出"现代 OA 是低碳办公、智能办公，是对在宽带网络基础上实现战略性新兴产业：物联网、医疗信息化、教育信息化、智能家居、智能电网、智能交通、智能物流等发挥重要作用的办公自动化，实现物联网时代 OA 创新应用与低碳发展"的理念。

低碳发展需要有大量的电子政务和电子商务的开发应用。仅就低碳交易而言，全部是电子交易、虚拟交易。低碳经济离不开电子商务的业务支持，离不开电子政务的政府管理，OA 是电子政务与电子商务的基础，所以低碳的发展离不开 OA。

同时，OA 本身也必须低碳，要研发应用低能耗、智能环保的 OA 系统，要大力解决各类电子信息系统和机房设备的数据中心的节能、减排问题。

**2. 无限移动办公**

无限移动办公可称为 3A 办公，即办公人员可在任何时间（Anytime）、任何地点（Anywhere）处理与业务相关的任何事情（Anything）。这种新的办公模式可以让办公人员摆脱时间和空间的束缚，单位信息可以随时随地通畅地进行交互流动。

移动办公是当今高速发展的通信业与 IT 业融合的产物，通信业在沟通上的便捷与 IT 业完美结合到一起，使之成为继互联网远程办公之后的新一代办公模式。这种办公模式在手机上安装办公软件，使手机具备和计算机一样的办公功能，摆脱了必须在固定场所、固定设备上进行办公的限制，为政府和商务人士提供了极大便利，为企业和政府的信息化建设提供了全新的思路和方向，使得使用者无论身处何种情况下，都能高效、迅捷地开展工作，尤其是对于突发性事件和应急性事件的处理具有极为重要的意义。

移动办公系统是以笔记本电脑、手机等便携终端为载体实现的移动信息化系统，该系统将智能手机、无线网络、OA 系统三者有机结合，实现任何办公地点和办公时间的无缝接入，极大地提高了办公效率。它可以连接客户原有的各种 IT 系统，包括 OA、邮件、ERP 以及其他各类业务系统，用以操作、浏览、管理全部工作事务，提供了在无线环境下的新特性功能。

# 1.3  办公自动化系统

## 1.3.1  办公自动化系统概述

OA 系统的发展历程可以分为以数据处理为中心的第 1 代 OA 系统、以工作流为核心的第 2 代 OA 系统和以知识管理为核心的第 3 代 OA 系统。

先进的计算机与通信技术，不断地使人们的一部分办公业务活动物化于人以外的各种设备中，与办公人员构成了服务于一定目标的人机信息处理系统。

OA 工作流是 OA 系统的基础平台，公文流转的业务是企业内部业务流程的一个重要部分，但不要把 OA 误等同于公文流转。脱离了公文流转束缚的广义的 OA 工作流系统，应具有以下主要特征：

**1. 具备对各种业务流程进行抽象化描述的能力**

广义的 OA 工作流具有对各种业务流程进行抽象化描述的能力，能够使工作流系统的应用深化到企业应用的各个层面，既适用于会签、传阅的公文流转，又能适应合同审批、报销审批等各项业务流程。

**2. 具有自动化执行业务路由和后台业务的能力**

OA 系统的设计目标是能够通过计算机规范化业务处理过程和提高办公效率，一个好的工作流引擎必须具备较高的智能，包括路由条件判断的能力、自动调用后台封装的业务逻辑的能力等。

**3. 具有可扩展和互操作性**

企业内的各种计算机应用系统之间的业务如何集成在一起，避免"流程孤岛"非常重要。如果工作流厂商都符合统一认可的规范（如 WFMC 等），则流程之间的互操作性就能解决。

以符合规范（WFMC 等）的工作流引擎作为 OA 系统的基础部件，可以使 OA 系统执行各种行业流程，各种应用系统实现业务流程的交换、互操作，实现企业内部的自动化整体办公协作平台，成为广义办公自动化平台。

## 1.3.2　办公自动化系统的技术支持

**1.　办公自动化平台架构**

（1）微软的.Net+关系型数据库（RDB）技术。

微软以其功能强大、易用的 Office 套件占领了桌面应用，并为广大办公人员所接受，基于.Net+RDB 的办公平台以简单、灵活以及易用的特点获得了广泛的市场支持。

（2）SUN 的 J2EE+RDB 技术。

J2EE 标准以其开放性、与平台无关性引领着技术发展方向，并迅速在各类应用系统中得到广泛应用与推广，在 OA 领域不断扩大。如表 1-1 所示是.Net 与 J2EE 的对比，可看出，当组织规模比较大、应用环境比较复杂（应用系统多、平台杂）时采用 J2EE 技术较合适，而当组织规模相对较小、应用简单时选择.Net 较合适。

表 1-1　.Net 与 J2EE 的对比

| | .Net | J2EE |
|---|---|---|
| 架构原理 | 均基于托管的 RunTimes 运行环境，将源代码翻译为中间代码，再编译为本地代码执行 | |
| 后台数据库的访问 | 应用程序可以通过 ODBC/JDBC 高效访问 SQL Server、Oracle、DB2 等关系型数据库系统 | |
| 可运行的平台 | Windows 系列 | 任何平台 |
| 类似实体 Bean、消息 Bean | 没有 | 有 |
| 与第三方集成 | 自己编写 API | JCA 标准 |
| 厂商支持 | 少 | 广泛 |
| 行业应用及案例经验 | 少 | 多 |
| 系统安全性、高可靠性 | 差 | 好 |
| 开发、部署、维护 | 简单 | 较复杂 |

（3）IBM Lotus Domino 技术。

在 ERP、CRM 等业务系统平台选择上主要是.Net 与 Java 之争，而在办公自动化领域则选择另一大主流技术——IBM Lotus Domino。

Lotus 于 1989 年推出，以电子邮件、协同、非结构文档处理、安全机制见长，一度成为 OA 的标准应用与开发平台。然而随着 OA 应用的内涵不断丰富，Domino 暴露出许多明显的弱点。技术原理相同的.Net、Java 与 Domino 的简单对比如表 1-2 所示。

表 1-2　.Net、Java 与 Domino 的简单对比

| | Java | .Net | Domino |
|---|---|---|---|
| 系统平台特点 | 通用开放的应用平台 | 通用开放的应用平台 | 专业应用平台 |
| 可支持的运行平台 | 任何平台 | Windows | 任何平台 |
| 协同支持 | 全面支持并提供开放 | 较多支持并提供开放 | 部分协同已成为产品 |
| 应用功能支持 | 全面支持并提供开放 | 较多支持并提供开放 | 嵌入部分应用模块 |

续表

| | Java | .Net | Domino |
|---|---|---|---|
| 开发效率 | 高 | 中 | 低 |
| 开发成本 | 低 | 中 | 高 |
| 开发的复杂性 | 低 | 中 | 高 |
| Web 应用能力 | 强 | 强 | 弱 |
| 结构化数据处理能力 | 强 | 强 | 弱 |
| 非结构化数据处理能力 | 弱 | 中 | 强 |
| 计算能力 | 强 | 强 | 弱 |

.Net 和 Java 应用功能的实现需要更多的开发或集成，应用的成熟需要不断地进行功能沉淀与积累；Domino 提供了企业界领先的协同工具、企业级文档处理、文档的安全控制机制、大量的应用模板，使其更擅长办公应用支撑，但面对大量结构化业务信息处理时还显得不足。

**2. 办公自动化新的解决方案**

面对不同的 OA 需求，很难单独选择其中一种主流技术来圆满解决，选择 J2EE+Domino 构建 OA 平台，满足了以知识管理为核心、以实时协作为技术支撑手段、以统一的知识门户为展现方式的 OA 需求。

整个解决方案基于面向服务的应用框架（SOA）设计理念，遵循 J2EE 标准，以门户为应用框架，融结构化数据、非结构化数据处理于一体，支持分布式协同计算、信息集成和业务流程集成，方案特点如图 1-1 所示。

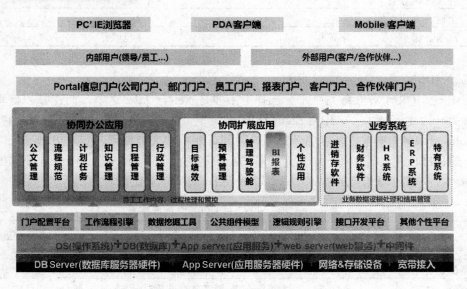

图 1-1　构建的 OA 平台

总体而言，因竞争环境不断变化，OA 的内涵与外延相应不断拓展，知识管理、实时协同、业务流程及信息集成、个性化门户不断地丰富与完善着 OA 应用。

### 1.3.3　协同办公与协同办公平台

协同的基本含义是协同工作，指多个人相互配合完成同一目标。就该定义来说，协同办公早就出现，如 E-mail、即时通信、VoIP 以及电话会议、视频会议等。在新的技术条件下，协同办公具有整合、个性化、标准化、实时、新架构等特征，其新的内涵主要反映在以下方面：

（1）传统 OA 与业务处理的整合。

（2）跨部门、跨单位的信息共享和业务整合。

（3）新技术、新架构的应用。

协同 OA 的指导思想是信息互联、流程整合、应用协作。企业的分析决策要根据准确、完整和及时的信息，就要让不同业务功能、数据信息之间都能互联，对于较复杂的业务的管理必须对有关工作业务的流程进行分析、设计，整合成信息集成平台，使处于不同组织部门、不同地理位置的应用人员共同协调工作。所以协同 OA 就是要在不同应用系统之间、不同数据之间、不同终端之间作全面协同，以业务目标为中心，消除信息孤岛，从而达到全系统的集中集成。

### 1.3.4　数字化办公设备新篇章

#### 1．一体机

一体机即是在原有打印机的基础上加上复印、传真、扫描和照片打印等功能，但其体积和价格却与一般的中档打印机相当，从一定程度上说它是传统打印机、复印机、扫描仪、传真机的替代品。目前，针对商业用户的一体机配备了独立的电话、自动文档进纸器和网络等功能；针对居家用户的一体机则配备了插卡打印数码照片、照片预览液晶屏等功能。

数码复合机的核心是数码复印机，在此基础上增加了打印、传真、扫描等功能。模拟复印机是通过曝光、扫描，将原稿的光学模拟图像通过光学系统直接投射到已被充电的感光鼓上，产生静电潜像，再经过显影、转印、定影等步骤，完成复印过程；数码复印机则是通过 CCD（电荷耦合器件）传感器对通过曝光、扫描产生的原稿的光学模拟图像信号进行光电转换，然后将经过数字技术处理的图像信号输入到激光调制器，调制后的激光束对被充电的感光鼓进行扫描，在感光鼓上产生由点组成的静电潜像，再经过显影、转印和定影等步骤，完成复印过程。数码复印机由于采用了数字图像处理技术，可以进行复杂的图文编辑，所以大大地提高了复印机的工作能力和复印质量，降低了使用中的故障率，其主要优点在于：一次扫描，多次复印；能够进行电子分页；无废粉、低臭氧、自动关机、节能和更加环保；具有强大的图像编辑功能等。另外，在一体机和数码复合机的基础上还可增加保密安全等智能功能，这代表了办公打印设备的发展趋势。

## 2. 远程维护

远程维护是指通过网络信息平台，在一定时空距离外，实现对客户机器设备的参数调整、维护和保养。OA 行业的重要特点之一就是要做好终端服务和维修管理。OA 设备涉及到光学、机械、电子、化学等多个学科，产品精度高、构成复杂（例如一些高端 A3 复印机有近万个零件），办公设备用于日常办公，使用频繁、故障率高，经常需要维修保养，但往往受限于时间、距离、成本等原因。远程维护能极大地降低时间、精力和路费等耗费，成倍提高维修保养工作效率，是一种全新的维修保养模式。对于用户而言，远程维护可极大地缩短坏机、停机时间，提高工作效率，降低因停机而带来的损失。

实现远程维护需满足两个基本前提，一是机器设备的数码化；二是能利用网络信息平台互联互通。目前，现代办公技术已具备这两个条件，相信远程维护将在不远的将来发展成为重要的、常规的维修保养模式。

# 练习及训练

## 一、填空题

1. 办公自动化的五个发展历程_____，_____，_____，_____，_____。

2. 办公自动化的发展趋势_____，_____。

3. 办公自动化平台构架在系统的安全性和高可靠性方面，.Net 比 J2EE_____。

## 二、简答题

1. 概述无限移动办公的含义。
2. 简述办公自动化系统的技术支持。
3. 概括协同办公的特点。

# 第 2 章　计算机的使用

## 学 习 目 标

**知识目标：**
● 了解计算机的主要性能指标；
● 掌握 Windows XP 操作系统的基本知识及操作方法；
● 掌握 WinRAR 压缩软件、Adobe Reader 文件阅读软件、汉字输入法的使用方法。

**能力目标：**
● 通过学习计算机的主要性能指标、使用环境等相关知识，掌握计算机的使用常识；
● 通过学习 Windows XP 系统的基本设置、文件管理、磁盘管理、用户账户管理、添加和删除应用程序的基本知识，掌握操作系统具体的操作方法；
● 通过学习 WinRAR 压缩软件、Adobe Reader 文件阅读软件和汉字输入法，掌握其具体的使用与操作方法。

## 2.1　计算机的使用与维护

### 2.1.1　计算机的主要性能指标

对于不同用途的计算机，对不同部件的性能指标要求有所不同，其性能是由计算机的系统结构、指令系统、硬件组成和软件配置等因素综合决定的。在选用计算机时，应合理配置计算机系统的软、硬件资源。衡量一个计算机性能的主要技术指标有以下几个方面。

**1. CPU 主频**

主频是指 CPU 在单位时间内发出的脉冲数，又称为计算机的时钟频率，在很大程度上决定了计算机的运算速度。微型计算机一般采用主频描述运算速度，主频越高，一个时钟周期内完成的指令数就越多，运算速度就越快。

**2. 字长**

字长是指计算机直接处理的二进制数据的位数，是 CPU 进行运算和数据处理的最基本、最有效的信息位长度，对计算机的运算速度、精度有重要的影响。在其他指标相同时，字长数值越大，一次所处理数据的有效位数就越多，计算机的运算精度就越高，处理数据的速度就越快。

### 3. 内存容量

计算机的内存容量一般用字节数（Byte）来度量，即指内存存储空间的大小，反映了计算机即时存储信息的能力。内存容量越大，系统功能就越强，所处理的数据量就越大。内存容量的加大，对于运行大型软件十分必要。微机的档次越高，可扩充的内存容量就越大。

### 4. 存储周期

存储器的存储周期是指连续两次读（写）之间所需的最短时间。

### 5. 运算速度

运算速度是一个综合性的指标，指单位时间（s）内平均执行的指令条数，常用 MIPS（Million Instructions Per Second）即每秒处理的百万次的机器语言指令数来衡量CPU的速度。

### 6. I/O 的速度

主机 I/O 的速度，取决于 I/O 总线的设计。对于慢速设备（例如键盘、打印机）关系不大，但对于高速设备则效果十分明显。例如，当前计算机硬盘的外部传输速率已达 20MB/s、40MB/s 以上。

## 2.1.2  计算机的使用环境

计算机的使用环境是指计算机对其工作的物理环境方面的要求。

### 1. 环境要求

（1）计算机在室温 5℃~35℃下一般都能正常运行。温度过高或过低，容易引起计算机故障。

（2）计算机对电源有两个基本要求：一是电压要稳；二是机器工作期间不能断电。电源电压不稳会造成计算机不工作或影响显示器和打印机的工作寿命。对于电源电压不稳的地区，可以安装交流稳压电源；为避免因停电而造成数据丢失，可以安装不间断供电电源。

（3）计算机要防静电、防振动、远离磁场。

（4）计算机周围环境要清洁卫生。

### 2. 使用计算机应注意的事项

（1）不要频繁开、关机，两次开机之间应至少相隔 10s 的时间。

每次开机，电源供应器都会产生一个高电压，这个高压对计算机的每个元器件都是一个大的冲击，会减少元器件的使用寿命。

（2）严禁带电插拔，系统死机时应尽量用热启动或 RESET 键启动。

开机后，如发现显示器的信号线未与主机连接，应先关机后连接。当主机与外设都处于开机状态时，不要插或拔它们之间的连接线及其他部件，如软驱、光驱或硬盘等。

（3）连接计算机的插座应接有地线，可将计算机产生的静电导走。

（4）不要在计算机附近吸烟，不要将液体物质放在计算机旁。

软驱在工作时磁片高速旋转，磁头与磁片距离很小，即使香烟的微小颗粒也会污染磁头及软驱内部，造成数据存取错误。

如果将液体（如茶水、饮料等）放在计算机旁，若不小心洒入键盘或主机，应立即断电，打开机壳，放置在阳光下晒干。然后开机测试，若有较严重的问题，要进行检修。

（5）不要在计算机周围放置容易产生静电的物品，如地毯、丝制品等。

## 2.2　操　作　系　统

### 2.2.1　Windows XP 操作系统的基本知识

操作系统是计算机运行的基础，一般个人计算机中安装的操作系统有 MS-DOS、Windows 2000/XP、UNIX、Linux、MacOSX 等，其中 Windows XP 操作系统是目前个人计算机使用最多的操作系统，其环境与实际办公环境相似，用桌面显示所有的工具和文件，形成图形用户界面，界面友好、清晰，操作方便，供用户和计算机相互交互，是 Microsoft 公司为个人计算机开发的一个多任务、多窗口以及基于图形界面的操作系统。

**1. Windows XP 操作系统的安装**

如果计算机具有空白硬盘或当前的操作系统不支持全新安装，则需要使用 Windows XP Professional 光盘启动计算机。大多数计算机都可以由光盘启动并自动运行 Windows XP 安装向导。

（1）使用光盘安装新版本。

① 运行当前的操作系统启动计算机，将 Windows XP Professional 光盘插入 CD-ROM 驱动器，如果 Windows 自动检测到光盘，单击【安装 Microsoft Windows XP】选项，将出现 Windows XP 安装向导；如果 Windows 未自动检测到光盘，则选择【开始】→【运行】命令，输入安装文件所在的路径\setup.exe 后，按【Enter】键。

如果不是在可进行升级的操作系统下进行安装，将弹出对话框，提示用户不能进行升级安装，单击【确定】按钮可进行全新安装。

② 提示选择一种安装类型时，这里选择【全新安装（高级）】选项，然后单击【下一步】按钮，阅读软件许可协议，选择【我接受这个协议】选项，单击【下一步】按钮继续。

③ 输入 Windows CD 盒背面的黄色不干胶纸上的 25 个字符的产品密钥，然后单击【下一步】按钮。在窗口中，可以对高级选项、辅助功能选项进行更改，还可以设定所使用的主要语言和区域。单击【下一步】按钮继续。

④ 如果用户的计算机上未安装 Windows XP 操作系统，可以将硬盘升级到 NTFS 文件系统，以提高文件的安全性和可靠性，单击【下一步】按钮继续。

⑤ 为了保证安装的 Windows XP 组件为最新版本，可以连接 Windows Update 网站下

载最新的安装程序文件，单击【下一步】按钮继续。

⑥ 安装选项设定完成后，将开始进行文件的复制，根据屏幕上的提示，即可完成 Windows XP 的安装。

（2）使用网络连接安装新版本。

① 使用现有的操作系统，建立到包含安装文件的网络共享文件夹的连接。如果磁盘中包含网络客户软件，可以使用 MS-DOS 或网络安装盘连接到网络服务器。网络管理员可以提供该路径。

② 如果计算机运行的是 Windows 98/2000、Windows Millennium Edition 或更早版本的 Windows NT，则在命令提示符下输入文件 setup.exe 的路径，按【Enter】键，按照屏幕上的指令进行操作。

**2. Windows XP 操作系统的基本操作**

（1）Windows XP 操作系统的启动。

打开显示器电源，接通主机电源。系统进行自检，显示 Windows XP 的开机画面，当显示器出现如图 2-1 所示的界面时，表明计算机成功启动了 Windows XP 操作系统。

（2）Windows XP 操作系统的退出。

关闭计算机中所有的运行窗口，退出所有的运行程序。单击【开始】按钮，在弹出的菜单中选择【关闭计算机】命令，打开【关闭计算机】对话框，如图 2-2 所示。单击【关闭】按钮，然后关闭主机电源及显示器电源。

图 2-1　启动 Windows XP 操作系统　　　　图 2-2　【关闭计算机】对话框

（3）桌面图标的排列。

在 Windows XP 中，所有的文件、程序以及文件夹都用图标来表示，排列图标有手动排列和自动排列两种方法。

① 手动排列。选中需要重新排列位置的图标，按住鼠标左键拖动，将图标放置到桌面目标位置后释放鼠标。

② 自动排列。右击桌面空白处，在弹出的快捷菜单中选择【排列图标】命令，在其子菜单中选择排列方式，如选择【类型】命令，桌面就按照所选方式进行排列。

（4）桌面快捷方式的创建。

选择【开始】→【程序】→【Office 2003】命令，打开【Office 2003】命令的子菜单，右击【PowerPoint 2003】打开其快捷菜单，选择【创建快捷方式】命令，即在桌面上增加了一个 PowerPoint 的快捷方式图标，也可选择【发送到】→【桌面快捷方式】命令，如图 2-3 所示。

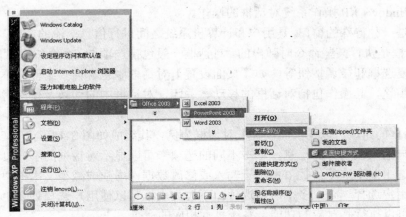

图 2-3　建立 PowerPoint 桌面快捷方式

（5）Windows XP 操作系统窗口的操作。

① 打开窗口。打开一个窗口就是打开一个应用程序或文档，可以有多种方法。例如打开【我的文档】窗口方法如下：

- 双击桌面图标，即可打开相应的窗口。如双击【我的文档】图标，即可打开【我的文档】窗口。
- 右击桌面图标，在快捷菜单中选择【打开】命令，即可打开相应的窗口。如右击【我的文档】图标，选择【打开】命令即可打开【我的文档】窗口。
- 在【开始】菜单中选择要打开的程序或文档，即可打开相应的窗口。如选择【开始】→【我的文档】命令，即可打开【我的文档】窗口。

② 移动窗口。用鼠标单击窗口的标题栏，如【我的文档】窗口，按住左键拖动，窗口就随鼠标的移动而移动，待窗口移动到目标位置后，释放鼠标。

③ 调整窗口大小。利用鼠标可以任意改变窗口的大小。将鼠标指针移动到要调整大小的窗口的调整边上，按住鼠标左键移动，窗口的轮廓线就随着鼠标的移动而移动，即调整了窗口的大小，释放鼠标左键。

运用快捷键【Alt+Space】或单击窗口标题栏左侧图标可以快速打开当前窗口的控制菜单，选择相应命令，即可调整窗口的大小。

也可单击窗口右上角的 3 个控制按钮，使窗口最小化、还原成默认大小或关闭窗口。

④ 切换窗口。单击任务栏上不同的最小化窗口或单击在不同应用程序中的窗口，即可切换窗口。

⑤ 关闭窗口。关闭窗口即关闭运行的程序或文档等，任务栏上对应的图标消失，方法如下：

- 选择【文件】菜单中的【关闭】命令。
- 单击窗口右上角的【关闭】按钮。
- 打开窗口左上角的控制菜单，选择【关闭】命令。
- 运用快捷键【Alt+F4】。

⑥ 排列窗口。排列窗口包括横向平铺窗口、纵向平铺窗口、层叠窗口和最小化窗口等。

（6）Windows XP 操作系统对话框的操作。

对话框是一种特殊的窗口，是用户和计算机系统之间进行信息交流的窗口，在 Windows XP 中，对话框是执行某些命令时弹出的。对话框一般包括选项卡、命令按钮、下拉列表框、单选按钮、复选框和微调按钮等，如【页面设置】对话框中包含许多组件，不同的组件有不同的功能用途，其操作包括对话框的移动、关闭，对话框中的切换及使用对话框中的帮助信息等。

① 对话框的组成。以【页面设置】对话框为例，其组成如图 2-4 所示。其中，选项卡包含需要用户输入或选择的信息，单击不同的选项卡可以显示对话框的不同页面；单选按钮可以单击选中单个选项；数值框用于输入或修改数据，增加或减少文本框中的数值；复选框可以使用户选择一个或多个所需选项；下拉列表框可以使用户选择列表中的选项；单击命令按钮可以执行其对应的功能，系统执行相应的命令。

图 2-4 【页面设置】对话框的组成

② 对话框的移动和关闭。移动对话框时，可以在对话框的标题上按下鼠标左键并拖动到目标位置后松开；也可以在标题栏上右击，选择【移动】命令，然后按方向键来改变对话框的位置，移动到目标位置时，用鼠标单击或者按【Enter】键确认，即可完成移动操作。

关闭对话框的方法有下面几种：单击【确认】按钮或者【应用】按钮，即可在关闭对话框的同时保存用户在对话框中所做的修改。

如果用户要取消所做的改动，可以单击【取消】按钮，或者直接在标题栏上单击关闭按钮，也可以按【Esc】键退出对话框。

③ 对话框中的切换。有些对话框中包含多个选项卡，在每个选项卡中又有不同的选项

组，在操作对话框时，可以利用鼠标来切换，也可以使用键盘来实现。

在不同的选项卡之间的切换：

● 用户可以直接用鼠标来进行切换，也可以先选择一个选项卡，即该选项卡出现一个虚线框时，按方向键来移动虚线框，这样就能在各选项卡之间进行切换；

● 用户还可以利用【Ctrl+Tab】组合键从左到右切换各个选项卡，而【Ctrl+Tab+Shift】组合键为反向顺序切换。

在相同的选项卡中的切换：

● 在不同的选项组之间的切换，可以按【Tab】键以从左到右或者从上到下的顺序进行切换，而按【Shift+Tab】组合键则按相反的顺序切换；

● 在相同的选项组之间的切换，可以使用键盘上的方向键来完成。

④ 使用对话框中的帮助。对话框不能像窗口那样任意改变大小，在标题栏上也没有最小化、最大化按钮，而是帮助按钮，当用户在进行对话框操作时，如果不清楚某选项组或者按钮的含义，可以在标题栏上单击帮助按钮▨，这时会在鼠标旁边出现一个问号，用户在要查询的对象上单击，就会出现一个对该对象进行详细说明的文本框，在对话框内任意位置或者在文本框内单击，文本框即可消失。用户也可以直接在选项上右击，这时会弹出一个文本框，单击该文本框，会出现和使用帮助按钮一样的效果。

（7）设置屏幕保护程序。

在桌面的空白处右击，在弹出的快捷菜单中选择【属性】命令，在出现的【显示属性】对话框中选择【屏幕保护程序】选项卡，即可进行屏幕保护程序的设置。若选中【在恢复时使用密码保护】复选框，则重新回到工作状态时，需要输入登录 Windows XP 时的密码。如果要撤销屏幕保护程序，单击【屏幕保护程序】下拉列表框右侧的下拉按钮，在下拉列表中选择【无】选项即可。

## 2.2.2　文件管理

在计算机系统中，所有的软件、程序、数据、文字、声音和图像都是以文件的形式存在的。对文件进行管理是操作系统的一项重要功能。尽管文件有多种存储介质可以使用，如硬盘、软盘、光盘、闪存和记忆棒等，但都是以文件的形式出现在操作系统的管理者和用户面前。

### 1. 文件与文件夹的操作

Windows 系统中对文件与文件夹的管理是通过【我的电脑】窗口或资源管理器来完成的。

（1）文件与文件夹的命名。

文件名由主文件名和扩展名组成，中间以小数点隔开。主文件名表示文件的内容或作用，长度不超过 256 个字符，可以是英文、汉字和数字等，但不能包含有/、\、：、*、?、<、>、】、|字符，而且英文字母不区分大小写；扩展名表示文件的类型，根据文件类型的不同而不同，同一类型的文件扩展名相同。

文件夹的命名规则与文件相同，不同的是文件夹没有扩展名。

（2）新建文件和文件夹。

① 在资源管理器或【我的电脑】窗口中选择本地磁盘 D。

② 打开 D 盘，选择【文件】→【新建】→【文件夹】命令，即可建立名称为"新建文件夹"的文件夹，在蓝底白字的文件夹名称处输入文件夹名称，单击鼠标即可。

③ 在文件夹的工作区中，右击鼠标，在快捷菜单中选择【新建】→【Microsoft Office Word 文档】命令，即可新建一个 Word 文档文件，输入文件名称，文件的全名为"文件名称.doc"。

（3）移动文件和文件夹。

移动文件或文件夹是将选中的文件或文件夹从当前位置移动到目标位置，被移动的文件或文件夹不再保留在当前位置。将 D 盘的文件夹移动到【我的文档】中，有以下 3 种方法：

① 选择要移动的文件或文件夹，然后选择【编辑】→【移动到文件夹】命令，打开【移动项目】对话框，如图 2-5 所示。在列表框中选择移动到的目标位置，这里选择【我的文档】文件夹，单击【移动】按钮，完成操作。打开【我的文档】窗口查看，选中的文件夹已被移动到该位置，如图 2-6 所示。

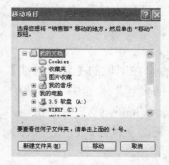

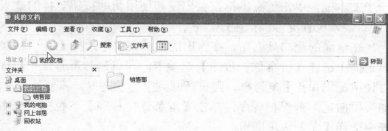

图 2-5　【移动项目】对话框　　　　　　　图 2-6　移动文件或文件夹

② 选择【编辑】→【剪切】命令，在地址栏中选择目标位置，再选择【编辑】→【粘贴】命令，选择的文件或文件夹即可移动到目标位置。

③ 单击工具栏中的【文件夹】按钮，调出资源管理器中的【文件夹】目录，按住鼠标左键将选中的文件或文件夹拖动到目标文件夹中，即可完成移动操作。

（4）复制文件和文件夹。

复制文件和文件夹是将选择的文件或文件夹复制一个或多个副本到目标位置，被复制的文件或文件夹还保留在当前位置。复制文件和文件夹与移动文件和文件夹的操作步骤相同，只是在选择菜单命令时，将【移动到文件夹】改为【复制到文件夹】，将【剪切】改为【复制】。

（5）删除、恢复文件和文件夹。

删除文件和文件夹是将文件或文件夹移动到【回收站】中，但并没有从磁盘中真正删除；如果要彻底删除文件或文件夹，需要先选择要删除的文件和文件夹，然后按住【Shift】键的同时，按【Delete】键即可。删除文件或文件夹的方法有：

① 选中要删除的文件或文件夹，按【Delete】键，将出现【确认文件删除】或【确认

文件夹删除】对话框，单击【是】按钮完成操作。

② 选择【文件】→【删除】命令，或右击要删除的文件或文件夹，在快捷菜单中选择【删除】命令。

③ 拖动要删除的文件夹到【回收站】中。

恢复文件和文件夹，只需选中删除的文件或文件夹，右击，选择【还原】命令即可。

（6）重命名文件和文件夹。

重命名文件和文件夹是将新建的文件或文件夹进行命名或对原名称进行修改。修改文件夹名称，一种方法是选择进行重命名的文件或文件夹，而后选择【文件】→【重命名】命令，在选中的文件或文件夹下输入新的文件名，按【Enter】键或在文件以外的空白处单击即可完成。另一种方法是右击要重命名的文件或文件夹，在快捷菜单中选择【重命名】命令或双击重命名的文件或文件夹，也可完成操作。

（7）查找文件和文件夹。

在 Windows XP 窗口中查找文件的方法如下：

① 选择【开始】→【搜索】→【文件或文件夹】命令，如图 2-7 所示，弹出【搜索结果】窗口，如图 2-8 所示。

图 2-7　搜索过程　　　　　　　　　　图 2-8　【搜索结果】窗口

② 在【全部或部分文件名】文本框中，输入要查找的文件名称，完成搜索后，可使用【文件】→【保存搜索】命令，保存搜索的文件。

注意：在【搜索结果】窗口中，【文字中的一个字或词组】文本框也可用于输入要查找的文字；在【在这里寻找】下拉列表框中，可以选择查找的驱动器、文件夹或者网络；在【更多高级选项】中，可以缩小查找范围。

**2. 文件与文件夹的属性设置**

每一个文件和文件夹都有一定的属性信息，对于不同的文件类型，其【属性】窗口中的信息也不相同，如类型、路径、占用空间、修改时间和创建时间等。下面以设置【我的文档】中的文件和文件夹属性为例说明操作方法。

（1）设置文件夹的属性。

选择要设置属性的文件夹，例如选择【我的文档】中的"我的音乐"文件夹，选择【文

件】→【属性】命令，或右击选择的文件夹，在快捷菜单中选择【属性】命令，即可打开
【我的音乐属性】对话框，如图 2-9 所示。其中，【类型】
选项显示所选文件或文件夹的类型；【位置】和【大小】
选项显示文件或文件夹存储在计算机中的位置与大小；
【占用空间】选项显示所选文件或文件夹占用空间的大
小；【创建时间】选项显示文件或文件夹的创建日期；
【包含】选项显示包含在文件夹中的文件和文件夹的数
目；【只读】与【隐藏】复选框表示文件或文件夹在磁
盘中的存在方式是只读还是被隐藏，分别进行各个选项
的设置即可。

（2）设置文件的属性。

选择要设置属性的文件，例如右击【我的文档】中
的"办公自动化"文件，在快捷菜单中选择【属性】命

图 2-9　【我的音乐属性】对话框

令，如图 2-10 所示，即可打开【办公自动化.doc 属性】对话框，如图 2-11 所示。文件属性
中不仅包含文件名、类型、打开方式、大小、位置、占用空间、创建和修改、访问时间，
还包括文件的标题、主题、作者、类别、关键字和备注等摘要信息。分别设置各个选项卡
中的内容即可。

图 2-10　设置属性

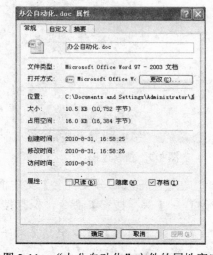

图 2-11　"办公自动化"文件的属性窗口

## 2.2.3　磁盘管理

### 1. 磁盘管理工具

磁盘管理工具是指对计算机上的所有磁盘进行综合管理，如对磁盘进行打开、管理磁
盘资源、更改驱动器名称和路径、格式化或删除磁盘分区以及设置磁盘属性等操作。具体
操作方法如下：

（1）右击【我的电脑】图标，在快捷菜单中选择【管理】命令，打开【计算机管理】窗口，如图 2-12 所示。

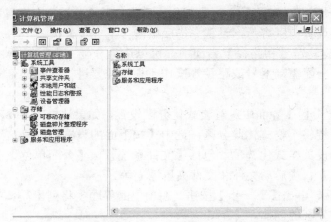

图 2-12　【计算机管理】窗口界面

（2）在窗口左边双击展开【磁盘管理】项，将在窗口右边的上方列出所有磁盘的基本信息，包括类型、文件系统、状态和容量等。在窗口的下方按照磁盘的物理位置给出了简略的示意图，并以不同的颜色表示不同类型的磁盘，如图 2-13 所示。

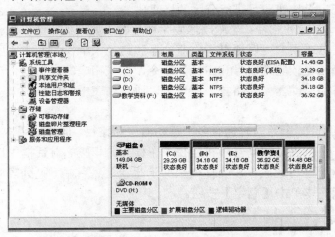

图 2-13　【磁盘管理】界面

（3）右击需要进行操作的磁盘，即打开相应的快捷菜单，选择其中的命令便可以对磁盘进行管理操作。

**2．磁盘的分区管理**

Windows XP 集成了强大的分区管理功能，用户可以方便地创建或删除分区。

（1）创建分区：可以通过分区向导来完成，其具体步骤如下：

① 在标识为未分配的磁盘空间处单击鼠标右键，在快捷菜单中选择【新建磁盘分区】命令，以打开分区向导，单击【下一步】按钮。

② 在出现的界面中选择分区的类型。系统提供了【主磁盘分区】、【扩展磁盘分区】和【逻辑驱动器】3 种分区类型供用户选择。保持系统默认值，单击【下一步】按钮。

③ 在【指定分区大小】界面中，系统给出了最大和最小磁盘空间量可供选择，用户可以在这两个值之间选择分区容量，设置完毕后单击【下一步】按钮。

④ 在【指派驱动器号和路径】界面中，可以进行分配一个驱动器号、将驱动器装入 NTFS 文件夹、不分配驱动器号或路径等操作，根据需要进行选择即可，单击【下一步】按钮。

⑤ 在【格式化分区】界面中进行格式化分区设置，如果选中【不要格式化这个磁盘分区】单选按钮，系统将不格式化此分区；选中【按下面的设置格式化这个磁盘分区】单选按钮后，可进一步设置格式化选项，包括【文件系统】、【分配单位大小】、【卷标】、【执行快速格式化】、【启动文件和文件夹压缩】等。

⑥ 设置完成后，单击【下一步】按钮，在出现的界面中将列出具体的分区信息，单击【完成】按钮结束分区的创建。

（2）删除分区：右击需要删除的分区，在快捷菜单中选择【删除磁盘分区】命令，在弹出的提示框中单击【是】按钮，即可删除该分区。

（3）格式化分区：右击需要格式化的分区，在快捷菜单中选择【格式化】命令，打开格式化对话框。在该对话框中设置该分区的【卷标】、【文件系统】、【分配单位大小】等选项，单击【确定】按钮即可进行分区的格式化。

（4）指定驱动器号和路径：当驱动器发生变化时，如增加一个驱动器，以前安装的软件可能无法使用，这时用户可以通过指定驱动器和路径来解决。右击需要更改的驱动器，在快捷菜单中选择【更改驱动器号和路径】命令，打开相应的对话框。在对话框列表中列出了此驱动器拥有的驱动器号和路径，用户可以通过列表中的任意一个驱动器号和路径来访问此驱动器。

Windows XP 允许一个卷同时拥有多个驱动器号和路径，但需使用 NTFS 文件系统。单击【添加】按钮，可以添加驱动器号和路径，在打开的相应的对话框中，用户可以通过单选按钮选择使用驱动器还是 NTFS 文件夹来标示此卷，然后在下拉列表框或文本框中指定链接的位置。设置完毕单击【确定】按钮。

**3. 磁盘的清理**

系统使用一段时间后，可能有一些无用的文件占据部分硬盘空间，如果对其进行手动删除清理，需要切换到不同的目录中进行操作，但使用 Windows XP 提供的磁盘清理程序可以方便地解决此问题，从而提高和维护系统的性能。以清理本地磁盘（C:）为例，方法如下：

（1）在【资源管理器】或【我的电脑】窗口，右键单击需要进行清理的本地磁盘（C:），在快捷菜单中选择【属性】命令，打开属性对话框，如图 2-14 所示，然后单击【常规】选项卡。

（2）单击【磁盘清理】按钮，打开本地磁盘（C:）的磁盘清理对话框，如图 2-15 所示。

（3）选择【磁盘清理】选项卡，Windows XP 会首先自动扫描该磁盘上的可删除文件，在要删除的文件列表中，选择要删除的文件即可。如果需进行进一步的清理工作，单击【磁盘清理】窗口中的【其他选项】选项卡，如图 2-16 所示，可以对【Windows 组件】、【安装的程序】和【系统还原】中相应的组件进行清理操作，这样也能够释放出更多的磁盘空间。

图 2-14　【本地磁盘（C:）属性】对话框

图 2-15　磁盘清理对话框 a

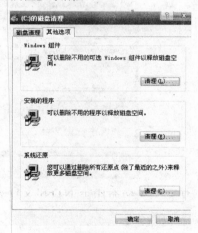

图 2-16　磁盘清理对话框 b

（4）单击【确定】按钮即可进行磁盘的清理。

**4. 磁盘工具的使用**

在磁盘的属性对话框中的【工具】选项卡中，可以对磁盘进行【查错】、【碎片整理】和【备份】等操作。下面介绍前两个工具的使用方法。

（1）磁盘查错功能。

查错工具类似于磁盘扫描工具，单击【开始检查】按钮，在弹出的对话框中提供了【自动修复文件系统错误】和【扫描并试图恢复坏扇区】两个选项，如图 2-17 所示。同时选中，单击【开始】按钮，即可开始磁盘扫描工作。

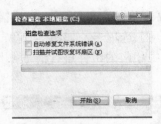

图 2-17　【检查磁盘本地磁盘（C:）】对话框

（2）磁盘碎片整理。

单击【开始整理】按钮，打开【磁盘碎片整理程序】窗口，如图 2-18 所示。单击列表中需要整理的磁盘，然后单击【碎片整理】按钮即可进行磁盘碎片的整理。

在窗口下方还有一个【分析】按钮，可以对当前选中的磁盘进行磁盘分析，待分析任务完成之后，系统会给出一份包含卷信息和文件信息的详细报告，用于判断选中的分区是否需要进行碎片整理。

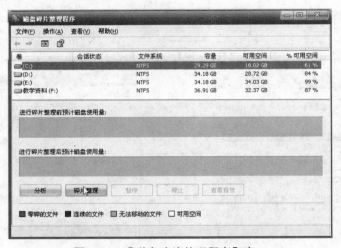

图 2-18　【磁盘碎片整理程序】窗口

（3）备份操作。

备份操作可以用来帮助备份和还原计算机上的文件。单击【开始备份】按钮，打开【备份或还原向导】向导提示界面，然后根据向导提示完成备份或还原计算机上的文件操作。

## 2.2.4　添加和删除程序

### 1. 添加应用程序

选择【开始】→【设置】→【控制面板】命令，双击【添加/删除程序】图标，在出现的窗口中单击【添加新程序】按钮，如图 2-19 所示。一种方法是单击【CD 或软盘】按钮，在【从软盘或光盘安装程序】向导提示中操作；另一种方法是单击【Windows Update】按钮，打开【Microsoft Update】网页，从微软公司的 Windows 更新站点，下载添加的应用程序。

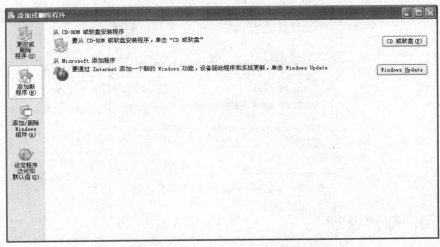

图 2-19　【添加或删除程序】窗口

## 2. 删除应用程序

选择【开始】→【设置】→【控制面板】命令，双击【添加或删除程序】图标，在出现的窗口中单击【更改或删除程序】按钮，选择想要删除的程序名称，如选择【Adobe Illustrator 10.0 简体中文版】，单击【删除】按钮，在弹出的对话框中单击【是】按钮，即可删除该应用程序，如图 2-20 所示。

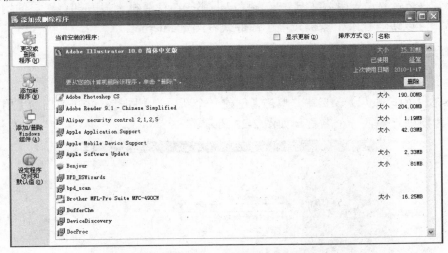

图 2-20　【更改或删除程序】窗口

## 3. 添加和删除 Windows 组件

在【添加或删除程序】窗口中，单击【添加/删除 Windows 组件】，打开【Windows 组件向导】对话框，如选择【Outlook Explorer】，按照向导提示逐步进行操作即可，如图 2-21 所示。添加和删除 Windows 组件是增加或删除系统中的附件和工具、MSN Explorer、Outlook Explorer 等程序。

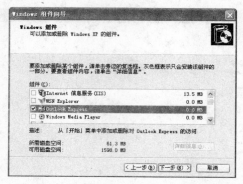

图 2-21  【Windows 组件向导】对话框

## 2.2.5  用户账户管理

计算机管理和用户账户管理属于系统的高级设置，用户账户管理是用来更改用户名称、密码和权限的工具。

一般账户可以分为 3 类：管理员账户、受限账户和来宾账户。其中管理员账户是专门为计算机进行全系统更改、安装程序和访问计算机上所有文件的人而设置的，该账户可以创建和删除计算机上的用户账户、为计算机上的其他用户账户创建账户密码、更改其他用户的账户名、图片、密码和账户类型；有时需要禁止某些用户更改大多数计算机设置和删除重要的文件，就要设置受限账户；来宾账户供那些在计算机上没有拥有账户的用户使用，没有密码，可以快速登录，以检查电子邮件或者浏览 Internet。

**1. 创建用户账户**

（1）选择【开始】→【设置】→【控制面板】→【用户账户】命令。

（2）在【用户账户】窗口中，单击【创建一个新用户】图标，并在弹出的【用户账户】窗口中，为新账户输入一个名称，如图 2-22 所示。

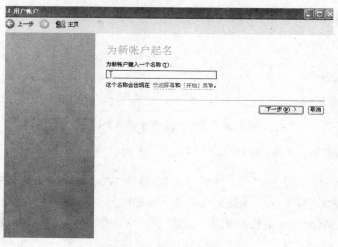

图 2-22  为新账户输入名称

（3）输入新账户名后，单击【下一步】按钮，在出现的窗口中选择一个账户类型，如图 2-23 所示，选中【受限】单选按钮，单击【创建账户】按钮，完成新账户的创建。

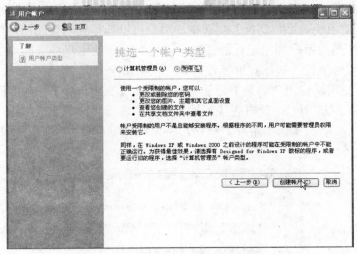

图 2-23　选择账户类型

### 2. 更改用户登录或注销方式

第一次启动 XP 系统时，系统以一个默认的管理员账户登录（名称为 Administrator），当用户按照系统要求创建一个新的用户后，该账户将不会出现在登录画面中，但是它始终存在，而且没有密码，是个"隐身"管理员，会使计算机存在潜在的不安定因素，因此要进行相应设置。

（1）选择【开始】→【设置】→【控制面板】→【用户账户】命令。

（2）在【用户账户】窗口中，单击【更改用户登录或注销方式】超链接后，即可看到选择【登录和注销选项】窗口，如图 2-24 所示。

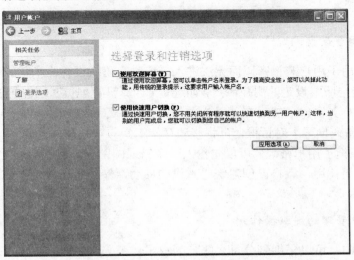

图 2-24　更改用户登录或注销方式

（3）选中【使用欢迎屏幕】复选框，Windows XP 将会使用欢迎屏幕，此时同户可以通过单击账户名来登录；如果取消选中，用户可以使用 Windows 传统的登录方式来登录，以提高安全性。

（4）选中【使用快速用户切换】复选框，用户可以选择使用快速用户切换，该功能使得用户可以在保持当前用户程序运行的情况下，切换到其他用户运行的一些程序中。这对于普通用户需要临时执行一些计算机管理员的特权操作十分有用。

（5）选中【使用快速用户切换】复选框后，单击【应用选项】按钮，即可启动快速用户切换功能，如图 2-25 所示。此时在【开始】菜单中选择【注销】选项后，会弹出【注销 Windows】对话框，单击【切换用户】按钮，将出现欢迎屏幕，用户可以通过该屏幕登录到计算机上。

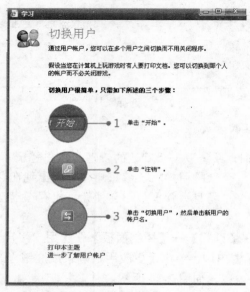

图 2-25　切换用户

### 3. 创建密码重设盘

密码重设盘用于用户忘记密码而无法进入系统时，重新设置一个新的密码。

（1）首先选定所要设定的用户账户，如选定【计算机管理员密码保护】，出现如图 2-26 所示的【用户账户】窗口。然后在其【相关任务】栏中选择【阻止一个已忘记的密码】选项，进入【忘记密码向导】对话框，再将移动存储工具与电脑相连接，一一填写信息即可。

（2）如果忘记了用户密码，可以先输入一个错误的密码，然后，系统会提示是否使用密码重设盘。如果使用，就将已创建密码重设的移动存储设备连接上电脑，即可以重新设置账户的密码。

### 4. 用户账户管理的高级操作

在高级操作中，可以仔细划分每个账户的权限、密码属性等内容，还可以管理用户账户和组。其相应工具有计算机管理和本地安全策略。进入【控制面板】，然后进入【管理工具】，双击【计算机管理（本地）】图标，再双击【本地用户和组】图标或单击名称前的加号，展开此节点即可对【用户】和【组】进行设置，如图 2-27 所示。

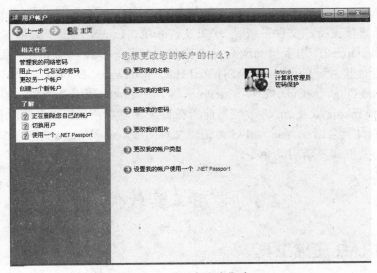

图 2-26　【用户账户】窗口

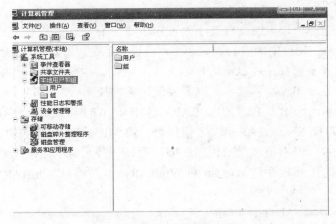

图 2-27　【计算机管理】窗口

## 2.2.6　其他操作系统简介

**1. Windows 7.0 操作系统的基本知识**

Windows 7.0 是微软继 Windows XP、Vista 之后的新一代操作系统，比 Vista 性能更高、启动更快、兼容性更强，具有很多新特性和优点，比如提供了屏幕触控支持和手写识别、支持虚拟硬盘、改善了多内核处理器和开机速度、改进了内核等。

**2. Linux 操作系统的基本知识**

Linux 是一种开放、免费的操作系统，是从一个比较成熟的操作系统发展而来的，Linux

为 UNIX 操作系统的一个克隆，同样会得到相应的支持和帮助，直接拥有 UNIX 在用户中建立的牢固的地位，而且 Linux 可以直接访问计算机内的所有可用内存，提供完整的 UNIX 接口。

Linux 默认直接支持的文件系统是 ext2 文件系统，Linux 提供了大量用于创建和管理文件系统的工具。tune2fs 用于检测现有 ext2 文件系统状态以及重新进行配置。

目前我们所能接触到的 Linux 主要有 Red Hat、Slackware、Debian、SUSE、OpenLinux、TurboLinux、Red Flag、Mandarke 和 BluePoint 等。在 Linux 使用命令中，ls 为列出文件和目录命令，cd 和 mkdir 以及 rm 为改变当前所在目录、建立新目录以及删除目录命令，mv 为改变文件名和目录名命令，nano 和 vi 为编辑文件命令，cat 及 more 为显示文本文件命令，halt 和 reboot 为关机和重新启动命令。

## 2.3　常用工具软件

### 2.3.1　WinRAR 压缩工具

#### 1. 压缩的基本知识

文件压缩就是把一个较大的文件变小的过程。如用 U 盘保存电脑上比较大的文件时，需要将文件进行压缩；硬盘中的资料越来越多，也越来越乱，如果将它们压缩打包后存放，不仅节约了空间还利于查找；通过网络传输文件（下载、收发邮件）占据空间也是越小越好；实时的影音服务（如流媒体技术）也需要使用压缩技术等。

压缩格式有很多，比如常见的 ZIP、RAR、CAB 和 ARJ 格式等。还有一些比较少见的 BinHex、HQX、LZH、Shar、TAR 和 GZ 格式等。像 MP3、VCD 和 DVD 等音频、视频文件都使用了压缩技术，但不是通常所说的压缩，而是一种实时的压缩，即在播放时直接解压。目前，最常用的压缩软件是 WinZip 和 WinRAR，本节将以 WinRAR 为例进行说明。

#### 2. WinRAR

WinRAR 是一款功能强大的压缩包管理器，是档案工具 RAR 在 Windows 环境下的图形界面。该软件可用于备份数据、缩减电子邮件附件的大小、解压缩从 Internet 上下载的 RAR、ZIP 2.0 及其他文件，并且可以新建 RAR 及 ZIP 格式的文件。

WinRAR 内置程序可以解压 CAB、ARJ、LZH、TAR、GZ、ACE、UUE、BZ2、JAR、ISO、Z 和 7Z 等多种类型的档案文件、镜像文件和 TAR 组合型文件，具有历史记录和收藏夹、新的压缩和加密算法，可以针对不同的需要保存不同的压缩配置、固定压缩和多卷自释放压缩以及针对文本类、多媒体类和 PE 类文件的优化等功能。该软件使用简单方便，配置选项也不多，仅在资源管理器中就可以完成想做的工作。对于 ZIP 和 RAR 的自释放档案文件，单击属性即可知道文件的压缩属性，如果有注释，可在属性中查看其内容；对于 RAR 格式（含自释放）档案文件，提供了独有的恢复记录和恢复卷功能，使数据安全得到更充分的保障。

### 3．使用 WinRAR 压缩、解压缩文件

（1）用 WinRAR 压缩文件。

选择所要压缩的一个或几个文件，然后单击鼠标右键，在弹出的快捷菜单（如图 2-28 所示）中选择【添加到压缩文件】命令，弹出【压缩文件名和参数】对话框，如图 2-29 所示。在该对话框中，输入压缩后的文件名称。若想改变存放位置，单击【浏览】按钮，否则默认存放在源文件所在目录。

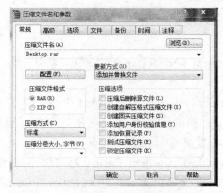

图 2-28　右键快捷菜单　　　　图 2-29　【压缩文件名和参数】对话框

如果选择快捷菜单中的【添加到"新建文件夹.rar"】命令，WinRAR 就会自动在当前窗口将所选文件"新建文件夹"压缩为同名的 RAR 格式的压缩文件。

（2）用 WinRAR 解压缩文件。

① 压缩文件必须经过解压缩才能还原使用。双击任意一个 WinRAR 压缩文件，WinRAR 就会自动打开，并且列出这个压缩文件中包含哪些文件。

② 选择其中的一个或几个文件，然后单击工具栏上的【解压缩到】按钮，在弹出的【解压缩路径和选项】对话框中，可选择目标路径、更新方式、覆盖方式、杂项，单击【确定】按钮，WinRAR 就把选中文件解压缩，并放到指定的路径中去。

文件解压缩的快捷方式是在【资源管理器】窗口，选择要解压缩的文件或文件夹，单击右键，弹出快捷菜单，选择其中的【解压文件】命令，将打开【解压缩路径和选项】对话框。选择其中的【解压并替换文件】命令，即可解压文件。

### 4．设置压缩文件密码

创建压缩文件时，可以为压缩文件设置密码，以防别人窃取，操作步骤如下：

（1）启动 WinRAR，打开要压缩的文件或文件夹，选择【文件】下拉菜单下的【设置默认密码】命令，如图 2-30 所示。打开【输入默认密码】对话框，如图 2-31 所示。

（2）输入密码，单击【确定】按钮。

（3）单击工具栏上的【添加】按钮，弹出【压缩文件名和参数】对话框，在【存档选项】栏中选择【设置用户身份校验】复选框，单击【确定】按钮即可。

（4）压缩文件设置密码后，必须先正确输入压缩文件的密码，才能查看该文件的内容。

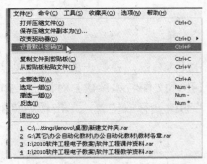

图 2-30  选择【设置默认密码】命令　　　图 2-31　【输入默认密码】对话框

## 2.3.2  Adobe Reader 文档阅读工具

Adobe Reader（也被称为 Acrobat Reader）是美国 Adobe 公司开发的一款优秀的 PDF 文件阅读软件。文档的撰写者可以向任何人分发自己制作（通过 Adobe Acobat 制作）的 PDF 文档而不用担心被恶意篡改。

PDF（Portable Document Format）文件格式是 Adobe 公司开发的电子文件格式。这种文件格式与操作系统平台无关，也就是说，PDF 文件不管是在 Windows，UNIX 还是在苹果公司的 Mac OS 操作系统中都是通用的。这一特点使它成为在 Internet 上进行电子文档发行和数字化信息传播的理想文档格式。越来越多的电子图书、产品说明、公司文告、网络资料、电子邮件开始使用 PDF 格式文件。PDF 格式文件目前已成为数字化信息事实上的一个工业标准。

Adobe Reader 是用于打开和使用在 Adobe Acrobat 中创建的 Adobe PDF 的工具。可以使用 Adobe Reader 查看、打印和管理 PDF。在 Adobe Reader 中打开 PDF 文件后，可以使用多种工具快速查找信息。如果收到一个 PDF 表单，则可以在线填写并以电子方式提交；如果收到审阅 PDF 的邀请，则可使用注释和标记工具为其添加批注。使用 Reader 的多媒体工具可以播放 PDF 中的视频和音乐。如果 PDF 中包含敏感信息，则可利用数字身份证对文档进行签名或验证。

**1. Adobe Reader 的安装（以 AdbeRdr80.chs 为例）**

首先双击打开 AdbeRdr80.chs.exe 文件，进入安装界面如图 2-32 所示。

选择好安装路径，如图 2-33 所示，单击【下一步】。然后单击【安装】按钮，如图 2-34 所示。最后单击【完成】按钮，如图 2-35 所示。

第一次自动启动 Adobe Reader 后，需阅读并接受其许可协议，如图 2-36 所示。

这样 Adobe Reader 就安装完毕。就可以打开并读取 PDF 文件了。

**2. Adobe Reader 的使用**

以一个打开的 PDF 文件页面为例，对 Adobe Reader 的使用作一个简单的介绍。

首先打开一个 PDF 文件，进入 Adobe Reader 的主界面，如图 2-37 所示。

第二步，对于一般的浏览者来说，Adobe Reader 主要起到一个浏览文件的作用，但

Adobe Reader 有很多特殊工具，能根据使用者的需要，对打开的 PDF 文件进行调整和修改标注等。根据图 2-38 所示，可逐个尝试使用工具栏的各个工具，只要了解 Adobe Reader 各工具的具体作用，使用方法就很简单了。

图 2-32　安装程序启动界面

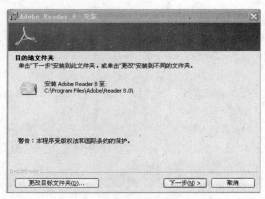

图 2-33　选择安装路径界面

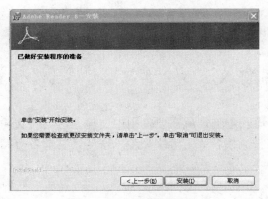

图 2-34　开始安装界面

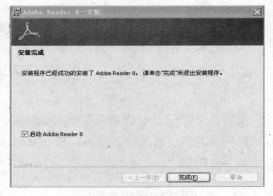

图 2-35　安装完成界面

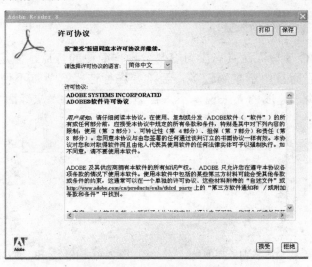

图 2-36　接受许可协议界面

图 2-37　打开的 Adobe Reader 的界面

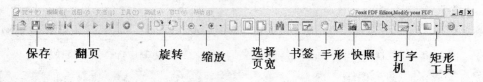

图 2-38　Adobe Reader 的工具栏

# 2.4　汉字输入法

汉字是文字信息中的重要类别，要将汉字输入电脑，就需要使用中文输入法。中文输入法的种类繁多，常见的有全拼、智能 ABC、搜狗拼音、五笔字型输入法等，它们各有特点，具体介绍如下。

## 2.4.1　拼音输入法

### 1. 全拼和智能 ABC 等输入法

全拼和智能 ABC 等输入法具有学习容易、操作简便的特点，但是它们编码较长，输入速度也相对较慢，而且由于重码较多，经常要进行选择，所以不便于实现盲打。对于专业录入和想提高输入速度的人来说，不太合适。这两种输入法界面如图 2-39 和图 2-40 所示。

图 2-39　全拼输入法输入界面

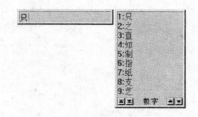

图 2-40　智能 ABC 输入法输入界面

**2. 搜狗拼音输入法**

众所周知，搜狗拼音输入法是现在用户较多、较为流行的拼音输入法，拥有最新最全的词库、炫目多姿的皮肤主题、方便快捷的一键搜索等功能，为广大用户带来了流畅、多彩的输入体验，而它还有更多看似不起眼的实用小功能，吸引了各行各业各个年龄段的用户。其工具界面如图 2-41 所示。

下面就给大家介绍搜狗拼音输入法的规则和技巧。掌握以下搜狗拼音输入法规则和技巧，会使你的工作和学习更加得心应手。操作规则及技巧如下：

图 2-41　搜狗输入法工具界面

（1）翻页选字。

搜狗拼音输入法默认的翻页键是逗号【，】和句号【。】，即输入拼音后，按句号【。】进行向下翻页选字，相当于【PageDown】键；按逗号【，】进行向上翻页选字，相当于【PageUp】键。找到所要输入的字后，按其相对应的数字键即可输入。我们推荐使用【，】键和【。】键翻页，因为用逗号、句号时手不用移开键盘主操作区，效率最高，也不容易出错。

输入法默认的翻页键还有"减号"（–）、"等号"（=），"左右方括号"（[]），用户可以通过【设置属性】→【按键】→【翻页键】来进行设定。

（2）使用简拼。

搜狗输入法不仅支持简拼，还支持声母简拼和声母的首字母简拼。例如：输入"张靓颖"，只要输入"zhly"或者"zly"都可以输入"张靓颖"，如图 2-42 所示。同时，搜狗输入法支持简拼全拼的混合输入，例如：输入"srf""sruf""shrfa"都是可以得到"输入法"的。

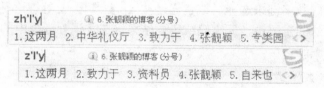

图 2-42　搜狗输入法输入界面

**注意：**这里的声母的首字母简拼的作用和模糊音中的"z，s，c"相同。但是，这属于两回事，即使没有选择设置里的模糊音，同样可以用"zly"输入"张靓颖"。有效的用声母的首字母简拼可以提高输入效率，减少误打，例如，输入"指示精神"这几个字，如果输入传统的声母简拼，只能输入"zhshjsh"，需要输入的多而且多个"h"容易造成误打，而输入声母的首字母简拼，"zsjs"能很快得到想要的词。

（3）中英文切换。

输入法默认是按下【Shift】键就切换到英文输入状态，再按一下【Shift】键就会返回中文状态。用鼠标点击状态栏上面的"中"字图标也可以切换。

除了【Shift】键切换以外，搜狗输入法也支持回车输入英文，和 V 模式输入英文。在输入较短的英文时使用能省去切换到英文状态下的麻烦。具体使用方法是：

一是回车输入英文：输入英文，直接敲回车即可。二是 V 模式输入英文：先输入"V"，然后再输入你要输入的英文，可以包含@+*/-等符号，然后敲空格即可。

（4）拼音纠错。

当输入非常快速的时候，很多人会把"ing"输入成"ign"，结果又得删除，影响效率，搜狗输入法提供"ign"→"ing"，"img"→"ing"，以及"uei"→"ui"，"uen"→"un"，"iou"→"iu"的自动纠错，即使输入"dign"，照样可以输入"顶"字。

（5）支持多国语言。

利用搜狗拼音输入法可以打出日文片假名、平假名、打出罗马字母、希腊字母以及俄文等。单击搜狗输入法横条中的【功能菜单】，找到"软键盘"，多国的字母就可以任使用了。在电脑屏幕右下方会出现一个模拟的键盘，可以对照使用这些特殊的文字和符号。

## 2.4.2 五笔字型输入法

目前大多数专业录入人员使用的汉字输入法是五笔字型输入法。该输入法有着无可比拟的优势，是目前输入汉字最快、应用最广泛的一种汉字输入法，其具体特点如下：

- 不受方言限制。拼音输入法利用读音输入汉字，要求用户必须认识要输入的汉字且掌握其标准读音，而使用五笔字型输入法输入汉字时，即使不认识这个汉字，也能根据字形输入该汉字。
- 按键次数少。使用拼音输入法输完编码后，必须按空格键确认，增加了按键次数，降低了打字速度，而五笔字型输入法最多只需按键 4 次，而且编码为 4 码的汉字不需要按空格键确认，提高了打字速度。
- 重码少。使用拼音输入法输入汉字时，由于同音的字和词经常会出现重码，需要按键盘上的数字键来选择，或者通过按【+】或【-】等键进行翻页选取，而五笔字型输入法的重码少，无重码或所要结果排在字词列表框中的第 1 位，可直接输入下一组编码。

### 1. 汉字的 5 种基本笔画

笔画是汉字的最基本单位，字不同，笔画也就不同。基本笔画组织在一起成为字根，字根按照不同的连接方式，就形成了不同结构的汉字。在五笔字型输入法中，汉字的笔画分为横、竖、撇、捺（点）、折 5 种，分别用代号 1、2、3、4、5 来表示，如表 2-1 所示。

表 2-1 汉字的 5 种基本笔画

| 编　码 | 笔　画 | 笔 画 走 向 | 笔画及其变体 |
| --- | --- | --- | --- |
| 1 | 横 | 从左到右 | 一 ✓ |
| 2 | 竖 | 从上到下 | ｜ ｌ |
| 3 | 撇 | 从右上到左下 | 丿 |
| 4 | 捺 | 从左上到右下 | 丶 ⟍ |
| 5 | 折 | 方向转折 | 乙 ㇆ 勹 一 ㇄ |

从表 2-1 中可以看出，五笔字型对笔画的分类与人们的习惯看法基本相同，但还是有

一些不同之处，需要用户注意。

（1）把点归结为捺类，把提归结于横类，这是因为其运笔方向是一致的。除了竖笔画能代替左竖钩以外，其他带转折的笔画都归结为折类。

（2）五笔字型中，对笔画的分类只考虑其走向，而不考虑其长短和轻重。

另外，熟记横、竖、撇、捺、折的编号，对以后汉字的拆分会有帮助。

**2. 汉字的 3 种基本字型结构**

汉字是一种平面文字，同样几个字根，摆放位置不同，字型就不同，就形成不同的字。如叭与只、吧、邑等。可见，字根的位置关系，也是汉字的一种重要特征信息。在五笔字型输入法中，根据构成汉字的各字根之间的位置关系，可以将成千上万的汉字分为左右型、上下型和杂合型 3 种。按照它们拥有汉字的字数多少、使用的广泛面，将左右型汉字排在第 1 位，因此我们把左右型命名为 1 型，代号为 1；其次就是上下型汉字，命名为 2 型，代号为 2；3 种字型中最少的就是杂合型，命名为 3 型，代号为 3。这几种汉字的字型结构如表 2-2 所示。

表 2-2　汉字的 3 种字型

| 字型结构 | 说　明 | 特　点 | 实　例 |
|---|---|---|---|
| 左右型（1） | 双合字 | 两个部分分列左、右，其间有一定的距离 | 胡、理、结、汪、根、汉、相、找 |
| | 三合字 | 整字的 3 个部分从左到右并列，或者单独占一边的部分与另外两部分呈左、右排列 | 湘、树、较、持、横、按、部、隔 |
| 上下型（2） | 双合字 | 两个部分上、下分别，其间有一定的距离 | 要、类、另、字、分、定、另、呈 |
| | 三合字 | 3 个部分上、下排列，或者单占一层的部分与另两部分呈上、下排列 | 整、坚、愁、竖、型、聂、零、霍 |
| 杂合型（3） | 内外型 | 组成整字的各部分之间没有简单明确的左右或上下型联系 | 团、圆、同、区、还、选、这、层 |
| | 单体型 | | 木、我、天、且、成、也、了、才 |

**3. 字根的 4 种连接方式**

汉字由基本字根组合而成，在组成汉字时，130 个基本字根通过一定的方式连接在一起，汉字的连接方式分为 4 种：单、散、连和交。

（1）单：指基本字根本身单独成为一个汉字，不与其他汉字发生联系。这样的字根被称为成字字根，例如，虫、言、石、田、水、日、火等。

（2）散：指一个汉字由多个字根组成，各个字根之间不相连也不相交，保持一定的间距，例如，据、所、模、功、偿、他、苟等。

（3）连：一个基本字根连一单笔画，例如，"丿"下连"目"成为"自"，"丿"下连"十"成为"千"。另一种情况是指带点结构，例如，勺、术、太、主等。单笔画与字根之间存在连的关系，字根与字根之间不存在连的关系。

（4）交：指多个基本字根相交叉连接构成汉字，字根之间有重叠的部分。例如，"叉"

字是由"又"和"、"交叉而成,其他还有成、威、为、丈等。

### 4. 字根的分区划位

五笔字型的基本字根(含 5 种单笔画)共有 130 种。将这 130 种字根按其各个笔画的类别,各对应于英文字母键盘的一个区,每个区又尽量考虑字根的第 2 个笔画,再分作 5 个区,便形成有 5 个区,每区 5 个位,即 5×5=25 个键位的一个字根键盘,该键盘的位号从键盘中部起,向左右两端顺序排列,这就是分区划位的五笔字型字根键盘,区位号用 11~55 来表示,如图 2-43 所示。字根在键盘上排列的规律性如下:

(1)字根的第 1 个笔画的代号与其所在的区号一致,如禾、白、月、人、金的首笔为撇,撇的代号为 3,故它们都在 3 区。

(2)一般来说,字根的第 2 个笔画代号与其所在的位号一致,如土、白、门的第 2 笔为竖,竖的代号为 2,故它们的位号都为 2。

(3)单笔画一、丨、丿、、乙都在第 1 位,两个单笔画的复合笔画二、刂、彡、巜都在第 2 位,3 个单笔画复合起来的字根三、川、彡、氵、巛,其位号都是 3。

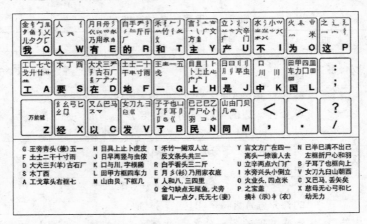

图 2-43　五笔字型键盘上字根的分布

### 5. 汉字的拆分原则

在拆分汉字时,不按正确的书写顺序来拆分,或者无限制地拆分,都是不行的,且拆分汉字时还将遇到一些特殊情况。拆字时必须遵循一定的原则,即取大优先、兼顾直观、能连不交、能散不连。

(1)书写顺序。

合体字拆分时,一定要按照书写顺序,凡超过 4 码或不足 4 码的汉字拆分为字根时,遵循"先左后右,先上后下,先外后内"的原则。

(2)取大优先。

将一个汉字按书写顺序拆分为字根时,不能无限制地将其拆分,否则都变成了单笔画,这显然是不行的。要将一个汉字拆分成一个个字根,且尽可能是笔画多的字根,要达到再添一个笔画就构成一个字根的限度。例如,"丰"字拆分为"三、丨",而不拆成

"二、十"。

（3）兼顾直观。

在拆分汉字时，要考虑汉字字根的完整性，有时可以不遵循书写顺序和取大优先的原则，形成一些特殊的拆分方法，例如，"国"字拆分为"囗、王"。

（4）能连不交。

当一个字既可拆分为相连的几个部分，又可拆分为相交的几个部分时，我们认为相连的拆法是正确的。因为一般来说，连比交更直观。例如，"天"字拆分为"一、大"是正确的，若拆分为"二、人"则是错误的。

（5）能散不连。

汉字的字型取决于字根间的关系，根据字根的关系，字形可以分为左右型、上下型、杂合型。如"午"字按照散的原则，可拆分成"𠂉、十"两个字根，视其为上下型；若按照连的原则，可拆分成"丿、干"两个字根，视其为杂合型。按照能散不连的原则，第 1 种拆分方法是正确的。

### 6. 字根码和识别码

字根所在键的英文字母就是它的字根码。例如，字根"方"的字根码为"Y"，"人"的字根码为"W"，"小"的字根码为"I"，"虫"的字根码为"J"等。不同的字根可能拥有相同的字根码。由汉字最后一笔的笔画编号和字型结构的编号组成交叉代码，交叉代码所对应的英文字母就是识别码。

如果一个汉字的字根不足 4 个，就要在末笔加上识别码。5 种笔画的编号前文已经介绍过了，横、竖、撇、捺、折分别为 1、2、3、4、5，字型结构中的左右结构、上下结构、杂合结构的编号分别为 1、2、3。把这两种编号组合起来就形成了识别码的编号，不同的编号对应不同的字母键。对于不足 3 码和 4 码的字取码时需增加字型识别码。字型识别码由末笔代码和字型代号组合而成，如表 2-3 所示。

表 2-3 字型识别码

| 末笔代码 | 左右型（1） | 识别码 | 上下型（2） | 识别码 | 杂合型（3） | 识别码 |
| --- | --- | --- | --- | --- | --- | --- |
| 横（1） | 11 | G | 12 | F | 13 | D |
| 竖（2） | 21 | H | 22 | J | 23 | K |
| 撇（3） | 31 | T | 32 | R | 33 | E |
| 捺（4） | 41 | Y | 42 | U | 43 | I |
| 折（5） | 51 | N | 52 | B | 53 | V |

### 7. 五笔字型编码输入

（1）键名汉字。

输入键名汉字时，只需将所在键位连按 4 下即可，即键名码+键名码+键名码+键名码，当然有些键名汉字不必连续按 4 次，例如，"人"是一级简码，"水"是二级简码，键名汉字的击键法如表 2-4 所示，不够 4 码的汉字加空格键。

表 2-4　键名汉字编码的按键法

| 汉字 | 键名码 | 按键法 | 汉字 | 键名码 | 按键法 | 汉字 | 键名码 | 按键法 |
|---|---|---|---|---|---|---|---|---|
| 金 | Q | QQQQ | 人 | W | W | 月 | E | EEE |
| 白 | R | RRR | 禾 | T | TTT | 言 | Y | YYY |
| 立 | U | UU | 水 | I | II | 火 | O | OOO |
| 之 | P | PP | 工 | A | A | 木 | S | SSSS |
| 大 | D | DD | 土 | F | FFFF | 王 | G | GGG |
| 目 | H | HHHH | 日 | J | JJJJ | 口 | K | KKKK |
| 田 | L | LLL | 山 | M | MMM | 已 | N | NNNN |
| 子 | B | BB | 女 | V | VVV | 又 | C | CCC |

（2）成字字根。

成字字根指汉字本身就是一个字根（键名汉字除外）。也就是说在键盘的每一个键位上，除了键名字根外，还有其他数量不等的一些字根。其中有一部分本身是汉字，称为成字字根。当一个成字字根的笔画数超过 2 时，它们的编码规则为：按字根所在键一下，再按该字根的第 1，2，末单笔画键。即键名码+首笔代码+次笔代码+末笔代码。成字字根的编码拆分实例如图 2-44 所示。

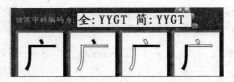

图 2-44　成字字根的编码拆分实例

（3）合体字。

由字根组合的汉字叫合体字，其输入方式有两种：由至少 4 个字根组成的汉字依照书写顺序输入 1，2，3，末字根；由不足 4 个字根组成的汉字按书写顺序依次输入字根后加末笔交叉识别码。即含 2 个字根的汉字输入编码为：编码=字根码 1+字根码 2+识别码+空格，如"好"字的汉字编码为"女"（V），"子"（B），识别码为"11"（G），其汉字编码为"VBG"；含 3 个字根的汉字编码为：编码=字根码 1+ 字根码 2 +字根码 3+空格，如"哎"字的汉字字根拆分为"口"（K），"艹"（A），"乂"（Q），其编码为"KAQ"；含 4 个或 4 个以上字根的汉字编码为：编码=字根码 1+字根码 2+字根码 3+最后字根码 4；如"排"字的汉字字根拆分为"扌"（R），"三"（D），"刂"（J），"三"（D），其编码为"RDJD"。"缩"字已超了 4 个字根，所以我们只取第 1，2，3 和最后的字根，其编码就是"XPWJ"。

（4）一级简码。

一级简码是根据每一键位上的字根形态特征，在 5 个区的 25 个键位上各安排一个使用频率最高的汉字，即高频字。在学习五笔字型过程中，一定要下工夫熟记一级简码，由于一级简码与另外一些汉字组成词组时，需要取其前一或前两码。所以在熟记其一级简码代码的同时，也要熟记其前两码，如表 2-5 所示。

表 2-5 一级简码输入列表

| 汉字 | 一级简码 | 全码 | 前两码 | 汉字 | 一级简码 | 全码 | 前两码 |
|------|---------|------|--------|------|---------|------|--------|
| 我 | Q | TRNT | TR | 地 | F | FBN | FB |
| 人 | W | WWWW | WW | 一 | G | GGLL | GG |
| 有 | E | DEF | DE | 上 | H | HHGG | HH |
| 的 | R | RQY | RQ | 是 | J | JGHU | JG |
| 和 | T | TKG | TK | 中 | K | KHK | KH |
| 主 | Y | YGD | YG | 国 | L | LGY | LG |
| 产 | U | UTE | UT | 同 | M | MGKD | MG |
| 不 | I | GII | GI | 民 | N | NAV | NA |
| 为 | O | YLYI | YL | 了 | B | BNH | BN |
| 这 | P | YPI | YP | 发 | V | NTCY | NT |
| 工 | A | AAAA | AA | 以 | C | NYWY | NY |
| 要 | S | SVF | SV | 经 | X | XCAG | XC |
| 在 | D | DHFD | DH | | | | |

（5）二级简码。

五笔字型的二级简码汉字理论上应为 25×25=625 个，但是有些两个代码的组合没有汉字，或组合得到的汉字不常用，所以五笔字型输入法实际安排的二级简码字共 589 个，占整个汉字频度的 60.04%。二级简码输入方法为：只输入该字的前两个字根再加上空格键即可。例如，"克"（古、儿）字编码为"DQ"。

（6）三级简码。

三级简码是用汉字的前 3 个字根来作为该字的代码，共有 4400 多个，输入时只需输入汉字的前 3 个字根代码，再加空格键即可。虽然加空格键，并没有减少总的按键次数，但因为省略了最后一个字根码末笔识别码，所以也相应地提高了输入速度。例如，"知"字的全码为"TDKG"，简码为"TDK"，省略了末笔字型识别码 G。

（7）词组。

五笔字型汉字输入法对词汇编码也很简单。词组的编码和单个汉字的编码一样，都是由 4 个字母组成。不论词组中的字数有多长，一律等长为 4 码，码型与单字码完全相同，只是取码规则对于不同字数的词不一样。词组可以分为二字词、三字词、四字词和多字词。下面介绍一下各字词组的取码规则。

二字词组的编码为：编码 = 首字字根码 1 + 首字字根码 2 + 次字字根码 1 + 次字字根码 2。例如，词组"规则"，拆分其字根为"二、人、冂、儿"、"贝、刂"，取各字前两码为"FWMJ"；三字词的编码为：编码＝首字第 1 码 + 次字第 1 码 +最后字字根码 1+ 最后字字根码 2。例如，三字词"办公室"的各字拆分的字根为"力、八"、"八、厶"、"宀、厶、土"，我们只取第 1 字的第 1 码、第 2 字的第 1 码和最后字的第 1 个码及第 2 个码，即只需输入"LWPG"即可；四字词和多字词的编码为：编码 = 第 1 字字根码 1 + 第

2 字字根码 1 + 第 3 字字根码 1 + 最后字字根码 1。例如，四字词"别出心裁"，我们取各个字字根的第 1 码为"口"、"凵"、"心"、"十"，故其编码为"KBNF"，多字词"中华人民共和国"，我们只需取第 1、2、3 个汉字的第 1 码和最后一个汉字的第 1 码，即"口"、"亻"、"人"、"囗"，这样编码为"KWWL"。如图 2-45 所示为一些词组的拆分实例。

图 2-45　词组的拆分实例

# 本 章 小 结

　　本章主要介绍了计算机的主要性能指标、计算机的使用环境，Windows XP 操作系统的基本设置、文件管理、磁盘管理、用户账户管理、添加和删除程序等相关知识，使读者掌握衡量计算机性能的指标参数及 Windows XP 操作系统的基本操作及设置方法的相关知识。介绍了在办公自动化过程中所运用到的系统工具软件及汉字输入法的基本知识，使读者掌握 WinRAR 压缩软件、Adobe Reader 文件阅读软件和汉字输入方法的使用。

# 练习及训练

## 一、填空题

　　1．一台计算机的硬盘分为 4 个区，C、D、E、F 分别为硬盘的盘符，如果有光驱，就以＿＿＿＿＿＿为光驱内的光盘。

　　2．操作系统是用户使用计算机而必备的一种＿＿＿＿＿＿。

　　3．在设置桌面背景时，在【位置】下拉列表中有 3 种图片显示方式，即＿＿＿＿＿、＿＿＿＿＿和＿＿＿＿＿。

　　4．在 Windows XP 中有两类账户，即＿＿＿＿＿＿和＿＿＿＿＿＿账户。

　　5．文件名具有唯一性，一般由＿＿＿＿＿＿和＿＿＿＿＿＿组成。在命名文件或文件夹时，最多可达＿＿＿＿个字符。

　　6．如果使用鼠标拖动复制文件和文件夹，那么在拖动时按住＿＿＿键，其过程是移动文件。使用＿＿＿键，可以选择多个连续的文件或文件夹。

7．Windows XP 是＿＿＿＿＿＿位操作系统。Windows XP 的窗口一般由＿＿＿＿＿＿、＿＿＿＿＿＿、＿＿＿＿＿＿、＿＿＿＿＿＿和＿＿＿＿＿＿等几部分组成。

8．在 Windows XP 的任务栏上，窗口的排列方式有＿＿＿＿＿＿、＿＿＿＿＿＿和＿＿＿＿＿＿。＿＿＿＿＿＿位于窗口的顶部，用来显示窗口的＿＿＿＿＿＿。

9．汉字输入方式可分为两大类，分别为＿＿＿＿＿＿和＿＿＿＿＿＿。

10．五笔字型输入法中，汉字分为＿＿＿＿＿＿种字型，代码分别是＿＿＿＿＿＿。

11．五笔字型输入法中，单字拆分的 4 个基本要点是＿＿＿＿＿＿、＿＿＿＿＿＿、＿＿＿＿＿＿、＿＿＿＿＿＿。

## 二、简答题

1．计算机的主要技术指标有哪些？分别对计算机性能有何影响？

2．试说明下拉组合框和下拉列表框的区别。

3．列举两种退出 Windows XP 的方法。

4．对话框和窗口有什么区别？

5．进行文件和文件夹的复制或移动时可以用什么操作来实现？简述其操作方法。

6．键盘分为几个区？打字时各手指是如何分工的？

7．简述五笔字型输入法与拼音输入法的特点。

## 三、实训题

实训目的：

1．掌握文件与文件夹的基本操作方法

2．掌握使用 Windows XP 的碎片整理程序的方法，对电脑进行一次全面的碎片整理工作

3．掌握添加和删除应用程序的过程与方法

4．掌握设置快速启动栏的方法，便于快速启动需要的程序

5．学习将个人图片设置为屏幕保护程序，掌握其方法

6．练习用户账户管理的高级操作，掌握其方法

7．练习对建立的文件夹、图片进行压缩与解压缩，掌握其方法

8．练习五笔输入法，并用金山打字软件练习字根、单字、词组的输入

实训要求：

使用 Windows 操作系统进行相关操作；练习五笔字型输入方法。

实训指导：

（1）练习新建一个文件夹，并且命名为"下载的资料"，保存在【我的文档】中，然后将网络上下载的内容复制到该文件夹中；删除本地磁盘（D：）中的文件，将"下载的资料"文件夹移动到本地磁盘（D：）中。

（2）右击本地磁盘（C：），在快捷菜单中选择【属性】命令，在【工具】选项卡中单击【开始整理】按钮，打开【磁盘碎片整理程序】对话框，单击列表中需要整理的磁盘，然后单击【碎片整理】按钮即可进行磁盘碎片的整理。

（3）选择【开始】→【设置】→【控制面板】命令，双击【添加或删除程序】图标，在出现的窗口中添加和删除【QQ游戏】应用程序。

（4）在任务栏中单击鼠标右键，在快捷菜单中选择【属性】命令，在打开的【任务栏和「开始」菜单属性】对话框中，选择【任务栏】选项卡，设置完成，单击【确定】按钮即可。

（5）将个人图片置于【我的文档】中，在桌面的空白处右击鼠标，在快捷菜单中选择【属性】命令，在出现的【显示属性】窗口中选择【屏幕保护程序】选项卡，在【屏幕保护程序】下拉列表中，选择【图片收藏幻灯片】选项，单击【应用】按钮，然后单击【确定】按钮即可。

（6）选择【开始】→【设置】→【控制面板】命令，然后双击【管理工具】图标，在【管理工具】窗口中，双击【计算机管理】图标，然后双击【本地用户和组】或单击其前面的加号，展开此节点，即可对【用户】和【组】进行设置。

（7）练习对文件夹、图片进行压缩与解压缩。

（8）打开一个 Word 文档，利用五笔字型输入法进行汉字输入练习。

# 第 3 章　办公中的文档处理

## 学 习 目 标

**知识目标：**

● 了解办公过程中文档处理的各个功能工具；
● 掌握不同文档的创建方法。

**能力目标：**

● 通过学习，可以按照用户要求快速创建办公文档；
● 掌握创建和编排文档过程中的各种技巧。

## 3.1　创 建 文 档

办公中的文档处理目前主要使用的是 Microsoft Office 中的 Word 工具，它不仅具有对文字、段落的格式、图表等的处理功能，还具有更高一级的办公处理中的许多实用功能。Word 在文字录入、排版、格式设置、图文混排、打印、模板、目录生成、审阅等诸多方面都有其极大的优势，是现代办公人员不可缺少的办公工具。它可以帮助行政、文秘等办公人员创建、编辑、排版、打印各类用途的文档，进行书信、公文、报告、论文、商业合同的写作、排版等文字工作。

### 3.1.1　使用 Word 处理文字的特点

**1. 友好的用户界面**

Word 操作界面直观易用，提供了大量的菜单和工具栏按钮，用户在很短的时间内就可以掌握其常用功能。

**2. 强大的排版功能**

Word 强大的排版功能使用户可以游刃有余地制作出各种版式的文档。

**3. 灵活的图文混排**

各种图片、对象可以与文字灵活地结合在一起，形成图文并茂的文档。

**4．表格制作简单**

利用 Word 可以制作出各种样式的表格，同时 Word 还支持一些表格内的数据处理功能，如数值运算、排序等。

**5．丰富的自动功能**

Word 具有丰富的自动功能，如自动替换功能可以自动修改输入的英文常用词中的拼写错误，快速地输入常用词组以及特殊符号；宏可以使 Word 自动地完成一系列重复操作；拼写和语法检查功能可以随时检查拼写和语法错误并提出修改建议。

**6．可以制作简单网页**

将 Word 制作的文档保存为超文本文件，即可制作出简单网页。

**7．所见即所得**

Word 的一个显著特点是所见即所得，即在计算机屏幕上看到的内容与打印后的效果是一致的。

## 3.1.2　打开 Word 通用模板

启动 Word 2003 后，选择【文件】菜单下的【新建】命令，在任务窗格中选择【本机上的模板】选项后，打开的【模板】对话框中 Normal.dot 模板就是 Word 的通用模板（存储于 Microsoft Office 目录 Templates 子目录中），默认新建的空白 Word 文档都是基于该模板生成的。若要基于其他模板创建新文档，可从中选择相应的模板文件，如图 3-1 所示。

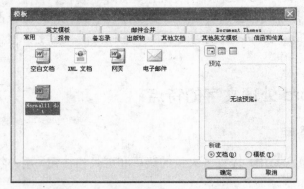

图 3-1　【模板】对话框

创建文档举例：制作一个会议通知的传真。

**1．制作过程**

（1）新建 Word 文档。启动 Word 程序新建一个空白文档，或右击某文件夹的空白处，新建一个 Word 文件并打开。

（2）输入文档内容。在打开的文档中输入如图 3-2 所示的内容。

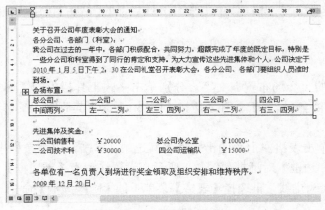

图 3-2　会议通知样文

输入时注意以下技巧：

① 输入数字时可以用键盘上的数字小区快速输入（【NumLock】键的灯处于点亮状态时可用）。

② 人民币符号的输入是在中文输入状态下按【$】键（按住【Shift】键）。

③ 表格的插入可以直接单击常用工具栏中的【插入表格】按钮，并选择行、列数，此处插入表格的目的是对齐每列的内容。

④ 发布通知的日期可以从【日期和时间】对话框（选择【插入】→【日期和时间】命令即可打开）中选择一种日期格式，若选中了【自动更新】复选框，时间和日期就可根据系统时间自动更新。

**2. 文档的格式排版**

（1）标题。

将光标置于标题行左侧，待变为向右箭头状时单击，或按住【Ctrl】键的同时单击该行任意处，均可选定一行；在格式工具栏中分别单击【居中】、【加粗】按钮，并将字体设置为黑体、四号。

（2）正文的格式排版。

① 将光标置于第 1 行开始位置单击，然后按住【Shift】键不放单击最后一行末尾，可选定这一区域，选择四号字；

② 选择【格式】菜单下的【段落】命令，在打开的对话框中设置【行距】为【多倍行距】后，在【设置值】文本框中输入"1.3"（或选择一个值），即可改变行间距；

③ 将光标置于第 2 段，按住【Alt】键不放并用鼠标拖动水平标尺上的【首行缩进】按钮至"2"处，将段落的开头空出两个字符的位置；

④ 将光标置于本文最后一句，单击工具栏中的【右对齐】按钮，按【Enter】键在此句前空出几行。

**3. 移动和复制**

选定倒数第 2 行文字，单击常用工具栏上的【剪切】按钮或使用快捷键【Ctrl+X】，进行剪切，将光标定位到第 2 段尾，单击常用工具栏上的【粘贴】按钮或使用快捷键【Ctrl+V】进行粘贴。

### 4．表格设置

选中表格上方的"会场布置"文字，分别单击格式工具栏中的【居中】、【加粗】、【下划线】按钮，并将光标置于冒号之前按【Delete】键将其删除（或将光标置于冒号之后按【BackSpace】键）。

单击表格，再单击表格左上角的十字框将其选中，单击常用工具栏中的【表格和边框】按钮，弹出【表格和边框】对话框如图 3-3 所示，设置线型为【无边框】，并选择【所有框线】，表格的框线变为虚线，再选择【表格】菜单下的【隐藏虚框】命令，表格线即被隐藏。

### 5．查找/替换

要求将文中的"总公司"全部用"总部"替换。选择【编辑】菜单下的【查找和替换】命令，在打开的对话框中的对应位置输入如图 3-4 所示的内容后，单击【全部替换】按钮。

图 3-3　【表格和边框】工具栏　　　　　　图 3-4　【查找和替换】对话框

### 6．使用格式刷

选中"会场布置"文字，单击格式工具栏中的【格式刷】按钮，按住左键选择"先进集体及奖金"文字即可，然后将其中的冒号删除。

### 7．整体调整

若感觉全文文字的字号不合适，可以按【Ctrl+A】快捷键将全文选中，按【Ctrl+[】或【Ctrl+]】组合键进行字号大小的调整。处理后的文档效果如图 3-5 所示。

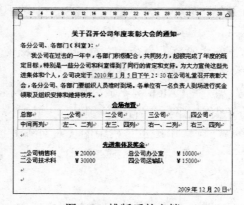

图 3-5　排版后的文档

**8. 保存文档**

选择【文件】菜单下的【保存】命令或单击常用工具栏中的【保存】按钮，选择保存的文件位置，输入文件名称"表彰大会通知"，保存文件。

# 3.2　办公文档中图形对象的使用

在办公过程中经常需要绘制各种图形，Word 中的绘图工具栏提供了大量的基本形状，用于绘制更加复杂的图形，还可将图形与文字进行混排，实现图文并茂。

## 3.2.1　办公文档中的简易流程图制作

**1. 流程图的含义**

流程图是流经一个系统的信息流、观点流或部件流的图形代表。不同的部门，可以用流程图来说明不同的过程，这种过程既可以是生产线上的工艺流程，也可以是完成一项任务必需的管理过程，还可以是某类零件的制造工序，甚至可以是组织决策制定程序的过程。这些过程的各个阶段均用图形块表示，不同图形块之间以箭头相连，代表它们在系统内的流动方向，而下一步如何进行，要取决于上一步的结果，即用"是"或"否"的逻辑分支加以判断。

**2. 绘制流程图的习惯表示**

流程图是由一些图框和流程线组成的，其中图框表示各种操作的类型，图框中的文字和符号表示操作的内容，流程线表示操作的先后次序。

用椭圆表示开始与结束；用矩形表示普通工作环节；用菱形表示问题判断或判定环节；用箭头代表工作流方向；用平行四边形代表输入、输出。

Word 的绘图工具栏中有多个功能菜单和按钮，如图 3-6 所示。

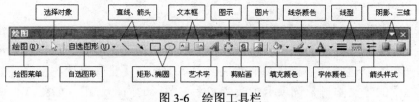

图 3-6　绘图工具栏

绘制图形的基本操作是，选择绘图工具栏中的某一图形，待鼠标指针变为十字形后，单击或按住左键拖动到合适大小即可。若不需要出现的绘图画布，可将其撤销，或取消选中【选项】对话框（选择【工具】→【选项】命令即可打开）中【常规】选项卡中的"插入自选图形时自动创建绘图画布"复选框。

**3. 绘图的一些基本技巧**

（1）按住【Alt】键拖动图形，可对图形的位置和大小进行精确调整。

（2）按住【Shift】键移动对象时，对象按垂直或水平方向移动。

（3）按住【Ctrl】键移动对象时，对象在两个方向上对称地放大或缩小。

（4）双击某个图形工具，可以多次使用该工具。

（5）选中的图形周围有 8 个控制点，按住鼠标左键拖动这些点可以改变图形大小。

（6）调整【绘图】菜单下【绘图网格】中的水平和垂直间距，可使图形位置进行微移。

（7）可对多个选定对象执行【绘图】菜单下的【对齐或分布】排列操作。

（8）图形对象在文档中可以像纸张一样叠加在一起，上层对象会遮盖下层对象，可利用【绘图】菜单下的【叠放次序】改变对象的上下位置。

（9）可对图形进行各种旋转和翻转操作、添加颜色、将多个图形进行组合等。

**4. 具体制作过程**

制作如图 3-7 所示的商标注册部分流程图，步骤如下：

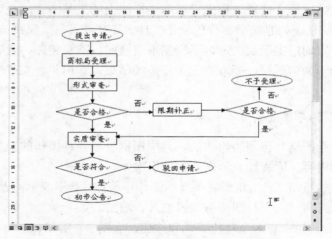

图 3-7　流程图样

（1）从绘图工具栏中选择【椭圆】图形工具，在文档中单击画出椭圆，右击图形，从快捷菜单中选择【添加文字】命令，输入内容并修改文字的各种格式，调整图形周围的控制点改变其大小，以适应文字。从图形的快捷菜单中选择【设置自选图形格式】命令，在打开的对话框中的【文本框】选项卡中改变文字与图形的内部边距，如图 3-8 所示。选中图形后，通过绘图工具栏中的【线条颜色】、【填充颜色】和【线型】等对图形进行编辑。

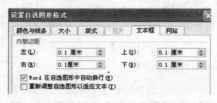

图 3-8　【设置自选图形格式】对话框

（2）同理，选择其他图形进行制作，其中的"是"和"否"可以通过添加文本框制作，并设置其边框颜色为【无】。注意利用复制和粘贴操作可以插入相同的图形从而减少重复的图形格式编辑。

（3）单击绘图工具栏中的【选择对象】按钮，按住鼠标左键将所有对象全部选中，再选择【绘图】菜单中的【组合】命令，将它们组合为一个整体图形。

## 3.2.2　其他图形的使用

自选图形是一组现成的形状，其中除矩形、圆、箭头等一些基本的形状外，还有各种标注、星、旗帜等，只要合理使用，便可以制作出用户所需的各种图形来。

各种标志的具体制作过程如下：

**1．禁止吸烟标志的制作过程**

（1）禁止图案：选择【自选图形】菜单下【基本形状】中的【禁止符】图形，并填充为红色。

（2）香烟图案：选择【自选图形】菜单下【流程图】中的【预定义过程】图形。

（3）烟雾图案：选择【自选图形】菜单下【线条】中的【自由曲线】图形，画出类似烟雾的形状，并填充为深灰色。在其快捷菜单中选择【编辑顶点】命令，调整形状的边缘基本光滑（可以放大文档的显示比例进行操作）。

（4）将三者全部选中，选择绘图工具栏中的【阴影样式】选项中的"阴影 14"，并适当进行阴影设置，将阴影略向下和向右延伸，改变阴影的颜色为灰色。

（5）选中禁止图案，在其快捷菜单中选择【叠放次序】→【置于顶层】命令。

（6）用艺术字或在竖排文本框中输入"吸烟有害健康"的文字并设置字体等格式。

（7）选中所有对象进行组合。最终图案如图 3-9 所示。

**2．公章标志的制作过程**

（1）单击【椭圆】按钮，按住【Shift】键画出一个圆形，用绘图工具栏上相应的按钮设置线条为红色，线型 3 磅。

（2）插入艺术字，输入公章名称，字体自定，选择艺术字形状为【细旋钮形】，调整艺术字的控制点及整体大小，使其与圆形大小和位置匹配。

（3）选择【星与旗帜】中的【五角形】图形，放在圆中适当位置并调整大小，填充为红色，线条为无色。

（4）将所有图形对象选中后进行组合。最终效果如图 3-10 所示。

图 3-9　禁止吸烟标志　　　　　　　　图 3-10　公章标志

### 3.2.3　组织结构图的制作

**1.　组织结构图的含义**

组织结构图是一种展示单位组织管理结构，表现上、下级之间管理、监督、协调关系的专用图形，被广泛运用于各种报告、分析类的公文中。

**2.　组织结构图的组成**

组织结构图由连接线和多个文本框组合而成，它们被放置在绘图画布中。插入组织结构图后，可以根据需要更改其版式，添加助手、下属或同事图形，也可以在文本框中添加文字，设置图形的样式和填充色，还可以更改连接线的样式，或自动套用格式。

**3.　对组织结构图的基本操作**

以创建某企业金字塔式的组织结构图为例，如图 3-12 所示。

（1）单击绘图工具栏上的【组织结构图】图标，可将一个默认大小的组织结构图插入至文档中，同时弹出组织结构图工具栏，如图 3-11 所示。选中需要在其下方或旁边添加形状的图形，单击组织结构图工具栏中【插入形状】图标右侧的

图 3-11　组织结构图工具栏

箭头，从下拉菜单中选择【下属】、【同事】或【助手】选项。单击需要添加文字的图形，输入并编辑文本。在组织结构图外任意处单击，完成组织结构图的创建。

（2）更改组织结构图的版式。

选中需要更改其助手和下属版式的上级图形，单击组织结构图工具栏上的【版式】按钮，从下拉菜单中选择【标准】、【两边悬挂】、【左悬挂】或【右悬挂】选项，取消自动版式，可以对线型、位置以及文本框的大小及位置进行随意调节。

（3）删除组织结构图中的图形。

选中需要删除的图形，按【Delete】或【BackSpace】键。

**4.　具体制作过程**

（1）先向文档中插入一个默认的组织结构图，将所有的下属图框删除，只留下第 1 层图框。（注意，在删除框图时，系统会智能化地删除相应的连接线。）

（2）选中第 1 层图框，为其增加一个下属，再增加一个助手。

（3）选中第 2 层图框，为其增加一个下属。

（4）选中第 3 层图框，分别为其增加 4 个下属。

（5）分别选中第 4 层图框中的每个框，各自增加一个下属，并为各下属增加几个同事。

（6）在各图框中输入如图 3-12 所示的内容，选中整个绘图区，将字体改变为五号，也可对每个图框中的文字进行格式设置，并用【格式刷】进行格式复制。

（7）将【版式】中的【自动版式】取消，调整各个图框的大小和位置。

（8）分别选中第 4 层图框中的每个框，并启用【自动版式】后，选择【版式】中的【左

悬挂】选项。

（9）将整个图设定为【自动套用格式】中的【方形阴影】效果，最终效果如图 3-12
所示。

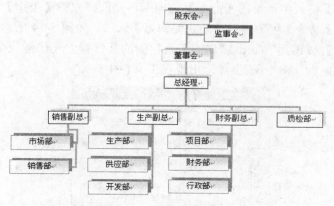

图 3-12　企业组织结构图

## 3.3　办公文档中的公式编辑

如果要在文档中插入各种公式，可以使用 Word 提供的公式编辑器工具，它不但可以
输入各种符号，还可输入各种数字和变量。而利用"域"的方法更能快速插入各种公式。

利用公式编辑器可以创建新的公式或编辑已有的公式，但需要先安装该工具。从 Office
安装盘中【程序的添加/删除】中选择【应用程序的高级自定义】后，再选择【Office 工具】
中的【公式编辑器】选项即可。

### 1. 公式编辑器的插入

将鼠标光标定位在文档中需插入公式的位置，选择【插入】菜单中的【对象】命令，
在【新建】选项卡的【对象类型】列表中选择【Microsoft 公式 3.0】（版本可能随 Office
的版本有所变化，这里是 Word 2003 版本），如图 3-13 所示。

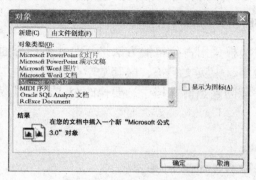

图 3-13　【对象】对话框

单击【确定】按钮后，进入公式编辑器窗口，并显示公式工具，从中选择需要的公式类型并输入相关的内容，进行公式创建。

也可以将插入公式的快捷键添加到某个工具栏中，方便以后使用。方法是：在【工具】菜单下的【自定义】窗口中，单击【命令】选项卡，先选择左侧【类别】列表中的【插入】选项，再选择右侧【命令】列表中的【公式编辑器】选项，如图 3-14 所示。按住鼠标左键，拖动【公式编辑器】按钮到 Word 窗口的工具栏中的某位置上（任何一个当前显示的工具栏都可以），释放鼠标，命令按钮 $\sqrt{\alpha}$ 即出现在工具栏中。

图 3-14 【自定义】对话框

## 2. 工具栏的组成

公式编辑器工具栏由两行按钮组成，如图 3-15 所示。

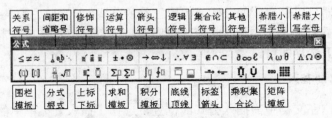

图 3-15 公式编辑器工具栏

顶行按钮可插入 150 多个数学符号，底行按钮用于插入模板和结构，以及各种围栏。

## 3. 公式编辑器的使用

公式编辑器中的公式模板采用占位符的方法进行公式各部分的分布，只要将光标定位于占位中，就可以输入数字、中英文字符、嵌套数学公式等。单击公式编辑框外的任何位置，可以退出公式编辑环境回到当前文档中。要修改公式，可以双击公式，重新进入编辑状态。

## 4. 具体创建过程

要创建如下所示的数学公式（1），步骤如下。

$$S_{ij} = \sum_{k=1}^{n} \alpha_{ij} \times \beta_{ij} \tag{1}$$

（1）进入公式编辑器窗口后，先输入字母"$S$"，然后在【上标下标】模板中选择带下标的选项，在 $S$ 右侧出现的下标框中输入"$ij$"，在其右侧单击输入"＝"。

（2）选择【求和模板】中的上下带虚框的求和符号，将光标分别置于上、下框中，并输入"$n$"和"$k=1$"。

（3）将光标置于求和符号右侧的框中，单击【希腊小写字母】中的"$\alpha$"按钮，并按第一步的方法为其输入下标，在其右侧单击，从【运算符号】中选取"×"。

（4）用同样的方法插入"$\beta$"及其下标，可连续单击【间距和省略号】按钮中的间距，空出一定距离后，输入此公式的编号"（1）"，公式就编辑完成了。

## 3.4　文字编辑的基本技巧

Word 是办公过程中不可缺少的助手，掌握其使用技巧，可以使办公效率成倍提高。

### 3.4.1　文档中的编辑对象与选择技巧

办公文档中，除文字外，经常需要插入并编辑许多其他对象，如表格、图形图像、艺术字等。

#### 1. 文字对象

（1）字符的输入技巧。

向文档中输入内容时，如果能很好地使用快捷键，如表 3-1 所示，能大大提高输入的速度。

表 3-1　输入中的快捷键

| 快 捷 键 | 功　能 | 快 捷 键 | 功　能 |
|---|---|---|---|
| Ctrl+. | 中英文标点切换 | Ctrl+Alt+. | 输入省略号（…） |
| Ctrl+Space | 中英文输入法切换 | Shift+^ | 输入省略号（……） |
| Shift+Ctrl | 不同输入法间切换 | Shift+Space | 全半角切换 |
| Shift+Alt+D | 插入当前日期 | Shift+Alt+T | 插入当前时间 |

除键盘输入外，在 Word 文档中输入其他符号或特殊符号，还可以用以下两种方法：一是用软键盘输入。右击输入法状态栏的键盘图标，从弹出的软键盘中选择不同类型的键盘，就可从中找到所要的符号；二是选择【插入】→【符号】命令，在所打开的对话框中，选择不同的字体和子集，就可找到不同类型的特殊符号插入文档中。

（2）文本的选择。

Word 把选中的文本以蓝底方式显示出来。

用鼠标选取文本只需把鼠标指针定位于要选取文本的开始处，按住鼠标左键进行拖动即可。除此之外，还可用以下方法进行快速选取文本：

① 将鼠标指针移至某行左侧的选定栏中，待指针变为右向箭头时单击鼠标左键可以选中一行文本，在选定栏中拖动可以选中多行文本。

② 要选取不连续的文本内容，可以按住【Ctrl】键不放进行选择。

③ 要选取一句文本，可以按住【Ctrl】键，在句中任意位置单击。

④ 要选取一段文本，可双击选定栏，也可在该段内任意位置三击。

⑤ 要选取一块矩形文本，可以在按住【Alt】键时用鼠标拖动进行选定。

⑥ 要选取大范围的文本，先在起始处单击鼠标，再按住【Shift】键在末尾处单击。

⑦ 要选取整个文档，可在选定栏处三击或使用【Ctrl+A】快捷键。

**2．表格对象**

Word 中的表格是由若干行和列组成的，行列交叉构成单元格，单元格中可以输入文字、添加图形图像及嵌套表格，还可以对表格中的数据进行计算、排序等。

（1）表格对象的插入与选择。

● 选择【表格】菜单下的【插入】→【表格】命令，可以对行、列数及表格宽度进行设置后插入一个表格。

● 单击常用工具栏中的【插入表格】按钮，选择表格的行数、列数插入表格。

● 打开常用工具栏中的表格和边框工具栏，如图 3-16 所示，可用其中的【绘制表格】按钮画出任意框架的表格。该工具栏中的按钮与【表格】菜单下的命令及表格的快捷菜单中的命令对应，有相同的功能。以上 3 种途径都可实现对表格及其中对象的编辑和格式操作。

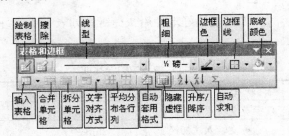

图 3-16　表格和边框工具栏

用不同的方法可选定表格中的不同对象。

① 可用单击并拖动的方法选定部分单元格或文本。

② 选定一个单元格。将鼠标指针移动到该单元格左边的选定栏中，待变为右向黑色箭头时单击。

③ 选定一行。将鼠标指针移动到该行左边的选定栏中，待变为右向黑色箭头时单击。

④ 选定一列。将鼠标指针移动到该列上方的选定栏中，待变为向下的黑色箭头时单击。

⑤ 选定整个表。单击表格左上角的表格移动控点。

⑥ 借助【Ctrl】键选定多行或多列。

（2）拆分与合并。

① 要拆分表格，将光标置于拆分后的第 2 个表格第 1 行，右击选择【拆分表格】命令。

② 要合并表格，只需将两表格间的内容或回车符删除即可。

③ 要拆分单元格，将光标置于该单元格中，右击，选择【拆分单元格】命令，在弹出的对话框中选择要拆分成的行、列数。还可将多个选定的单元格先合并再拆分。

④ 要合并单元格，只需选定多个单元格，右击，选择【合并单元格】命令即可。

（3）插入与删除行、列。

① 要插入行，将光标置于某行末尾处按【Enter】键。

② 要插入列，选择【表格】→【插入】→【列】命令。

③ 要删除行或列，选中行或列后按【Ctrl+X】或【BackSpace】键。

（4）表格属性。

【表格】菜单下的【表格属性】可以精确指定表格的对齐方式、行高、列宽及单元格宽度，还可单击【选项】按钮，进一步设置单元格中文字到表格线的距离。

一般可以将鼠标置于格线处，待指针变为"←‖→"时拖动格线迅速改变行高和列宽。也可将选中的多行或多列利用【平均分布各行/列】命令设置为等高或等宽。

（5）边框和底纹。

选中要添加边框和底纹的单元格或区域，利用表格和边框工具栏中的按钮进行设置。先指定好线型、粗细、颜色后，再单击框线。

（6）表格的其他编辑。

● 【标题行重复】命令可以将表头重复出现在同一表格每一页的最上方。

● 【绘制斜线表头】命令可以为表格的第一个单元格添加不同要求的斜线及内容。

● 【转换】命令可以将表格转换成普通文字，也可将用一定符号隔开的文字转换成表格。

### 3. 创建文档的具体过程

创建"公司礼仪规范"文档的具体过程如下。

（1）题目：公司礼仪规范。

（2）正文：分两个部分，即礼貌用语和着装要求，并各插入一个符号。选择【插入】→【符号】命令，在打开的对话框中的【字体】列表中选择【Webdings】选项，再选择相应符号即可。

（3）礼貌用语部分用表格显示中英文用语对照。先插入一个 2 列 4 行的表格（不够时再插入行或列）。边框用双线型，第 1 行底纹为灰色。可用【Tab】键在不同格间跳转输入。

要求：在输入时，尽量使用本节提到的技巧，如中英切换、插入行、输入省略号、调整行高和列宽等，并在文档最后的落款处插入当前日期，效果如图 3-17 所示。

### 3.4.2 实现快速编辑的方法

文档的编辑是 Word 的重要功能，若能正确使用一些系统提供的快速编辑方法，能够起到事半功倍的效果。

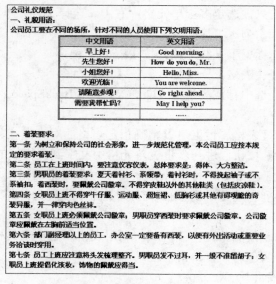

图 3-17 文档效果

**1. 基本方法**

（1）插入点的移动。

如果文档较长，不能在一屏中显示出来，可以用以下方法将插入点迅速移动。

① 单击垂直滚动条下方的【选择浏览对象】按钮旁的双三角箭头，可以向上或向下翻动一页。

② 用【编辑】菜单下的【定位】命令（或按【Ctrl+G】组合键）可以快速定位至文档中的特定对象，如页、节、行、表格、图形等，如图 3-18 所示。

图 3-18 【查找和替换】对话框

③ Word 会记录一篇文档最近 3 次编辑文字的位置，按【Shift+F5】组合键会定位到上一次的编辑位置，重复按【Shift+F5】组合键，可在最近 3 次编辑的位置之间循环。

④ 可以利用功能区的键及组合键进行光标移动操作，各键的功能如表 3-2 所示。

表 3-2 光标移动键

| 按　键 | 功　能 | 按　键 | 功　能 |
|---|---|---|---|
| Home | 移动到行的开头 | PgDn | 向下移动一屏 |
| End | 移动到行的末尾 | Ctrl+Home | 移动到文档开头 |
| PgUp | 向上移动一屏 | Ctrl+End | 移动到文档末尾 |

（2）移动、复制和删除。

① 移动和复制。选定要操作的文本后，按【Ctrl+X】组合键可以进行剪切、移动操作，按【Ctrl+C】组合键可以将其复制，光标定位于目标位置后，按【Ctrl+V】组合键可以将其粘贴。

② 删除。将光标置于字符前连续按【BackSpace】键，可删除多个字符，若按【Ctrl+BackSpace】组合键，可删除一个英文单词或汉语词组；光标置于要删除字符之后时，可连续按【Delete】键，而按【Ctrl+Delete】组合键，可删除一个英文单词或汉语词组；若要删除大块字符，选中后，按【BackSpace】键或【Delete】键即可。

（3）撤销与恢复。

排版过程中的错误操作是难免的，Word 提供了强大的撤销和恢复操作功能。

① 撤销操作。按【Ctrl+Z】组合键或单击常用工具栏中的 ↺▾ 按钮，可以撤销前一个操作，多次按此组合键或从 ↺▾ 按钮右侧的箭头下拉列表中选择要撤销到的位置，可以撤销前面的多次操作。

② 恢复操作。按【Ctrl+Y】组合键或单击常用工具栏中的 ↻▾ 按钮，可以恢复前一个操作，多次按此组合键或从 ↻▾ 按钮右侧的箭头下拉列表中选择要恢复到的位置，可以恢复前面的多次操作。

（4）查找与替换。

使用 Word【编辑】菜单下的【查找】功能，可以快速搜索文本的特征、每一处指定的字或词，可以使用通配符查找文档的内容并进行替换。

① 一般的查找与替换。要在文档中进行一般文字的查找与替换操作，可以在如图 3-19 所示的窗口中的【查找内容】文本框中输入要搜索的文字，在【替换为】文本框中输入要替换的文字，单击【查找下一处】按钮，找到后再单击【替换】按钮，可替换一处内容；若直接单击【全部替换】按钮，可直接将所有查找到的内容替换。

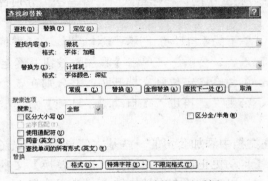

图 3-19 【查找和替换】对话框

② 高级查找与替换。查找替换功能不仅能对文字进行操作，还可对格式、段落标记、分页符及一些特殊字符进行查找和替换。

单击【高级】按钮，可以选择不同的搜索选项进行查找，还可以查找和替换带有多种格式的文本内容。光标在【查找内容】和【替换为】文本框中时，单击【特殊字符】按钮，可以从文档中查找或替换特殊字符，如图 3-20 所示。

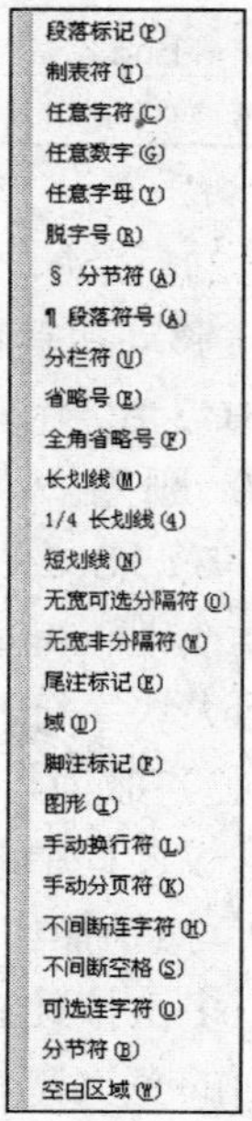

图 3-20　特殊字符

（5）自动更正。

文档中常需要进行字母的大小写转换，或输入英文单词、特定符号等，如果能使用【工具】菜单下的【自动更正选项】功能，可以快速进行更正。其中，系统已预定义了一些自动更正的内容，用户也可以进行自定义设置。在【替换】文本框中输入原始内容，在【替换为】文本框中输入要替换的内容，单击【添加】按钮，再单击【确定】按钮，以后只要在文档中输入原始内容，就可以自动更正为要替换的目标内容。

**2. 快速编辑"公函制作"文档的过程**

从网络上下载一篇文章粘贴到 Word 文档中，如图 3-21 所示，下面将对其进行编辑。

（1）先删除下载资料中的换行符。按下【Ctrl+F】组合键打开【查找和替换】对话框，在【查找内容】文本框内输入半角"^l"（是英文状态下的小写 l），或从【特殊字符】中选择【手动换行符】，在替换框内不输任何内容，单击【全部替换】按钮。

（2）在【查找和替换】对话框的【查找内容】文本框中分别输入"公函的"、英文状态下的左括号和右括号，【替换为】文本框中无内容，单击【全部替换】按钮，则此文字及括号处全部替换为空。

（3）选中文中的带下划线和颜色的"格式"两字，打开【查找和替换】对话框时，【查找内容】文本框中已有此内容，选择【格式】菜单中的【字体】命令，在打开的对话框中指定字体颜色和下划线。

（4）用相同的方法，将文中的"写作格式"、"写法"分别替换为空。替换后的文档如图 3-22 所示。

（5）打开【工具】菜单下的【自动更正选项】对话框，在【替换】文本框中输入"gh"，在【替换为】文本框中输入"、公函"，单击【添加】按钮并确定。

（6）按【Ctrl+Home】组合键定位到文档开头，并分别在 5 个标题处输入"gh"并空格，则将自动更正为"、公函"。再进入【自动更正选项】对话框，将刚才设定的自动更正项删除。

（7）如果经常要在文档中添加公司的一些基本信息，可以先在文档中输入相关内容，选定这些信息后，打开【自动更正选项】对话框，在【替换】文本框中输入标记名称（如公司信息），添加后确定，以后只要在文档中输入"公司信息"4 个字，就会自动替换为如图 3-23 所示的内容。

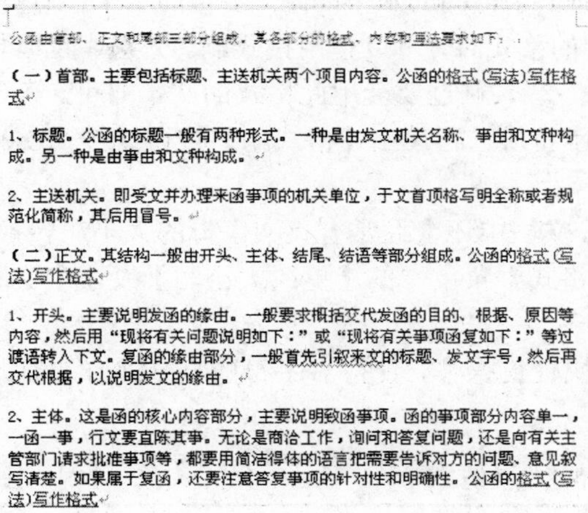
公函由首部、正文和尾部三部分组成。其各部分的格式、内容和写法要求如下：

（一）首部。主要包括标题、主送机关两个项目内容。公函的格式(写法)写作格式

1、标题。公函的标题一般有两种形式。一种是由发文机关名称、事由和文种构成。另一种是由事由和文种构成。

2、主送机关。即受文并办理来函事项的机关单位，于文首顶格写明全称或者规范化简称，其后用冒号。

（二）正文。其结构一般由开头、主体、结尾、结语等部分组成。公函的格式(写法)写作格式

1、开头。主要说明发函的缘由。一般要求概括交代发函的目的、根据、原因等内容，然后用“现将有关问题说明如下：”或“现将有关事项函复如下：”等过渡语转入下文。复函的缘由部分，一般首先引叙来文的标题、发文字号，然后再交代根据，以说明发文的缘由。

2、主体。这是函的核心内容部分，主要说明致函事项。函的事项部分内容单一，一函一事，行文要直陈其事。无论是商洽工作，询问和答复问题，还是向有关主管部门请求批准事项等，都要用简洁得体的语言把需要告诉对方的问题、意见叙写清楚。如果属于复函，还要注意答复事项的针对性和明确性。公函的格式(写法)写作格式

图 3-21　原文文档

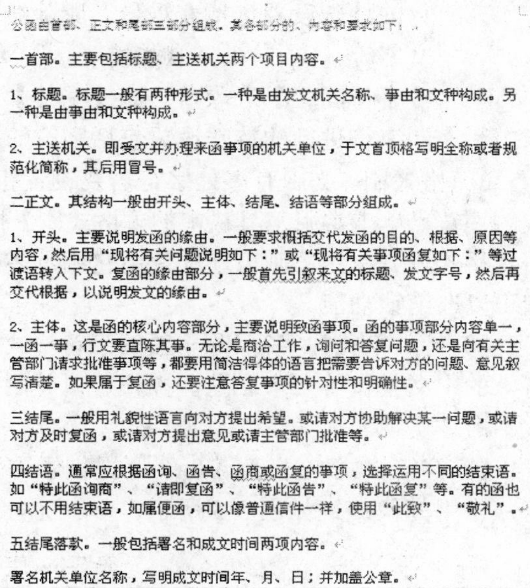
公函由首部、正文和尾部三部分组成。其各部分的、内容和要求如下：

一首部。主要包括标题、主送机关两个项目内容。

1、标题。标题一般有两种形式。一种是由发文机关名称、事由和文种构成。另一种是由事由和文种构成。

2、主送机关。即受文并办理来函事项的机关单位，于文首顶格写明全称或者规范化简称，其后用冒号。

二正文。其结构一般由开头、主体、结尾、结语等部分组成。

1、开头。主要说明发函的缘由。一般要求概括交代发函的目的、根据、原因等内容，然后用“现将有关问题说明如下：”或“现将有关事项函复如下：”等过渡语转入下文。复函的缘由部分，一般首先引叙来文的标题、发文字号，然后再交代根据，以说明发文的缘由。

2、主体。这是函的核心内容部分，主要说明致函事项。函的事项部分内容单一，一函一事，行文要直陈其事。无论是商洽工作，询问和答复问题，还是向有关主管部门请求批准事项等，都要用简洁得体的语言把需要告诉对方的问题、意见叙写清楚。如果属于复函，还要注意答复事项的针对性和明确性。

三结尾。一般用礼貌性语言向对方提出希望。或请对方协助解决某一问题，或请对方及时复函，或请对方提出意见或请主管部门批准等。

四结语。通常应根据函询、函告、函商或函复的事项，选择运用不同的结束语。如“特此函询商”、“请即复函”、“特此函告”、“特此函复”等。有的函也可以不用结束语，如属便函，可以像普通信件一样，使用“此致”、“敬礼”。

五结尾落款。一般包括署名和成文时间两项内容。

署名机关单位名称，写明成文时间年、月、日；并加盖公章。

图 3-22　编辑后的文档

| 公司名称：北方文化用品有限公司　　公司地址：北京西直门　　公司电话：010234248 |
|---|

图 3-23　自动更正后的效果

（8）选中第一行文本，按【Ctrl+C】组合键将其复制，在文档尾部粘贴，撤销第 6、7 步的操作。

## 3.4.3　文档的格式与修饰技巧

文档的排版是增强文档可读性及艺术性的方法之一，Word 提供了多种灵活的格式化文档的方法，在设置字符和段落格式时，可以用对话框、工具栏和快捷键等多种途径实现。

### 1．基本方法

（1）设置字符格式。

① 格式工具栏。字符的一些简单格式设置，可以通过格式工具栏中的按钮实现，如图 3-24 所示，只需选定文本，单击相应的工具按钮即可。若字号列表框中没有用户需要的字号，则可以直接输入字号的阿拉伯数字并按【Enter】键。

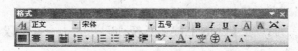

图 3-24　格式工具栏

② 【字体】对话框。对于较复杂的或特殊的字体格式必须通过【字体】对话框才能实现。

● 【字体】选项卡。在【字体】对话框的【字体】选项卡中，可以对选定的字符进行的特殊设置包括着重号、删除线、上下标、空心字、阴影、阴阳文，还可隐藏文字等。

● 【字符间距】选项卡。在【字体】对话框的【字符间距】选项卡中，可以对选定的字符进行的特殊设置包括字符的缩放、字符间的水平间距、字符的上下位置等。

③ 格式刷。文中有多处字符需要设置相同的格式时，可以使用格式刷。先选中已有格式的字符，单击常用工具栏中的【格式刷】按钮 ✔️，刷过要套用此格式的文本即可。若双击【格式刷】按钮，则可连续使用它刷过多处字符块。再单击【格式刷】按钮或按【Esc】键可以取消该功能。

④ 特殊格式的字符。除一般的字符格式外，文档中还会经常有英文字母的大小写转换、特殊的中文字符等要求，这些操作可以使用【格式】菜单中的【更改大小写】及【中文版式】命令实现。

⑤ 字符格式快捷键。Word 还提供了许多快捷键操作，使得对字符的格式操作更加迅速，常用的快捷键如表 3-3 所示。

表 3-3　字符格式快捷键

| 快　捷　键 | 功　　能 | 快　捷　键 | 功　　能 |
| --- | --- | --- | --- |
| Shift+Ctrl+= | 上标 | Ctrl+B | 加粗 |
| Ctrl+= | 下标 | Ctrl+I | 倾斜 |
| Ctrl+[ | 逐渐放大文字 | Ctrl+U | 下划线 |
| Ctrl+] | 逐渐缩小文字 | Shift+F3 | 全部字母大小写及首字母大小写间切换 |
| Shift+Ctrl+> | 10 磅级增大字号 | | |
| Shift+Ctrl+< | 10 磅级缩小字号 | | |

⑥ Word 中字号单位的对照。Word 中的字号单位是"号"和"磅"，两者的对应关系如表 3-4 所示。

表 3-4　字号单位对照表

| 号　　数 | 磅　　值 | 号　　数 | 磅　　值 | 号　　数 | 磅　　值 | 号　　数 | 磅　　值 |
| --- | --- | --- | --- | --- | --- | --- | --- |
| 初号 | 42 磅 | 小初 | 36 磅 | 一号 | 26 磅 | 小一 | 24 磅 |
| 二号 | 22 磅 | 小二 | 18 磅 | 三号 | 16 磅 | 小三 | 15 磅 |
| 四号 | 14 磅 | 小四 | 12 磅 | 五号 | 10.5 磅 | 小五 | 9 磅 |
| 六号 | 7.5 磅 | 小六 | 6.5 磅 | 七号 | 5.5 磅 | 八号 | 5 磅 |

（2）设置段落格式。

在输入文档的过程中，按【Enter】键表示换行并开始一个新的段落，新段落的格式将与上一段落完全相同。

对于段落的格式设置与字符的格式设置途径相似，也可有多种方式。

① 格式工具栏。可以利用工具栏中的工具按钮简单设置段落的对齐方式、行距，改变缩进量，并为段落添加默认的编号和项目符号。

利用水平标尺可以设置段落的左、右、首行、悬挂等缩进方式，按【Alt】键的同时拖动相关按钮，能精确定位缩进的位置。

② 【段落】对话框。若要对段落进行详细的设置，可以打开【段落】对话框。其中，【缩进和间距】选项卡用于设置段前段后间距、自定义行间距等；【换行和分页】选项卡用于设置段前段后如何分页、孤行如何分配等；【中文版式】选项卡用于设置英文单词的换行、标点的边界溢出、中西文字间距及文本对齐方式等。文本对齐方式特别适合在图片与文字之间的对齐关系方面，指定文字与图片是底端对齐、居中对齐还是顶端对齐。

③ 格式刷。与字体使用格式刷的作用相似，当希望每一段都与某段有相同的段落格式时，可以先选定此段落的段落标记（此段的回车符）或将光标置于该段落中，单击或双击【格式刷】按钮，然后刷过其他段落的段落标记或单击其他段落的任意位置即可。

④ 段落格式快捷键。对段落进行对齐或改变行间距时可用如表 3-5 所示的快捷键。

表 3-5　段落格式快捷键

| 快　捷　键 | 功　　能 | 快　捷　键 | 功　　能 |
|---|---|---|---|
| Ctrl+J | 两端对齐 | Ctrl+1 | 1 倍行距 |
| Ctrl+E | 居中对齐 | Ctrl+2 | 2 倍行距 |
| Ctrl+R | 右对齐 | Ctrl+5 | 1.5 倍行距 |
| Ctrl+Q | 左对齐 | Ctrl+0 | 段前空一行 |
| Shift+Ctrl+D | 分散对齐 | | |

（3）设置项目符号和编号。

Word 可为段落自动添加项目符号和编号，使文档层次分明，便于阅读。若段落层次要求严格，可用编号和多级符号；若次序不重要，可用项目符号。

可以为已输入的文本添加项目符号和编号，将光标置于某段或选定多段，从格式工具栏中添加一种默认符号，或在【项目符号和编号】对话框中选择所需编号或项目符号即可，还可对它们进行自定义设置。也可以先添加符号再输入文本，这样按【Enter】键后，下一段落将自动沿用上一段落的符号。

要取消编号，只要当 Word 为其自动加上编号时，按【Ctrl+Z】组合键即可，此时自动编号会消失，而且再次键入编号时，该功能会被禁止。

**2.　"公司礼仪规范"文档的修饰过程**

（1）打开 3.4.1 节中输入的文档"公司礼仪规范"。选中文档的标题，按【Ctrl+B】、【Ctrl+]】、【Ctrl+E】组合键，将标题字符加粗、变大、居中对齐，并设置为黑体。

（2）选中第 1 个小标题，按【Ctrl+]】、【Ctrl+U】组合键，使字符变大、加下划线，段前段后设为 0.5 行。用格式刷将该格式复制给第 2 个小标题。

（3）选中整个表格，使表格在页面中居中对齐，选中表格第 1 行，用快捷方式使其居中、加粗、加大一号字；为表格中每行添加一种项目符号；表格中英文单词首字母大写。

（4）将第 2 个小标题下的每一段首行缩进 2 个字符，调整行间距为 1.5 倍（按【Ctrl+5】组合键）。

（5）在第一条末尾输入"注"字，利用【中文版式】中的【带圈字符】为其加外圈，并设为上标。

（6）保存文档。

### 3.4.4　调整文档的版面效果

文档的修饰除字符和段落格式外，整体效果也非常重要，Word 提供的分栏、首字下沉、图文混排、竖排文字、段落和页面边框等功能，可以使文档的版面效果形象生动，增加文档的吸引力。

**1．分栏**

可以对选定的段落或整篇文档进行分栏操作。单击常用工具栏中的【分栏】按钮可以快速实现简易的分栏操作，最多可分为平均的 4 栏。若要进行详细分栏，可以选择【格式】菜单下的【分栏】命令，这样能将指定范围的内容分为多栏或偏左、偏右栏，还可确定各栏的宽度、栏间距、为各栏间加分隔线，如图 3-25 所示。

如果分栏后的各栏长度不平衡，可将光标移到要平衡栏的结尾处，选择【插入】菜单下的【分隔符】命令，在打开的对话框中选中【连续】单选按钮，确定后，就可将各栏长度平均分配。

**2．首字下沉**

首字下沉指将文档或段落的前几个字，设置为比文档的其他文字字号大或以不同的字体方式显示，以突出段落引起读者注意。

将光标定位于某段，选择【格式】菜单下的【首字下沉】命令，从对话框中选择下沉方式，设置字体、下沉行数，首字与正文距离等参数，单击【确定】按钮即可，如图 3-26 所示。

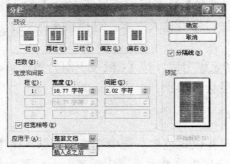

图 3-25　【分栏】对话框

图 3-26　【首字下沉】对话框

**3．图文混排**

单击 Word 中插入的图形图像、文本框、艺术字等对象时，周围出现控制句柄即意味着已选定。对于选定的对象，可以通过拖动控制点改变其大小、拖动对象移动其位置、利用绘图工具栏或者图片工具栏进行各种编辑和格式处理（如改变图片的大小和宽高比、亮度、对比度），还可设置其颜色，对图片进行裁切、旋转等。

（1）打开要设置这些效果的文档，如 3.4.2 节中的"公函制作"文档。选择开头的两个字"公函"，在【首定下沉】对话框中选择下沉方式，设置字体为隶书，下沉 2 行，距正文 1 磅。

（2）选中文中除第一段和最后一段的全部内容，在【分栏】对话框中设置【栏数】为 2 栏，选中【分隔线】和【栏宽相等】复选框，其他不做修改，确定后可看到两栏长度不均。目测两栏宽度后，在左栏的某一位置处插入一个连续的分节符。

（3）向文中插入一幅图片。选定图片，先改变其大小，双击图片，进入【图片格式设置】对话框。

（4）选择【文字环绕】为【四周型环绕】，将图片移动到合适的位置，如有其他要求，可进入【高级】对话框中进行设置。效果如图 3-27 所示。

### 4．竖排文字

Word 提供了多种竖排文字的方法：

（1）若要对整篇文档的内容进行竖排，将光标置于文档的任意位置后，选择【格式】菜单下的【文字方向】命令，在对话框中选择某种方向。

（2）若要对部分文字进行竖排，先选定字符块，同样从【格式】菜单下的【文字方向】对话框中选择某种方向，这时系统自动将这部分文字分为独立的一节。还可利用【竖排文本框】，若已输入字符，则选定字符块，从绘图工具栏中或【插入】菜单下选择竖排文本框，这样选定的字符即被放置在其中，修改文本框的大小和位置为合适状态即可。

### 5．边框和底纹

Word 既可以为选定的文字、段落添加边框和底纹，也可以为整个页面添加边框。

（1）文字和段落。

选择【格式】菜单下的【边框和底纹】命令，在【边框和底纹】对话框的【边框】选项卡中为段落或文字添加边框，选择边框类型，再设置线型、颜色、宽度及应用于文字还是段落。文字四周必须都加边框，而段落可以选择左、右、上、下位置的框线；在【底纹】选项卡中，可为文字或段落选择单色或图案底纹。

（2）页面。

在【页面边框】选项卡中，增加了【艺术型】选项，并可在单击【选项】按钮打开的对话框中确定边框的边距位置。

### 6．文字竖排与边框设置过程

（1）输入或复制一篇文档内容，在打开的文档中，选定一段，插入一个竖排文本框，调整文本框的宽度和高度，使其能容纳其中的文字，改变文本框的线型为 3 磅的双线型，环绕方式为四周型。

（2）在打开的文档中，另选一段，在【边框和底纹】对话框的【边框】选项卡中，设置【应用于】段落，并选择方框、点划线，取消左右框，其他选项默认；在【底纹】选项卡中，选择填充颜色为浅青绿，【样式】为 15%，确定。

（3）切换到【页面边框】选项卡，选择方框、水波纹状型线，单击【选项】按钮，将打开的对话框中的【度量依据】设为文字，单击【确定】按钮，效果如图 3-28 所示。

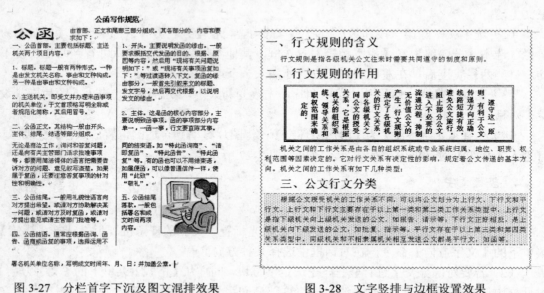

图 3-27　分栏首字下沉及图文混排效果　　　　图 3-28　文字竖排与边框设置效果

# 3.5　办公公文制作实例

在日常办公中经常要上交或下传较为正规的公文文稿，文稿的撰写要符合一定的行文规范和格式要求。

## 3.5.1　办公公文的行文规范

### 1．公文行文分类

根据公文授受机关的工作关系不同，可以将公文划分为上行文、下行文和平行文。上行文和下行文主要存在于上下级工作关系中，上行文是指下级机关向上级机关发送的公文，如报告、请示等；下行文正好相反，是上级机关向下级发送的公文，如批复、指示等。平行文存在于没有隶属关系的或平等的组织或部门间，同级机关和不相隶属机关相互发送公文都是平行文，如函等。

### 2．行文的基本规则

正常有效的行文应当遵循以下普遍适用的基本规则：

（1）按机关隶属关系和职责范围行文的规则。

此规则有两点：一是按机关隶属关系行文。上级机关对下级机关可以作指示、布置工作、提出要求；下级机关可以向直接的上级机关报告工作、提出请示，上级机关对请示事项应予以研究答复。二是按机关的职责范围行文。行文的内容应是本机关职责范围内的事项，而不能超出。

（2）授权行文的规则。

如果一个部门的业务需要下级政府和有关部门的支持与配合，按隶属关系和职责范围又不具备布置工作提出要求的行文权限时，就可以通过授权行文来解决。

（3）联合行文的规则。

同级政府与政府之间、部门与部门之间、上级部门与下级政府之间可以联合行文；政府与同级党委、军事机关之间可以联合行文；政府部门与同级党委部门、军事机关部门之间可以联合行文；政府部门与同级人民团体和行使行政职能的事业单位之间，就某些互相有关的业务，经过会商一致后可以联合行文。

（4）一般情况下不越级行文的规则。

一般情况下，不越级行文体现了一级对一级负责的原则。遇有特殊情况或突发事件或上级领导在现场办公中特别交代的问题，可越级行文，特事特办，但要抄送被越过的上级机关。

（5）不越权行文的规则。

第（1）条规则中已明确要求按机关职责范围行文，如果有涉及其他部门职责范围的事项又未与其他部门协商，或虽经协商但未达成一致意见，不可以单独向下行文。

（6）请示不直接报送领导者个人的规则。

领导者一般不受理直报的请示，而是由文秘机构统一签收、登记、分办。

（7）请示规则。

该规则包括 3 项内容：一文一事、请示公文只主送一个机关、不同时抄送下级机关。

（8）报告中不得夹带请示事项的规则。

报告和请示是两种不同的文种，适用范围有明显的界限，不能混用。报告是向上级机关汇报工作，反映情况，或向上级机关提出意见、建议，供上级机关决策参考。上级机关对报告一般不作答复；请示是想向上级机关请示解决问题的办法是否可行。

（9）公文由文秘机构统一处理的规则。

公文的正常流程是：收，由文秘机构统一签收、拆封、清点分类、登记、拟办、分办、催办；发，由文秘机构统一核稿，分送领导签批，然后再回到文秘机构登记编号、缮印、校对、用印、分发。分发前，要经过复核或第一读者认真阅读无误后，才可照单分发。

## 3.5.2　文件模板的创建和使用

办公公文一般都有固定的格式，可以将其制作为模板文件，以后可直接调用此模板创建新的公文。

在 Word 文档中编辑和格式制作完成后的文档，在【保存】对话框中选择【保存类型】为【文档模板（*.dot）】，模板被默认保存在 Microsoft\Templates 文件夹中，用户可以重新选择保存的位置和文件名称。

**1. 设置版面格式**

公文格式较特殊，在纸型、页边距、文档网格、标题、正文文字、字号等方面均有明确的规定。

在打开的 Word 文档中，标题设置为黑体、小二号，正文设置为仿宋体、三号；在【文件】菜单下的【页面设置】对话框中，将上、下、左、右页边距均设为 2.5cm，方向为纵向，纸张大小为 16 开（A4），文档网格中每页 23 行，单击【确定】按钮完成页面设置。

**2. 制作发文红线**

在上行文公文格式中，需要有发文红线。

选定要制作发文红线的行，打开表格和边框工具栏。分别设置【线型】为横线，【粗细】为 1.5 磅，【颜色】为红，【外部框线】为下框线。工具栏及制作效果如图 3-29 所示。

图 3-29 发文红线效果

**3. 制作公文抬头**

公文的抬头和落款处一般要有公司的名称，若名称较长或有总公司与分公司之分，可用下列方法制作（单位名称拟定为：中国科技电子器件有限公司华北分公司）。

选中已输入的"中国科技电子器件有限公司"，选择【格式】→【中文版式】→【双行合一】命令，在打开的对话框中进行适当设置。

选中此行文字，按【Ctrl+]】组合键增大字符到合理尺寸，分别放置于公文抬头处和落款处。

**4. 制作公文落款**

公文落款应包括发文单位、成文日期、主题词、抄送单位、印制份数、承办单位、承办人、发文日期等几部分，而它们要分别由两条粗细不等的横线分隔开，如图 3-30 所示。

图 3-30 公文落款效果

先选择【插入】菜单下的【分隔符】命令向文中插入分页符。在公文最后一页的尾部，将抬头中的公司名称复制过来，换行后输入主题词及内容，第 2 行输入抄送及内容，第 3

行输入承办单位、承办人、发文日期等内容，字号为小四号。其中，发文日期可以选择【插入】菜单下的【日期和时间】命令自动插入。

将光标置于"主题词"下的一行，在英文输入状态下，按住【Shift】键不放，连续按【-】键 3 次后，放开【Shift】键并按【Enter】键，即可自动生成一条粗横线（这是系统设置的自动更正功能）。

将光标置于"抄送"下的一行，在中文输入状态下执行上述操作，即可自动生成一条细横线。

**5．生成公文页码**

打开【插入】菜单下的【页码】对话框，选择页码【位置】为【页面底端】，【对齐方式】为【居中】，取消选中【首页显示页码】复选框，单击【确定】按钮。

**6．保存为模板**

打开【文件】菜单下的【另存为】对话框，选择【保存类型】为【文档模板】，选择保存位置，输入文件名"公文模板"后保存，即完成了公文模板的创建工作。模板文件的图标为，公文模板的最终效果如图 3-31 所示。

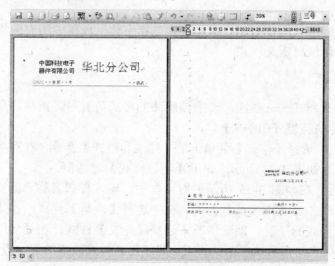

图 3-31　公文模板效果

**7．使用模板创建公文**

使用模板创建公文的前提是必须建立了相应的模板文件并知道存储位置。

（1）如果模板保存在默认位置，则启动 Word 后选择【文件】菜单下的【新建】命令（不能用新建按钮），在如图 3-32 所示的任务窗格中选择【本机上的模板】，进入如图 3-33 所示的【模板】对话框，从中选择刚才保存的模板文件，在右下角选中【文档】单选按钮，单击【确定】按钮后即可生成一个新的文档，输入内容后按正常文件保存即可。

（2）如果模板保存在用户指定的位置，则直接双击模板图标，就可新建一个套用了模板的文件，输入内容正常保存即可。

图 3-32　【任务窗格】

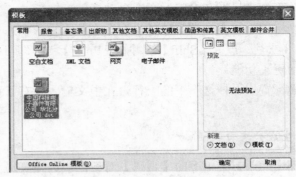

图 3-33　【模板】对话框

## 3.5.3　样式的创建和使用

在编排长文档时，其中许多文字和段落都有相同的格式，如果用一般的格式编排方法，不仅费时费力，还很难保持格式的一致性。采用样式不但可以避免上述问题，还能为自动生成目录创造条件。

样式是一组已经命名的字符和段落格式，包括字体、段落中所有的格式。系统内置了一些样式，用户也可以自定义样式。

### 1. 创建样式

创建用户自定义样式——图注：要求该图注的格式为五号，楷体，居中，段前段后空0.5 行，并为其指定快捷键【Ctrl+T】。

（1）新建样式。选择【格式】菜单下的【样式和格式】命令，在对应的任务窗格中单击【新样式】按钮，如图 3-34 所示，弹出【新建样式】对话框。

（2）设置属性。在如图 3-35 所示的对话框中，输入样式名称"图注"（样式名最好与该段落意义相近）；在【样式类型】列表框中选择【段落】样式；在【样式基于】列表框中选择一种作为样式的基准，默认情况下选择【正文】样式；在【后续段落样式】列表框中，为所创建的样式指定后续段落的样式，即应用该样式段落的下一段的默认段落样式，此处选择【正文文本】选项。

（3）设置格式。可以直接在列出的工具中设置简单的字体和段落格式，也可单击【格式】按钮，分别设置字体和段落格式。所设置的格式会在对话框中显示出文字说明。

（4）指定快捷键。单击【新建样式】对话框中的【格式】按钮，从中选择【快捷键】命令后进入如图 3-36 所示的【自定义键盘】对话框，将光标定位在【请按新快捷键】文本框中，同时按【Ctrl+T】组合键，则该文本框中就显示出该快捷键。单击【指定】按钮，将该快捷键添加到【当前快捷键】列表框中。关闭对话框后返回【新建样式】对话框中继续其他操作。

（5）单击【确定】按钮后，在【样式和格式】窗格中新增了一个"图注"样式，如图 3-37 所示。

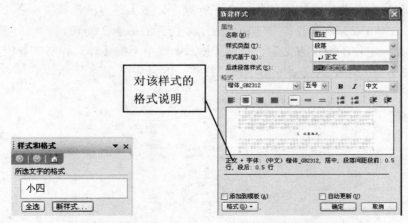

对该样式的
格式说明

图 3-34 【样式和格式】任务窗格 图 3-35 【新建样式】对话框

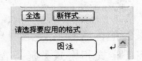

图 3-36 【自定义键盘】对话框 图 3-37 新建的样式

## 2. 应用样式

Word 默认的模板中，自带有许多内置样式，如"标题 1"、"标题 2"、"标题 3"、"正文"等，不管是内置样式还是自定义样式，都有几种相同的使用方法。将光标定位于要应用样式的段落后，可以从格式工具栏中的【样式】列表框中选择一种样式名，也可以打开【格式】菜单下的【样式和格式】任务窗格，从中单击要应用的样式名。

表 3-6 列出了应用内置样式的快捷键。

表 3-6 应用内置样式的快捷键

| 样 式 名 | 快 捷 键 | 样 式 名 | 快 捷 键 |
|---|---|---|---|
| 标题 1 | Ctrl+Alt+1 | 标题 3 | Ctrl+Alt+3 |
| 标题 2 | Ctrl+Alt+2 | 正文 | Shift+Ctrl+N |

应用内置样式和自定义样式的步骤如下：

（1）打开准备要应用样式的文档，将光标定位于第 1 行处，从格式工具栏中的【样式】列表框中选择"标题 1"，或按下组合键【Ctrl+Alt+1】，则该行文字应用了内置的标题 1 样式。

（2）再将光标定位于文档中的每一个子标题上，按上述方法选择"标题2"样式或按下组合键【Ctrl+Alt+2】，则每一个子标题应用了内置的标题2样式。

（3）将光标定位于图下方文字，打开【格式】菜单下的【样式和格式】任务窗格，从中单击【图注】样式，则该文字应用了图注样式，效果如图3-38所示。

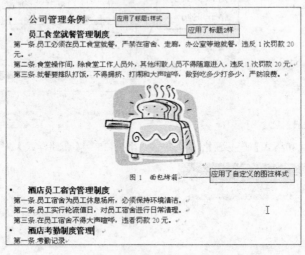

图3-38　应用了样式的文档

### 3. 修改样式

无论是系统的内置样式还是用户自定义样式，在应用后可能还需要对其中的某些属性进行修改，在【样式和格式】任务窗格中，选择要修改的样式名，单击其右边的下拉按钮，选择【修改】命令，打开【修改样式】对话框，在其中对要修改的格式进行重新设置后确定即可。

打开如图3-38所示应用了样式的文档修改内置的标题样式。

（1）在【样式和格式】任务窗格中，选择"标题1"样式，单击其右边的下拉按钮，选择【修改】命令，在【修改样式】对话框中，将格式修改为：三号、黑体、居中。

（2）单击【格式】按钮选择【编号】命令，选择【多级符号】选项卡，在其中选择一种格式，并单击【自定义】按钮，进入【自定义多级符号列表】对话框。

（3）在【级别】列表中选择【1】，【编号样式】选择【1，2，3…】，这时【编号格式】文本框中自动出现了该级标题的编号样式及内容。单击【字体】按钮还可以为此级标题设置字体格式。在【编号位置】下拉列表中选择【居中】选项，其他位置自设，如图3-39所示。

（4）单击【确定】按钮，正文中第1行标题的格式已发生了变化。

（5）同理对二级标题的编号进行修改，只需在【自定义多级符号列表】对话框中选择【级别】为【2】，【编号样式】保持不变，则【编号格式】文本框中自动出现了"1.1"的内容，再将【编号位置】设为【左对齐】。单击【高级】按钮，【自定义多级符号列表】对话框的下部增加了一些功能，选中【在其后重新开始编号】复选框，并在其右侧的下拉列表框中选择【级别 1】选项，其他不做设置，如图 3-40 所示。

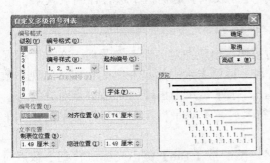

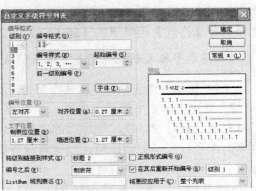

图 3-39　修改一级标题样式的编号　　　　　图 3-40　修改二级标题样式的编号

（6）单击【确定】按钮后，两级标题修改为如图 3-41 所示的样式。

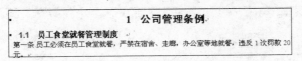

图 3-41　修改样式后的效果

### 4．删除样式

用户只能删除自定义样式，不能删除内置样式。

在【样式和格式】任务窗格中，选择要删除的样式，单击其右边的下拉按钮，选择【删除】命令即可。

# 3.6　目录的制作

有些文档在完成排版操作后，需要创建目录，有了目录，用户就能很容易地知道文档中有什么内容，如何查找内容等。要创建目录，可以用制表位生成，也可以用 Word 提供的自动生成目录的功能实现。

## 3.6.1　用制表位生成目录

简单的文档目录，可以用制表位进行创建。

Word 中的制表位是在水平标尺上标出的一种符号，用于文档中实现多种对齐方式，如制作无框表格、目录等。

### 1．制表位介绍

制表位的对齐方式有 5 种，单击水平标尺的左端，可以看到制表位的各种对齐方式符号，左对齐（ └ ）、右对齐（ ┘ ）、居中对齐（ ┴ ）、小数点对齐（ ┴ ）、竖线对齐（ │ ）。

若不要求创建的制表位位置特别精确，可以单击水平标尺左侧的一种制表符号后，在水平标尺上的某位置单击，则在此处创建了一个相应对齐方式的制表位；若要求准确定位，可以选择【格式】菜单下的【制表位】命令，在【制表位】对话框中进行详细设置。

**2. 用水平标尺制表位对齐书名及价格**

（1）新建一个文档，单击水平标尺左侧的按钮，出现左对齐制表符号时，在水平标尺的"2"处单击，水平标尺上出现一个左对齐符号；再单击水平标尺左侧的按钮，出现小数点对齐制表符号时，在水平标尺的"22"处单击，水平标尺上出现一个小数点对齐符号；再单击水平标尺左侧的按钮，出现右对齐制表符号时，在水平标尺的"38"处单击，水平标尺上出现一个右对齐符号。

（2）将光标置于左对齐制表位，输入书名，然后按【Tab】键，光标跳转到小数点对齐制表位处，输入价格，继续按【Tab】键，光标跳转到右对齐制表位处，输入出版社。依次按【Tab】键操作，就可输入全部目录，如图 3-42 所示。

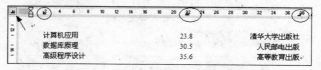

图 3-42 用标尺制表位对齐内容的效果

**3. 创建简单目录**

（1）选择【格式】菜单下的【制表位】命令，进入【制表位】对话框。

（2）在【制表位位置】文本框中输入制表位的位置，如"2"（单位是字符），选择【对齐方式】为【左对齐】，其他不设，单击【设置】按钮，则第 1 个制表位设置完成。

（3）继续执行上述操作，在【制表位位置】文本框中输入"36"，选择【对齐方式】为【右对齐】，【前导符】选择【5】，单击【设置】按钮，第 2 个制表位设置完成，如图 3-43 所示。

（4）单击【确定】按钮后，在正文中的操作与用水平标尺创建制表位相同，按【Tab】键在各制表位间跳转并输入内容。效果如图 3-44 所示。

图 3-43 【制表位】对话框

图 3-44 制表位目录效果

## 3.6.2　自动生成目录

Word 提供的自动生成目录功能，既不用手工创建制表位、核对页码，也不用担心目录与正文不符，还可以在页码变动后进行更新操作，非常适合长文档目录的制作。

**1.　从标题样式创建目录**

使用内置的标题样式制作目录是最简单的方法之一。在生成目录之前，要确认文档中已经应用了标题样式。

（1）打开 3.5.3 节中创建的带有各级标题样式的文档。将光标定位于要生成目录的位置，一般是文章的开头或结尾，选择【插入】→【引用】→【索引和目录】命令，切换到【目录】选项卡，如图 3-45 所示。

（2）从【格式】下拉列表框中选择目录的风格，此处选择【来自模板】选项，在【打印预览】框中可以看到结果；在【显示级别】微调框中选择目录中要显示的标题层次，默认显示到三级，此处输入"2"，选中【显示页码】和【页码右对齐】复选框，指定前导符为点状，其他选项不进行设置，最后单击【确定】按钮。

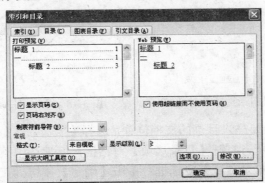

图 3-45　【索引和目录】对话框

（3）目录设置完成后，即可按照文档的标题样式自动生成相应的目录，如图 3-46 所示。

图 3-46　自动生成的目录效果

**2.　从其他样式创建目录**

如果要将用户已自定义的样式应用于要显示的目录，可以指定 Word 在编制目录时使用的样式设置。同样，在生成目录之前，要确认文档中已经创建了自定义样式。

（1）打开 3.5.3 节中创建的文档。将光标定位到要生成目录的位置，选择【插入】→

【引用】→【索引和目录】命令。

（2）单击【选项】按钮，打开【目录选项】对话框，在【有效样式】列表框中将各个标题级别右侧的目录级别号删除（即不需要生成目录的级别），向下拖动滚动条，在【图注】样式的【目录级别】框中输入其目录级别，例如 2，如图 3-47 所示。

（3）单击【确定】按钮后，Word 就会以指定的样式建立目录。

**3. 用已标记的条目编制目录**

如果文档中的内容没有应用标题样式或自定义样式，还可以用标记条目的方法创建目录。

（1）打开 3.5.3 节中创建的文档。选定文档中的"第一条"，按【Shift+Alt+O】组合键，在打开的【标记目录项】对话框中，选择【目录标识符】为【C】，选择一个级别，单击【标记】按钮。

（2）继续选择其他需要标记的文本，单击【标记】按钮，添加条目结束后，关闭对话框，如图 3-48 所示。

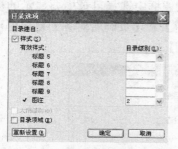

图 3-47 【目录选项】对话框

图 3-48 【标记目录项】对话框

（3）将光标定位于要插入目录的文档位置，选择【插入】→【引用】→【索引和目录】命令，单击【选项】按钮，打开【目录选项】对话框，取消选中其中的【样式】和【大纲级别】复选框，选中【目录项域】复选框，单击【确定】按钮后在指定位置就插入了由标记条目生成的目录。

**4. 图表目录**

图表目录也是一种常用的目录，可以在其中列出图片、图表、图形、表格或其他插图的说明，以及它们出现的页码。在建立图表目录时，可以根据图表的题注或者自定义样式的图表标签（上文已介绍），在文档中显示图表目录。

（1）使用题注组织目录。

确保文档中要建立图表目录的图片、表格、图形已加有题注。

定位光标，选择【插入】→【引用】→【题注】命令，可以选择已有标签名（如图表）或新建一个标签名（如图），并在【题注】文本框中输入该图的注释内容，如图 3-49 所示。

还可以单击【自动插入题注】按钮，选择插入时添加图注的对象、标签及位置，这样就可以在文档中插入这种对象的同时自动插入图注，如图 3-50 所示。

图 3-49　【题注】对话框

图 3-50　【自动插入题注】对话框

使用题注组织目录的步骤如下：

① 将光标移到要插入图表目录的位置。

② 选择【插入】→【引用】→【索引和目录】命令，选择【图表目录】选项卡。

③ 在【题注标签】下拉列表框中选择要建立目录的题注图表。

④ 在【格式】下拉列表框中选择目录格式【来自模板】，其他选项与创建一般目录一样。

（2）目录生成后，需要解决的问题。

① 提升前导符。利用 Word 自动生成的目录中，页码前面的前导符一般是位于行底部的，利用下述方法可以将其设置为垂直居中。

选定前导符，在【格式】菜单下的【字体】对话框中选择【字符间距】选项卡，设置其中的【位置】为【提升】，磅值为 3 磅。确定后可以看到前导符向上提升了，位于行的中间。利用格式刷将该格式复制给其他目录行的前导符。

② 解决目录打印的问题。利用 Word 自动生成目录功能生成目录后，如果要将其复制到其他位置或文档中，在打印时往往会发现打印的结果是在各个目录标题中出现了"错误！未定义书签"的提示，如图 3-51 所示。

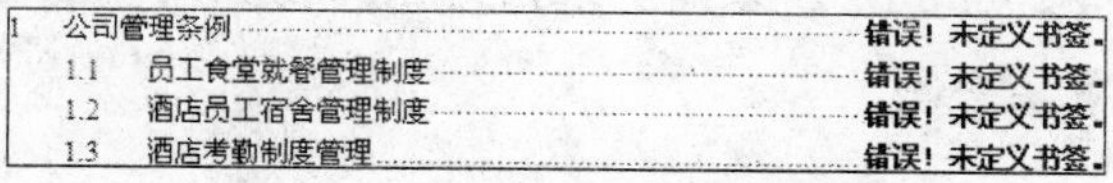

| 1 | 公司管理条例 | ........................................... | 错误！ 未定义书签 |
| 1.1 | 员工食堂就餐管理制度 | ........................................... | 错误！ 未定义书签 |
| 1.2 | 酒店员工宿舍管理制度 | ........................................... | 错误！ 未定义书签 |
| 1.3 | 酒店考勤制度管理 | ........................................... | 错误！ 未定义书签 |

图 3-51　目录打印错误的效果

这是因为目录是一个域，与原文中的标题间建立有超链接，所以需要先取消目录与文档间的链接才能正确打印。

选定全部目录，按下组合键【Shift+Ctrl+F9】（即取消选中"域"的链接，并以"域结果"显示）。取消了目录的超链接后，目录处的字符会出现下划线并变为蓝色，选中后改变字体的颜色，取消下划线即可。

③ 更新目录。Word 自动创建的目录以文档的内容为依据，如果文档的内容发生了变化，如页码或者标题发生了变化，就要更新目录，使其与文档的内容保持一致（最好不要直接修改目录，因为这样容易引起目录与文档的内容不一致）。

在创建了目录后，如果想改变目录的格式或者显示的标题等，可以再执行一次创建目录的操作，重新设置格式和显示级别等选项。单击【确定】按钮后，在弹出的对话框中单击【是】按钮替换原来的目录即可。

如果只是想更新目录中的数据，以适应文档的变化，而不是要更改目录的格式等，可以在目录上单击鼠标右键，在弹出的快捷菜单中选择【更新域】命令即可，或选择目录后，按【F9】键更新域。

# 3.7　页面与打印设置

打印文档时，常常需要根据不同情况使用不同的纸张，根据文档的内容设置页眉和页脚，并有不同的打印要求。

## 3.7.1　页面设置

页面设置主要指对纸张大小、页边距、页面方向、每页行数和字数等进行设置。

选择【文件】菜单下的【页面设置】命令，进入【页面设置】对话框，其中有 4 个选项卡：页边距、纸张、版式和文档网络。

### 1. 选择纸型

文档使用的纸张和页边距的大小，是确定文档版心的重要步骤。

在【纸张】选项卡中，纸张大小的表示方法有两种，"开"是国内对纸张幅面规格的一种传统表示方法，是以一张标准全张纸裁剪成多少张小幅面纸来定义的。即以几何级数裁切法将一张标准全张纸切成 16 张同样规格的小幅面纸，称为 16 开；若切成 32 张小幅面纸，称为 32 开。目前国内生产的全张纸有两种规格，标准开本大小为 787mm×1 092mm，大开本大小为 850mm×1 168mm。而国际印刷出版物的纸张通行标准有 A、B 两个系列。A 系列全纸张为 880mm×1 230mm，B 系列全纸张为 1 000mm×1 400mm。

### 2. 设置页边距和页面方向

在固定页面大小后，就要确定正文所占区域的大小，即设置正文到四边页面边界间的区域大小。

默认情况下，Word 模板中正文字体都用五号宋体，字符间跨度为 10.5 磅，行间跨度为 15.6 磅（厘米与磅的换算关系是：1 厘米=28.35 磅）。

若上、下边距相等，则上（下）页边距=1/2 [纸高−（行数×跨度）]；

若左、右边距相等，则左（右）页边距=1/2 [纸宽−（字符数×字符跨度）]。

### 3. 文档网格

选定了页面大小和页边距后，只是基本确定了页面的版式，如果要精确地指定文档每页所占的字数，如制作稿纸信函等，还需要指定每页的字数是多少。

文档的行与字符称为网格，编辑普通文档时，可选中【无网格】单选按钮，这样可以使文档中所有段落样式文字的实际行间距均与其样式中规定的一致；排版书稿时，一般会指定每页的字数，即指定行和字符网格。

**4. 页面设置**

要求进行的页面设置为 A4 纸张，纵向，每行 43 个字符，跨度 10.5 磅，每页 44 行，跨度 15.6 磅。对称页边距，上边距比下边距略大，内侧比外侧略大。

因为 A4 纸的大小为宽度 21 厘米，高度 29.7 厘米，按上述公式计算（将磅换算为厘米）：

上下平均边距=1/2 [29.7−(44×15.6/28.35)]=2.74（厘米）

内外侧平均边距=1/2 [21−(43×10.5/28.35)]=2.53（厘米）

按照要求，将上边距设为 3 厘米，下边距设为 2.4 厘米；内侧边距设为 3 厘米，外侧边距设为 2 厘米。

具体设置过程：

（1）选择【文件】菜单下的【页面设置】命令，打开【页面设置】对话框，选择【纸张】选项卡，从【纸张大小】列表框中选择【A4】的纸型。

（2）切换到【页边距】选项卡，选择【多页】列表框中的【对称页边距】选项，在 4 个【页边距】数字框中分别按如图 3-52 所示的数据（或上述给出的结果）输入或微调。

（3）切换到【文档网格】选项卡，选中【指定行和字符网格】单选按钮，则行数、字符数及跨度会自动调整为要求的数值，如图 3-53 所示。

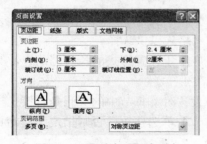 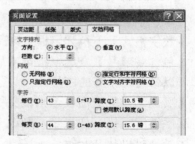

图 3-52　【页边距】选项卡　　　　图 3-53　【文档网格】选项卡

## 3.7.2　页眉和页脚

页眉和页脚是位于上、下页边距与纸张边缘之间的文字或图形，是在每页文档中都要出现的内容，如文档的标题、创建日期和页码等。

选择【视图】菜单下的【页眉和页脚】命令，进入页眉和页脚的编辑区域，此时正文部分变为灰色，意味着当前不能对正文进行编辑，同时出现页眉和页脚工具栏，其中各按钮的功能如图 3-54 所示。

图 3-54　页眉和页脚工具栏

**1．输入内容**

页眉和页脚中内容的输入或图形的插入与正文中完全相同，也可以进行字体格式及段落格式的设置。

**2．插入页码和页数**

即使不设置页眉和页脚，也可以向文档中插入页码。打开【插入】菜单下的【页码】对话框，如图 3-55 所示，从中可以选择页码的插入位置、对齐方式及首页是否显示页码等。也可进入页眉和页脚的编辑区域，单击工具栏中的相应按钮，在指定位置直接插入页码和页数。如果要对页码格式进行设置，可单击【页码】对话框中的【格式】按钮或页眉和页脚工具栏中的【设置页码格式】按钮，进入如图 3-56 所示的【页码格式】对话框。

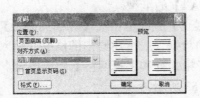

图 3-55　【页码】对话框　　　　　图 3-56　【页码格式】对话框

- 【数字格式】下拉列表框中列有多种页码格式以供选择。
- 【包含章节号】复选框被选中后，对于应用了内置样式的长文档而言，其页码中可以带有每章节的序号。
- 【页码编排】选项表示当该文档有分节设置时，每节中的页码是否接上一节页码顺序继续编排，如果是，则选中【续前节】单选按钮，否则指定【起始页码】的序号，可以从 0 开始。

**3．插入自动图文集**

如果要在页眉和页脚中插入一些文档信息，包括文档的创建日期、文件名、路径、上次保存者、作者等，可以定位光标后，单击页眉和页脚工具栏中的【插入"自动图文集"】按钮，从弹出的下拉列表中选择所需项。

**4．设置页眉和页脚**

准备一篇长文档，将其设为对称页面，其中有目录页和正文页，要求目录页不设页眉，页脚中只有页码，并且为罗马数字；正文从奇数页开始，页码位于外侧，格式为-n-，重新开始编号；奇数页页眉为文件名内容，偶数页页眉为"办公自动化"，居中对齐，均为小五号宋体。

要想实现上述设置，首先需要对文档进行分节。

Word 默认将整篇文档设为一节，如果想对文章的不同部分有不同的格式设置，包括页边距、页面方向、页眉页脚页码、文字方向等，就需要将文档进行分节，可以将每个节看作是独立的一部分进行设置，而不会影响到其他节的格式。

　　将光标定位于该文档的目录内容之后，选择【插入】菜单下的【分隔符】命令，从对话框中选中【分节符类型】中的【奇数页】单选按钮，表示在下一个奇数页开始新的节，如图 3-57 所示。

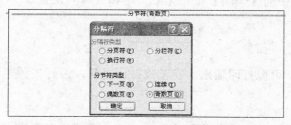

图 3-57　【分隔符】对话框

　　（1）在【页面设置】对话框的【页边距】选项卡中设置【多页】为【对称页边距】；在【版式】选项卡中选中【奇偶页不同】复选框，并应用于整篇文档。在【插入】菜单下的【页码】对话框中，选择【位置】为【页面底端】，【对齐方式】为【外侧】，并选中【首页显示页码】复选框。

　　（2）选择【视图】菜单下的【页眉和页脚】命令，单击【在页眉和页脚间跳转】按钮，将光标定位于目录第 1 页页脚，单击【设置页码格式】按钮，从中选择数字格式为 I，II…，再单击【插入页码】按钮，完成目录区域页码的设置，效果如图 3-58 所示。

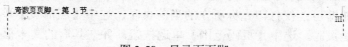

图 3-58　目录页页脚

　　（3）将光标定位于正文第 1 页（奇数页）的页眉区，此处有"与上一节相同"的字样，单击工具栏中的【链接到前一个】按钮使其处于弹起状态，上述字样即消失，这样本节的设置就会与上节无关。将光标居中，从【插入自动图文集】中选择【文件名】项，默认字体段落格式与此处要求相同，效果如图 3-59 所示。

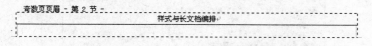

图 3-59　正文奇数页页眉

　　（4）跳转到页脚，同样取消"与上一节相同"的字样，设置页码格式为-1-，-2-，…，选择起始页码为 1，效果如图 3-60 所示。

图 3-60　正文奇数页页脚

　　（5）继续定位光标于偶数页页眉，取消"与上一节相同"的字样，输入"办公自动化"并居中对齐，效果如图 3-61 所示。

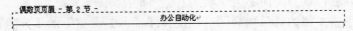

图 3-61　正文偶数页页眉

（6）单击工具栏中的【关闭】按钮完成页眉和页脚的设置。

### 3.7.3　打印设置

文档排版完成后，可以打印输出。在正式打印之前，最好先预览文档的打印效果。

**1．打印预览**

单击常用工具栏中的【打印预览】按钮，或选择【文件】菜单下的【打印预览】命令，就可进入预览窗口，在此处所看到的就是打印出来的真实效果，可以按不同的方式预览。关闭预览窗口后回到文档的页面视图。

**2．打印设置**

选择【文件】菜单下的【打印】命令，或按组合键【Ctrl+P】，都可以进入【打印】对话框。

（1）页面范围。

该选项组中有 4 种选择，默认为【全部】。当仅打印文档中的选定内容时，选中【所选内容】单选按钮即可；仅打印光标所在的当前页时，选中【当前页】单选按钮即可；若打印文档中的某些页时，选中【页码范围】单选按钮，并在其后的文本框中输入页码。

例如要打印第 3~9 页，则输入"3-9"；要打印第 2 页、第 4 页、第 7 页、第 10~14 页，则输入"2,4,7,10-14"（注意用英文标点），如图 3-62 所示。

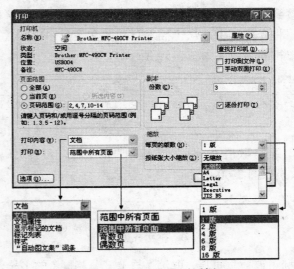

图 3-62　【打印】对话框

（2）副本。

【副本】选项用于设置要打印的份数。若要打印多份，可以逐份打印，也可打印完每页所要的份数后，再打印后续页。

逐份打印所需的时间较长，但打印完成后无需用户整理页序。

（3）缩放。

【缩放】选项组用于选择每张纸上要打印的文档页面数，利用这一功能可以将多个页面打印到一页纸上，还可以按用于实际打印文档的纸张大小将页面整体缩放。此功能类似于复印机的缩小/放大功能。例如将在 A4 纸上排版的文档缩印到 16 开纸上打印，或反之。

（4）双面打印。

① 分奇偶页打印。选择【打印】对话框底部的【打印】下拉列表框中的【奇数页】或【偶数页】选项，来实现双面打印。若设定为先打印奇数页，等奇数页打印结束后，将已打印好的纸反过来重新放到打印机中，选择该设置的【偶数页】选项，单击【确定】按钮，则可以通过两次打印命令实现双面打印。

② 手动双面打印。如果打印机本身不是双面打印机，而要实现双面打印时，可以选中【手动双面打印】复选框，单击【确定】按钮后就会出现一个"请将出纸器中已打印好一面的纸取出并将其放回到送纸器中，然后确定按键，继续打印"的对话框，并开始打印奇数页，打完后将原先已打印好的纸反过来重新放到打印机中，然后单击【确定】按钮，Word就会自动打印偶数页，这样只用一次打印命令就可以了。

用这两种方法进行双面打印时，要注意纸张的放置方向和正反。

（5）其他选项。

① 打印到文件。如果选中【打印到文件】复选框，则将文档打印到文件而不是打印机，可将文档保存为一种其他打印机可使用的格式，这是为方便文件打印而设置的功能。例如，如果计算机未连有打印机，或希望用使用高分辨率打印机的商务打印服务打印文档，则可将文档打印到文件，然后将该文件发送到商务打印机上。注意，当打印到文件时，必须首先确定最终打印该文件的打印机类型，并将其驱动安装在本机上。

单击【确定】按钮后，将弹出【打印到文件】对话框，输入一个文件名，确定后，Word将文档转换为一个二进制文件，即 PRN 格式的文件，这是一个图形文件，可以利用 Office工具下的 Microsoft Office Document Imaging 软件浏览，但不能编辑。若要打印输出，必须使用 MS-DOS 指令，在 Win2000/WinXP 的【附件】菜单下的【命令提示符】窗口中，输入命令"COPY /B 文件名.prn　LPT1"，其中"/B"参数代表打印二进制文件，"LPT1"指打印机，文件名需要写出完整的文件路径。

② 逆序打印。打印一篇有很多页的文档时，Word 默认总是从第一页打印到最后一页，所以文档打印完后，最后一页在最上面，第一页在最下面，即是按页号的逆序排列的，还需要用手工方式将所有的页逆序整理一遍。在打印前，先在【打印】对话框中单击【选项】按钮，选中"逆页序打印"复选框，即可在打印时从最后一页打印到第一页，这样，打印完后所有的页都是按顺序排列的。

# 3.8  邮件合并

邮件合并应用于要处理成批信函时,信函中有相同的公共部分,但又有变化部分。当希望创建一组除了每个文档中包含唯一元素以外基本相同的文档时,可以使用邮件合并功能。例如,在新产品的宣传信中,每封信都将显示公司的徽标以及有关该产品的文本,但是地址和问候语各不相同。使用邮件合并功能,只需创建一个文档,并在其中包含每个版本都有的信息,然后为每个版本所特有的信息添加一些占位符即可完成大批量的重复工作。

使用邮件合并功能,可以创建:

(1)一组标签或信封。所有标签或信封上的寄信人地址均相同,但每个标签或信封上的收信人地址将各不相同。

(2)一组套用信函、电子邮件或传真。所有信函、邮件或传真中的基本内容都相同,但是每封信、每个邮件或每份传真中都包含特定于各收件人的信息,如姓名、地址或其他个人数据。

(3)一组编号赠券。除了每个赠券上包含的唯一编号外,这些赠券的内容完全相同。

用邮件合并功能创建一组信封的步骤如下:

①  创建一个 Word 表格或 Excel 表格或其他数据库表格,并向其中输入记录,如图 3-63 所示。

| 收信人姓名 | 地址 | 邮编 | 寄信人地址 |
|---|---|---|---|
| 王长寿 | 中国北方文化有限公司 | 000000 | 计算机协会 |
| 贾谊 | 华北信息公司 | 000000 | 计算机协会 |
| 郭春花 | 南方假日旅游公司 | 222222 | 计算机协会 |
| 查青青 | 北京工程院 | 000000 | 计算机协会 |
| 禤年 | 天津计算机学会 | 111111 | 计算机协会 |
| 陈东 | 河北网络中心 | 111111 | 计算机协会 |

图 3-63　数据表

②  新建一个空白的 Word 文档,选择【工具】→【信函和邮件】→【邮件合并】命令,出现【邮件合并】任务窗格。

③  选择文档类型。在【邮件合并】任务窗格中,选中【选择文档类型】下的【信封】单选按钮,单击下方的【下一步:正在启动文档】超链接,如图 3-64 所示。

④  选择开始文档。在【选择开始文档】下有两种选择,如图 3-65 所示。一是选中【更改文档版式】,然后单击【信封选项】,用邮件合并模板将当前文档设置为信封文档格式。在【信封选项】对话框的【信封选项】选项卡中选择【信封尺寸】为【普通 1】,改变收信人和寄信人的字体分别为宋体加粗小二号和楷体四号,如图 3-66 所示。单击【下一步:选取收件人】超链接。

另一种是选中【从现有文档开始】,需要在文件名列表中选择,或者单击【打开】按钮浏览现有的信封文档。

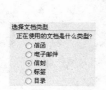

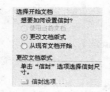

图 3-64 选择文档类型 　　　　图 3-65 选择开始文档 　　　　图 3-66 【信封选项】对话框

⑤ 选择收件人。有 3 个选项可以选择，如图 3-67 所示。如果要使用现有数据文件中的收件人信息，选中【使用现有列表】单选按钮，然后单击【浏览】超链接。本例中选择此项，从【选取数据源】对话框中找到第（1）步已创建好的表格文件。在【邮件合并收件人】对话框中，单击其中的【姓名】列标题，使其按姓名排序；单击【邮编】列标题旁的箭头，选择【111111】选项，意味着邮件只发给满足该条件的收件人，如图 3-68 所示。其余项可根据情况设定，确定后，单击任务窗格中的【下一步：选取信封】超链接。

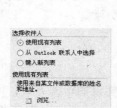

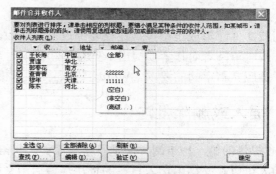

图 3-67 选择收件人 　　　　图 3-68 【邮件合并收件人】对话框

如果要使用 Outlook 联系人文件夹中的收件人姓名信息，则选中【从 Outlook 联系人中选择】，然后单击【选择联系人文件夹】。

使用【键入新列表】时，需要单击【创建】按钮，在新的地址列表对话框中输入联系人名称。

⑥ 选取信封。将主文档连接到数据文件之后，就可以开始添加域。但目前主文档仍为空白文档，所以需先输入一些要在每一个副本中显示的信息，并进行格式处理，效果如图 3-69 所示。

将光标分别置于每个位置处，单击任务窗格中的【其他项目】，如图 3-70 所示。从中选择相应的列名，将其作为数据库域插入文档中，也可插入问候语等项。

⑦ 预览信封。选择任务窗格中的【预览信封】选项，并利用任务窗格中的按钮，可以逐份进行预览。效果如图 3-71 所示。

⑧ 完成合并。单击任务窗格中的【完成合并】后，单击【编辑个人信封】，从如图 3-72 所示的【合并到新文档】对话框中，可以选择将为哪些联系人生成信封，本例选【全部】。至此用邮件合并生成了多个相似的信封。

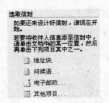

图 3-69　主文档格式　　　　　　　　　　图 3-70　插入域选项

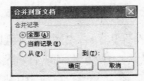

图 3-71　预览信封效果　　　　　图 3-72　【合并到新文档】对话框

## 3.9　文档的审阅

合同或文件在形成过程中，往往要经过多人修改。而在修改时，如果遇到一些不确定的地方，或者审阅者对作者要提出一些意见和建议时，可以通过 Word 批注的形式进行表达。为了适应文档审阅的要求，Word 同时还提供了相应的审阅方法。

### 3.9.1　插入或删除批注

Word 提供的第一种审阅方法是不修改原稿，只给文档提出建议的审阅方式，即批注。多个审阅人可以在文档中加入自己的批注，最后由文档的定稿人一并阅读，综合考虑审阅意见后对文档进行修改并定稿。

**1. 插入批注**

选择需要批注的文字或将光标置于待插入批注的位置，选择【插入】菜单下的【批注】命令，当前页面中即可显示出一个批注框，审阅者可以向其中输入批注内容。输入完成后，单击文档的任意位置，批注框的指示线变为虚线，边框变为较细的实线。

**2. 查看与编辑文字批注**

文档中插入批注后，审阅工具栏会自动打开，可借助其中的按钮对批注进行操作。插入的批注及审阅工具栏如图 3-73 所示。

单击【显示】按钮打开下拉菜单，选中【批注】命令即可看到文档中的所有批注。

若只查看某位审阅者插入的批注，可以在【显示】下拉菜单中选择【审阅者】命令，再选择需要查看的审阅者名称，则文档中只显示该审阅者插入文档中的批注。

将光标置于批注框上时，可看到此批注人的姓名、批注日期和时间；单击批注框，可修改其中的内容。

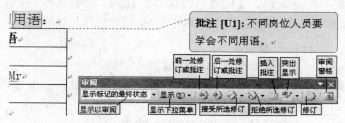

图 3-73 批注和审阅工具栏

**3. 删除批注**

右击批注框，选择【删除批注】命令即可将其从文档中删除。

## 3.9.2 修订

第二种审阅方法是对内容进行修改，这种方式称为修订。它与通常使用的修改方法不同，用户不仅可以看到何处做了修改，还能选择接受或拒绝修改，从而提高公文的审阅效率。

**1. 增加修订**

右击工具栏的任意位置，在快捷菜单中选择【审阅】命令，即可将该工具栏打开。将光标置于需要插入修订的位置，单击【修订】按钮，在当前光标处输入第一条修订，完成后继续对其他位置进行修订输入，也可以删除文档中的内容。全部修订完成后，单击【修订】按钮退出修订状态。插入的修订文字显示为带有下划线的红色字体，而删除文字的修订会显示在类似批注的删除框中。

**2. 查看修订**

单击审阅工具栏中的【前一处修订或批注】及【后一处修订或批注】按钮，可以查看各个批注或修订。

**3. 接受或拒绝修订**

由于修订有插入和删除两种情况，所以对于插入文字的修订，右击后根据需要选择快捷菜单中的【接受插入】或【拒绝插入】命令；对于删除文字的修订，右击删除框，根据需要选择【接受删除】或【拒绝删除】命令。也可直接单击审阅工具栏中的【接受所选修订】或【拒绝所选修订】按钮。

## 3.9.3 标记的显示

在审阅工具栏中，单击【显示】右侧的下拉箭头，确保其中的每个项目都处于默认的选定状态。

在【显示以审阅】下拉列表框中，有 4 种审阅方式：

（1）显示标记的最终状态。文档进行过内容修订时，此方式可浏览文档在修订后的最终状态，也可查看修订内容。即文档中能显示新插入的内容，删除的内容会以修订框的形式标识。

（2）最终状态。用于查看接受所有修订后的文档状态。

（3）显示标记的原始状态：可以浏览修订前的文档原始状态，也可查看在进行修订后将会修改的内容。

（4）原始状态：只可浏览修订前的文档原始状态。

下面以 3.4.4 节中编排过的文档为例，对文章内容进行批注和审阅。

（1）选中文字"一、公函首部"，选择【插入】菜单下的【批注】命令，向批注框中输入文字"内容要另起一行，以下要求相同。"。

（2）单击【修订】按钮，将光标定位到文章中"引叙"处，输入"引用"，再将文中"特此函询商"删除，再次单击【修订】按钮完成内容修订，效果如图 3-74 所示。

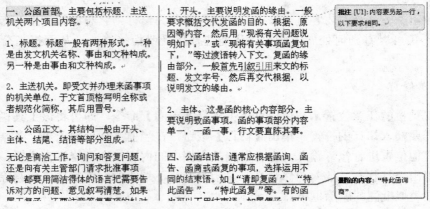

图 3-74　批注和修订后的效果

（3）将光标位于第一次修订处，单击【接受所选修订】按钮，并将原来的"引叙"删除。单击【后一处修订或批注】按钮，光标跳转到第二次修订处，右击，选择【拒绝删除】命令。

# 本 章 小 结

本章主要介绍了办公文档从创建到打印输出过程中涉及到的所有操作和相关技巧，包括文字的输入、编辑和格式、图形图像和表格等对象的插入与处理、公式的创建、样式模板的创建和使用、目录的生成、邮件合并、文档的修订和审阅、各种页面要求的设置等。

# 练习及训练

## 一、选择题

1．在 Word 2003 编辑状态下，若光标位于表格外右侧的行尾处，按【Enter】键，结果是（　　）。

A．光标移到下一列　　　　　　　B．光标移到下一行，表格行数不变

C．插入一行，表格行数改变　　　D．在本单元格内换行，表格行数不变

2．在 Word 2003 中，下述关于分栏操作的说法，正确的是（　　）。

A．可以将指定的段落分成指定宽度的两栏

B．在任何视图下均可以看到分栏效果

C．设置的各栏宽度和间距与页面无关

D．栏与栏之间不可以设置分隔线

3．在 Word 2003 中，对同一文档中的文字或图形进行移动时，（　　），把选定的文字或图形拖曳到目标位置后释放鼠标。

A．不按任何键　　　　　　　　　B．按住【Shift】键

C．按住【Alt】键　　　　　　　　D．按住【Ctrl】键

4．关于 Word 2003 的打印工具按钮和文件菜单的打印命令，下列叙述错误的是（　　）。

A．它们都可用于打印文档内容

B．它们的作用有所不同

C．前者只能打印一份，后者可以打印多份

D．它们都能打印多份

5．在 Word 2003 的输入过程中，如果想让插入点快速定位至文档开头，可以按（　　）键。

A．【Ctrl+Home】　　　　　　　B．【Ctrl+End】

C．【Alt+Home】　　　　　　　D．【Alt+End】

6．在 Word 2003 中，如果要输入希腊字母"Ω"，则需要使用（　　）菜单。

A．编辑　　　　B．插入　　　　C．格式　　　　D．工具

7．如果要在"插入"和"改写"状态之间切换，可以按（　　）键。

A．【Insert】　　B．【Home】　　C．【End】　　D．【Esc】

8．在 Word 2003 文档中插入复杂的数学公式，在【插入】菜单中应选用的命令是（　　）。

A．符号　　　　B．图片　　　　C．文件　　　　D．对象

9．使用绘图工具中的【矩形】或【椭圆】按钮绘制正方形或圆形时，应该同时按（　　）键。

A．【Ctrl】　　　B．【Alt】　　　C．【Shift】　　　D．【Tab】

10．在 Word 2003 格式栏中设有直接对应按钮的对齐方式是（　　　）。

A．左对齐　　　　　　B．右对齐　　　　　C．两端对齐　　　　D．分散对齐

11．若要选择文档中的一个段落，可以将鼠标移到该段落的左侧空白处（选定栏），然后（　　　）。

A．单击鼠标右键　　　　　　　　　　B．单击鼠标左键

C．双击鼠标左键　　　　　　　　　　D．双击鼠标右键

12．要一次更正多处同样的错误，正确的方法是（　　　）。

A．逐字查找、删除，输入正确的　　　B．【编辑】菜单下的【替换】命令

C．【撤销】与【恢复】命令　　　　　D．【定位】命令

## 二、简答题

1．使用 Word 处理文字的特点是什么？

2．如何设置项目符号和编号？如何根据标题样式创建目录？

3．如何打印一篇文档中的 5、9、11、13~16 页？

## 三、实训题

实训一

实训目的：

1．掌握文档的基本操作

2．掌握文本的查找和替换操作

3．掌握字符和段落的格式化操作

4．掌握分栏、首字下沉、边框和底纹操作

实训要求：

掌握文档的编辑排版。

实训指导：

1．文档的基本操作

（1）创建文档。新建一个空白的 Word 文档，输入如图 3-75 所示的素材文字。注意，文中人名中间的点从【插入】菜单下的【符号】对话框中选择，字体为【拉丁文本】，子集为【几何图形符】，字符代码为【25AA】。

（2）移动操作。将第 2 段移至文章最后（有几种方法可以实现移动操作？）。

（3）拼写检查。检查文中出现绿色和红色波浪线处是否有误。

（4）查找替换。用【编辑】菜单下的【替换】命令，将文中所有"道琼斯"替换为加下划线和引号、斜体的格式。

（5）字母转换。按住【Ctrl】键，将各英文单词选中，选择【格式】菜单下的【更改大小写】命令，使各词首字母大写。

（6）复制文中的第 1、6、8、9 段内容于原文之后（有几种方法可以实现多选和复制操作？）。

2．字符及段落格式

（1）字符格式。

标题文字加粗、一号、华文新魏、居中，字符间距加宽为 1.5 磅。

将文中第一段内容字体设为楷体，用格式刷将复制后的第一段格式设为楷体。

（2）段落格式。

① 标题段后 1 行间距。

② 每段首行缩进 2 个字符（有几种方法？）。

③ 将第一段行间距设为 1.5 倍（有几种方法？）。

④ 为“一是”、“二是”开头的两段加项目符号。

⑤ 为最后一段加边框和底纹（可以自设）。

（3）其他格式。

① 将第一段首字下沉，设置为华文中宋，下沉两行。

② 将 6、7、8、9 段分两栏，带分隔线，栏宽及栏间距默认。

3．保存文档

将文件命名为“道琼斯的由来”。样文如图 3-76 所示。

道琼斯是从哪里来的

有的人死了，他们的名字还活着。查尔斯·道（charlesdow）和他的同事爱德华·琼斯（edwardjones）就是其中的两位。因为他们开创的工作，人类的经济生活进入了“道琼斯”时代。一百多年来，道琼斯指数成为世界股票市场的代表。然而，道琼斯是如何产生的？

道和琼斯的不同之处是，他们拒绝被收买。他们认为及时和可信是金融报道的必须。而就是这两点，后来被普遍认为成就了道琼斯的品牌。

1851 年 11 月初，查尔斯·道出生在美国东北的康涅狄格州。他父亲是农民，在他 6 岁时就去世了。为了生存，他做过不下 20 种工作，也因此没上多少学。他喜欢读书和写作。20 岁左右，他进入一家报社。在那里，他遇上了对他一生影响最大的人。

这人叫塞缪尔·鲍尔斯（samuelbowles），《共和党人》（therepublican）的主编。他和这份报纸对美国共和党传统的建立起过重要作用。在美国历史上，鲍尔斯的两句话常为后人引用。

一是关于新闻写作，“把最重要的都放在第一段”（putitallinthefirstparagraph），意在表明记者的报道应该开门见山、言简意赅。

二是关于信仰，“自由的事业是上帝的事业”（thecauseoffreedomisthecauseofgod），他认为媒体应该在信仰和公共生活中发挥影响。《共和党人》虽然是日报，却刊登教会牧师的讲道，也有小说和诗歌。

到了大约 27 岁的时候，道去了华尔街。他开始成为专门报道金融的记者。也就在那里，他开始跟爱德华·琼斯共事。这位记者比道多上了几年学，还上了知名的布朗大学，只是中途退学了。

当时，华尔街的股票交易已经进行了上百年。人们最初在一棵梧桐树下做买卖。为了避免已经发生的混乱和不公，他们在 1792 年签署了梧桐树公约。之后就渐渐形成了著名的纽约证券交易所。

当时美国记者收受贿赂的现象很普遍。金融记者更是如此。准确反映股市行情的报道也就很稀缺。

图 3-75　素材文字

“道琼斯”是从哪里来的

有的人死了，他们的名字还活着。查尔斯·道（Charlesdow）和他的同事爱德华·琼斯（EdwardJones）就是其中的两位。因为他们开创的工作，人类的经济生活进入了““道琼斯””时代。一百多年来，”道琼斯”指数成为世界股票市场的代表。然而，”道琼斯”是如何产生的？

1851 年 11 月初，查尔斯·道出生在美国东北的康涅狄格州……

这人叫塞缪尔·鲍尔斯（Samuelbowles）……

- 一是关于新闻写作，“把最重要的都放在第一段”（Put it all in the first paragraph），意在表明记者的报道应该开门见山、言简意赅。
- 二是关于信仰，“自由的事业是上帝的事业”（The cause of freedom is the cause of god），……

到了大约 27 岁的时候，道去了华尔街。他开始成为专门报道金融的者……

当时，华尔街的股票交易已经……

当时美国记者收受贿赂的现象很……

道和琼斯的不同之处是，……而就是这两点，后来被普遍认为成就了”道琼斯”的品牌。

有的人死了，他们的名字还活着。查尔斯·道（Charlesdow）和他的同事爱德华·琼斯（EdwardJones）就是其中的两位。因为他们开创的工作，人类的经济生活进入了““道琼斯””时代。一百多年来，”道琼斯”指数成为世界股票市场的代表。然而，”道琼斯”是如何产生的？

到了大约 27 岁的时候，……

当时美国记者收受贿赂的现象很普遍……

道和琼斯的不同之处是，他们拒绝被收买。他们认为及时和可信是金融报道的必须。而就是这两点，后来被普遍认为成就了”道琼斯”的品牌。

图 3-76　样文

## 实训二

实训目的：

1．掌握表格的创建操作

2．掌握表格的编辑操作

3．掌握表格的格式操作

4．掌握内容的输入操作

实训要求：

制作员工入职登记表。

实训指导：

1．创建表格

创建一个 20 行 7 列的表格（有几种方法？），其中的初始内容如图 3-77 所示。

| 姓名 | | 性别 | | 民族 | | |
| 婚否 | | 出生日期 | | | | |
| 身份证号 | | | 联系电话 | | | |
| 身高 cm | | 最高学位 | | 所学专业 | | |
| 体重 kg | | 毕业院校 | | | | |
| 个人特长 | | | 有何技能 | | | |
| 家庭详细住址 | | | | | | |
| 食宿要求 | | | | | | |
| 工作简历 | | | | | | |
| 起止年月 | 工作单位 | 职务 | 离职原因 | 证明人 | 联系电话 | |
| | | | | | | |
| | | | | | | |
| | | | | | | |
| | | | | | | |
| 面试结果 | | | | | | |
| A | B | C | D | E | F | |
| 特别优秀 | 优秀 | 良好 | 合格 | 基本合格 | 不合格 | |
| 面试员评语及签名 | | | | | | |

图 3-77　初始表

2．编辑表格并格式化表格内容

（1）选定第 7 列的前 4 行单元格区域，合并单元格，输入"照片"两字，使其竖排并中部居中。

（2）将第 2 行的第 4~6 个单元格合并，输入"年月"，两字前各留出一定空间。

（3）将第 3 行的第 2、3 个单元格合并，第 5、6 个单元格合并。将第 5 行的第 4~7 个单元格合并。将第 7 行除第 1 个单元格外的单元格合并。

（4）将第 8 行除第 1 个单元格外的单元格合并，插入 4 个方框□（在【插入】菜单的【符号】对话框中选择，"拉丁文本"、"专用区"，字符代码"F00E"），每个框后分别输入：包食、包住、自理食宿、提供食宿。

（5）将第 9 行合并单元格，并使字符居中，字符缩放 150%，字符间距加宽 10 磅。"面试结果"行的设置与第 9 行相同（可用格式刷）。

（6）将第 10~15 行全部选中，选择【拆分表格】命令，并从对话框中设置行列分别为 4 行 6 列。

（7）将第 11 行文字居中，楷体，并用格式刷格式第 18 行。

（8）将第 16 行文字居中。并将 17、18、19 行分别拆分合并为 3 行 6 列。

（9）将末行除第 1 个单元格外的单元格合并。

（10）将光标定位于第 15 行尾，按【Enter】键，插入一行，将该行单元格合并，输入如图 3-78 所示的内容。

（11）将光标置于第 1 行，拆分表格，在表格上方输入"员工入职登记表"，居中，黑体，三号，加粗。按【Enter】键转入下一行，将该行格式清除（在【样式】下拉框中选择【清除格式】），输入"应聘职位"和"填表日期"，切换到英文输入法，按住【Shift】键的同时，连续按【-】键，分别在两处画线。

3．格式化表格

（1）将表格外框加粗，将"工作简历"和"面试结果"两行的底纹颜色设置为灰度20%。

（2）将表格行高指定为 0.8 厘米，再分别调整其中的部分行高。表格中其他格式可自行设置。最后的样表如图 3-78 所示。

图 3-78　样表

4．保存

将该表格文档存为模板，文件名为"员工入职登记表"

实训三

实训目的：

1．掌握样式的修改和使用

2．掌握页眉、页脚的制作

3．掌握目录的制作

4．掌握页面设置

实训要求：

长文档的编辑排版。

实训指导：

**1．应用样式建立文章的层次结构**

（1）选择【格式】菜单下的【样式和格式】命令，打开【样式和格式】任务窗格。

（2）将光标置于文章的第一个内容标题处，单击【标题1】样式，并修改该样式的格式：黑体、不加粗、左对齐，选择【格式】→【项目符号和编号】命令，在打开的对话框中的【多级符号】选项卡中，选择编号类型如图 3-79 所示，并将其中的【编号位置】设为0，制表位和缩进位置设为 0.9，确定后，选中【自动更新】复选框。将该样式应用于文中所有此级标题中。

（3）将光标置于文章的子标题处，单击【标题2】样式，并修改该样式的格式：宋体、加粗、五号、左对齐，编号的设置方法同上一级标题，只是【级别】选择 2 级即可。将该样式应用于文中所有此级标题中，如图 3-80 所示。

图 3-79　【项目符号和编号】对话框　　　　图 3-80　【自定义多级符号列表】对话框

（4）三级标题的设置方法相同，格式可以自设。

**2．使用文档结构图查看文档结构**

选择【视图】菜单下的【文档结构图】命令，即可出现该文档的结构图，可以折叠或展开标题级别进行查看，如图 3-81 所示。

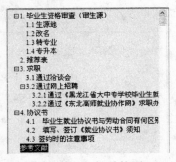

图 3-81　文档结构图

**3．设置正文格式**

将文章标题格式设为黑体、三号、居中，段前、段后 1 行。

正文首行缩进 2 个字符，五号、宋体。

**4．生成目录**

将光标置于要插入目录的位置，选择【插入】→【引用】→【索引和目录】命令生成含有三级标题的目录。

**5．添加交叉引用**

为文章的参考文献添加如图 3-82 所示的项目编号。

将光标定位于文中需要添加交叉引用的位置，选择【插入】→【引用】→【交叉引用】命令，【引用类型】选择【编号项】，在【引用内容】选择【段落编号（完整上下文）】，选中【编号分隔符】复选框，并向其中输入"[]"，在【引用哪一个编号项】列表框中选择对应的参考文献，如图 3-83 所示。设置完成后，当鼠标指向文中的编号处时，会出现链接提示，按【Ctrl】键单击鼠标即可以链接到对应的参考文献处。

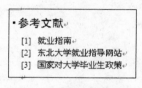

图 3-82  参考文献编号

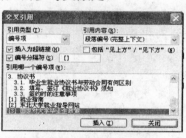

图 3-83  【交叉引用】对话框

**6．插入分节符**

将光标置于目录内容后及参考文献前，分别插入下一页分节符，使每部分内容单独在新的一页显示。

**7．为各部分设置不同的页眉、页脚**

将光标定位在目录所在页，在页眉处输入"目录"，不要页码；转到正文所在处的页眉，取消页眉和页脚工具栏中的【与上一节相同】按钮，输入文章的标题内容，跳转到正文的页脚处，同样取消【与上一节相同】按钮，插入页码，页码格式为阿拉伯数字，居中，起始页码为 1；参考文献处的页眉内容输入"参考文献"，页码续前节。

**8．更新目录**

插入页码后，原有的目录需要更新。将光标定位于目录任意位置，右击鼠标，选择快捷菜单中的【更新域】命令，在弹出的对话框中选中【更新整个目录】单选按钮，再单击【确定】按钮。

**9．保存文档并预览**

# 第4章　办公中的表格数据处理

## 学 习 目 标

**知识目标：**

● 了解工作簿、工作表、单元格的知识；

● 掌握公式和常用函数的运用；

● 掌握对数据表中的数据进行数据分析与处理的方法。

**能力目标：**

● 掌握工作表的创建、数据输入和编辑；

● 掌握页面设置与工作表的打印；

● 掌握工作表中特殊格式的设置；

● 掌握数据合并计算；

● 能够对数据表中数据进行排序、筛选和分类汇总、数据透视分析；

● 能够利用数据图表表现数据之间的关系；

● 掌握工作表的打印机设置、打印区域设置、打印预览、打印等操作。

## 4.1　Excel 的基本操作

### 4.1.1　各类数据的输入

输入数据是建立工作表最基本的操作，只有输入数据，才可对其进行计算以及分析等工作。工作表中可以输入的数据包括数字、文本、时间和日期、公式和函数等，可以用以下两种方法在单元格中输入数据：

● 选定单元格，直接在其中输入数据，按【Enter】键确认。

● 选定单元格，在编辑栏的文本框中单击鼠标，向其中输入数据，然后单击编辑栏中的【√】按钮或按【Enter】键确认。

在 Excel 中输入任何符号时，必须在英文标点符号状态下。

**1．数字的输入**

Excel 中输入的数字为常量并自动右对齐，可参与计算。

（1）分数。

采用"整数⌴分子/分母"的格式，真分数的整数部分用零代替。如输入"1/2"时，按0⌴1/2 格式输入。

（2）小数。

若输入"5.726"，进行四舍五入后单元格中显示"5.73"，参与计算的是其真实值而不是显示值。

（3）长位数。

当数字位数很长时，若是常规格式，则将整数部分用科学记数法表示，小数部分自动四舍五入后显示；若是数值格式，则出现#### 符号字样，这时可调整列宽来改变。例如向单元格中输入"1236547898745"，确定后单元格中显示"1.23655E+12"。

### 2．文本的输入

默认单元格中的文本自动左对齐。Excel 中的文本通常指字符或字符与数字的组合，如12-R、第 5 行、24A 等。

（1）数字文本。

要输入数字文本，如电话号码、身份证号码等，先输入英文标点的单引号，再输入数字，确定后单元格左上角自动出现一个绿色三角标记，当选中该单元格时，旁边出现提示信息，说明单元格中的内容为文本格式，用户可单击下拉三角形按钮选择操作命令。

（2）公式或函数中的文本。

公式或函数中的文本，必须用字符串定界符即英文标点的双引号将文本括起来。例如公式=if(D2>60,"通过"，"不通过")中的"通过"和"不通过"就是文本。

单元格中插入的特殊符号也自动作为文本对待。

### 3．日期和时间的输入

Excel 中，日期和时间均按数字处理，故可用于计算。日期和时间的显示方式取决于所在单元格的数字格式。通过设置单元格格式，可使日期的显示方式为"09/1/24"或"2009-1-24"，也可将其显示为常规数字格式。

Excel 默认使用斜线"/"或连字符"-"输入日期，用冒号"："输入时间，并以 24 小时制显示时间。如输入"07/1/24"时，显示为"2007-1-24"；输入"1/24"时，显示为"1 月 24 日"。

若要用 12 小时制显示时间，则在输入时间后空一格，再输入"A（AM）"或"P（PM）"，表示上午或下午（字母大小写无关）。如输入"8:30 A"显示为"8:30 AM"。输入"4:10 P"显示为"4:10 PM"。

输入当天日期，可用快捷键【Ctrl+；】，输入当前时间可用快捷键【Shift+Ctrl+：】。

### 4．成批自动填充

除可以对某个单元格进行数据输入外，还可对多个单元格进行序列数据的复制和填充。

工作表中，有时一行、一列或一个单元格区域内要填充相同的数据或序列数据，如月份、季度、星期，Excel 提供了自动填充功能，即用拖动活动单元格的填充柄或用【编辑】

菜单下的【填充】子菜单进行操作。

（1）相同数据的输入。

在区域第一个单元格中输入数据后，将光标置于单元格右下角的填充柄处，按住左键向下/向右拖动到区域末，或先选定要输入数据的单元格区域（可以连续或不连续），输入一个数据后，按【Ctrl+Enter】键，可在所有选定区域中添加相同数据。

在多张工作表中输入相同数据时，选中含有数据的源工作表和目标工作表，再选中包含数据的单元格区域，选择【编辑】→【填充】→【至同组工作表】命令即可。

（2）序列数据的输入。

Excel 可智能地扩展起始单元格中包含的序列数据（有一定变化规律的内容），如自然数、奇数、季度、星期和月份等。

要连续填充数字系列，先在区域前两个单元格中输入前两个数据，即可确定序列变化的步长，然后选中这两个单元格，拖动填充柄到区域的最后一个单元格。

要填充连续的自然数或系统预定义的序列，可在第一个单元格中输入第一个数据后直接拖动填充柄到区域的最后一个单元格，释放鼠标后出现【自动填充选项】按钮，从中选择【以序列方式填充】即可。或选中已输入序列起始值的单元格，用右键拖动其填充柄到区域的最后单元格，释放鼠标后，弹出如图 4-1 所示的快捷菜单，从中选择要执行的命令，即可按要求填充序列。

另外，也可用【序列】对话框填充数字序列。在第一个单元格中输入序列的初始值，选择【编辑】→【填充】→【序列】命令，打开如图 4-2 所示的对话框，从中选择按行或列的方向填充，序列类型如果是【日期】，则要选择一种日期单位；如果是等差或等比序列，要确定步长值和终止值。设置完毕，单击【确定】按钮，即可完成序列数据的填充。

图 4-1　快捷菜单

图 4-2　【序列】对话框

（3）自定义序列。

用户也可以根据需要自定义新的序列。选择【工具】菜单下的【选项】命令，在弹出的对话框中单击【自定义序列】选项卡，如图 4-3 所示，其中列有系统预设的 11 种序列。

在【输入序列】列表框中输入新的序列项，每输入一项，按一次【Enter】键（或每项间用英文标点的逗号分开），直到整个序列的内容输完后，单击【添加】按钮，该序列就出现在左侧的列表框中。

若想将工作表中已输入的内容作为一个序列，可选中这些内容，则该对话框中的【从单元格中导入序列】框中就出现了所选单元格的位置名称，单击【导入】按钮，完成自定义序列。自定义序列与系统预设序列的使用方法一样。

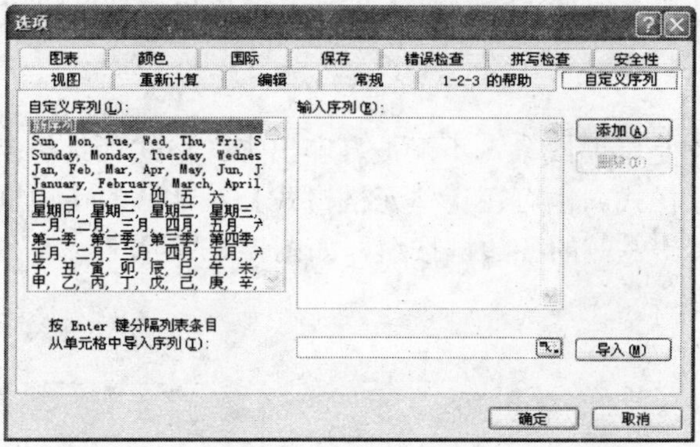

图 4-3　【自定义序列】选项卡

## 4.1.2　单元格的编辑

对单元格中的内容、对齐方式及单元格本身的处理，可以利用格式工具栏上的相应命令按钮进行简单编辑，也可以打开【格式】菜单下的【单元格】对话框进行详细设置。

### 1．数字格式

Excel 的数字格式包括常规、数值、日期、时间、百分比、分数、货币、文本、会计专用、科学计数法等多种类型。

格式工具栏中，提供编辑数字格式的按钮有【货币样式】、【百分比样式】、【千位分隔样式】，单击【增加小数点位数】或【减少小数点位数】按钮可改变数字的小数点位数。

【单元格格式】对话框中，【数字】选项卡的【分类】列表中提供了数字格式类型，或先选择某种分类，再选择【自定义】选项，在【类型】文本框中输入自己需要的数字格式。例如，日期格式可以是 2007-01-30，也可通过自定义变为 2007/01/30。效果如图 4-4 所示。

图 4-4　数字格式设置

### 2．对齐方式

工作表中的不同数据有自己默认的对齐方式，用户可以按要求重新设置。

格式工具栏中的【左对齐】、【居中】、【右对齐】、【合并及居中】（将选定的几个单元格合并为一个单元格，且将第一个单元格中的内容居中显示）按钮，可让选定区域的内容在水平方向上按要求对齐。

在【单元格格式】对话框的【对齐】选项卡中，可以设置文本的水平和垂直对齐，或者改变文字方向、自动换行、缩小字体填充、合并单元格等特殊格式，如图4-5所示。

### 3. 边框和底纹

默认 Excel 的表格是辅助线条，不能被打印出来。格式工具栏上的【边框】按钮可提供几种简单的表格边框样式。也可在【单元格格式】对话框的【边框】选项卡中，先选择线条样式和颜色，再单击左侧的各边框按钮，如图4-6所示。

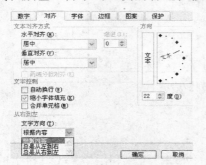

图4-5 文本对齐方式设置

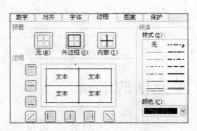

图4-6 边框设置

为使表中某些位置的数据更加突出，可以为该位置添加颜色或底纹图案。

单击格式工具栏中的【填充色】按钮，可以为所选区域填充单一颜色；在【单元格格式】对话框中的【图案】选项卡中，可以选择单一的填充颜色，也可以选择图案及图案颜色。

### 4. 自动套用格式

Excel 还提供有十几种预设的格式样式，可使用户方便、快捷地达到目的。

选定单元格（区域）后，选择【格式】菜单下的【自动套用格式】命令，从对话框中选择一种所需的格式，单击【选项】按钮，对话框下方即增加了6个【要应用的格式】复选框，取消选中某个复选框，意味着不套用此格式，如图4-7所示。

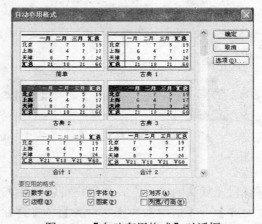

图4-7 【自动套用格式】对话框

### 5. 条件格式

条件格式是指用醒目的格式设置选定区域中满足条件的单元格。选定某区域，选择【格式】菜单下的【条件格式】命令，打开如图 4-8 所示的对话框，先在【条件 1】下面的列表框中选择【单元格数值】或【公式】项，再确定该选定区域应满足的条件，最后设置满足条件时该区域的格式。如图 4-8 所示为满足数值小于 60 的单元格设置紫底色细水平条纹。

图 4-8　【条件格式】对话框

## 4.1.3　页面设置与工作表的打印

对于创建好的工作表，如果要打印输出，需先进行页面设置，预览满意后方可打印。

### 1. 页面设置

打开【文件】菜单下的【页面设置】对话框，如图 4-9 所示，可以进行如下设置。

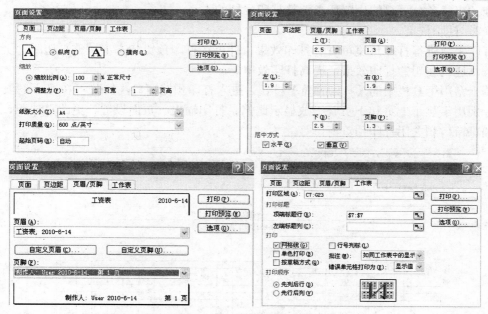

图 4-9　【页面设置】对话框

（1）页面。设置打印方向、纸张大小、打印质量等。

（2）页边距。确定页边距大小和页眉、页脚的位置，水平居中和垂直居中用于将工作表打印在纸张中央。

（3）页眉/页脚。单击【自定义页眉（脚）】按钮，在打开的相应对话框中添加页眉/页脚，或从页眉/页脚的组合框中选择内容。

（4）工作表。将要打印的单元格区域引用到【打印区域】文本框中设置打印区域。将表的【顶端标题行】或【左端标题列】的单元格区域引用到相应的文本框中（两者不可同时使用），则标题内容就可以出现在每张打印页的顶端或左端。还可以选择是否打印工作表中的网格线、批注、行号列标等。

## 2．设置打印区域

Excel 默认的打印区域是整张工作表，要指定打印区域，除在【页面设置】对话框中进行设置外，还可单独设置。

选择要打印的区域（可以是连续区域，也可以是不连续区域），选择【文件】→【打印区域】→【设置打印区域】命令，则选定的区域周围出现虚线框，表示该区域已设置为打印区域。

对于不连续的打印区域，若希望打印在同一张纸上，最好先将它们复制到同一张工作表中再打印。

## 3．打印预览及输出

（1）分页预览。

选择【视图】菜单下的【分页预览】命令，可将窗口切换为分页预览视图方式，可以通过拖动粗线条分页符的位置适当调整打印区域的大小。

（2）打印预览。

打印之前进行打印预览可查看打印效果，并可在打印预览状态下调整页边距、页面设置等，以达到理想的打印效果，提高打印效率。

单击常用工具栏中的【打印预览】按钮，进入打印预览窗口，如图 4-10 所示，其中的按钮分别用于显示上页和下页、缩放显示比例、打印输出、页面设置、更改页边距、进入分页预览窗口和关闭打印预览窗口等。

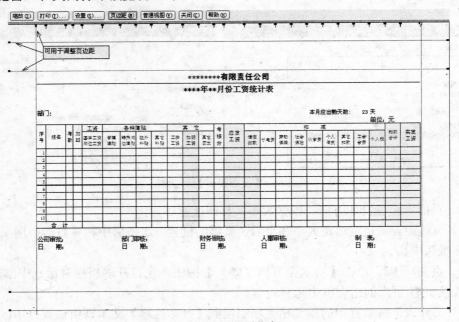

图 4-10　打印预览窗口

（3）打印输出。

直接单击常用工具栏中的【打印】按钮，系统即按当前打印机的默认设置进行打印。要改变打印设置，就要进入【文件】菜单下的【打印】对话框，从中选择打印范围，如全部或某些页；打印内容，如选定区域、选定工作表或整个工作簿；确定打印份数等。单击【确定】按钮开始打印输出。

# 4.2　"工资表"表格的建立

工资表的处理，对于每个单位都是一件既重要又繁琐的工作。而工资的频繁调整和员工的增减，使得工资管理的工作量很大。应用 Excel 来制作一个完整的工资管理系统，具有灵活方便、可扩充性强、安全可靠等特点，能有效地减少重复劳动，高效地完成任务。

## 4.2.1　创建"工资统计表"框架

本节以创建工资管理统计表格框架为例，并对其进行一定的格式化处理，向其中输入基本数据，并进行计算，操作步骤如下：

（1）启动 Excel 后默认新建一个空白工作簿，其中有 3 张工作表，用鼠标右键单击第一张工作表的标签，选择【重命名】命令，重命名为"工资管理统计表"。

（2）在表格的第 1 行和第 2 行中的各列输入如图 4-11 所示的内容。

图 4-11　工作表表头

输入时注意以下几点：

① 不要改变列号，否则会影响计算公式的编写。

② 图中带点之处用到了【单元格格式】对话框中【对齐】选项卡中的【合并单元格】功能，带圈之处用到了【自动换行】功能。可以用格式刷复制格式。

③ 对其中的内容进行字体、字号、对齐方式等的设置。

（3）表格标题的制作。在表头上方插入 5 行，选中 A1~Y1 单元格，单击格式菜单栏中的【合并及居中】按钮，输入"********有限责任公司"内容，利用格式菜单栏中的【边框】按钮为该单元格添加下框线。

同理将 A2~Y2 单元格合并及居中，输入"****年**月份工资统计表"内容。

在 A4 单元格中输入"部门："；将 S4~U4 合并，输入"本月应出勤天数"；在 W4

单元格中输入"天"；V4 单元格用于输入当月本公司员工应出勤的实际天数；在 W5 单元格中输入"单位：元"。

（4）在 A8 单元格中输入"1"，按住鼠标拖动该单元格右下角的填充句柄到一定行数（由公司人数决定），释放鼠标，在出现的【自动填充选项】中选择【以序列方式填充】，就可将自然数填充到 A 列的单元格中。

（5）本表中有些列中的数据是通过计算得到的，所以将这些列用其他颜色进行填充，即选中不连续的单元格区域："加班工资"列、"应发工资"列、"请假扣款"列、"个人税"列、"扣款合计"列、"实发工资"列，单击格式菜单栏中的【填充颜色】按钮，选择浅绿色进行填充。然后选中表格区域，加所有框线。

（6）将表格最下行的 A~D 列单元格合并居中，输入"合计"。

（7）在表格的最后输入一些有关本表的信息。完成的表格框架如图 4-12 所示。

图 4-12　"工资统计表"框架

说明：表格的框架制作没有固定的模式和顺序，可以根据实际需要进行。在编辑和格式的过程中，尽量使用快速制作的方法，如格式刷、序列填充等，而对于单元格的设置主要通过【单元格格式】对话框进行。

## 4.2.2　对表进行特殊的设置

### 1. 插入批注

可以为需要对其中内容进行说明的单元格添加批注。例如要为"加班工资"单元格增加批注，可以右击该单元格，从快捷菜单中选择【插入批注】命令，向文本框中输入要说明的内容后，在表格的任意位置单击关闭文本框，这时该单元格右上角会出现一个红色三角形，意味着此单元格添加有批注，并处于隐藏状态。

在该单元格的快捷菜单中还可选择【编辑批注】、【删除批注】、【隐藏/显示批注】等命令对批注进行设置。

**2. 定义单元格数据的有效性**

用 Excel 处理数据，有些数据是有范围限制的，而向表格中输入数据时难免会出错，比如重复的身份证号码、超出范围的无效数据等。合理设置数据有效性规则，就可以避免错误，提高工作的准确率和效率。

选定要设置数据有效性的单元格或区域，选择【数据】菜单下的【数据有效性】命令，即可以进行相关设置。在 Excel 2007 版中，设置好数据有效性规则后，单击数据功能区【数据有效性】按钮右侧的【▼】按钮，在下拉菜单中选择【圈释无效数据】命令，表格中所有无效数据即可被一个红色的椭圆形圈出来，错误数据一目了然。

**3. 实例操作**

（1）表格中特殊要求设置的操作要求。

打开已建立的"工资统计表"，为有公式的表头添加批注；为"工龄工资"所属的列区域设置数据有效性；为"部门"提供可选内容；并为表中的数据区域设置数据小数位数为 2 位，负数以红色加括号显示。

（2）操作步骤。

① 将光标分别置于要添加批注的单元格，按表 4-1 所示插入批注。

表 4-1　单元格及批注内容

| 单 元 格 | 内　　　　　容 |
| --- | --- |
| 加班工资 | 工资/应出勤天数*加班天数 |
| 应发工资 | 工资*考核分%+管理津贴+特殊岗位津贴+驻外补贴+其他补贴+工龄工资+加班工资+其他应发 |
| 请假扣款 | （考勤−应出勤天数）*工资/应出勤天数 |
| 个人税 | 应发工资扣除劳保和社保后的金额，大于 2000 元小于等于 2500 元时税率为 0.05；大于 2500 元小于等于 4000 元时税率为 0.1；大于 4000 元小于等于 7000 元时税率为 0.15；大于 7000 元小于等于 22000 元时税率为 0.2；大于 22000 元时税率为 0.25 |
| 扣款合计 | 将所有的扣减项相加 |
| 实发工资 | 应发工资−扣款合计 |

如果批注内容有误，可以进行编辑修改。

② 选中"工龄工资"所在的列，设置数据有效性，在【设置】选项卡中，【允许】下拉列表框中选择【整数】，【数据】列表框中选择【介于】，【最小值】和【最大值】数值框中分别输入"1"和"1000"，意味着工龄工资的有效值范围是 1~1000。如图 4-13 和图 4-14 所示。

③ 选定 E4 单元格，在【数据有效性】对话框的【设置】选项卡中，按如图 4-15 所示进行设置，完成后，就可在表中的 E4 单元格中选择本工资表的所属部门，而不用每次都进行输入了，效果如图 4-16 所示。

④ 选定工资表中所有的数据区域，打开【单元格格式】对话框，在【数字】选项卡中，

选择【分类】列表框中的【数值】选项，在【小数位数】列表框中选择【2】，在【负数】列表框中选择带有括号的红色格式。单击【确定】按钮，完成设置。

图 4-13　设置选项

图 4-14　出错警告选项

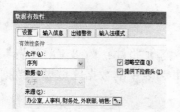

图 4-15　序列数据有效性设置

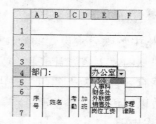

图 4-16　序列数据列表效果

**说明：** 当表格中的数据有特殊设置的要求时，可利用 Excel 提供的许多功能，包括从【单元格格式】对话框、数据有效性、条件格式等方面进行设置。

## 4.2.3　表内公式的设置

一般工资表中都要涉及到一些计算，如应发工资、个人所得税、实发工资等。计算时可以自定义公式，也可以用系统内置的函数。

在进行表中数据的计算前，要了解表 4-1 中所列的各个批注内容，表中的计算就是依此而建立公式进行的。在计算前应明确下述概念。

### 1. 公式中单元格的引用

单元格引用指在公式中用单元格的名称调用该单元格中的数据来参与公式的计算。引用单元格生成公式后，该单元格中的数据发生改变时，计算结果会自动更新。所以在公式中引用单元格地址进行计算是非常方便实用的。

单元格的引用分相对引用和绝对引用。

（1）相对引用。

当公式移动或复制到其他位置时，引用的单元格地址也会做相应的改变。例如，若单元格 A3 中的公式为=A1+A2，当将该单元格中的公式复制到 B3 单元格中时，公式会自动变为=B1+B2。Excel 的相对引用使得在应用同类公式进行计算时，不必在每个单元格都输入公式，只需建立一个公式，其他单元格中的公式通过复制即可完成。

（2）绝对引用。

公式中引用的单元格地址不随公式所在单元格的位置而变化。在单元格地址的列标和行号前加一个$号（在英文标点符号下输入，或将光标置于单元格名称前，按 F4 键），就意味着该单元格被绝对引用。例如，若单元格 C3 中的公式是=$C$1+$C$2，复制到 D3 单元格中时，公式仍为=$C$1+$C$2。绝对引用适用于公式中引用的某个单元格中的数据无论在什么时候都不能改变的情况下。

可以根据实际情况，在一个公式中，混用相对引用和绝对引用。而且在行号前加$则行是绝对引用，列号前加$只是列绝对引用。例如 D$5，意味着列随着公式的移动自动调整而行保持不变（即行绝对引用）；$D5 则是列绝对引用。

（3）非当前工作表中单元格的引用。

如果要从其他工作表中引用单元格，其引用格式是：工作表标签！单元格地址。例如，Sheet1 的 A9 单元格中的公式要相对引用 Sheet2 中的 A3 单元格，在 Sheet1 的 A9 单元格中输入的公式为=Sheet2！A3。

### 2．常用函数

（1）求和函数 Sum(range1,range2,……)。

括号中可以是一个单元格区域，或多个单元格、单元格区域、具体数据、表达式等，之间用英文逗号间隔。该函数用于计算这些对象的和。

（2）条件函数 If( )。

格式为 if(logical_test,value_if_true,value_if_false)，根据条件表达的真假结果，返回不同的值，返回值可以是任意数据类型，如果是字符型的，要用字符定界符引号括起来。其中：

logical_test，要判断的条件的任意值或表达式。可使用任何比较运算符。

value_if_true，当条件为真时的返回值。

value_if_false，当条件为假时的返回值。

### 3．公式设置

（1）加班工资的计算。

将光标定位到 K8 单元格，向其中输入公式"=(E8/$V$4)*D8"，按【Enter】键后单元格中自动计算出第 1 序号员工的加班工资。用填充柄向下拖动，将该公式复制给此列的其他单元格。

（2）应发工资的计算。

将光标定位到 N8 单元格，输入公式"=E8*M8%+F8+G8+H8+I8+J8+K8+L8"，按【Enter】键确定。同样用填充柄进行复制。

（3）请假扣款的计算。

将光标定位到 O8 单元格，输入公式"=(C8-$V$4)*E8/$V$4"，按【Enter】键确定。同样进行复制。

（4）个人税的计算。

个人税是从应发工资中扣除劳动保险和社会保险后的金额超过 2000 元开始起征，并对不同的应纳税额有不同的税率。从表 4-2 中可以看出所得税是累进税率，在计算中要考虑到需要，对不同的应纳税所得额选用不同的税率和扣除金额。

表 4-2　所得税税率及扣除金额（工资、薪金所得适用）

| 应纳税所得额 | 税　率 | 速算扣除数 |
|---|---|---|
| <500 | 0.05 | 0 |
| <2000 | 0.1 | 25 |
| <5000 | 0.15 | 125 |
| <20000 | 0.2 | 375 |
| <40000 | 0.25 | 1375 |

将光标定位到 O8 单元格，输入以下公式并按【Enter】键：

=-(IF((N8-R8-Q8-2000)<=0,0,IF((N8-R8-Q8-2000)<=500,(N8-R8-Q8-2000)*0.05,IF((N8-R8-Q8-2000)<=2000,(N8-R8-Q8-2000)*0.1-25,IF((N8-R8-Q8-2000)<=5000,(N8-R8-Q8-2000)*0.15-125,IF((N8-R8-Q8-2000)<=20000,(N8-R8-Q8-2000)*0.2375,(N8-R8-Q8-2000)*0.25-1375))))))

然后，复制公式到本列其他单元格。

（5）扣款合计的计算。

在 X8 单元格中可以插入求和函数 SUM，并选择求和区域为 O8:W8，这样单元格中显示的公式为=SUM(O8:W8)，确认后，复制公式到本列其他单元格。

（6）实发工资的计算。

在 Y8 单元格中输入公式"=N8+X8"，确认后，复制公式到本列其他单元格。

（7）合计。

选定 E8~E18 单元格区域，单击常用工具栏中的【自动求和】按钮 Σ，则求出该列所选单元格中的数字之和，并存入 E18 单元格中。

拖动填充柄将该公式复制到 F18~Y18 单元格中。删除 M18 单元格中的内容。

将该表格存为模板文件"工资统计表模板"，以备反复使用。

**4. 总结说明**

（1）公式中引用"本月应出勤天数"对应的单元格 V4 中的数据时，都采用了绝对引用的方式。

（2）在计算所得税时，使用了 if 函数的嵌套。该公式表示，如果应发工资扣除两种保险外的值(N8-R8-Q8)小于 2000 元时，不扣税；如果(N8-R8-Q8-2000)<=500 时，按税率表的第一级计算所得税，即按(N8-R8-Q8-2000)*0.05 计算；依此类推。

（3）因为表格中的扣减项要直接表示为负数，所以个人税的计算公式前有"−"号，并且实发工资公式变为：应发工资+扣减工资。

（4）打开"工资统计表模板"文件，向其中输入财务部门职工的工资相关信息，输入时注意单元格或区域的设置，如数据有效性、"扣减"各列的基本数据直接输入负数、有公式的单元格不需要输入，会自动进行计算等。然后将其另存为"财务部****年**月工资统计表"。

# 4.3  数 据 分 析

Excel 提供了对表格中的数据进行分析的多种功能,如排序、筛选、分类汇总以及数据透视分析等。

## 4.3.1  筛选和排序

建立一张员工基本信息表,表中有姓名、性别、职称和部门等信息。其中的一部分内容如图 4-17 所示。

| 序号 | 姓名 | 性别 | 职称 | 部门 |
|---|---|---|---|---|
| 1 | 张明 | 男 | 注册会计师 | 财务处 |
| 2 | 李蓓 | 男 | 经济师 | 财务处 |
| 3 | 赵顺 | 男 | 注册会计师 | 财务处 |
| 4 | 候建设 | 男 | 资产评估师 | 财务处 |
| 5 | 张敏 | 女 | 会计师 | 财务处 |
| 6 | 周道 | 女 | 经济师 | 财务处 |
| 7 | 刘丽江 | 女 | 会计师 | 财务处 |
| 8 | 乔装扮 | 女 | 注册会计师 | 财务处 |
| 9 | 荡漾 | 男 | 会计师 | 财务处 |
| 10 | 范花 | 男 | 注册会计师 | 财务处 |
| 11 | 李明 | 男 | 高级营销师 | 销售处 |
| 12 | 张伟 | 男 | 高级营销师 | 销售处 |
| 13 | 刘涛 | 女 | 营销员 | 销售处 |
| 14 | 许放 | 女 | 营销员 | 销售处 |
| 15 | 蔡花 | 女 | 高管 | 销售处 |
| 16 | 武功 | 男 | 高管 | 销售处 |
| 17 | 雷雨 | 男 | 高级文秘 | 办公室 |
| 18 | 徐佳 | 女 | 高级文秘 | 办公室 |
| 19 | 柳叶 | 女 | 高级文秘 | 办公室 |
| 20 | 贾忠诚 | 男 | 高管 | 人事处 |
| 21 | 黄昏 | 女 | 助理 | 人事处 |

图 4-17  "员工基本信息表"部分内容

### 1. 自定义筛选

Excel 的数据筛选功能为查找记录提供了很大的方便,既可以按一定方式筛选,也可按特定条件筛选。例如,要筛选出财务处人员,操作步骤如下:

(1)将光标置于表中,选择【数据】→【筛选】→【自动筛选】命令,则每个字段旁边出现向下箭头,如图 4-18 所示。

(2)单击"部门"列旁的箭头,从中选择【财务处】后,表中其他部门的信息即被隐藏,只筛选出了该部门的员工信息,再选择"序号"列下的【升序】,结果如图 4-19 所示。

| 姓名 | 性别 | 职称 | 部门 |
|---|---|---|---|
| 张明 | 男 | 注册会计师 | 升序排列 / 降序排列 |
| 李蓓 | 男 | 经济师 | (全部) / (前 10 个…) / (自定义…) |
| 赵顺 | 男 | 注册会计师 | 办公室 |
| 候建设 | 男 | 资产评估师 | 人事处 |
| 张敏 | 女 | 会计师 | 销售处 |
| 周道 | 女 | 经济师 | |
| 刘丽江 | 女 | 会计师 | 财务处 |

图 4-18  自动筛选界面

| 序号 | 姓名 | 性别 | 职称 | 部门 |
|---|---|---|---|---|
| 1 | 张明 | 男 | 注册会计师 | 财务处 |
| 2 | 李蓓 | 男 | 经济师 | 财务处 |
| 3 | 赵顺 | 男 | 注册会计师 | 财务处 |
| 4 | 候建设 | 男 | 资产评估师 | 财务处 |
| 5 | 张敏 | 女 | 会计师 | 财务处 |
| 6 | 周道 | 女 | 经济师 | 财务处 |
| 7 | 刘丽江 | 女 | 会计师 | 财务处 |
| 8 | 乔装扮 | 女 | 注册会计师 | 财务处 |
| 9 | 荡漾 | 男 | 会计师 | 财务处 |
| 10 | 范花 | 男 | 注册会计师 | 财务处 |

图 4-19  筛选结果

说明：① 自动筛选中除直接选择某个数据项外，还可以进行自定义设置，即从如图 4-18 所示的界面中选择【自定义】后，为某字段的取值设定一个或两个条件进行筛选，如图 4-20 所示。

图 4-20　自定义筛选条件

② 若要取消自动筛选，再一次选择【数据】→【筛选】→【自动筛选】命令，取消其前方的勾选即可。

除了在自定义筛选中直接按某字段升序或降序排列外，更多的是在【排序】对话框中实现。

## 2. 排序

打开"员工基本信息表"和"财务部****年**月工资统计表"。将上例中从"员工基本信息表"中筛选出的财务部门员工的信息复制到一张新工作表中，重命名为"数据分析"，然后添加 3 个字段名：应发工资、扣减和实发工资。并选择下列方法之一进行操作。

（1）用复制的方法引用数据。

同时选定工资统计表中不连续的单元格区域，N8：N17、X8：X17、Y8：Y17，并复制到"数据分析"工作表中对应的字段下，注意利用【编辑】菜单下的【选择性粘贴】中的【数值】命令。

（2）采取引用公式的方法引用数据。

将光标定位到"数据分析"表中"应发工资"列单元格处，如 F8 单元格，先输入"="，用鼠标单击工资统计表中姓名为张明的应发工资所在单元格 N8，则在编辑栏中出现了公式"=工资管理统计表!N8"，而在 F8 单元格中显示出具体应发工资数据，用填充柄向下复制该单元格公式。其他列的数据也可由此方法引用。完成后的表格如图 4-21 所示。

| | A | B | C | D | E | F | G | H |
|---|---|---|---|---|---|---|---|---|
| 1 | | | | | | | | |
| 2 | | | | | | | | |
| 3 | | | | | | | | |
| 4 | | | | | | | | |
| 5 | | 财务处 | | | | | | |
| 6 | | | | | | | | |
| 7 | 序号 | 姓名 | 性别 | 职称 | 部门 | 应发工资 | 扣减 | 实发工资 |
| 8 | 1 | 张明 | 男 | 注册会计师 | 财务处 | 3692.31 | -585.23 | 3,107.08 |
| 9 | 2 | 李蓓 | 男 | 经济师 | 财务处 | 2140 | -396.50 | 1,743.50 |
| 10 | 3 | 赵顺 | 男 | 注册会计师 | 财务处 | 2345 | -570.21 | 1,774.79 |
| 11 | 4 | 候建设 | 男 | 资产评估师 | 财务处 | 4348.46 | -2,916.77 | 1,431.69 |
| 12 | 5 | 张敏 | 女 | 会计师 | 财务处 | 1970 | -605.19 | 1,364.81 |
| 13 | 6 | 周道 | 女 | 经济师 | 财务处 | 2560 | -580.50 | 1,979.50 |
| 14 | 7 | 刘丽江 | 女 | 会计师 | 财务处 | 2050 | -1,445.08 | 604.92 |
| 15 | 8 | 乔装裕 | 女 | 注册会计师 | 财务处 | 2643.85 | -410.89 | 2,232.97 |
| 16 | 9 | 荡漾 | 男 | 会计师 | 财务处 | 3075 | -184.50 | 2,890.50 |
| 17 | 10 | 范花 | 男 | 注册会计师 | 财务处 | 5960 | -1,056.00 | 4,904.00 |

图 4-21　"数据分析"表

排序步骤：对数据分析表先按职称排序，再按实发工资升序排列。

将光标定位到表格中任一位置，选择【数据】菜单下的【排序】命令，在【排序】对话框中，选中【有标题行】单选按钮，【主要关键字】选择【职称】、【升序】；【次要关键字】选择【实发工资】、【升序】，如图 4-22 所示，确定后，表中数据即按要求进行了排序。

说明：① Excel 中的排序最多可以按 3 个关键字进行，在按主要关键字的值排序的基础上，再按次要关键字的值进行。

　　　② 如果选择的是【无标题行】，则关键字列表框中只列出列号。

　　　③ 单击【选项】按钮，可以进入【排序选项】对话框，如图 4-23 所示，可以从中定义排序次序、方向及方法。

　　　图 4-22　【排序】对话框　　　　　图 4-23　【排序选项】对话框

### 3. 高级筛选

若要通过复杂的条件来筛选单元格区域中的记录，就需要用到高级筛选。

以"数据分析"工作表为例，用高级筛选功能筛选出实发工资大于 2000 元的会计师，步骤如下：

（1）利用高级筛选前，需在一个区域中给出筛选的条件。在 D20：E21 单元格区域内输入如图 4-24 所示的内容作为筛选条件。

（2）将光标定位到数据位置，选择【数据】→【筛选】→【高级筛选】命令，筛选方式选择【将筛选结果复制到其他位置】，单击【列表区域】框的【压缩对话框】按钮，用鼠标选定原数据表所在的区域，即 A7：H17，同理，选定【条件区域】为 D20：E21，【复制到】的区域为 A23：H27，如图 4-25 所示，确定后，满足条件的筛选结果即被复制到了指定区域，如图 4-26 所示。

　　图 4-24　筛选条件区域　　　　图 4-25　【高级筛选】对话框

| 序号 | 姓名 | 性别 | 职称 | 部门 | 应发工资 | 扣减 | 实发工资 |
|---|---|---|---|---|---|---|---|
| 1 | 张明 | 男 | 注册会计师 | 财务处 | 3692.31 | -585.23 | 3,107.08 |
| 2 | 李蓓 | 女 | 经济师 | 财务处 | 2140 | -396.50 | 1,743.50 |
| 3 | 赵顺 | 男 | 注册会计师 | 财务处 | 2345 | -570.21 | 1,774.79 |
| 4 | 候建设 | 男 | 资产评估师 | 财务处 | 4348.46 | -2,916.77 | 1,431.69 |
| 5 | 张敏 | 女 | 会计师 | 财务处 | 1970 | -605.19 | 1,364.81 |
| 6 | 周道 | 女 | 经济师 | 财务处 | 2560 | -580.50 | 1,979.50 |
| 7 | 刘丽江 | 女 | 会计师 | 财务处 | 2050 | -1,445.08 | 604.92 |
| 8 | 乔装扮 | 女 | 注册会计师 | 财务处 | 2643.85 | -410.89 | 2,232.97 |
| 9 | 荡漾 | 男 | 会计师 | 财务处 | 3075 | -184.50 | 2,890.50 |
| 10 | 范花 | 男 | 注册会计师 | 财务处 | 5960 | -1,056.00 | 4,904.00 |

| | | | 实发工资 | 职称 | | | |
|---|---|---|---|---|---|---|---|
| | | | >2000 | 会计师 | | | |

| 序号 | 姓名 | 性别 | 职称 | 部门 | 应发工资 | 扣减 | 实发工资 |
|---|---|---|---|---|---|---|---|
| 9 | 荡漾 | 男 | 会计师 | 财务处 | 3075 | -184.50 | 2,890.50 |

图 4-26　高级筛选结果

说明：① 要指定一个单元格区域作为条件区域，该区域与源数据区域间至少有两到三行空行间隔，条件区域必须具有列标签，在列标签下面的行中，输入所要匹配的条件。

② 条件区域中列标签的内容必须与源表中列的字段名完全一致。

③ 用于筛选的列中数据必须连续，不能有空白单元格。

## 4.3.2　对"数据分析"表中的数据分类汇总

分类汇总是通过 Subtotal 汇总函数计算得到的，可以为每列显示多个汇总函数类型。分类汇总还会分级显示列表，以便显示和隐藏每个分类汇总的明细行。

以对"数据分析"表按职称汇总应发工资的平均值为例。首先新建一个工作表，将"数据分析"表复制到其中。分类汇总步骤如下：

（1）分类汇总前应该先进行排序操作，将该表按照"职称"字段进行排序。

（2）将光标置于数据区中，选择【数据】菜单下的【分类汇总】命令，【分类字段】选择【职称】，【汇总方式】选择【平均值】，【选定汇总项】中选择【应发工资】，如图 4-27 所示。确定后，原表中的数据即按职称对"应发工资"进行了平均值计算，结果如图 4-28 所示。

图 4-27　【分类汇总】对话框

| 1 2 3 | | A | B | C | D | E | F | G | H |
|---|---|---|---|---|---|---|---|---|---|
| | 4 | | | | | | | | |
| | 5 | | | | | | | | |
| | 6 | | | | | | | | |
| | 7 | 序号 | 姓名 | 性别 | 职称 | 部门 | 应发工资 | 扣减 | 实发工资 |
| | 8 | 5 | 张敏 | 女 | 会计师 | 财务处 | 1970 | -605.19 | 1,364.81 |
| | 9 | 7 | 刘丽江 | 女 | 会计师 | 财务处 | 2050 | -1,445.08 | 604.92 |
| | 10 | 9 | 荡漾 | 男 | 会计师 | 财务处 | 3075 | -184.50 | 2,890.50 |
| | 11 | | | | 会计师 平均值 | | 2365 | | |
| | 12 | 2 | 李蓓 | 女 | 经济师 | 财务处 | 2140 | -396.50 | 1,743.50 |
| | 13 | 6 | 周道 | 女 | 经济师 | 财务处 | 2560 | -580.50 | 1,979.50 |
| | 14 | | | | 经济师 平均值 | | 2350 | | |
| | 15 | 1 | 张明 | 男 | 注册会计师 | 财务处 | 3692.31 | -585.23 | 3,107.08 |
| | 16 | 3 | 赵顺 | 男 | 注册会计师 | 财务处 | 2345 | -570.21 | 1,774.79 |
| | 17 | 8 | 乔装扮 | 女 | 注册会计师 | 财务处 | 2643.85 | -410.89 | 2,232.97 |
| | 18 | 10 | 范花 | 男 | 注册会计师 | 财务处 | 5960 | -1,056.00 | 4,904.00 |
| | 19 | | | | 注册会计师 平均值 | | 3660.29 | | |
| | 20 | 4 | 候建设 | 男 | 资产评估师 | 财务处 | 4348.46 | -2,916.77 | 1,431.69 |
| | 21 | | | | 资产评估师 平均值 | | 4348.46 | | |
| | 22 | | | | 总计平均值 | | 3078.462 | | |

图 4-28　分类汇总结果

说明：① 用作分类的列中应该包含相同的事实数据，如职称、性别和部门等，而且该区域
　　　　没有空的行或列。
　　　② 必须对分类的列进行排序。
　　　③ 如果想按每个分类汇总自动分页，选中【每组数据分页】复选框即可。
　　　④ 汇总方式有多种，如求和、求平均值、求最大值、求最小值等。
　　　⑤ 可以再次使用【分类汇总】命令，以便使用不同汇总函数添加更多分类汇总。取
　　　　消选中【替换当前分类汇总】复选框，可以避免覆盖现有分类汇总结果。
　　　⑥ 可以单击行编号旁边的分级显示符号 1 2 3，或使用 ╋ 和 ━ 显示或隐藏单个分类
　　　　汇总的明细行，或只显示分类汇总和总计的汇总。
　　　⑦ 单击【分类汇总】对话框中的【全部删除】按钮，可以删除分类汇总。

## 4.3.3　对"数据分析"表进行数据透视分析

　　数据透视表能够将筛选、排序和分类汇总等操作依次完成，并生成汇总表格，是 Excel
强大数据处理能力的具体体现。它可以对大量数据快速汇总和建立交叉列表，可以快速合
并和比较大量数据，具有透视和筛选功能及数据分析功能，可以通过转换行或列以查看数
据的不同汇总结果，也可以显示不同页面以筛选数据，或根据需要显示区域中的明细数据。

　　以对"数据分析"表按部门分职称汇总应发工资和实发工资为例，为其建立数据透视
表的步骤如下：

　　（1）打开"数据分析"表，将光标置于数据区中，选择【数据】菜单下的【数据透视
表和数据透视图】命令，进入向导。

　　（2）在向导的第 1 步中，选中【Microsoft Office Excel 数据列表或数据库】单选按钮，
在【所需创建的报表类型】中选中【数据透视表】单选按钮。

　　（3）在向导的第 2 步中，在【请键入或选定要建立数据透视表的数据源区域】项目中，
设置【选定区域】为 A7：H17（源数据所在区域）。

　　（4）在第 3 步中的【数据透视表显示位置】项目中，选中【新建工作表】单选按钮，
然后单击【布局】按钮，在弹出的【数据透视表和数据透视图向导--布局】对话框中定义
数据透视表布局，将"部门"字段拖入【页】栏目；将"姓名"字段拖入【行】栏目；将
"职称"字段拖入【列】栏目；将"应发工资"和"实发工资"字段拖入【数据】栏目，
如图 4-29 所示。确定后返回第 3 步中，单击【完成】按钮。数据表制作完成。

　　（5）在建立好的数据透视表中打开【职称】下拉列表，只选中【注册会计师】选项，
确定后，系统即给出注册会计师职称的人员的应发工资和实发工资列表及汇总结果，如
图 4-30 所示。

说明：① 从数据透视表中各项下拉列表中选择不同选项，可以获得各职称、各员工、各项
　　　　数据的列表和汇总。
　　　② 生成的数据透视表中，还可以再加入其他列，例如，在图 4-31 所示内容中，将
　　　　"性别"列拖到"职称"列所在区，或选定"性别"后，在下面的组合框中选择【列

区域】，单击【添加到】按钮。这样【列栏目】中多了"性别"一列。

③ 可以利用数据透视表工具栏中的工具对数据表进行其他设置，如选择【设置报告格式】，可以为透视表套用一种已有格式，另外还可以显示/隐藏明细数据、刷新数据等。

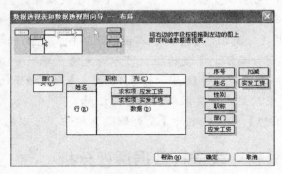

图 4-29　【布局】对话框

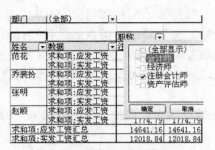

图 4-30　数据透视表的使用

图 4-31　数据透视表工具栏

## 4.3.4　数据合并计算

Excel 中若要汇总和报告多个单独工作表的结果，可以将每个单独工作表中的数据合并计算到一个主工作表中。这些工作表可以与主工作表在同一个工作簿中，也可以位于其他工作簿中。对数据进行合并计算就是组合数据，以便能够更容易地对数据进行定期或不定期的更新和汇总。

以对公司所有部门的各项工资求和为例，利用"工资统计表"模板，分部门录入各部门员工工资统计表数据。新建一张表格，命名为"公司工资合并"，并在某行输入几个列的名称（如 B4：E4 区域）：工资、应发工资、扣款合计、实发工资；在 A5 单元格中输入"合计"。

合并计算步骤如下：

（1）将光标定位于"公司工资合并"表中的 B5 单元格，选择【数据】菜单下的【合并计算】命令，打开如图 4-32 所示的对话框。

（2）在对话框的【函数】列表框中选择【求和】，单击【引用位置】框右侧的【压缩对话框】按钮，切换到"办公室工资统计"表中，并用鼠标引用"工资"合计所在的单元格区域 E11，回到【合并计算】对话框后，单击【添加】按钮，将该引用位置添加到【所有引用位置】列表框中；同理对其他部门工资统计表中的"工资"合计单元格进行引用并添加。

（3）选中对话框中的【创建连至源数据的链接】复选框，这样当源数据被修改时，合并表中的对应数据会自动修改。

（4）确定后，"公司工资合并"表中的 B5 单元格中即显示出各部门工资统计表中该项数据的和。

（5）"应发工资"、"扣款合计"、"实发工资"的合并计算操作方法相同，只是引用的单元格不同。合并计算结果如图 4-33 所示。

图 4-32　【合并计算】对话框

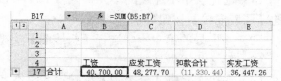

图 4-33　合并计算结果

说明：① 确保要引用的每个表格区域都具有相同的布局。

② 如果要引用的工作表在另一个工作簿中，可以单击对话框中的【浏览】按钮查找文件。

③ 合并计算结果表中，行编号旁边出现分级显示符号 1 2，左侧栏中的 + 和 - 可以显示或隐藏单个合并项的明细行。

④ 可以看出，每个合并的单元格中是用求和公式进行汇总计算的。

# 4.4　利用数据图表表现数据之间的关系

图表是以图形的形式表示工作表内的数据，能直观形象地表示数据间的复杂关系，具有很强的说服力和吸引力。

## 4.4.1　创建图表

利用 Excel 提供的【图表向导】可以为工作表中选定的区域创建图表。

选定要创建图表的数据区域，可以是连续区域，也可以是不连续区域，单击常用工具栏中的【图表向导】按钮，或选择【插入】菜单下的【图表】命令，向导的第 1 步中有两个选项卡：【标准类型】提供了许多标准的图表类型，可直接选择其中一种图表类型的子类型；【自定义类型】用于在标准类型的基础上制作特殊类型的图表。第 2 步，在【数据区域】文本框内显示有刚才选定的单元格区域，或重新选择数据区域。指定数据系列产生在行中还是在列中，【行】是指将所选区域中的第一行作为 X 轴的刻度单位，【列】是指将所选区域中的第一列作为 Y 轴的刻度单位。第 3 步，可分别设置图表、X 轴、Y 轴的标题，坐标轴和刻度的显示方式，网格线是否显示及按什么刻度显示，图表中是否显示图例及图例位置，数据标志是否显示及显示形式，数据表是否显示及如何显示等内容。最后选择将图表嵌入本工作表还是新建一张图表工作表。打开 4.3 节中创建的"数据分析"表，为其创建图表。

**1. 利用快捷键建立单独的图表**

选定表中两个不连续的单元格区域 B7：B17 和 H7：H17，按【F11】键或【Alt+F1】键，则 Excel 会自动创建出一个名为 chart1 的单独的柱形图表，并有默认的格式。

**2. 用插入图表的方法创建折线图表**

（1）选定表中不连续的单元格区域 B7：B17、F7：F17 和 H7：H17，单击常用工具栏中的【图表向导】按钮⬚插入图表。

（2）在向导的第 1 步中选择【折线图】类型中的【数据点折线图】选项。

（3）第 2 步不做选择。

（4）在第 3 步中【分类轴】标题输入"姓名"，【数值轴】标题输入"工资"；坐标轴中【分类轴】和【数值轴】都选定；图例位置为【底部】；其他选项可以按要求自行设置。

（5）在第 4 步中选择【作为其中的对象插入】，并从组合框中选择表，之后单击【完成】按钮即可在该表中插入一个折线图表。生成的图表如图 4-34 所示。

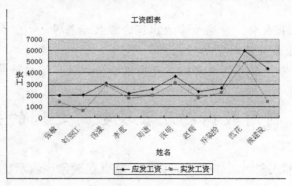

图 4-34 折线图表

**说明：** 如果只需创建一个简单的、独立的图表，则可以用快捷键迅速创建；而要创建一个自定义的图表，就需要用插入图表的方法进行。

## 4.4.2 数据图表的格式设置及内容更新

图表生成后，还可以根据不同的要求对其进行各个对象的格式设置。

**1. 数据图表的格式设置**

打开 4.4.1 节生成的折线图表，并对其中的对象进行设置。

要对图表中的对象进行格式设置，首先要选择图表中的对象，可以直接用鼠标单击，也可利用图表工具栏中的图表对象列表框快速准确地选择，如图 4-35 所示。选定的图表项目四周会有 8 个黑色的小方块。

图 4-35　【图表】工具栏

图表格式设置步骤如下：

（1）在一个图表中使用两种图表类型。

使用不同的图表类型是针对不同的数据系列而言的。因此在具体操作时，要注意选择恰当的数据系列进行图表类型的修改。可以将图表中的所有数据系统改为同一种图表类型，也可以只修改其中一种系列的图表类型。例如把"实发工资"数据系列的图表类型修改为柱形图。

用鼠标单击任何一个代表实发工资的粉色折线图，在折点处出现了一个绿色小方块，表明该系列已被选中，名称框中显示出此时选中的是图表中的什么对象。

单击图表工具栏中的【图表类型】按钮，从中选择【柱形图】，则原来的图表改为如图 4-36 所示的格式。

（2）使用次坐标轴。

有时一个图表中包含两个数据系列，但是它们之间的值相差很大，如果使用一个数值轴，那么其中一个数据系列的差别情况可能显示得很不明显，在这种情况下，可以通过使用次坐标轴来改善数据系列的显示情况。

为"实发工资"数据系列做次坐标轴。选定图表中的柱形图表示的"实发工资"系列，单击图表工具栏中的【格式设置】按钮，或右击柱形图，在弹出的菜单中选择【数据系列格式】命令，在打开的对话框中选中【坐标轴】选项卡中的【次坐标轴】单选按钮，如图 4-37 所示。

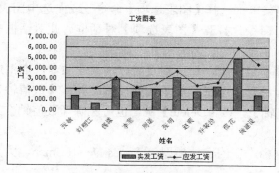

图 4-36　修改图表类型效果图

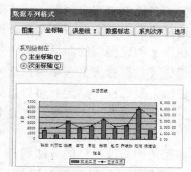

图 4-37　【数据系列格式】对话框

确定后，图表中将出现两个坐标轴，代表应发工资的原始坐标轴位于左侧，代表实发工资的新的次坐标轴位于右侧。由于对"实发工资"系列使用了次坐标轴进行绘制，图表可以更好地显示它们之间的差异，同时，还可以将左侧坐标轴上的应发工资数值与右侧坐标轴上的实发工资数值进行比较。

（3）修改各种标题的字体。

先同时修改图表上的所有字体。单击图表的边框，选中图表区，然后单击图表工具栏中的【图表区格式】按钮，或者从其快捷菜单中选择【图表区格式】命令，或双击图表区，都可打开【图表区格式】对话框，从中修改字体为隶书，11 号字，蓝色。

再针对图表标题修改字体，先单击选定该对象，然后用上述方法之一进入【图表区格式】对话框，选定字体为黑体，16 号，黑色。将分类轴上文字对齐方式设置为水平方式。修改结果如图 4-38 所示。

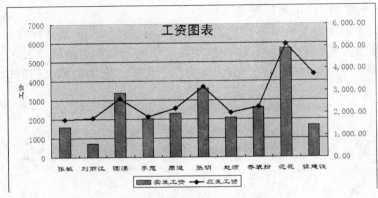

图 4-38　标题字体修改效果

（4）删除数据系列。

单击"应发工资"系列折线将其选定，按【Delete】键，或右击该折线，在快捷菜单中选择【清除】命令，即可将该折线从图表中删除，此时图表中只有"实发工资"系列柱形图表。

（5）使用数据标志。

为"实发工资"柱形添加数据标签，然后删去数值轴。

鼠标右键单击空白图表区域，在快捷菜单中选择【图表选项】命令。或先选中图表区，然后选择【图表】菜单下的【图表选项】命令，打开【图表选项】对话框。此对话框中的功能相当于创建图表的向导过程中的第 3 步。

选择【数据标志】选项卡，选中【值】复选框，切换到【坐标轴】选项卡，取消选中【数值轴】复选框，确定后可以看到每个柱形上方都添加了数据标志，并且【数值轴】旁的数据消失。另外，选中图表中的【数值轴】，按【Delete】键，也可删除【数值轴】的数据标志。

参照前面修改字体的方法调整"数据标志"的字体类型为 Times New Roman，大小为11 号，并加粗，效果如图 4-39 所示。

（6）修改图表对象的图案及颜色。

双击绘图区，弹出【绘图区格式】对话框，在【边框】中选中【无】单选按钮；单击【填充效果】按钮，打开【填充效果】对话框，在【渐变】选项卡的【变形】区，选择第一个渐变效果。这样就将绘图区的边框取消，并对绘图区的背景图案进行设置。

同理，将柱形图的边框取消，选取图案颜色为紫色，并将图案设置为【填充效果】中【渐变】选项卡中【变形】的第一种变形效果。

双击图例项，在【图例格式】对话框的【图案】选项卡中，将【边框】设为【自定义】，【样式】为虚线，选中【阴影】复选框，在【区域】中选择浅黄色，这样图例的边框即发生变化，并且带有阴影效果，如图 4-40 所示。

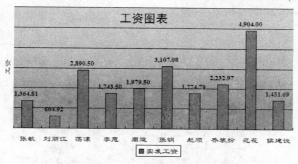

图 4-39　使用数据标志效果

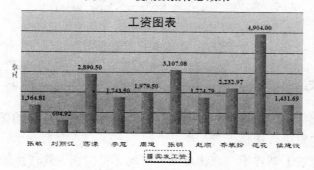

图 4-40　图案及颜色修改效果

说明：如果删去了数值轴，具体原则是先选后改，而进入每个对象的格式设置对话框的最简单操作是双击某对象。

### 2. 数据的内容更新

图表生成后，如果其中的源数据有变化，则图表中的相应数据会自动更新。所以，可以修改生成图表的数据区域，还能向图表中继续添加数据。

修改图表数据的操作步骤如下：

（1）更改生成图表的数据源。

选定图 4-41 所示的图表区，选择【图表】菜单下的【数据源】命令，在打开的对话框中，重新选择原工作表中的数据区域为 B7：B12 和 H7：H12，将数据源区域减小，则系统自动重新生成对应数据的图表。

（2）为图表添加新的数据系列。

单击选定图表，选择【图表】菜单下的【添加数据】命令，打开如图 4-42 所示的对话框，在【选定区域】框中引用要添加的单元格区域（B13,H13），确定后图表中新增加一个柱形，如图 4-43 所示。

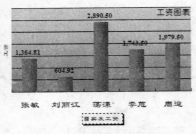

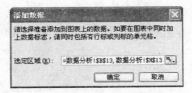

图 4-41　改变数据区域的效果　　　　　图 4-42　【添加数据】对话框

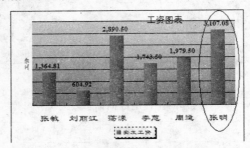

图 4-43　添加数据系列效果

## 4.4.3　选取不连接区域制作表现不同级别员工工资比例的饼图

图表的数据源区域可以是连续的单元格区域，也可以是不连续的单元格区域，且图表的类型要根据实际情况进行选择。

利用【分类汇总表】创建不同职称员工的平均工资饼图，操作步骤如下：

（1）打开 4.3.2 节中创建的"分类汇总表"工作表。

（2）选择区域。按住【Ctrl】键不放，分别单击表中的单元格 D11、D14、D19、D21 及 F11、F14、F19、F21，将这些不连续的单元格选定。

（3）打开【图表向导】第 1 步，在【标准类型】选项卡的【图表类型】列表框中选择【饼图】，子类型选择【分离型三维饼图】。第 2 步不设置。

（4）在第 3 步中的【图表标题】文本框中输入"财务处各职称工资分配比例"，在【数据标志】选项卡中选中【百分比】和【显示引导线】复选框。最后作为工作表中的对象插入其中。

（5）修改图表。单击饼图，再单击其中一个扇区（数据百分比为 29%的），则可选定其中的一个数据引用，双击，进入【数据点格式】对话框，设置边框为【无】，【填充效果】中选择【角部辐射】的第 3 种样式。

双击图例项，在【图例格式】对话框的【图案】选项卡中设置【边框】为【无】，填充效果选择【纹理】选项卡中的"粉色面巾纸"。在【字体】选项卡中，选择"楷体、加粗、12 号"格式。

其他对象的格式可以自设。最后效果如图 4-44 所示。

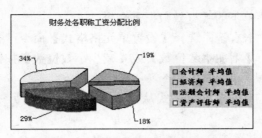

图 4-44  不同职称平均工资饼图效果

# 本 章 小 结

本章介绍了 Excel 的基本操作，包括工作表中数据的输入技巧、单元格编辑、页面设置及打印方面的知识，同时用实例进行了介绍。对表内计算的公式和函数进行了实例讲解，从数据排序、筛选、分类汇总和数据透视表几个方面介绍了 Excel 基本的数据分析工具，并介绍了数据与图表的关系。

# 练习及训练

一、选择题

1. 在 Excel 中，给当前单元格输入数值型数据时，默认为（    ）。

A. 居中　　　　　　B. 左对齐　　　　　C. 右对齐　　　　　D. 随机

2. 在 Excel 工作表中，当前单元格只能是（    ）。

A. 单元格指针选定的一个　　　　　B. 选中的一行

C. 选中的一列　　　　　　　　　　D. 选中的区域

3. 在 Excel 工作表单元格中，输入下列表达式（    ）是错误的。

A. =(15-A1)/3　　　　　　　　　　B. =A2/C1

C. SUM(A2:A4)/2　　　　　　　　　D. =A2+A3+D4

4. 当向 Excel 工作表单元格输入公式时，使用单元格地址 D$2 引用 D 列 2 行单元格，该单元格的引用称为（    ）。

A. 交叉地址引用　　　　　　　　　B. 混合地址引用

C. 相对地址引用　　　　　　　　　D. 绝对地址引用

5. 在 Excel 工作表的单元格中输入公式时，应先输入（    ）符号。

A. '　　　　　　　B. "　　　　　　　C. &　　　　　　　D. =

6. 在 Excel 中，对不及格的成绩用醒目的方式表示（如用红色表示等），利用（    ）命令最为方便。

A. 查找　　　　B. 条件格式　　　C. 数据筛选　　　D. 定位

7. Excel 中，让某单元格里数值保留两位小数，下列（    ）不可实现。

A．选择【数据】菜单下的【有效数据】命令

B．选中单元格，单击右键，选择【设置单元格格式】命令

C．单击工具栏中的【增加小数位数】或【减少小数位数】按钮

D．选择【格式】→【单元格】命令

8．在 Excel 中，使用格式刷将格式从一个单元格传送到另一个单元格，其步骤为（　　　）。

1）选择新的单元格并单击它

2）选择想要复制格式的单元格

3）单击常用工具栏中的【格式刷】按钮

A．1）2）3）　　　B．2）1）3）　　　C．1）3）2）　　　D．2）3）1）

9．若工作表的某个单元格中显示出一串充满单元格的#号，则表示（　　　）。

A．输入的数据类型有错

B．输入的字符个数太多，放不下

C．单元格宽度不够，不能输出正确的数字格式

D．输入操作错误

10．筛选其实是隐藏了不符合条件而不必显示的（　　　）。

A．行　　　　　　　B．列　　　　　　　C．单元格　　　　　　D．整表格

## 二、简答题

1．简述 Excel 2003 中相对引用、绝对引用及混合引用的具体含义。

2．简述在 Excel 2003 中，建立图表的具体步骤。

3．简述在 Excel 2003 中进行工作表数据筛选的步骤。

## 三、实训题

### 项目一

实训目的：

1．掌握各类数据的输入技巧和方法

2．能够按照要求对数据及表格进行设置

实训要求：

数据表的创建及设置。

实训指导：

1．新建工作表

启动 Excel，在 Sheet1 中输入如图 4-45 所示的内容。

提示：销售单号是字符，并用序列填充方法；销售日期可以用填充柄复制。

2．设置表格格式

（1）将标题文字合并居中于 A~J 列间，并进行适当的字体格式修饰。

（2）为第 4 行及第 19 行设置底纹，字体为华文新魏，16 号，调整列宽至适合的宽度，并为表格加所有框线。

图 4-45 原始表

（3）设置 I5：I18 单元格区域的数字格式为百分数，保留两位小数。

（4）为 E5：E18 区域设置数据有效性，要求日期介于 2010/5/1 和 2010/5/10 之间，信息提示为"销售日期必须是五月上旬"，并为 E4 单元格插入批注，内容为"注意销售日期的有效范围"。

（5）将 E5：E18 的日期设置为类似于 2010/5/1 的格式。

（6）用条件格式将销售量大于等于 3 的单元格格式设为 6.25%灰度浅黄色图案填充效果。设置完成的效果如图 4-46 所示。

图 4-46 表格设置效果

（7）将工作表 Sheet1 重命名为"五月上旬基本销售表"。

项目二

实训目的：

1．掌握表内计算的方法

2．能够熟练地对数据进行排序、筛选、汇总操作

实训要求：

表内计算及数据分析。

实训指导：

1．计算

（1）销售利润的计算：销售利润=（销售价-成本）/销售价×100%

所以在 I5 单元格中输入公式"=(H5-G5)/H5"，将公式用填充柄复制到 H6：H18 单元格中。

（2）销售总额的计算：销售总额=销售量×单销售价

所以在 J5 单元格中输入公式"=F5*H5"，将公式用填充柄复制到 J6：J18 单元格中。

（3）总计的计算：分别在 F19、G19、H19、J19 单元格中用求和函数对上方单元格区域求和。如 F19 中公式为=SUM(F5:F18)，其他类似。

计算后的表格效果如图 4-47 所示。

| | A | B | C | D | E | F | G | H | I | J |
|---|---|---|---|---|---|---|---|---|---|---|
| 1 | | | | | | | | | | |
| 2 | | | | | 家电商店五月上旬销售表 | | | | | |
| 3 | | | | | | | | | | |
| 4 | 销售单号 | 商品种类 | 商品型号 | 销售员 | 销售日期 | 销售量 | 单成本价 | 单销售价 | 利润率 | 销售总额 |
| 5 | 20100501 | 手机 | 诺基亚 | 小张 | 2010/5/1 | 5 | 2300 | 2800 | 17.86% | 14000 |
| 6 | 20100502 | 电视 | 创维 | 小王 | 2010/5/1 | 1 | 3800 | 4500 | 15.56% | 4500 |
| 7 | 20100503 | 电话 | 火龙 | 小李 | 2010/5/1 | 2 | 65 | 85 | 23.53% | 170 |
| 8 | 20100504 | 空调 | 厦普 | 小李 | 2010/5/1 | 4 | 6900 | 8000 | 13.75% | 32000 |
| 9 | 20100505 | 空调 | 东芝 | 小张 | 2010/5/2 | 1 | 8000 | 9500 | 15.79% | 9500 |
| 10 | 20100506 | 手机 | 三星 | 小周 | 2010/5/2 | 2 | 2900 | 3700 | 21.62% | 7400 |
| 11 | 20100507 | 电话 | 火龙 | 小周 | 2010/5/2 | 1 | 65 | 85 | 23.53% | 85 |
| 12 | 20100508 | 电视 | 东芝 | 小张 | 2010/5/2 | 2 | 4900 | 6000 | 18.33% | 12000 |
| 13 | 20100509 | 冰箱 | 三星 | 小王 | 2010/5/2 | 1 | 10500 | 12000 | 12.50% | 12000 |
| 14 | 20100510 | 冰箱 | 新飞 | 小李 | 2010/5/3 | 1 | 1900 | 2400 | 20.83% | 2400 |
| 15 | 20100511 | 电视 | 海信 | 小李 | 2010/5/4 | 3 | 4300 | 5100 | 15.69% | 15300 |
| 16 | 20100512 | 电视 | 海信 | 小周 | 2010/5/4 | 2 | 4300 | 5000 | 14.00% | 10000 |
| 17 | 20100513 | 手机 | 索爱 | 小周 | 2010/5/6 | 3 | 2800 | 3600 | 22.22% | 10800 |
| 18 | 20100514 | 手机 | 摩托 | 小李 | 2010/5/7 | 4 | 2300 | 3200 | 28.13% | 12800 |
| 19 | 总计 | | | | | 32 | 55030 | 65970 | | 142955 |

图 4-47　计算结果表

将该表复制到另一张工作表中，命名为"数据分析表"，在此进行下列操作。

2．排序

选定 A4：J18 单元格区域，按"销售总价"进行降序排列。

3．筛选

利用高级筛选，列出销售员小周利润率大于 20%的销售记录。

自动筛选出利润率在 15%~25%之间的记录。结果如图 4-48 所示。

| | A | B | C | D | E | F | G | H | I | J |
|---|---|---|---|---|---|---|---|---|---|---|
| 1 | | | | | | | | | | |
| 2 | | | | | 家电商店五月上旬销售表 | | | | | |
| 3 | | | | | | | | | | |
| 4 | 销售单号 | 商品种类 | 商品型号 | 销售员 | 销售日期 | 销售量 | 单成本价 | 单销售价 | 利润率 | 销售总额 |
| 6 | 20100511 | 电视 | 海信 | 小李 | 2010/5/4 | 3 | 4300 | 5100 | 15.69% | 15300 |
| 7 | 20100501 | 手机 | 诺基亚 | 小张 | 2010/5/1 | 5 | 2300 | 2800 | 17.86% | 14000 |
| 9 | 20100508 | 电视 | 东芝 | 小张 | 2010/5/2 | 2 | 4900 | 6000 | 18.33% | 12000 |
| 11 | 20100513 | 手机 | 索爱 | 小周 | 2010/5/6 | 3 | 2800 | 3600 | 22.22% | 10800 |
| 13 | 20100505 | 空调 | 东芝 | 小张 | 2010/5/2 | 1 | 8000 | 9500 | 15.79% | 9500 |
| 14 | 20100506 | 手机 | 三星 | 小周 | 2010/5/2 | 2 | 2900 | 3700 | 21.62% | 7400 |
| 15 | 20100502 | 电视 | 创维 | 小王 | 2010/5/1 | 1 | 3800 | 4500 | 15.56% | 4500 |
| 16 | 20100510 | 冰箱 | 新飞 | 小李 | 2010/5/3 | 1 | 1900 | 2400 | 20.83% | 2400 |
| 17 | 20100503 | 电话 | 火龙 | 小李 | 2010/5/1 | 2 | 65 | 85 | 23.53% | 170 |
| 18 | 20100507 | 电话 | 火龙 | 小周 | 2010/5/2 | 1 | 65 | 85 | 23.53% | 85 |
| 20 | | | | | | | | | | |
| 21 | | | | | | | | | | |
| 22 | | | 销售员 | 利润率 | | | | | | |
| 23 | | | 小周 | >20% | | | | | | |
| 24 | 销售单号 | 商品种类 | 商品型号 | 销售员 | 销售日期 | 销售量 | 单成本价 | 单销售价 | 利润率 | 销售总额 |
| 25 | 20100513 | 手机 | 索爱 | 小周 | 2010/5/6 | 3 | 2800 | 3600 | 22.22% | 10800 |
| 26 | 20100506 | 手机 | 三星 | 小周 | 2010/5/2 | 2 | 2900 | 3700 | 21.62% | 7400 |
| 27 | 20100507 | 电话 | 火龙 | 小周 | 2010/5/2 | 1 | 65 | 85 | 23.53% | 85 |

图 4-48　排序和筛选结果

4．分类汇总和数据透视表

取消自动筛选结果，先按商品种类排序，再对每类商品的利润率求平均值。结果如图 4-49 所示。

创建数据透视表，数据源区域为 A4：J18，将透视表放在一张新工作表中，布局中将"销售日期"放在"页"区域，"销售员"放在"行"区域，"商品种类"和"商品型号"放在"列"区域，"销售总额"放在"数据"区域。其他项目默认，确定并完成后，生成如图 4-50 所示的结果。可以从中选择不同的内容进行查看。

| | 销售单号 | 商品种类 | 商品型号 | 销售员 | 销售日期 | 销售量 | 单成本价 | 单销售价 | 利润率 | 销售总额 |
|---|---|---|---|---|---|---|---|---|---|---|
| | | | | | 家电商店五月上旬销售表 | | | | | |
| 5 | 20100501 | 手机 | 诺基亚 | 小张 | 2010/5/1 | 5 | 2300 | 2800 | 17.86% | 14000 |
| 6 | 20100514 | 手机 | 摩托 | 小李 | 2010/5/7 | 4 | 2300 | 3200 | 28.13% | 12800 |
| 7 | 20100513 | 手机 | 索爱 | 小周 | 2010/5/6 | 3 | 2800 | 3600 | 22.22% | 10800 |
| 8 | 20100506 | 手机 | 三星 | 小周 | 2010/5/2 | 2 | 2900 | 3700 | 21.62% | 7400 |
| 9 | | 手机 平均值 | | | | | | | 22.46% | 11250 |
| 10 | 20100504 | 空调 | 厦普 | 小李 | 2010/5/1 | 4 | 6900 | 8000 | 13.75% | 32000 |
| 11 | 20100505 | 空调 | 东芝 | 小张 | 2010/5/2 | 1 | 8000 | 9500 | 15.79% | 9500 |
| 12 | | 空调 平均值 | | | | | | | 14.77% | 20750 |
| 13 | 20100511 | 电视 | 海信 | 小李 | 2010/5/4 | 3 | 4300 | 5100 | 15.69% | 15300 |
| 14 | 20100508 | 电视 | 东芝 | 小张 | 2010/5/3 | 2 | 4900 | 6000 | 18.33% | 12000 |
| 15 | 20100512 | 电视 | 海信 | 小周 | 2010/5/3 | 2 | 4300 | 5000 | 14.00% | 10000 |
| 16 | 20100502 | 电视 | 创维 | 小王 | 2010/5/1 | 1 | 3800 | 4500 | 15.56% | 4500 |
| 17 | | 电视 平均值 | | | | | | | 15.89% | 10450 |
| 18 | 20100503 | 电话 | 火龙 | 小李 | 2010/5/2 | 2 | 65 | 85 | 23.53% | 170 |
| 19 | 20100507 | 电话 | 火龙 | 小周 | 2010/5/1 | 1 | 65 | 85 | 23.53% | 85 |
| 20 | | 电话 平均值 | | | | | | | 23.53% | 127.5 |
| 21 | 20100509 | 冰箱 | 三星 | 小王 | 2010/5/2 | 1 | 10500 | 12000 | 12.50% | 12000 |
| 22 | 20100510 | 冰箱 | 新飞 | 小李 | 2010/5/3 | 1 | 1900 | 2400 | 20.83% | 2400 |
| 23 | | 冰箱 平均值 | | | | | | | 16.67% | 7200 |
| 24 | 总计 | | | | | 32 | 55030 | 65970 | | 185533 |
| 25 | 总计平均值 | | | | | | | | 0.188 | 21899.2 |

图 4-49　分类汇总结果

| 销售日期 | (全部) | | | | | | | | | | | | | | | | | |
|---|---|---|---|---|---|---|---|---|---|---|---|---|---|---|---|---|---|---|
| 求和项:销售总额 | 商品种类 | | 商品型号 | | | | | | | | | | | | | | | |
| 销售员 | 冰箱 | | 冰箱 汇总 | 电话 | 电话 汇总 | 电视 | | | 电视 汇总 | 空调 | | 空调 汇总 | 手机 | | | | 手机 汇总 | 总计 |
| | 三星 | 新飞 | | 火龙 | | 创维 | 东芝 | 海信 | | 东芝 | 厦普 | | 摩托 | 诺基亚 | 三星 | 索爱 | | |
| 小李 | | 2400 | 2400 | 170 | 170 | | | 15300 | 15300 | | 32000 | 32000 | 12800 | | | | 12800 | 62670 |
| 小王 | 12000 | | 12000 | | | 4500 | | | 4500 | | | | | | | | | 16500 |
| 小张 | | | | | | | 12000 | | 12000 | 9500 | | 9500 | | 14000 | | | 14000 | 35500 |
| 小周 | | | | 85 | 85 | | | 10000 | 10000 | | | | | | 7400 | 10800 | 18200 | 28285 |
| 总计 | 12000 | 2400 | 14400 | 255 | 255 | 4500 | 12000 | 25300 | 41800 | 9500 | 32000 | 41500 | 12800 | 14000 | 7400 | 10800 | 45000 | 142955 |

图 4-50　数据透视表

项目三

实训目的：

1．掌握图表的创建方法

2．能够对图表中各对象进行格式设置

实训要求：

数据图表的生成。

实训指导：

（1）将分类汇总表中的二级按钮折叠，选定商品种类及利润率平均值所在的不连续单元格，如 B4、B9、B12、B17、B20、B23 及 I4、I9、I12、I17、I20、I23，复制到表格的其他区域。

（2）用图表向导生成一个柱形图，选择【三维簇状柱形图】，在向导的第3步中，输入【数值轴】标题为"利润率"；取消选中【显示图例】；【数据标志】选择【值】，作为对象插入本工作表中。

（3）修改图表。将图表类型改为圆柱形，颜色为淡粉色，取消边框线；将分类轴的字号改为10号，字体为隶书；将数值轴标题文字竖排，边框设为阴影效果。

最终图表的效果如图4-51所示。

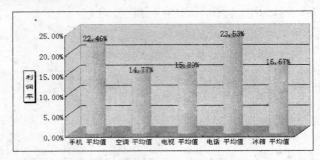

图4-51　平均利润率图表

# 第5章 办公中的演示文稿制作

## 学 习 目 标

**知识目标：**
- 了解模板、母版、超链接等知识；
- 掌握演示文稿的制作方法。

**能力目标：**
- 能够熟练地创建演示文稿；
- 能够熟练地编排演示文稿中的文字；
- 能够熟练地在幻灯片中插入图片、表格、图表、组织结构图、流程图等；
- 掌握模板的选用和母版的修改；
- 能够熟练地设置超链接、动作按钮、动画；
- 能够熟练地设置幻灯片放映效果。

## 5.1　用 PowerPoint 制作演示文稿

在一些办公业务中，如教师教学、学生答辩、会议发言、产品说明等，经常有一些复杂的内容难以用语言描述，此时最好的办法是事先准备一些带有文字、图形、图表甚至视频、动画的演示文稿，用来阐明论点，然后在面向观众播放这些幻灯片的同时进行详细地讲解。

Office 中的 PowerPoint 是一个功能强大、操作简便的幻灯片制作和演示文稿设计软件，可以制作出满足不同需求的幻灯片，并可运用灵活多样的方式进行放映。本章主要介绍如何利用 PowerPoint 制作和播放演示文稿。

### 5.1.1　基本概念

PowerPoint 演示文稿的内容主要由幻灯片、大纲、讲义、备注页等组成。幻灯片由对象以及对象布置的版式组成，PowerPoint 可以使演示文稿的所有幻灯片具有一致的外观，而控制幻灯片外观的方法有 3 种：母版、配色方案及模板。

为了以后叙述方便，下面简单介绍其中几个重要术语，其相关操作将在后面讲解。

（1）演示文稿。利用 PowerPoint 做出来的文件叫做演示文稿，是幻灯片的组合，

PowerPoint 文件的默认扩展名为.ppt，有时也称之为 PPT 文档。

（2）幻灯片。演示文稿中的每一页叫做幻灯片，每张幻灯片都是演示文稿中既相互独立又相互联系的内容，利用它可以更生动直观地表达内容，图表和文字也都能够清晰、快速地呈现出来，并可以插入图画、动画、备注和讲义等丰富的内容。

（3）对象。对象是 PowerPoint 幻灯片的组成元素。当向幻灯片中插入文字、图表、结构图、图形、Word 表格以及其他任何可以插入的元素时，这个元素就是一个对象。

（4）版式。版式指幻灯片中对象的布局格式。制作幻灯片时，PowerPoint 提供了 30多种可自动填写相应内容的版式。在制作幻灯片的过程中，可以随时修改版式。

（5）母版。母版包含每个页面上所需要显示的对象。例如，若要在每张幻灯片的右下角都出现公司的标志，只要将公司的标志图案置于幻灯片母版的右下角即可。

（6）配色方案。配色方案指一组可以用于演示文稿的预设颜色，也可用于表格和图表以及图形的着色等。在制作幻灯片过程中，可以随时选择、修改和设置配色方案。

（7）模板。模板指一个已经保存的演示文稿文件，包含预设的文字格式、颜色以及图形等元素。它是由精通颜色搭配、空间组织和具有丰富设计经验的艺术师设计的，每个模板都表达了某一种风格。

## 5.1.2 PowerPoint 2003 的启动方式和窗口结构

### 1. 启动方式

在 Windows 系统中安装 Microsoft Office 2003 成功以后，通常使用以下 3 种方法之一启动 PowerPoint 2003。

（1）从【开始】菜单启动。

① 用鼠标单击【开始】按钮，在【开始】菜单中，选择【所有程序】命令。

② 在弹出的下一级子菜单中，选择【Microsoft Office】命令。

③ 选择最右侧子菜单中的【Microsoft Office PowerPoint 2003】命令，即可启动PowerPoint 2003。

（2）利用已有的 PPT 文件打开。

如果在系统中存有 PowerPoint 生成的文件（扩展名为.ppt），在【我的电脑】、【Windows资源管理器】或【开始】菜单下的【我最近的文档】中找到该文件并打开，也可以进入PowerPoint 2003。

（3）利用快捷方式打开。

如果在【开始】菜单或桌面上已经建立了 PowerPoint 2003 的快捷方式，可以直接打开，启动 PowerPoint 2003。

### 2. 窗口结构

启动 PowerPoint 后，将出现如图 5-1 所示的窗口界面，主要包括标题栏、菜单栏、工具栏、幻灯片编辑区、任务窗格、幻灯片列表区以及状态栏等，各部分的功能介绍如下。

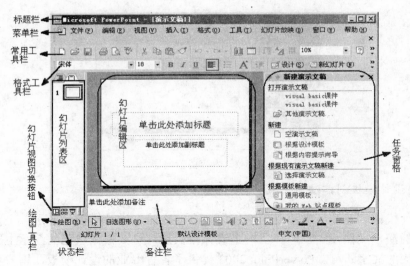

图 5-1　PowerPoint 的主界面

（1）标题栏、菜单栏、工具栏：作用和操作方法与 **Office** 的其他办公软件一样，此处不再赘述。

（2）幻灯片编辑区：用来显示和编辑幻灯片中的文字、字符、图表等内容。

（3）幻灯片列表区：单击该区中的【幻灯片】或【大纲】选项卡，即可在【幻灯片列表】和【幻灯片大纲】两种方式间切换。【幻灯片列表】方式显示当前演示文稿的所有幻灯片的缩略图，而【大纲】方式显示当前演示文稿的文本大纲。

（4）任务窗格：位于界面的右侧，一般包括【新建文档】、【剪切板】、【搜索】、【插入剪贴画】等项目，每个项目将根据用户的当前操作自动弹出。

（5）幻灯片视图切换钮：用户在编辑幻灯片时，可根据需要通过该按钮对【普通视图】、【幻灯片浏览视图】和【幻灯片放映】等视图方式进行转换，以便于操作。

（6）状态栏：显示当前操作的状态，如光标位置、当前编辑的幻灯片序列号、整个文稿所包含的幻灯片的页数以及文稿中所用名称等信息。

## 5.1.3　创建演示文稿

### 1. 利用内容提示向导创建演示文稿

利用内容提示向导创建演示文稿是初学者的最佳使用方法。使用内容提示向导功能可以创建多种类别的模示文稿，其中所设计好的基本内容、版式和背景等都已经比较成熟，用户只要稍做修改就可以满足一般办公需要。其具体操作步骤如下：

（1）在任务窗格中单击【根据内容提示向导】超链接，弹出【内容提示向导】之一对话框。

（2）单击【下一步】按钮，弹出如图 5-2 所示的【内容提示向导】之二对话框，按照向导步骤即可完成演示文稿的创建。

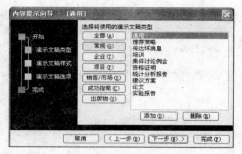

图 5-2　内容提示向导

### 2. 使用设计模板创建演示文稿

使用设计模板创建演示文稿是用户使用较多的方法。设计模板包含了一个预定义格式和配色方案的演示文稿，一旦选择了一个设计模板后，只要根据自己的演示主题，选择版式，加入相应的文字即可。PowerPoint 2003 提供了各种专业的设计模板，用户可从中选择任意一种，这样所生成的幻灯片都将自动采用该模板的设计方案，从而使演示文稿中的幻灯片风格协调一致。

利用设计模板来创建演示文稿框架，操作步骤如下：

（1）启动 PowerPoint 2003。

（2）选择模板。如图 5-3 所示，单击任务窗格中【新建】栏下的【根据设计模板】超链接，在出现的如图 5-4 所示的任务窗格的【应用设计模板】列表中选择一个适当的模板。

（3）单击选中的模板样式右侧的【▼】按钮，弹出如图 5-5 所示的快捷菜单。

图 5-3　【新建演示文稿】窗格　　图 5-4　【幻灯片设计】窗格　　图 5-5　模版对应的快捷菜单

（4）若在快捷菜单中选择【应用于所有幻灯片】，则所有幻灯片都使用这一种模板；若选择【应用于选定幻灯片】，则只有所选中的幻灯片才具有该模板格式。

（5）按照需要，将幻灯片的框架结构全部制作完成。

说明：使用设计模板创建演示文稿，一次只能创建一张幻灯片，再创建下一张需要单击工具栏中的【新幻灯片】按钮，若要改变幻灯片的模板，需重复步骤（2）～（4）。以此种方法创建的第 1 张幻灯片的效果如图 5-6 所示，只有颜色背景而没有文字，用户根据实际需要，输入相应的标题和文本内容即可。

图 5-6　根据幻灯片模板创建的演示文稿

### 3. 建立空白演示文稿

此法适合于能够熟练使用 PowerPoint 的用户。如果所有模板都不满足要求，或者想制作一个特殊的、具有与众不同外观的演示文稿，可从一个空白演示文稿开始，自建背景设计、配色方案和一些样式特性。

选择【空演示文稿】选项，或者在 PowerPoint 2003 窗口中，选择【文件】菜单下的【新建】命令，打开【新建演示文稿】对话框，单击【常用】选项卡，双击【空演示文稿】图标，在弹出的【新幻灯片】对话框中可以选择各种版面布局，包括标题版面、大纲版面、图表、组织结构图、插入艺术图片、空白版面等。选择了某种版面，单击【确定】按钮后，就能在其中输入文字、插入图片、制作图形和图表、设计符合幻灯片主题的背景等。

### 4. 导入大纲创建演示文稿

用户可以轻松地导入一份设好标题样式的 Word 文档来创建演示文稿，方法是：

在 Word 中打开文档,选择【文件】→【发送】→【Microsoft Office PowerPoint】命令。每个"标题 1"样式的段落都会成为新幻灯片的标题;每个"标题 2"样式的段落都会成为第一级文本,依此类推。

在 PowerPoint 中,可以使用已设置标题样式的文档,更有效地创建演示文稿。选择【文件】菜单下的【打开】命令,在【打开】对话框的【文件类型】下拉列表框中选择【所有大纲】选项,在【名称】列表框中,双击要使用的文档,单击【打开】按钮,导入的大纲会在 PowerPoint 的大纲视图中打开。每个主要标题都会以单个幻灯片标题的形式出现,每个部分都作为正文。

## 5.2　幻灯片中各种对象的添加

本节将以一个电子教案演示文稿为例,介绍演示文稿中各种对象的添加方法。制作好的演示文稿共由 9 张幻灯片组成,整体结构效果如图 5-7 所示。

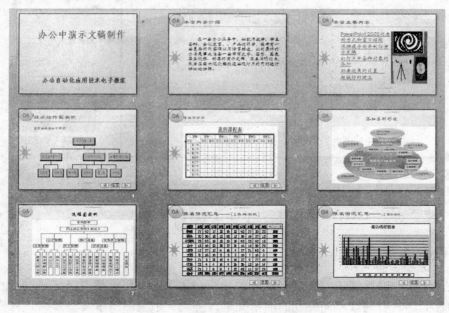

图 5-7　电子教案演示文稿实例

在各个幻灯片中充分运用了文字、表格、图表、艺术字、图形、结构图和声音等对象,增加了演示文稿的表现效果。

演示文稿中,每张幻灯片都设置有不同的切换效果,部分对象较多的幻灯片设置有预设动画或按照超链接的定义方式选择播放。

### 5.2.1　幻灯片中文字的编排

演示文稿通常由具有主题的幻灯片组成,它能否充分反映主题、说明问题,文本是最基本的手段，创建好演示文稿框架后，就要向幻灯片中输入文本。一张幻灯片一般分为两个部分：标题区和主体区，标题区用于输入幻灯片的标题，主体区用于输入幻灯片要展示的文字信息。

**1．第 1 张幻灯片标题文字的输入**

（1）在幻灯片中输入。单击主标题虚线框并输入"办公中演示文稿制作"，然后在标题区以外任意处单击，结束输入，以同样方法输入副标题"办公自动化应用技术电子教案"。

（2）在幻灯片的大纲区输入。在【幻灯片列表区】中单击【大纲】选项卡，在弹出的大纲列表中也可以输入主标题。

说明：在大纲区，也可以一次给多个幻灯片输入标题：输入完一个标题后按【Enter】键，在系统自动增加的幻灯片中输入标题即可。若要输入层次小标题，将光标移到标题末尾，按【Enter】键，然后单击列表区的【降级】按钮，在光标处输入标题即可，反复进行这样的操作，可以给一个幻灯片建立 5 层标题。

**2．第 2 张幻灯片主体区中文的输入**

单击幻灯片的主体区，在光标处输入文本，当输入的文本超过文本框的长度且文本为一个段落时，不要按【Enter】键，让文本自动换行，输入完一个段落时再按【Enter】键，若要调整文本的层次可单击窗口左侧的【←】、【→】按钮。

另外，还可以对幻灯片中的文本进行复制、移动、删除等编辑操作，同时也可对文字的字体、字形、字号和颜色进行设置，其操作同其他软件中的文本编排类似，这里不再赘述。

如图 5-8 所示为输入标题和主体文本后的幻灯片效果。

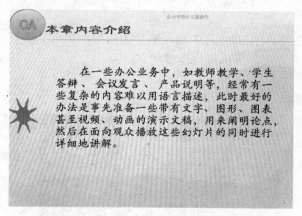

图 5-8　输入标题和主体文本后的幻灯片效果

说明：输入文字的最快方式是在大纲列表区输入，输入一个标题后接着输入下一个标题，按照上面介绍的按【Enter】键，通过【降级】按钮实现标题层次的设置，如果要输入正文，按【Ctrl+Enter】键即可，再次按【Ctrl+Enter】键，可以重新进行标题的输入。

## 5.2.2　幻灯片中表格与图表的添加

**1. 添加表格**

如果是新增幻灯片，就在打开的【新幻灯片】对话框中，选择带有表格的版式，然后双击【表格】占位符，即可根据需要进行表格设置从而添加表格。

如果想在已有的幻灯片中加入表格，可以单击工具栏中的【插入表格】按钮或选择【插入】→【表格】命令。

**2. 添加图表**

如果是新增幻灯片，就在打开的【新幻灯片】对话框中，选择带有图表的版式，然后双击【图表】占位符，即可根据需要进行图表数据的输入从而添加相应图表。

如果想在已有的幻灯片中加入图表，可以单击工具栏中的【插入图表】按钮或选择【插入】→【图表】命令。

**说明：** 通常情况下，幻灯片中的表格和图表已经事先在 Word 或 Excel 中制作好，需要时将其【复制】→【粘贴】到幻灯片上即可（必要时需要使用【选择性粘贴】）。本章实例的演示文稿中，幻灯片中的表格和图表均是如此处理。

## 5.2.3　幻灯片中多媒体对象的添加

**1. 添加图形对象**

可以在幻灯片中加入图片、图形、艺术字等图形对象。

（1）插入图片。

如图 5-9 所示为在第 3 张幻灯片中插入图片的效果。以此为例，说明在已经输入文字的幻灯片中添加图片的方法，具体操作步骤如下：

图 5-9　在幻灯片中插入图片的效果

① 在幻灯片视图中选中需要加入图片的幻灯片。

② 选择【插入】→【图片】→【来自文件】命令，在打开的【插入图片】对话框中选择需要插入的图片，然后单击【插入】按钮。

③ 此时，图片将出现在幻灯片中，根据需要对幻灯片进行适当移动和缩放。

（2）添加图形和艺术字。

如想在幻灯片中加入自己绘制的图形，其方法与插入图片类似。操作时，首先在幻灯片视图中打开所要加入图形的幻灯片，然后利用绘图工具栏中的各种绘图工具和自选图形在幻灯片上绘制图形；或者选择【插入】→【图片】→【自选图形】命令，在自选图形上添加文字即按需要制作流程图。

同样，选择【插入】→【图片】→【艺术字】命令，可根据系统提示插入【艺术字】对象，其操作方法与在 Word 2003 中插入艺术字的方法一样。

如图 5-10 所示为在第 6、7 张幻灯片中插入自己绘制的各种形状和流程图的效果。

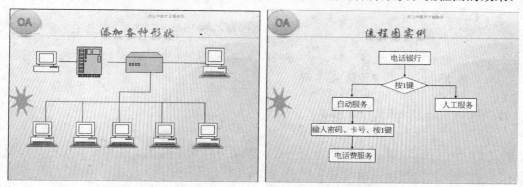

图 5-10　在幻灯片中插入各种形状及流程图的效果

### 2．添加声音和影片

为了增加幻灯片的播放效果，烘托幻灯片的场景，还可以把声音或影片添加到幻灯片中，在放映幻灯片时，这些多媒体对象会自动播放。

以在第 1 张幻灯片中插入背景音乐为例，说明其操作方法。具体操作步骤如下：

（1）添加声音。

① 在幻灯片视图中选中第 1 张幻灯片。

② 选择【插入】→【影片和声音】→【文件中的声音】命令。

③ 在弹出的【插入声音】对话框中，打开存放声音的文件，在列表框中双击需要的声音文件，弹出如图 5-11 所示的消息框。

图 5-11　询问是否自动播放消息框

④ 单击【自动】按钮，则放映幻灯片时自动播放该声音，否则单击幻灯片中的 图标才会播放声音（声音插入成功后，在幻灯片中会出现 图标）。

（2）插入影片。

插入影片的操作方法与插入声音相同。幻灯片中插入的影片除了来自文件外，还可以来自系统的剪辑库，选择【插入】→【影片和声音】→【剪辑管理器中的影片/声音】命令，然后在任务窗格中进行选择，其他操作同使用文件中的影片或声音。

（3）插入 Flash 动画。

将 Flash 动画添加到演示文稿中的步骤如下：

① 选择【视图】→【工具栏】→【控件工具箱】命令，展开控件工具箱工具栏。单击工具栏中的【其他控件】按钮，在弹出的下拉列表中选择【Shockwave Flash Object】选项，然后在幻灯片中拖拉出一个矩形框（此为播放窗口）。

② 选中上述播放窗口，单击控件工具箱工具栏中的【属性】按钮，打开【属性】对话框，在【Movie】选项后面的文本框中输入需要插入的 Flash 动画文件名.swf 及完整路径，然后关闭【属性】对话框。

③ 调整好播放窗口的大小，将其定位到幻灯片合适位置上，即可播放 Flash 动画了。

说明：建议将 Flash 动画文件和演示文稿保存在同一文件夹中，这样只需要输入 Flash 动画文件名称，而不需要输入路径。

## 5.2.4　幻灯片中旁白的录制

在幻灯片中，还可以加入制作者的旁白。所谓旁白就是演示文稿设计者用话筒录制的讲解声音。录制旁白的操作步骤如下：

（1）选择要添加旁白的幻灯片，选择【幻灯片放映】→【录制旁白】命令，弹出如图 5-12 所示的【录制旁白】对话框。

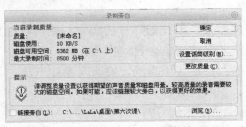

图 5-12　【录制旁白】对话框

（2）单击【设置话筒级别】按钮，在弹出的如图 5-13 所示的【话筒检查】对话框中，检查话筒的录音效果，然后单击【确定】按钮。

（3）在【录制旁白】对话框中单击【更改质量】按钮，在弹出的如图 5-14 所示的【声音选定】对话框中，设置声音的各项指标，然后单击【确定】按钮。

（4）单击【录制旁白】对话框中的【确定】按钮，开始在放映幻灯片的过程中录制旁白，录制完一张幻灯片的旁白后，单击鼠标，即可录制下一张。

（5）全部录制完毕，将弹出如图 5-15 所示的消息框，询问是否将幻灯片的排练时间保存，根据需要单击【保存】或【不保存】按钮。

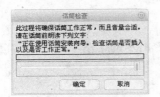

图 5-13　【话筒检查】对话框　　　图 5-14　【声音选定】对话框

图 5-15　旁白录制完毕后出现的消息框

说明：录制旁白时，要将话筒插入到主机的话筒接口上；放映时，旁白声音优先于其他
　　　声音。

## 5.2.5　幻灯片中其他对象的添加

### 1．添加组织结构图

组织结构图是用来反映组织内部人员结构和组织层次的图示。本章实例中的第 4 张幻
灯片就是一个考务工作组织结构图，创建步骤如下：

（1）如果是新增幻灯片，可直接创建组织结构图，在打开的【新幻灯片】对话框中，
选择带组织结构图的版式，然后双击【组织结构图】占位符。

（2）如果是为已经存在的幻灯片添加组织结构图，则选择【插入】→【图片】→【组
织结构图】命令。

进行上述两种操作后，系统都将弹出如图 5-16 所示的组织结构图形状，根据组合结构
的需要，在相应文本框中输入有关人员信息即可。

说明：在出现组织结构图形状的同时，还将出现如图 5-17 所示的组织结构图工具栏。其
　　　中的【插入形状】按钮，能够为制订的框插入【下属】、【同事】、【助手】等对
　　　象；【版式】按钮用来设置结构图的样式；【选择】按钮用来选择结构图中的某些
　　　部分；【自动套用格式】按钮用来设置结构图中文本框的风格。

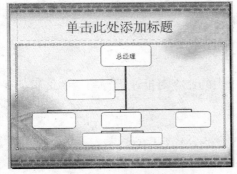

图 5-16　组织结构图形状　　　　　　图 5-17　组织结构图工具栏

**2. 添加各种图示**

选择【插入】→【图示】命令，将弹出如图 5-18 所示的【图示库】对话框，其中给出了组织结构图、循环图、射线图、棱锥图、维恩图以及目标图 6 种类型的图示。

根据表现需要，可使用图示来说明各种概念性的资料，使文档和演示文稿更生动。循环图一般用来显示连续循环的过程；射线图用于显示元素与核心元素的关系；棱锥图用于显示基于基础的关系；维恩图用于显示元素之间的重选区域；目标图用于说明为实现目标而采取的步骤。

图 5-18 【图示库】对话框

**3. 引用其他演示文稿**

如果在编辑某个演示文稿时，需要引用其他演示文稿中的部分幻灯片，可以通过下面的方法快速插入。

（1）将光标定位在需要插入的幻灯片前面。

（2）选择【插入】→【幻灯片（从文件）】命令，打开【幻灯片搜索器】对话框。

（3）单击其中的【浏览】按钮，打开【浏览】对话框，双击被引用演示文稿所在的文件夹，选中相应的演示文稿，确定返回。

（4）选中需要引用的幻灯片，然后单击【插入】按钮，再关闭退出即可。

说明：① 如果需要引用演示文稿中的所有幻灯片，直接单击【全部插入】按钮即可。

② 在按住【Ctrl】键的同时，用鼠标单击不同的幻灯片，可以同时选中不连续的多幅幻灯片，然后将其插入。

③ 如果经常需要引用某些演示文稿中的幻灯片，在打开相应的演示文稿后，单击【添加到收藏夹】按钮，以后可以通过【收藏夹标签】进行快速调用。

**4. 插入批注**

审查他人的演示文稿时，可以利用批注功能提出自己的修改意见。操作步骤如下：

（1）选中需要添加意见的幻灯片，选择【插入】→【批注】命令，进入批注编辑状态。

（2）输入批注内容。

（3）当使用者将鼠标指针指向批注标识时，批注内容会即刻显示出来。

注意：批注内容不会在放映过程中显示出来。

（4）右击批注标识，可以利用弹出的快捷菜单中的命令对批注进行相应的编辑处理。

**5. 添加其他对象**

为了让演示文稿更具说服力，有时还需要加入一些公式、Excel 图表、Word 文档、AutoCAD 图形等。操作步骤如下：

（1）选中需要添加对象的幻灯片，选择【插入】→【对象】命令，弹出如图 5-19 所示的【插入对象】对话框。

图 5-19　【插入对象】对话框

（2）拖动滚动条在对象列表中选择并双击要插入对象的类型，即可调出相应的应用程序，对象编辑完后单击对象以外的空白区域，返回幻灯片。

# 5.3　演示文稿的编辑与修饰

演示文稿创建完成后，有时还需要对幻灯片及其中的各种对象进行编辑、修饰操作。

## 5.3.1　幻灯片的编辑处理

在幻灯片制作过程中，有时需要重新编排幻灯片顺序，对幻灯片进行复制、移动、删除最好的方法是在幻灯片浏览视图中进行操作，即先选择【视图】菜单中的【幻灯片浏览】命令，或单击屏幕下方左侧的第 2 个按钮，切换为幻灯片浏览视图。

### 1．复制操作

（1）工具栏按钮方法：选中幻灯片，单击工具栏中的【复制】按钮，将光标置于目的位置，单击工具栏中的【粘贴】按钮。

（2）菜单方法：选中幻灯片，选择【编辑】菜单中的【复制】命令，将光标置于目的位置，选择【编辑】菜单中的【粘贴】命令。

（3）鼠标拖曳方法：选中幻灯片，按住【Ctrl】键的同时拖曳鼠标到目的位置，拖动时，幻灯片旁边的竖线指示放置位置。

### 2．移动操作

与复制操作相似，只是选择【编辑】菜单中的【剪切】命令；使用鼠标拖曳方法时，直接选中幻灯片并拖曳到目的位置即可。

### 3．删除操作

选中需要删除的幻灯片，按【Delete】键即可。

### 5.3.2 幻灯片模板的设计和更换

在幻灯片制作过程中，可以修改演示文稿的风格，更换或自己设计模板。

（1）要自己设计幻灯片模板，新建演示文稿时选择【空的演示文稿】，然后就可以在空的幻灯片上自由设计。

（2）需更换幻灯片模板的视图窗格，可以单击格式工具栏中的【幻灯片设计】按钮，也可以选择【格式】→【幻灯片设计】命令。

以上两种方法都可以打开如图 5-20 右侧所示的【幻灯片设计】窗格，从模板文件列表中选择一个模板，在其快捷菜单中选择【应用于所有幻灯片】或【应用于选定幻灯片】命令，即可完成模板的全部或者局部更换。

图 5-20 幻灯片模板设计对话框

如图 5-21 所示为重新选择一种模板，选择【应用于所有幻灯片】命令后，幻灯片模板的演示文稿效果。

### 5.3.3 幻灯片版式的更新

幻灯片的版式选取好之后，在制作过程中还可以修饰或更新，具体操作步骤如下：

（1）在幻灯片浏览视图中选择所要修改的幻灯片。

（2）单击格式工具栏中的【幻灯片版式】按钮或选择【格式】→【幻灯片版式】命令，打开【幻灯片版式】窗格。

（3）在窗格中选择新版式，在其下拉菜单中选择相应命令完成操作。

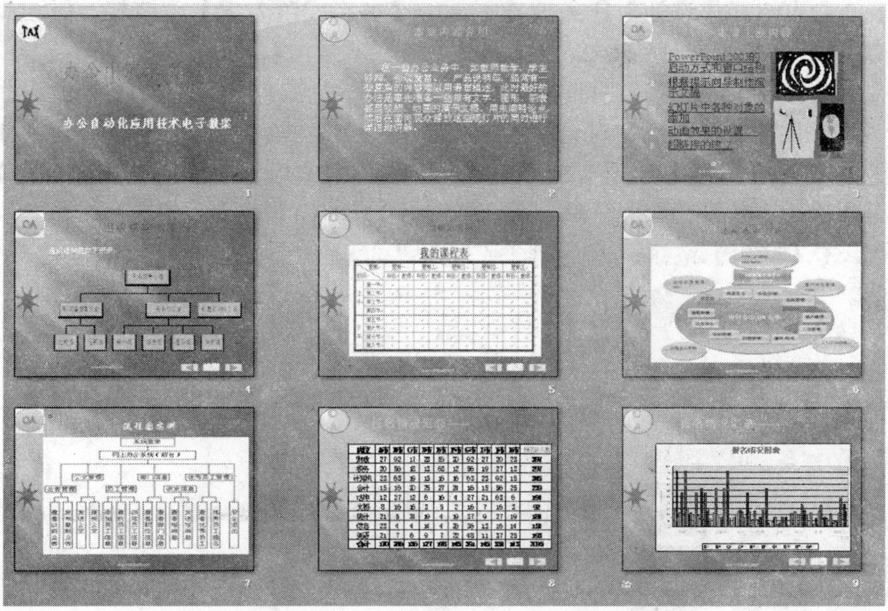

图 5-21　所有幻灯片更换模板后的效果

## 5.3.4　幻灯片背景的修改

模板所规定的背景是可以修改的，包括背景颜色和背景图案。具体操作步骤如下：

（1）选择【格式】→【背景】命令，打开【背景】对话框。

（2）在【背景填充】下面的背景颜色列表中，选择颜色块，即可以修改背景颜色。

（3）如果选择【填充效果】选项，将打开【填充效果】对话框。

（4）在【渐变】、【纹理】、【图案】和【图片】选项卡中，可以分别制作逐渐变色、纹理、图案、图片的背景效果。

## 5.3.5　幻灯片配色方案的修改

配色方案是由文本颜色、背景颜色等 8 种颜色组成的一组用于演示文稿的预设颜色方案。每一个模板都有一个标准的配色方案，一个配色方案可用于一个或多个幻灯片，在设计幻灯片时可以改变其标准配色方案，操作步骤如下：

（1）单击任务窗格标题栏右侧的【▼】按钮，在下拉菜单中选择【幻灯片设计-配色方案】命令，任务窗格变为【幻灯片设计】窗格，配色方案为其主要显示内容，如图 5-22 所示。

（2）在【应用配色方案】列表中选择一种方案并单击，幻灯片的配色方案将被新的配色方案取代。单击该方案右侧的【▼】按钮，在弹出的快捷菜单中选择【应用于所选幻灯片】命令，被选中的幻灯片配色方案改变，其他的不变。

也可以改变幻灯片中某一部分的配色方案，操作方法如下：

（1）单击【幻灯片设计】任务窗格下部的【编辑配色方案】超链接，弹出如图 5-23 所示的【编辑配色方案】对话框。

（2）在【编辑配色方案】对话框中选择要改变颜色的部分，单击【更改颜色】按钮。

（3）在弹出的【××颜色】对话框（根据选择要改变颜色部分的不同，其名称不一样）中设置颜色，可在【标准】选项卡或【自定义】选项卡中设置，然后单击【确定】按钮。

（4）若要继续更改其他部分的颜色，重复（2）、（3）步骤。

（5）单击【应用】按钮，返回幻灯片视图界面。

图 5-22　【应用配色方案】列表框

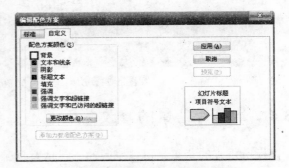

图 5-23　【编辑配色方案】对话框

## 5.3.6　幻灯片母版的设计

母版是用来定义演示文稿格式的，它可以使一个演示文稿中的每张幻灯片都包含某些相同的文本特征、背景颜色、项目符号、图片、文本占位符和页脚占位符等。

当幻灯片中需要出现相同的内容（如企业标识、CI 形象、产品商标以及有关背景设置等）时，该内容就应该放置到母版中，它可以使演示文稿风格一致。

每一份演示文稿都有 4 种母版：幻灯片母版、讲义母版、备注母版和标题母版。常用的有幻灯片母版和标题母版。下面说明二者的使用和修改方法。

### 1. 幻灯片母版

幻灯片母版用来控制除标题幻灯片以外的幻灯片的外观样式。根据需要可以自行设置幻灯片母版格式或添加相关内容。具体操作步骤如下：

（1）选择【视图】→【母版】→【幻灯片母版】命令，弹出如图 5-24 所示的【幻灯片母版】视图。

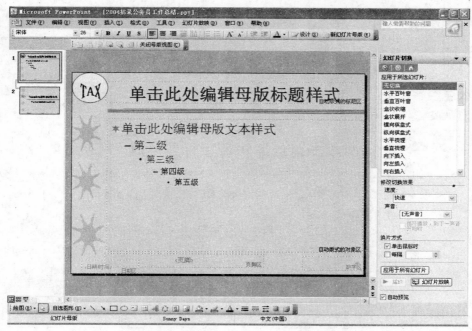

图 5-24 【幻灯片母板】视图

（2）选择虚线框中对应的文本，选择【格式】→【字体】命令，在【字体】对话框中设置文本的格式；选择【格式】→【项目符号和编号】命令，设置文本前的项目符号。

（3）根据表现需要，还可以在幻灯片母版上添加所需的图片、图形等其他对象。

（4）设置完成后，单击格式工具栏右侧的【关闭母版视图】按钮，返回普通视图。

**2. 标题母版**

要让标题幻灯片与演示文稿中其他幻灯片的外观有所区别，可以通过标题母版进行设置。操作步骤如下：

（1）选择【视图】→【母版】→【幻灯片母版】命令。

（2）在母版视图中，单击左侧的标题母版缩略图（下边的一个）以显示标题母版，如图 5-25 所示。

（3）在标题母版中对幻灯片的主、副标题进行格式设置，操作同幻灯片母版。

## 5.3.7 页眉和页脚的添加

页眉、页脚往往也是幻灯片所要表现的内容。根据演示文稿的类型可以分为幻灯片的页眉、页脚和讲义的页眉、页脚。添加页眉、页脚的操作步骤如下：

（1）选择【视图】→【页眉和页脚】命令，打开如图 5-26 所示的【页眉和页脚】对话框。

（2）选择【幻灯片】选项卡，设置幻灯片的页眉、页脚（注意，它们的默认位置都是在幻灯片的底部）。

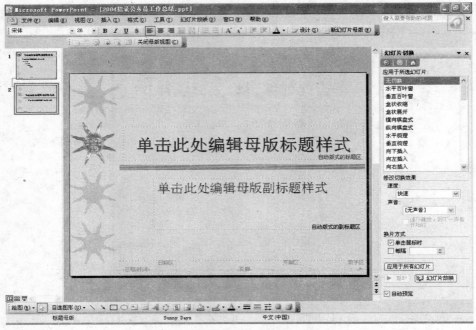

图 5-25 【标题母板】视图

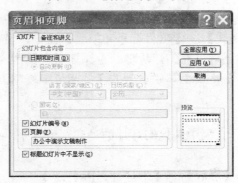

图 5-26 【页眉和页脚】对话框

（3）选择【备注和讲义】选项卡，设置备注和讲义的页眉、页脚。

在【页眉和页脚】对话框中一般可以设置时间和日期、幻灯片的页号、备注页的页码以及其他一些固定的内容，如演示文稿名称、作者姓名、公司徽章等。

如图 5-26 所示的【页眉和页脚】对话框中的内容就是本章实例页眉、页脚的设置。

## 5.4 演示文稿的放映

创建演示文稿的目的就是将其演示给观众，为了使放映过程方便灵活、放映效果生动形象，有必要对演示文稿的放映做一些设置。

## 5.4.1　放映方式的设置

放映方式的设置包括放映类型的选择、放映内容的选取、换片方式的选用以及放映选项的设置。其中幻灯片的放映方式有 3 种：演讲者放映（全屏幕）、观众自行浏览（窗口）、在展台浏览（全屏幕）。设置放映方式的操作步骤如下：

（1）选择【幻灯片放映】→【设置放映方式】命令，弹出【设置放映方式】对话框，如图 5-27 所示。

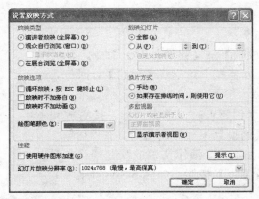

图 5-27　【设置放映方式】对话框

（2）根据下面介绍的特点，在【放映类型】中选择一种：

① 演讲者放映（全屏幕）：全屏显示演示文稿，适用于演讲者播放演示文稿并完整地控制播放过程，可采用自动或人工方式放映，需要将幻灯片放映投射到大屏幕上时也采用该方式。

② 观众自行浏览（窗口）：在小型窗口显示文稿，适用于小规模的演示，观众自行观看幻灯片放映，使用滚动条从一张幻灯片移动到下一张幻灯片。在放映时，可以移动、编辑、复制和打印幻灯片。

③ 在展台浏览（全屏幕）：全屏自动显示演示文稿，结束放映按【Esc】键。

（3）在【放映幻灯片】、【放映选项】和【换片方式】区进行相应的设置。

（4）全部设置完成后，单击【确定】按钮即可。

## 5.4.2　切换效果的设置

幻灯片切换即一张放映完毕后下一张出现的方式。设置切换方法有：利用【幻灯片切换】命令切换、根据排练计时切换、利用动作按钮切换。

### 1. 利用【幻灯片切换】命令切换

利用【幻灯片切换】命令设置切换方式的操作步骤如下：

（1）选择【幻灯片放映】→【幻灯片切换】命令，打开【幻灯片切换】窗格，如图 5-28 所示。

（2）在【应用于所选幻灯片】中选择幻灯片切换的动作。

（3）在【修改切换效果】的【速度】列表中选择【慢速】、【中速】或【快速】；在【声音】列表中选择切换时的声音效果，如【风铃】、【捶打】等。

（4）在【换片方式】中选择单击鼠标时或每隔一定的时间自动换片。

图 5-28　【幻灯片切换】窗格

### 2. 根据排练计时切换

在幻灯片播放之前，可以先进行排练计时，进行切换效果的设计。具体操作步骤如下：

（1）选择【幻灯片放映】→【排练计时】命令，此时从第 1 张幻灯片开始放映，屏幕左上角出现【预演】计时框，如图 5-29 所示。

（2）当放映的时间达到要求时，单击鼠标，接着放映下一个文本、动画、对象或切换到下一个幻灯片。

（3）重复步骤（2）直到整个演示文稿放映完毕，在弹出的对话框中单击【是】或【否】按钮，如图 5-30 所示。

图 5-29　【预演】计时框

图 5-30　排练计时完毕消息框

### 3. 利用动作按钮切换

设置好动作按钮，并建立相应动作后，也可以实现切换效果。操作步骤如下：

（1）选中要使用动作按钮的幻灯片或某项文本、对象等。

（2）选择【幻灯片放映】→【动作按钮】命令，弹出如图 5-31 所示的【动作按钮】图标。

（3）选择一个图标，按住鼠标左键拖动到适当位置释放，弹出【动作设置】对话框，如图 5-32 所示。

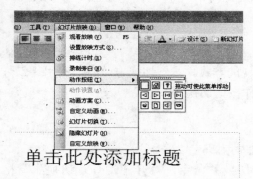

图 5-31　【动作按钮】图标

图 5-32　【动作设置】对话框

（4）设置单击鼠标或鼠标移动时产生的动作，然后单击【确定】按钮。幻灯片上出现相应的图标，放映时单击该图标会放映制订的幻灯片。

## 5.4.3　动画效果的设置

动画效果设置是指对幻灯片中的标题、文本、多媒体对象等设置放映时出现的动画方式，可以通过动画方案和自定义动画两种方式进行设置。

**1．利用动画方案设置动画**

选择【幻灯片放映】→【动画方案】命令，在弹出的【幻灯片设计】任务窗格中单击动画方案。动画方案是系统将标题、文本等部分出现的动画以最佳的效果进行搭配，只需选择一种方案各部分就会以不同的动画形式出现，不需要一一设置。

**2．自定义动画**

自定义动画是指用户自己为幻灯片中的各个部分设置不同的动画方案，各部分按所设置的顺序进行演示。操作步骤如下：

（1）选择【幻灯片放映】→【自定义动画】命令，弹出如图 5-33 所示的【自定义动画】任务窗格。

（2）在幻灯片中选中要设置动画的部分（标题、文本、多媒体对象等），然后单击【添加效果】右侧的【▼】按钮，弹出动画类型列表，每一种类型下都有若干动画方案，如图 5-34 所示。

图 5-33　【自定义动画】任务窗格　　　图 5-34　每种类型中的动画方案

（3）选择动画方案并单击，若不满意可单击其他效果，然后再进行选择。

（4）选中【自动预览】复选框，当设置一项动画方案后幻灯片能自动演示；单击【播放】按钮也会演示指定项的动画方案；单击【幻灯片放映】按钮则从当前幻灯片开始放映。

## 5.4.4  超链接的建立

超链接是将文本、字符、图形等对象与一个幻灯片、演示文稿或文档等建立一种链接，放映时单击被链接的对象，则对应的链接内容即被显示出来。

本章实例中，第 3 张幻灯片（总结内容提纲）中的各条目需要超链接到相应的幻灯片上。下面以其为例介绍建立超链接的操作方法。具体操作步骤如下：

（1）打开第 3 张幻灯片，选中需要建立超链接的一个对象，本例选中文本"幻灯片中各种对象的添加"，右击鼠标，在弹出的快捷菜单中选择【超链接】命令，弹出如图 5-35 所示的【编辑超链接】对话框。

（2）在【编辑超链接】对话框的【链接到】区域选择【本文档中的位置】，在随之出现的【请选择文档中的位置】下拉列表框中，选择被超链接的目标对象【组织结构图实例】幻灯片，【幻灯片预览】区将显示出该幻灯片的样式。

（3）如果需要为超链接加上屏幕提示，则需单击图 5-35 中的【屏幕提示】按钮，在随之出现的【屏幕提示文字】文本框中输入屏幕提示信息。

（4）单击【确定】按钮，超链接创建完成。

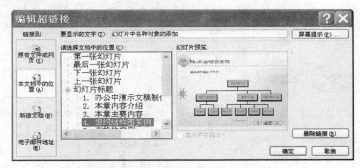

图 5-35  【编辑超链接】对话框

如图 5-36 所示，建立超链接后的文本颜色将为配色方案中的【强调文字和超链接】项所定义的颜色，并加下划线。

图 5-36  建立超链接后幻灯片的显示效果

（5）按照以上步骤依次为各个条目建立对应的超链接。

说明：建立超链接也可以选择【插入】→【超链接】命令，或按【Ctrl+K】键，然后在【插入超链接】对话框中进行操作。也可选择图 5-35 中的【原有文件或网页】，再单击浏览按钮来选择链接到其他文件夹中的文件，从而可以超链接到其他文档、程序、网页上。使用图 5-32 所示的【动作设置】对话框亦可以设置超链接。

## 5.4.5　自定义放映的设置

自定义放映可以将已有的演示文稿中的幻灯片分组，创建多个不同的演示文稿，根据观众不同放映演示文稿的特定部分。具体操作步骤如下：

（1）选择【幻灯片放映】→【自定义放映】命令，弹出【自定义放映】对话框，如图 5-37 所示。

（2）单击【新建】按钮，弹出【定义自定义放映】对话框，如图 5-38 所示。

图 5-37　【自定义放映】对话框

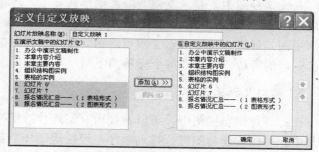

图 5-38　【定义自定义放映】对话框

（3）在【定义自定义放映】对话框中的【幻灯片放映名称】文本框中输入幻灯片的名称。

（4）在【在演示文稿中的幻灯片】列表框中选择幻灯片，单击【添加】按钮，被选中的幻灯片自动添加到右侧列表框中，单击【删除】按钮，可以撤销选取。

（5）单击【确定】按钮，返回【自定义放映】对话框，单击【关闭】按钮，关闭【自定义放映】对话框。

（6）选择【幻灯片放映】→【设置放映方式】命令，在出现的对话框中选中【自定义放映】单选按钮，单击【确定】按钮，然后单击【放映】按钮将放映定义好的演示文稿。

# 5.5　演示文稿的显示与打印

## 5.5.1　屏幕视图方式的作用与特点

PowerPoint 中提供有 5 种视图方式，分别是幻灯片视图、大纲视图、幻灯片浏览视图、备注页视图和幻灯片放映视图。打开演示文稿文件后，屏幕处于 5 种不同视图方式中的某一种模式下，切换到需要的视图模式可以有两种方式：一种是直接用鼠标单击 PowerPoint 视图栏切换按钮中的视图方式按钮；另一种是从【视图】菜单中选择视图方式选项。

对于演示文稿的编排，每种视图方式在演示文稿的制作和显示中有不同的作用和优势，用户可根据实际需要灵活应用。

**1. 幻灯片视图**

编排演示文稿时，幻灯片视图是最常用也是最直观的视图模式。当注意力集中在对某一张幻灯片中的文本和其他对象的处理时，应当使用幻灯片视图。在幻灯片视图中，可以逐张添加文本和图形、表格、剪贴画以及其他对象，并且可以很方便地对它们进行编辑和排版。在幻灯片视图模式中，还可以查看整张幻灯片，或改变显示比例，放大幻灯片的一部分做细致地修改。

**2. 大纲视图**

在大纲视图中，演示文稿会以大纲形式显示，每张幻灯片中的标题和正文组成了大纲的内容。可以从一个屏幕上看到更多的幻灯片标题和正文信息，因而编排文稿也就更方便。大纲视图是最适合组织演示文稿思路的。在大纲视图中，每张幻灯片的标题都会出现在编号和图标的旁边，正文在每个标题的下面，其缩进可以达 5 层。

**3. 幻灯片浏览视图**

在幻灯片浏览视图中，可以看到所有幻灯片的缩略图，完整地显示所有文本和图片。在其中，可以重新为幻灯片排列顺序，轻松地添加、删除和移动幻灯片。另外，可以使用幻灯片浏览工具栏中的按钮设置幻灯片放映的时间，并选择幻灯片的动画、切换方式等。

**4. 幻灯片放映视图**

幻灯片放映视图用于观看最终的显示效果。

**5. 备注页视图**

在备注页视图中，编辑区上半部分显示的是幻灯片的缩略图，下半部分是备注页编辑区，可以在该区域中输入演讲者备注和一些注释信息，以便在演示过程中使用。也可以打印一份备注页作为参考。

## 5.5.2  页面设置

页面设置是演示文稿打印的基础，其操作步骤如下：

（1）选择【文件】→【页面设置】命令，打开如图 5-39 所示的【页面设置】对话框。

（2）在【页面设置】对话框中，分别对幻灯片、备注、讲义和大纲等进行各项设置，包括幻灯片的大小、宽度、高度和幻灯片编号起始值、方向等。

（3）单击【确定】按钮，完成设置。

图 5-39　【页面设置】对话框

## 5.5.3　打印设置

演示文稿的打印包括幻灯片、大纲、备注、讲义等的打印，具体操作步骤如下：

（1）选择【文件】→【打印】命令，打开如图 5-40 所示的【打印】对话框。

（2）在【打印】对话框中分别进行以下内容的设置：选择打印机、选择打印范围（可以是全部幻灯片、选定的幻灯片、当前幻灯片、自定义的幻灯片或输入幻灯片的编号）、选择打印内容（可以是幻灯片、讲义、大纲或备注等，如果选择打印讲义，则还可以指定打印时每页的幻灯片数以及排列顺序）、确定打印份数以及指出是否进行逐份打印等。

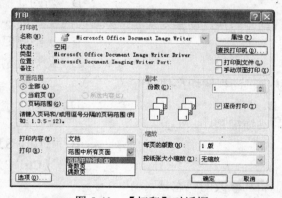

图 5-40　【打印】对话框

（3）设置完成之后，单击【确定】按钮，即可以开始进行打印操作。

# 本 章 小 结

在办公事务中，通过制作并播放直观、形象、生动的多媒体演示文稿，可以解释一些较复杂的概念、问题和现象，从而集中观众的注意力，增强演示内容的显示效果。

制作演示文稿时，首先需要创建框架结构，然后输入文字以及进行文字编排，根据需要，还可以添加图片、表格与图表、组织结构、声音与影片以及录制幻灯片播放时的旁白。

演示文稿制作完成后，有时需要进行调整和修饰，这就牵涉到幻灯片及其中对象的复制、移动、修改和删除等操作。根据需要，还可以更换幻灯片模板、修改幻灯片的母版设置、更改幻灯片的背景和幻灯片中各元素的配色方案等。

另外，还可以设置演示文稿的屏幕显示效果，同时也可以进行各种打印操作。

通过本章的学习，读者应能熟练创建、编排和播放各种风格的多媒体式演示文稿。

# 练习及训练

## 一、选择题

1. PowerPoint 2003 是一个演示文稿制作软件，它（　　）。

A. 在 DOS 环境下运行　　　　　　　　　　B. 在 Windows 环境下运行

C. 在 DOS 和 Windows 环境下都可运行　　　D. 不需要环境，独立运行

2. 退出 PowerPoint 编辑环境的组合键是（　　）。

A.【Alt+F4】　　　　　　　　　　　　　　B.【Ctrl+S】

C.【Ctrl+O】　　　　　　　　　　　　　　D.【Alt+F6】

3. 启动 PowerPoint 2003 后，屏幕进入（　　）界面。

A. 新建对话框　　　　　　　　　　　　　　B. 打开对话框

C. 启动对话框　　　　　　　　　　　　　　D. 新幻灯片对话框

4. 可以方便地设置动画切换、动画效果和排练时间的视图是（　　）。

A. 普通视图　　　　　　　　　　　　　　　B. 大纲视图

C. 幻灯片视图　　　　　　　　　　　　　　D. 幻灯片浏览视图

5. PowerPoint 系统提供的视图切换按钮有（　　）。

A. 5 个　　　　　B. 6 个　　　　　C. 7 个　　　　D. 8 个

6. 保存演示文稿的快捷键是（　　）。

A.【Ctrl+N】　　　　　　　　　　　　　　B.【Ctrl+S】

C.【Ctrl+O】　　　　　　　　　　　　　　D.【Ctrl+P】

7. 可对母版进行编辑和修改的状态是（　　）。

A. 普通视图状态　　　　　　　　　　　　　B. 幻灯片视图状态

C. 幻灯片浏览视图状态　　　　　　　　　　D. 母版状态

8. 在演示文稿放映时，可随时终止放映的终止键是（　　）。

A.【Ctrl+B】　　　　　　　　　　　　　　B.【Esc】

C.【Delete】　　　　　　　　　　　　　　D.【Break】

9. 可以看到幻灯片右下角隐藏标志的视图是（　　）。

A. 普通视图　　　　　　　　　　　　　　　B. 幻灯片视图

C. 幻灯片浏览视图　　　　　　　　　　　　D. 大纲视图

10. 利用标尺可以对段落进行左缩进、右缩进和悬挂缩进的设置，打开标尺的正确方法是（　　）。

A. 选择【视图】菜单中的【标尺】命令

B. 选择【格式】菜单中的【标尺】命令

C. 选择【工具】菜单中的【标尺】命令

D．选择【编辑】菜单中的【标尺】命令

## 二、简答题

1．简述 PowerPoint 演示文稿的创建步骤。

2．PowerPoint 有哪些视图？分别说明这些视图的特点及互相之间切换的方法。

## 三、实训题

实训目的：

通过演示文稿的制作，使学生掌握幻灯片中各种对象的添加，同时掌握美化演示文稿的方法

实训要求：

制作一个简历演示文稿，使其有基本一致的外观，发挥自己的创意，充分利用 PowerPoint 2003 的强大功能，使其背景美观、有配音、动画效果优美协调，既能自动循环放映，又可根据需要，人为控制放映的走向。

实训指导：

1．插入图形、声音和影片

2．应用设计模板来美化幻灯片

3．对幻灯片的切换进行设置，并对每个幻灯片进行自定义动画设置

4．建立超链接

# 第6章    ACCESS 数据库处理数据

## 学 习 目 标

**知识目标：**
- 了解和掌握数据库、Access 表、查询、窗体与报表的概念；
- 掌握 Access 的表、查询、窗体与报表的建立与操作；
- 掌握一个完整的数据库建立与使用的方法。

**能力目标：**
- 能熟练运用 Access 软件建立表、查询、窗体及报表；
- 能运用 Access 软件建立一个完整的数据库系统解决实际工作中的具体问题。

## 6.1    数据库的概念

### 6.1.1    什么是数据库

数据库是按照数据结构来组织、存储和管理数据的"仓库"。在企业管理的日常工作中，常常需要把某些相关的数据放进这样的仓库，并根据管理的需要进行相应的处理。例如，企业或事业单位的人事部门常常要把本单位职工的基本情况（职工号、姓名、年龄、性别、籍贯、工资、简历等）存放在表中，这张表就可以看成是一个数据库。

有了这个数据库，就可以根据需要，随时查询某职工的基本情况，也可以查询工资在某个范围内的职工人数等。此外，在财务管理、仓库管理、生产管理中也需要建立众多的数据库，使其可以利用计算机实现财务、仓库、生产的自动化管理。在 Access 中，数据库是指有结构的数据集合，它与一般的数据文件不同，其中的数据是无结构的，是一串文字或数字流，可以是文字、图像、声音等。

### 6.1.2    什么是数据库管理系统

数据库系统是储存、管理、处理和维护数据的软件系统，由数据库、数据管理员和有关软件组成。这些软件包括数据库管理系统（DBMS）、宿主语言、开发工具和应用程序。DBMS 用于建立、使用、维护数据库；宿主语言是可以嵌入数据库语言的程序设计语言；数据库是长期储存在计算机中有组织的、大量的、可共享的数据集合；数据库管理员负责创建、监控和维护数据库。

　　数据库系统的个体含义是指一个具体的数据库管理系统软件和用它建立起来的数据库；其学科含义是指研究、开发、建立、维护和应用数据库系统所涉及的理论、方法、技术。数据库系统是软件研究领域的一个重要分支，涉及计算机应用、软件和理论 3 个方面。

　　数据库系统的发展主要以数据模型和 DBMS 的发展为标志。第一代数据库系统是指层次和网状数据库系统。第二代数据库系统是指关系数据库系统。目前正在研究的新一代数据库系统是数据库技术与面向对象、人工智能、并行计算、网络等结合的产物，其代表是面向对象数据库系统和演绎数据库系统。

## 6.1.3　数据库的分类

### 1. 关系型数据库

　　关系型数据库以行和列的形式存储数据，以便于用户理解。这一系列的行和列被称为表，一组表组成了数据库。用户用查询（Query）来检索数据库中的数据。一个 Query 是一个用于指定数据库中行和列的 SELECT 语句。关系型数据库通常包含下列组件：

- 客户端应用程序（Client）；
- 数据库服务器（Server）；
- 数据库（Database）。

　　SQL（Structured Query Language）是 Client 端和 Server 端的桥梁，Client 端用 SQL 向 Server 端发送请求，Server 端返回 Client 端要求的结果。现在流行的大型关系型数据库有 IBM DB2、IBM UDB、Oracle、SQL Server、SyBase 以及 Informix 等。

　　关系型数据库具有以下特点：

　　（1）关系中每个数据项不可再分，也就是要求不出现嵌套表格的现象。

　　（2）每个属性占据一列。

　　（3）每个实体由多种属性构成。

　　（4）实体与实体、属性与属性的次序可以任意交换，不改变关系的实际意义。

### 2. 面向对象数据库系统

　　面向对象数据库系统是面向对象的程序设计技术与数据库技术相结合的产物。面向对象数据库系统的主要特点是具有面向对象技术的封装性和继承性，提高了软件的可重用性。

### 3. 关系模型的数据库系统——Access

　　Access 是一种典型的关系数据系统，具有关系数据库系统的共同特征。Microsoft Office Access（前名 Microsoft Access）是由微软发布的关联式数据库管理系统。它结合了 Microsoft Jet Database Engine 和图形用户界面两项特点，是 Microsoft Office 的成员之一。

　　Access 能够存取 Access/Jet、Microsoft SQL Server、Oracle，或者任何 ODBC 兼容数据库内的资料。熟练的软件设计师和资料分析师利用它来开发应用软件，而一些不熟练的程序员和非程序员的"进阶用户"则能使用它来开发简单的应用软件。

Access 数据库是所有相关对象的集合，包括表、查询、窗体、报表、宏、模块、Web页等。每一个对象都是数据库的一个组成部分，其中，表是数据库的基础，记录数据库中的全部数据内容。而其他对象只是 Access 提供的用于对数据库进行维护的工具而已。正因为如此，设计一个数据库的关键，就集中在建立数据库中的基本表上。

关系型数据库不管设计得好坏，都可以存取数据，但是不同的数据库在存取数据的效率上有很大的差别。设计数据库中的表时，一般要考虑以下几点：

（1）字段唯一性。即表中的每个字段只能含有唯一类型的数据信息。在同一字段内不能存放两类信息。

（2）记录唯一性。即表中没有完全一样的两个记录。在同一个表中保留相同的两个记录是没有意义的。要保证记录的唯一性，就必须建立主关键字。

（3）功能相关性。即在数据库中，任意一个数据表都应该有一个主关键字段，该字段与表中记录的各实体相对应。这一规则是针对表而言的，一方面要求表中不能包含与该表无关的信息，另一方面要求表中的字段信息要能完整地描述某一记录。

（4）字段无关性。即在不影响其他字段的情况下，必须能够对任意字段进行修改（非主关键字段）。所有非主关键字段都依赖于主关键字，这一规则说明了非主关键字段之间的关键是相互独立的。

Access 数据库系统中，数据以二维表格的形式进行储存和管理，其中数据的逻辑结构就是一张二维表格，如表 6-1 所示。

表 6-1　员工信息表

| 松山物流公司员工信息表 | | | | | |
| --- | --- | --- | --- | --- | --- |
| 姓名 | 性别 | 出生年月 | 岗位 | 工资（元/月） | 工龄（年） |
| 李名博 | 男 | 1967-06-23 | 主管 | 4000 | 20 |
| 刘子兵 | 男 | 1984-07-25 | 职员 | 3500 | 6 |
| 李奕 | 女 | 1985-08-04 | 职员 | 2800 | 5 |
| 刘玲 | 女 | 1985-06-03 | 职员 | 2800 | 5 |
| 黄子鑫 | 男 | 1975-06-24 | 职员 | 3500 | 11 |
| 王林忆 | 男 | 1988-04-03 | 职员 | 2200 | 3 |
| 李子英 | 女 | 1982-04-25 | 职员 | 3000 | 9 |

在 Access 中，有一些基本的概念十分重要，下面作一些简单的介绍。

（1）关系。二维表结构称为关系，如表 6-1 中的“松山物流公司员工信息表”。

（2）实体。二维表中每一行表示一个实体，也称为记录，在同一个表格中不能有完全相同的两个记录。表 6-1 中的每个员工就是一个实体。

（3）属性。二维表中的列称为属性，也称为字段。每个属性值有不同类型，大体包括文本型、数值型、日期型和逻辑型等。

（4）域。属性值的取值范围称为域，如表 6-1 所示，性别属性的取值范围是男、女。

（5）关键字。二维表格中，如果某个属性或者属性组可以唯一表示和区分实体，则称其为关键字或主码（如表 6-1 中，员工姓名是唯一表示和区分实体的，即本关系中的关键字）。

（6）关系模式。关系模式是对应关系的描述，一般可以表示为：关系名（属性 1，属性 2，……），一个关系模式对应一个关系结构，如表 6-1 中的关系模式可表示为：松山物流公司员工信息表（姓名，性别，出生年月，岗位，工资，工龄）。

## 6.2　Microsoft Access 的基本操作

### 6.2.1　认识 Access 的工作界面

选择【开始】→【程序】→Microsoft Office→Microsoft Office Access 2003 命令，即可启动 Access 程序，并进入其工作界面，如图 6-1 所示。

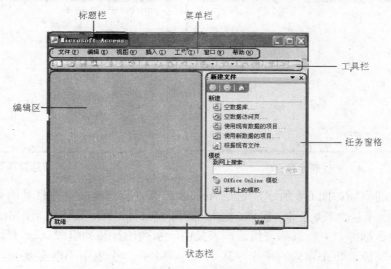

图 6-1　Access 窗口介绍

### 6.2.2　Access 的基本操作

在 Access 中，数据库是存放其他数据库对象的容器，所以在建立其他数据库对象之前必须要创建一个数据库，创建数据库的方法有两种：一种是使用数据库向导来创建；另一种是直接创建。直接创建新的空数据库的步骤如下：

（1）进入 Access 的操作界面，如图 6-2 所示。

（2）利用本机上的模板打开【模板】对话框，选择【常用】选项卡中的【空数据库】，单击【确定】按钮，如图 6-3 所示。

（3）在【文件新建数据库】对话框的【文件名】文本框中输入文件名"员工信息管理系统"，并单击【创建】按钮，如图 6-4 所示。

（4）完成如图 6-5 所示数据库的建立，并保存。

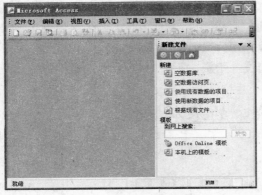

图 6-2　Access 的操作界面

图 6-3　Access 模板

图 6-4　文件新建数据库

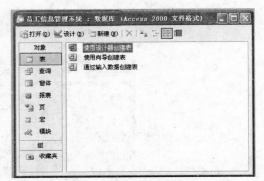

图 6-5　员工信息管理系统

空数据库的界面如图 6-6 所示，它是 Access 的文件管理核心。在打开的数据库窗口中可以看到，数据库包含表、查询、窗体、报表、宏和模块等对象。具体说来，Microsoft Access 是一种关系型数据库，由一系列表组成，表又由一系列的行和列组成，每一行是一个记录，每一列是一个字段，每个字段有一个字段名（字段名在一个表中不能重复）。表由 n 个记录组成，一个记录占一行，每一个记录由 m 个字段组成。

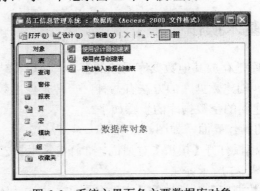

图 6-6　系统主界面各主要数据库对象

表与表之间可以建立关系（或称关联、连接），以便查询相关联的信息。Access 数据库以文件形式保存，文件的扩展名是.db。

Access 数据库由 6 种对象组成，分别是表、查询、窗体、报表、宏和模块。

（1）表（Table）。表是数据库的基本对象，是创建其他 5 种对象的基础。表由记录组成，记录由字段组成。表用来存储数据库的数据，故又称数据表。

（2）查询（Query）。查询可以按索引快速查找到需要的记录、按要求筛选记录，并能连接若干个表的字段组成新表。

（3）窗体（Form）。窗体提供了一种方便地浏览、输入及更改数据的窗口。还可以创建子窗体显示相关联的表的内容。窗体也称表单。

（4）报表（Report）。报表的功能是将数据库中的数据分类汇总，然后打印出来，以便分析。

（5）宏（Macro）。宏相当于 DOS 中的批处理，用来自动执行一系列操作。Access 列出了一些常用的操作供用户选择，使用起来十分方便。

（6）模块（Module）。模块的功能与宏类似，但其定义的操作比宏更精细和复杂，用户可以根据自己的需要编写程序。模块使用 Visual Basic 编程。

# 6.3　创　建　表

在 Access 2003 中创建数据表的方法有 3 种：使用设计器创建、使用向导创建和通过输入数据创建。用户可以根据自己的需要选择其中任意一种方式来创建表。我们分别以使用设计器和向导为例，创建一个"松山物流公司员工信息表"。

## 6.3.1　利用向导创建表

利用向导创建"员工基本信息表"，步骤如下：

（1）双击【使用向导创建表】选项，如图 6-7 所示。

（2）在【表向导】对话框中，选择示例字段中的合适字段，单击【▷】按钮使其成为新表中的字段，如图 6-8 所示。

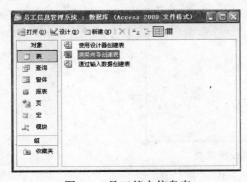

图 6-7　员工基本信息表

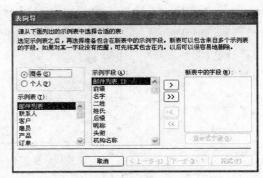

图 6-8　表向导

（3）对于所取字段不合适的，则通过【重命名字段】对话框改成与表中要求一致的字段，然后单击【下一步】按钮，如图 6-9 所示。

（4）输入表的名称"员工个人信息表"。注意，这一步要选择自己设置一个主键，以备下面的操作使用，再单击【下一步】按钮，如图6-10所示。

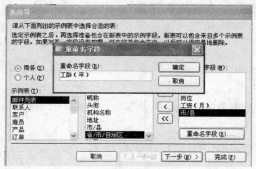
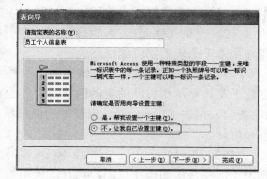

图6-9　重命名字段　　　　　　　　　　　图6-10　员工个人信息表

（5）选择姓名作为主键，并单击【下一步】按钮，如图6-11所示。

（6）单击【完成】按钮，完成表的创建，如图6-12所示。

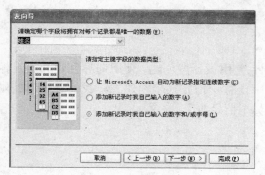
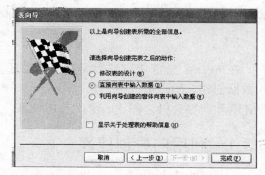

图6-11　姓名选择　　　　　　　　　　　图6-12　直接向表中输入数据

（7）在员工信息管理系统中，产生一个新的员工个人信息表，如图6-13所示。

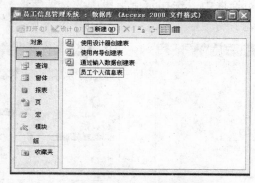

图6-13　员工信息管理系统

## 6.3.2　利用设计器创建表

利用设计器创建"员工业绩考核表"，步骤如下：

（1）双击【使用设计器创建表】选项，如图 6-14 所示。

（2）在表设计视图中，输入字段名及数据类型，如图 6-15 所示。

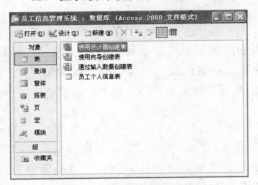
图 6-14　使用设计器创建表

图 6-15　输入字段名和数据类型

（3）选择【文件】菜单中的【保存】命令，输入表名"员工业绩考核表"，单击【确定】按钮，如图 6-16 所示。

（4）将"姓名"设置为主键，并保存，如图 6-17 所示。

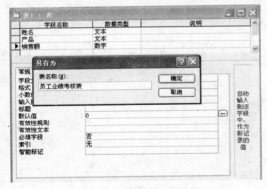
图 6-16　输入表名

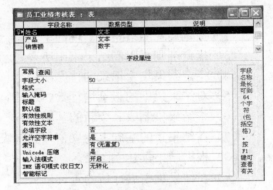
图 6-17　输入姓名

（5）完成并形成"员工业绩考核表"，如图 6-18 所示，双击"员工业绩考核表"，在表中输入数据，最终形成数据表文件保存。

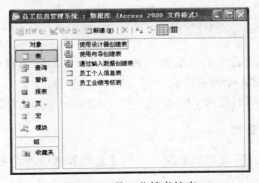
图 6-18　员工业绩考核表

# 6.4 查　　询

查询就是依据一定的查询条件，对数据库中的数据信息进行查找，与表一样，都是数据库的对象。它允许用户依据准则或查询条件抽取表中的记录与字段。Access 2003 中的查询，可以对一个数据库中的一个或多个表中存储的数据信息进行查找、统计、计算、排序等。

**1. 查询的种类**

Access 2003 提供多种查询方式，可分为选择查询、汇总查询、交叉表查询、重复项查询、不匹配查询、动作查询、SQL 特定查询以及多表之间进行的关系查询。这些查询方式总结起来有 4 类：选择查询、特殊用途查询、操作查询和 SQL 专用查询。

**2. 查询的作用和功能**

查询是数据库提供的一种功能强大的管理工具，可以按照使用者所指定的各种方式来进行查询。查询基本上可满足用户的以下需求：

（1）指定所要查询的基本表。
（2）指定要在结果集中出现的字段。
（3）指定准则来限制结果集中所要显示的记录。
（4）指定结果集中记录的排序次序。
（5）对结果集中的记录进行数学统计。
（6）将结果集制成一个新的基本表。
（7）在结果集的基础上建立窗体和报表。
（8）根据结果集建立图表。
（9）在结果集中进行新的查询。
（10）查找不符合指定条件的记录。
（11）建立交叉表形式的结果集。
（12）在其他数据库软件包生成的基本表中进行查询。

## 6.4.1　查询的创建

在 Access 2003 中创建查询的方法有两种：使用设计器创建查询、使用向导创建查询。用户可以根据自己的需要选择其中任意一种方式来创建查询。

下面分别以使用向导和设计器为例，创建一个"松山物流公司员工信息表查询"。

**1. 通过向导来创建查询**

（1）选择【员工信息管理系统】窗口中的【查询】选项，然后双击【使用向导创建查询】进入下一步，如图 6-19 所示。

（2）在【简单查询向导】对话框中的【可用字段】列表中选择要用的字段（通过红圈

所示按钮选定），单击【下一步】按钮，如图 6-20 所示。

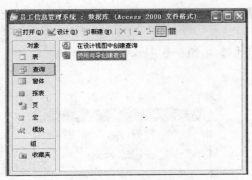

图 6-19　员工管理系统

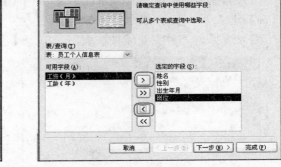

图 6-20　简单查询向导

（3）指定查询标题，并选中【打开查询查看信息】单选按钮，单击【完成】按钮，如图 6-21 所示。

图 6-21　查询查看信息

（4）显示结果如图 6-22 所示。

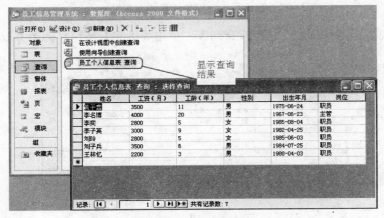

图 6-22　员工信息查询

**2. 通过设计器来创建查询**

（1）选择【员工信息管理系统】窗口中的【查询】选项，然后双击【在设计视图中创建查询】进入下一步，如图 6-23 所示。

（2）选择表"员工业绩考核表"，单击【添加】按钮，如图 6-24 所示。

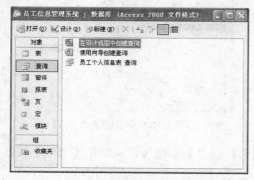 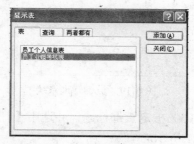

图 6-23　在视图中创建查询　　　　　　图 6-24　添加员工业绩考核表

（3）在"员工业绩考核表"中分别拖动"姓名"、"考核成绩"字段进入图中的下表部分并单击【保存】按钮，如图 6-25 所示。

图 6-25　员工业绩考核表的有关操作

（4）将表另存为"员工业绩考核查询"，单击【确定】按钮，如图 6-26 所示。

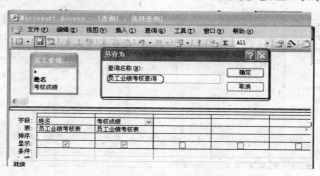

图 6-26　员工业绩表的保存

（5）最终显示查询结果如图 6-27 所示。

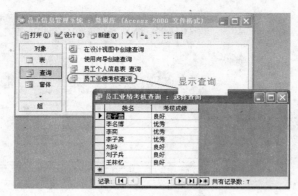

图 6-27　查询结果

## 6.4.2　查询的主要类型及操作

对"松山物流公司员工信息表"的查询可以分为 4 种类型：更新查询、生成表查询、追回查询及删除查询。

**1. 更新查询**

更新查询可以对一个或者多个数据表中的一组记录作全局修改，用来满足用户的批量更新数据的要求，是一种十分重要的查询类型。操作步骤如下：

（1）进入查询窗口，并双击【在设计视图中创建查询】选项，如图 6-28 所示。

（2）选择"员工个人信息表"，单击【添加】按钮，如图 6-29 所示。

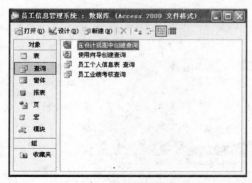

图 6-28　查询窗口

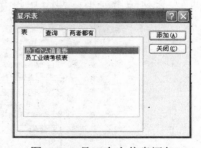

图 6-29　员工个人信息添加

（3）将"员工个人信息表"中的"姓名"、"性别"、"岗位" 3 个字段拖入下面表格的相应位置，如图 6-30 所示。

（4）选择【查询】菜单中的【更新查询】命令，如图 6-31 所示。

（5）将条件为"主管"的值改为"部门经理"，则在查询中，将所有岗位为"主管"的记录更新为"部门经理"，并保存，如图 6-32 所示。

（6）另存文件。在【查询名称】中输入"岗位更新查询"，单击【确定】按钮，如图 6-33 所示。

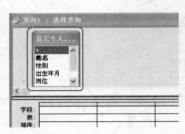

图 6-30 选择查询

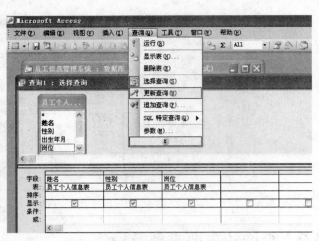

图 6-31 更新查询

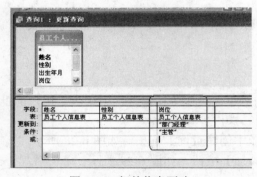

图 6-32 相关信息更改

图 6-33 岗位更新查询

（7）更新结果显示，如图 6-34 所示。

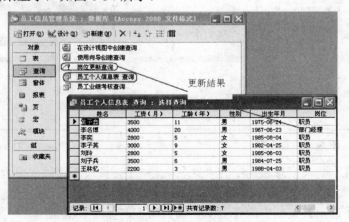

图 6-34 更新结果显示

## 2. 生成表查询

生成表查询可以从一个或多个表/查询的记录中制作一个新表。在下列情况下使用生成表查询：

（1）把记录导出到其数据库。如创建一个交易已完成的订单表，以便送到其他部门。

（2）把记录导出到 Excel 或 Word 之类的非关系应用系统中。

（3）对被导出的信息进行控制。如筛选出机密或不相干的数据。

（4）用作在一特定时间出现的一个报表的记录源。

（5）通过添加一个记录集来保存初始文件，然后用一个追加查询向该记录集中添加新记录。

（6）用一个新记录集替换现有的表中的记录。

如果要将"员工信息表"中的"女员工"信息生成一个新的数据表，具体步骤如下：

（1）打开【员工信息管理系统】原文件，切换到【表】选项卡，双击【员工个人信息表】，进入下一步，如图 6-35 所示。

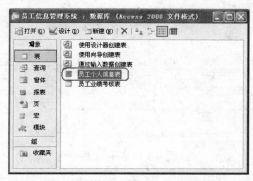

图 6-35　进入员工个人信息表

（2）打开"员工个人信息表"之后，单击【新对象：自动窗体】按钮，在其下拉菜单中选择【查询】命令，如图 6-36 所示。

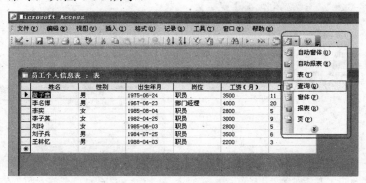

图 6-36　查询

（3）在弹出的【新建查询】对话框中，选择【设计视图】选项，然后单击【确定】按钮，如图 6-37 所示。

（4）将"员工个人信息表"中的所需字段拉入下面的表格中，并在"性别"字段的【条件】中输入"=女"，如图 6-38 所示。

（5）保存后，出现【另存为】对话框，在【查询名称】文本框中输入"女职工基本信息"，并单击【确定】按钮，如图 6-39 所示。

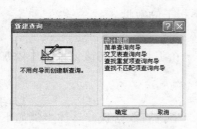

图 6-37　设计视图选项

图 6-38　性别选项

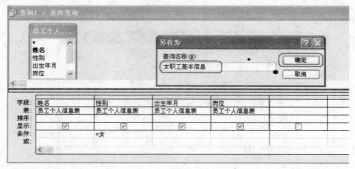

图 6-39　另存文件

（6）退回到查询窗口，可看到在查询对象下生成了新的"女职工基本信息"查询，如图 6-40 所示。

（7）最终显示结果如图 6-41 所示，全部为满足条件的女职工的信息。

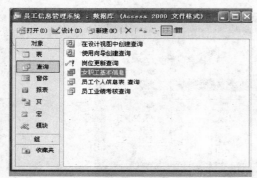

图 6-40　"女职工基本信息"查询生成

图 6-41　全部女职工信息表

## 3. 追加查询

追加查询是为了实现将一组数据从一个或者多个数据表中追加到另一个或者多个数据表尾部。如，假如在"员工管理信息系统"中的"员工个人信息表"中追加一条性别为"女"的记录，则要在女职工信息表中自动追加该条记录的具体操作步骤如下：

（1）打开员工信息管理系统，在【表】选项卡中打开"员工个人信息表"，追加一条记录：林子声，女，1986-05-23，职员，2800，4，并保存，如图 6-42 所示。

员工个人信息表 : 表

| 姓名 | 性别 | 出生年月 | 岗位 | 工资（月） | 工龄（年） |
|---|---|---|---|---|---|
| 黄子鑫 | 男 | 1975-06-24 | 职员 | 3500 | 11 |
| 李名博 | 男 | 1967-06-23 | 部门经理 | 4000 | 20 |
| 李奕 | 女 | 1985-08-04 | 职员 | 2800 | 5 |
| 李子英 | 女 | 1982-04-25 | 职员 | 3000 | 9 |
| 林子声 | 女 | 1986-05-23 | 职员 | 2800 | 4 |
| 刘玲 | 女 | 1985-06-03 | 职员 | 2800 | 5 |
| 刘子兵 | 男 | 1984-07-25 | 职员 | 3500 | 6 |
| 王林忆 | 男 | 1988-04-03 | 职员 | 2200 | 3 |

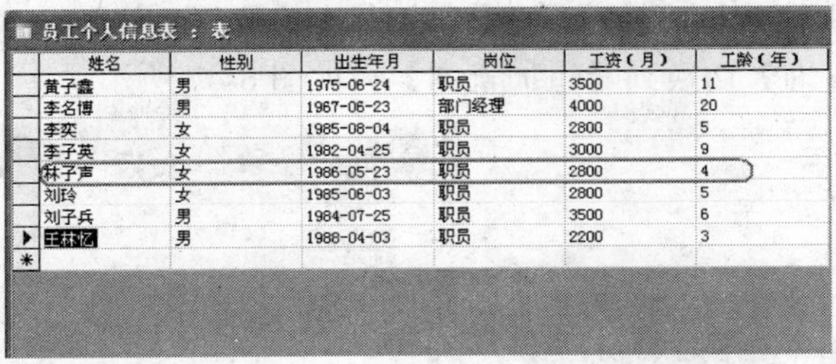

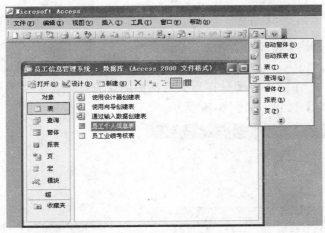

图 6-42 员工信息追加

（2）打开“员工个人信息表”后，单击【新对象：自动窗体】按钮，在其下拉菜单中选择【查询】命令，如图 6-43 所示。

图 6-43 新加信息查询

（3）在【新建查询】对话框中选择【设计视图】选项并单击【确定】按钮，如图 6-44 所示。

（4）选择【查询】菜单中的【追加查询】命令，如图 6-45 所示。

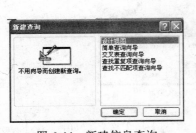

图 6-44 新建信息查询

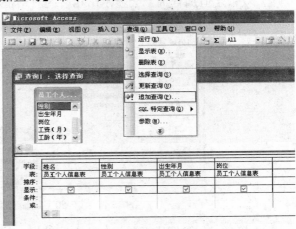

图 6-45 追加查询

（5）在【表名称】文本框中输入"女职工基本信息"，如图 6-46 所示。

（6）将【选择查询】切换到【追加查询】，如图 6-47 所示。

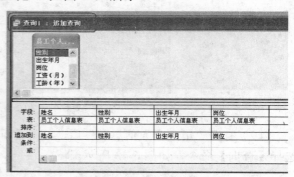

图 6-46 追加女职工基本信息　　　　　　　图 6-47 追加查询

（7）在【追加查询】窗口对条件进行修改：性别="女"，姓名="林子声"，如图 6-48 所示。

（8）单击保存，在弹出的【另存为】对话框的【查询名称】文本框中输入"追加查询"，并单击【确定】按钮，如图 6-49 所示。

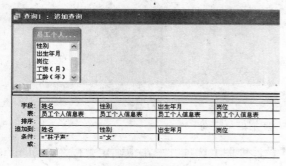

图 6-48 信息修改　　　　　　　　　　图 6-49 相关信息保存

（9）双击【追加查询】会显示出相应的对话框，单击【是】按钮，如图 6-50 所示。

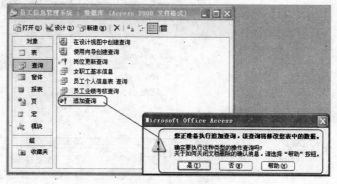

图 6-50 追加查询

（10）屏幕显示"您正准备追加 1 行"的提示信息，单击【是】按钮，如图 6-51 所示。

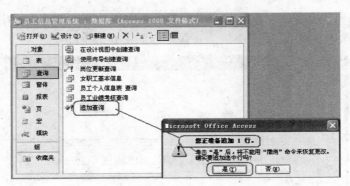

图 6-51　追加 1 行

（11）打开数据库中表的对象窗口，打开"女职工基本信息"表，看到一条记录被追加，如图 6-52 所示。

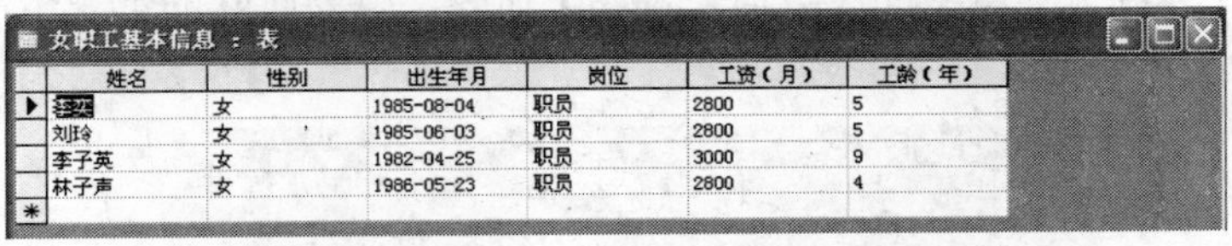

图 6-52　已追加信息显示

### 4. 删除查询

删除查询比较容易创建，能够实现从一个或者多个数据表中按照一定的删除条件来删除一条记录。同样，承接上例，下面以设计视图为例进行介绍，步骤如下：

（1）打开上例中的数据库文件，切换到【表】选项卡，选中【女职工基本信息】，然后单击【新对象：自动窗体】按钮，在其下拉菜单中选择【查询】命令，如图 6-53 所示。

（2）在弹出的【新建查询】对话框中选择【设计视图】选项，并单击【确定】按钮，如图 6-54 所示。

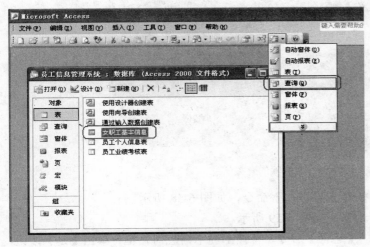

图 6-53　信息查询

图 6-54　新建查询

（3）将窗口中"女职工基本信息"表中的所有字段拉入下面的表格中，在"姓名"字段的【条件】中输入"Not'林子声'"并保存，如图 6-55 所示。

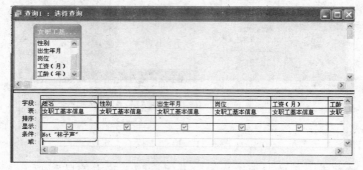

图 6-55　相关信息保存

（4）选择【视图】菜单中的【数据表视图】命令，将要删除的记录全部显示出来，如图 6-56 所示。

图 6-56　数据表视图

（5）共有 3 条要删除的记录，如图 6-57 所示。

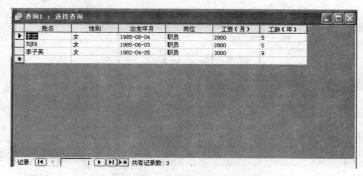

图 6-57　要删除的有关信息

（6）选择【查询】菜单中的【删除查询】命令，如图 6-58 所示。

（7）窗口显示为【删除查询】，如图 6-59 所示。

（8）选择【查询】菜单中的【运行】命令，将弹出提示信息对话框，单击【是】按钮，如图 6-60 所示。

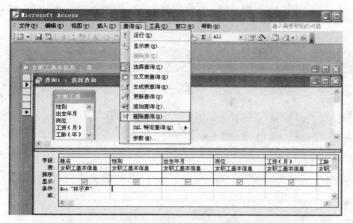

图 6-58　查询删除

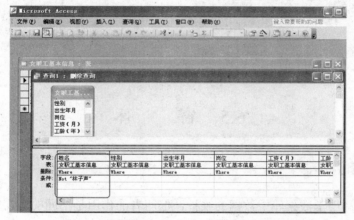

图 6-59　删除查询

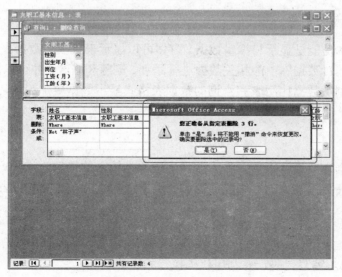

图 6-60　有关信息删除

（9）在表中显示已删除的 3 条记录，"女职工基本信息"表中只留下一条可显示记录，如图 6-61 所示。

图 6-61　有关信息显示

（10）最后回到【表】选项卡，打开"女职工基本信息"表，删除查询完成，显示结果如图 6-62 所示。

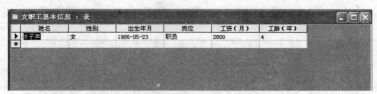

图 6-62　最后显示结果

# 6.5　窗　　体

## 6.5.1　窗体的功能

窗体和报表都用于数据库中数据的维护，但两者的作用是不同的。窗体主要用来输入数据，报表则用来输出数据。具体来说，窗体具有以下几种功能。

**1．数据的显示与编辑**

窗体的最基本功能是显示与编辑数据。窗体可以显示来自多个数据表中的数据。此外，用户可以利用窗体对数据库中的相关数据进行添加、删除和修改，并可以设置数据的属性。用窗体来显示并浏览数据比用表和查询的数据表格式显示数据更加灵活，不过窗体每次只能浏览一条记录。

**2．数据输入**

用户可以根据需要设计窗体，作为数据库中数据输入的接口，这种方式可以节省数据输入的时间并提高数据输入的准确度。窗体的数据输入功能，是其与报表的主要区别。

**3．应用程序流控制**

与 VB 窗体类似，Access 2003 中的窗体也可以与函数、子程序相结合。在每个窗体中，用户可以使用 VBA 编写代码，并利用代码执行相应的功能。

**4．信息显示和数据打印**

在窗体中，可以显示一些警告或解释信息。此外，窗体也可以用来执行打印数据库数据的功能。

## 6.5.2　创建窗体

在 Access 2003 中创建窗体的方法有两种：使用设计器创建窗体、使用向导创建窗体，用户可以根据自己的需要选择其中任意一种方式来创建窗体。下面以使用设计器为例创建一个"松山物流公司员工信息表"窗体。

（1）打开【员工信息管理系统】选择【窗体】选项卡，单击【新建】按钮，如图 6-63 所示。

（2）在弹出的【新建窗体】对话框（如图 6-64 所示）中的数据来源表或者查询下拉列表框中，选择【员工基本信息表】。

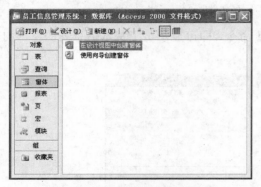

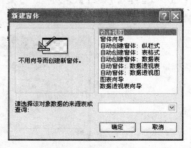

图 6-63　新建员工信息管理系统　　　　　　图 6-64　新建员工基本信息表

（3）屏幕显示出【员工基本信息表】的所有字体段，将所有字段按自己的要求拉入主体窗口中，如图 6-65 所示。

（4）在主体空白处单击右键，在弹出的快捷菜单中选择【窗体页眉/页脚】命令，如图 6-66 所示。

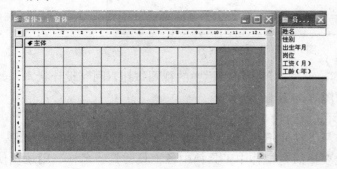

图 6-65　有关字体段　　　　　　　图 6-66　选择【窗体页眉/页脚】命令

（5）将所有字体拖入主体窗口后，保存该窗体为"员工基本信息表"，单击【确定】按钮，如图 6-67 所示。

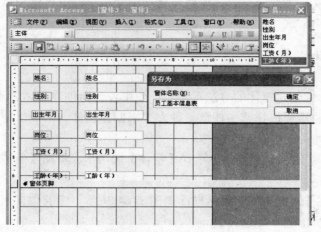

图 6-67　另存文件

（6）选择【视图】菜单中的【窗体视图】命令，即可显示员工基本信息表的窗体内容，如图 6-68 所示。

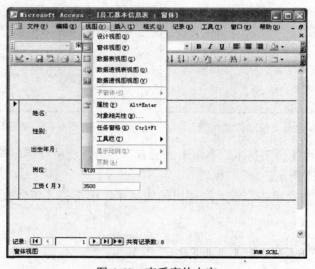

图 6-68　查看窗体内容

（7）若要修改该窗体的内容，可再次单击工具栏中的视图按钮，回到设计状态，如要在窗体页眉中添加一个标题，如图 6-69 所示。

（8）最终效果如图 6-70 所示。

因使用向导创建窗体比较容易，在此不再赘述，大家可以按照软件提示自己练习。在使用设计视图创建窗体时，一定要搞清楚窗体中工具箱中各工具的具体名称、用途及使用方法，如图 6-71 和表 6-2 所示。

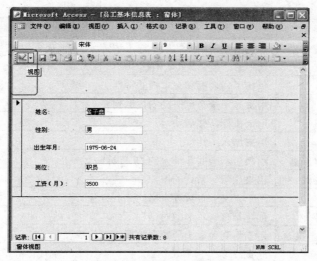

图 6-69　添加标题

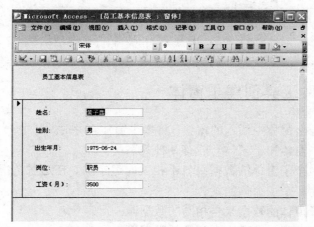

图 6-70　最终效果

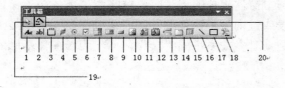

图 6-71　工具箱

表 6-2　工具箱中各工具的名称及用途

| 序　号 | 名　称 | 用　途 |
|---|---|---|
| 1 | 标签 | 创建文本框控件以显示文本、数字、日期、时间和备注等字体段 |
| 2 | 文本框 | 在窗体、报表或数据访问页上显示输入或编辑数据，也可接受计算结果或用户输入 |
| 3 | 选项组 | 显示一组限制性的选项值 |
| 4 | 切换按钮 | 当表内数据具有逻辑性时，用来帮助数据的输入 |

| 序　号 | 名　　称 | 用　　途 |
|---|---|---|
| 5 | 选项按钮 | 与切换按钮类似，属单选 |
| 6 | 复选框 | 选中时，值为 1，取消选中时，值为 0。属多选 |
| 7 | 组合框 | 包括了列表框和文本框的特性 |
| 8 | 列表框 | 用来显示一个可滚动的数据列表 |
| 9 | 命令按钮 | 用来执行某些活动 |
| 10 | 图像 | 用来加入图片 |
| 11 | 非绑定对象框 | 用来显示一些非绑定的 OLE 对象 |
| 12 | 绑定对象框 | 用来显示一系列的图片 |
| 13 | 分页符 | 用于定义多页数据表格的分页位置 |
| 14 | 选项卡控件 | 创建带有选项卡的对话框 |
| 15 | 子窗体/子报表 | 用于将其他表中的数据放置在当前报表中 |
| 16 | 直线 | 画直线 |
| 17 | 矩形 | 画矩形 |
| 18 | 其他控件 | 显示 Access 2003 所有已加载的其他控件 |
| 19 | 选择对象 | 对现有的控件进行选择，调整大小、移动和编辑 |
| 20 | 控制向导 | 激活后，帮助为新建的控件设置控件属性 |

## 6.5.3　使用控件工具创建子窗体

子窗体是指在一个窗体中插入的窗体。将多个窗体合并时，其中一个窗体作为主窗体，其余作为子窗体。主窗体和子窗体一般有 3 种关系：

- 主窗体中多个子窗体的数据来自不相关的记录源。在这种情况下，非结合型主窗体只是作为多个子窗体的集合。
- 主窗体和子窗体的数据来自相同的数据源。
- 主窗体和子窗体的数据来自相关的数据源。

当子窗体只显示与主窗体相关的记录时，意味着主窗体和子窗体是同步的。要实现同步，作为窗体基础的表或查询与子窗体的基础表或查询之间必须是一对多的关系，即作为主窗体基础的表必须是一对多关系中的“一”，而作为子窗体基础的表必须是一对多关系中的“多”。

### 1. 在设计视图中创建子窗体

以下接上例利用设计视图创建一个子窗体。在设计视图中创建窗体首先要建立子窗体数据源，然后将数据源嵌套到主窗体中。

（1）打开原始文件，在【查询】选项卡中单击【新建】按钮，如图 6-72 所示。

（2）在【新建查询】对话框中选择【简单查询向导】选项，将“员工个人信息表”的所有可用字段移动到选定字段，单击【下一步】按钮，如图 6-73 所示。

（3）输入查询的名称“员工个人信息表 查询”，单击【完成】按钮，如图 6-74 所示。

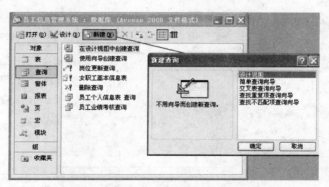

图 6-72　新建查询

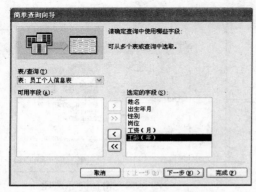

图 6-73　可用字段选项

图 6-74　员工个人信息查询

（4）弹出的员工信息表查询如图 6-75 所示。

图 6-75　弹出的员工信息表查询

（5）在弹出的表的空白处单击鼠标右键，在弹出的快捷菜单中选择【查询设计】命令，如图 6-76 所示。

（6）此时可切换到查询设计窗口，在"姓名"字段对应的【排序】属性下拉列表中选择【升序】，并保存，如图 6-77 所示。

（7）打开【新建窗体】对话框，选择【窗体向导】选项并单击【确定】按钮，如图 6-78 所示。

图 6-76　查询设计

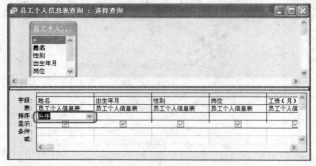

图 6-77　升序查询

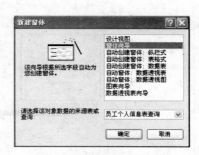

图 6-78　窗体向导选项

（8）在【窗体向导】对话框中，选定【姓名】和【岗位】两个字段，单击【下一步】按钮，如图 6-79 所示。

（9）在打开的【窗体向导】对话框中，选中【纵栏表】单选按钮，然后单击【下一步】按钮，如图 6-80 所示。

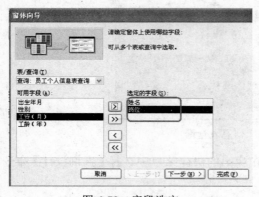

图 6-79　字段选定

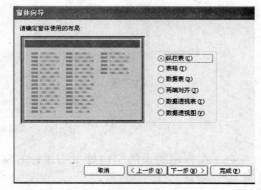

图 6-80　【纵栏表】选项

（10）选择确定所用标准样式为【标准】，单击【下一步】按钮，如图 6-81 所示。

（11）为窗体指定标题。输入窗体标题为"员工个人信息表子窗体"，同时打开窗体查看输入的信息，然后单击【完成】按钮，如图 6-82 所示。

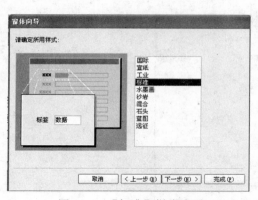

图 6-81　【标准】样式选项　　　　　　　　　图 6-82　窗体向导

（12）在打开的【员工个人信息表子窗体】窗口中查看到共有 8 条记录数，如图 6-83 所示。

图 6-83　【员工个人信息表子窗体】窗口

（13）为方便查看记录，我们将窗体调整大小后，看到页眉和页脚，在主体空白处单击右键，在弹出的快捷菜单中选择【属性】命令，如图 6-84 所示。

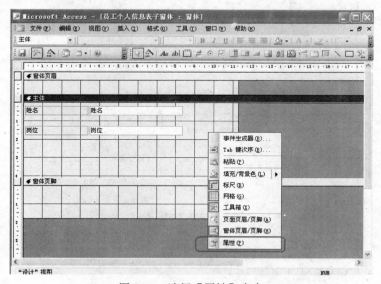

图 6-84　选择【属性】命令

（14）在打开的【窗体】对话框中，选择【导航按钮】属性，并将其选项改为【否】，然后关闭该对话框，如图 6-85 所示。

（15）选择子窗体的【视图】→【窗体页眉/页脚】命令，如图 6-86 所示。

（16）完成子窗体的创建，如图 6-87 所示。

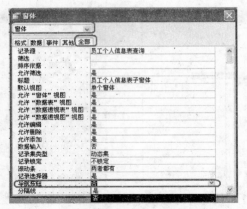

图 6-85　修改【导航按钮】选项

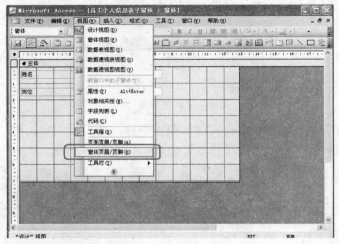

图 6-86　选择【窗体页眉/页脚】命令

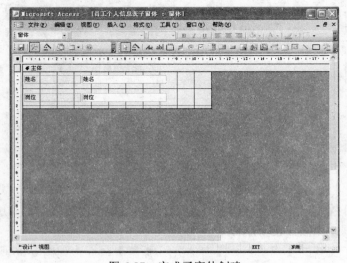

图 6-87　完成子窗体创建

**2. 将子窗体插入主窗体**

子窗体创建好后，需要将其插入到主窗体中去，使整个窗体信息显示更为完整。

（1）打开【员工基本信息表：窗体】窗口，在工具栏中单击【子窗体/子报表】按钮，在主窗体中拖出一个空白矩形区域，显示为未绑定，如图 6-88 所示。

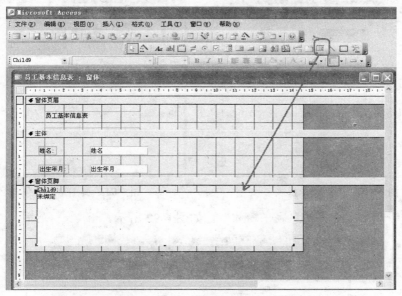

图 6-88　子窗体插入到主窗体（1）

（2）在矩形区域中单击鼠标右键，在快捷菜单中选择【属性】命令，如图 6-89 所示。

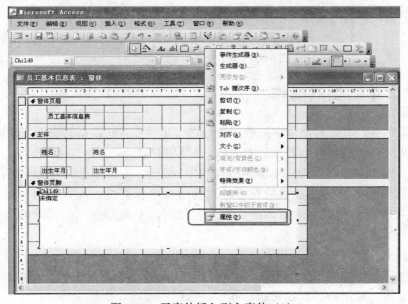

图 6-89　子窗体插入到主窗体（2）

（3）在属性面板中，输入对应的【名称】为"员工个人详细信息"，【源对象】为"表：员工个人信息表"，如图 6-90 所示。

（4）切换到【数据】选项卡，并在【链接子字段】和【链接主字段】中均选择【岗位】字段，保存后退出，如图 6-91 所示。

图 6-90　子窗体/子报表　　　　　　　　图 6-91　员工个人详细信息

（5）查看"员工个人信息表子窗体"，如图 6-92 所示。

图 6-92　员工个人信息表子窗体

## 6.5.4　窗体中数据的操作

创建完窗体后，可以对窗体中的数据进行进一步操作，如数据的查看、添加以及修改、删除等。除此之外，还可以对数据进行查找、排序和筛选等。

在窗体的操作中，有些操作不会更改窗体中的记录，当然也就不会更改创建窗体所依据的表或查询中的数据，如数据的查看、数据的排序和查找；而有些操作则会更改窗体中的数据，从而也会更改创建窗体所依据的表或查询中的数据，如记录的添加、删除和修改。

窗体视图工具栏如图 6-93 所示。

其中，主要的特殊操作按钮有：设计视图、升/降序、按选定内容筛选、按窗体筛选、应用筛选、查找、新记录、删除记录、属性、数据库窗口、新对象等。

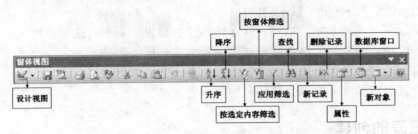

图 6-93　窗体视图工具栏

**1. 按选定内容筛选**

在窗体中选定某个数据的部分或全部，单击此按钮，屏幕可显示符合选定内容的所有记录。

**2. 按窗体筛选**

在弹出的对话框中单击任一字段名，会出现一个【▼】按钮，单击此按钮，即在下拉列表中显示窗体中该字段对应的所有值，供用户选择。

**3. 应用筛选**

在建立筛选后，单击【应用筛选】按钮，可以进行筛选。再次单击，返回。

**4. 新记录**

单击【新记录】按钮，系统将窗体中所有字段对应值置空，当前记录号加 1，可用于添加记录。

**5. 删除记录**

选择要删除的记录后，单击【删除记录】按钮，将删除所选的记录，且窗体自动显示下一条记录。

利用工具栏上的各按钮，可以很方便地对数据进行各种操作。

# 6.6 报　表

## 6.6.1 报表的功能

报表是查阅和打印数据的方法，与其他打印数据的方法相比，具有以下两个优点：

（1）报表不仅可以执行简单的数据浏览和打印功能，还可以对大量原始数据进行比较、汇总和小计。

（2）报表可以生成清单、订单及其他所需的输出内容，从而可以方便有效地处理商务。

报表作为 Access 2003 数据库的一个重要组成部分，不仅可用于数据分组，单独提供各项数据和执行计算，还提供了以下功能：

（1）可以制成各种丰富的格式，从而使用户的报表更易于阅读和理解。

（2）可以使用剪贴画、图片或者扫描图像来美化报表的外观。

（3）可以通过页眉和页脚，在每页的顶部和底部打印标识信息。

（4）可以利用图表和图形来帮助说明数据的含义。

## 6.6.2　报表的创建

在 Access 2003 中，创建报表的方法有两种：使用向导创建报表、使用设计视图创建报表。用户可以根据自己的需要选择其中任意一种方式来创建报表。

### 1．使用向导创建报表

最简单的创建报表的方法是使用向导。在报表向导中，需要选择在报表中出现的信息，并从多种格式中选择一种格式以确定报表外观。与自动报表向导不同的是，用户可以用报表向导选择希望在报表中看到的指定字段，这些字段可来自多个表和查询，向导最终会按照用户选择的布局和格式，建立报表。

下面通过实例说明设计报表的步骤。

（1）打开原始数据库，切换到【报表】选项卡，单击【新建】按钮，如图 6-94 所示。

（2）在【新建报表】对话框中，选择【报表向导】选项，并在数据来源表中选择【员工个人信息表】，单击【确定】按钮，如图 6-95 所示。

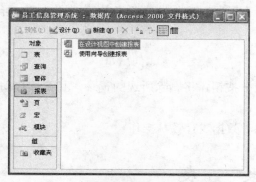

图 6-94　切换到【报表】选项卡

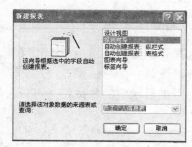

图 6-95　员工个人信息选项

（3）在报表向导中，将可用字段全部移入【选定的字段】，单击【下一步】按钮，如图 6-96 所示。

（4）将【姓名】设置为【优先级】，然后单击【下一步】按钮，如图 6-97 所示。

（5）将"岗位"字段按降序排列，如图 6-98 所示。

（6）确定报表的布局方式，可根据自己的需要来选择，然后单击【下一步】按钮，如图 6-99 所示。

（7）为报表设置一个样式，这里选用已有模板的【正式】样式，单击【下一步】按钮，如图 6-100 所示。

（8）在指定报表标题中输入"员工个人信息表"，并默认选中【预览报表】单选按钮，单击【完成】按钮，如图 6-101 所示。

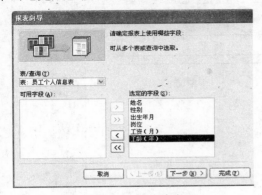

图 6-96 选定字段

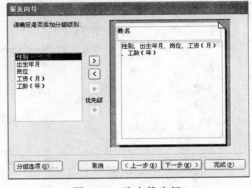

图 6-97 选定优先级

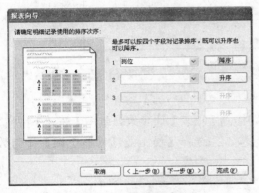

图 6-98 字段排序

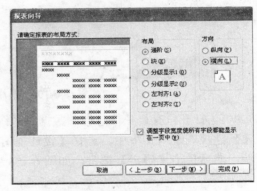

图 6-99 选定报表布局

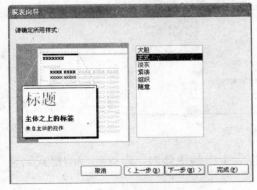

图 6-100 选定报表样式

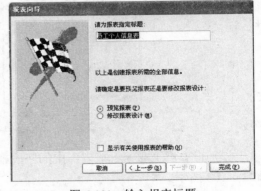

图 6-101 输入报表标题

最后完成的报表样式如图 6-102 所示。

## 2. 使用设计视图创建报表

要在设计视图中创建报表，首先要创建报表的数据源，下面以前例中已有的数据表作为数据源进行讲解。

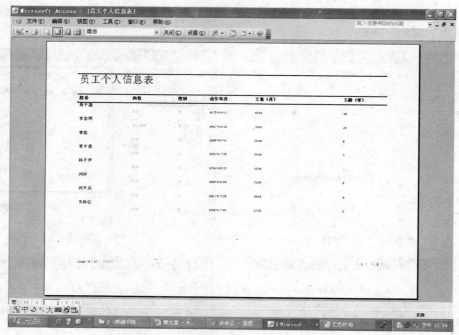

图 6-102　最终生成的报表样式

（1）打开原有员工信息管理数据库系统，切换到【报表】选项卡，单击【新建】按钮，在【新建报表】对话框中，选择【设计视图】选项，并选择【员工业绩考核查询】作为数据源，然后单击【确定】按钮，如图 6-103 所示。

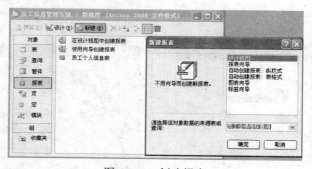

图 6-103　创建报表

（2）将"员工业绩考核表"中的字段拖入报表 1 中的主体内，做好相关的格式调整，如图 6-104 所示。

（3）选择【视图】→【报表页眉/页脚】命令，如图 6-105 所示。

（4）添加报表的页眉/页脚，如图 6-106 所示。

（5）在报表的主体空白处单击鼠标右键，在弹出的快捷菜单中选择【属性】命令，在打开的对话框中将数据中的【记录源】设置为【员工业绩考核查询】，如图 6-107 所示。

（6）在【节：报表页眉】对话框中，选择【名称】下拉列表中的【报表页眉】，并将【背景色】选择为蓝色或者输入"16744448"，如图 6-108 所示。

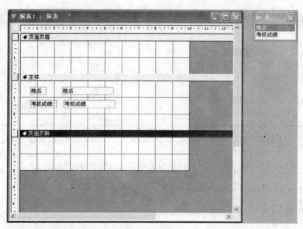

图 6-104　拖入字段

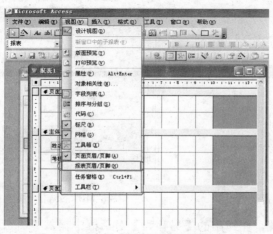

图 6-105　选择【报表页眉/页脚】命令

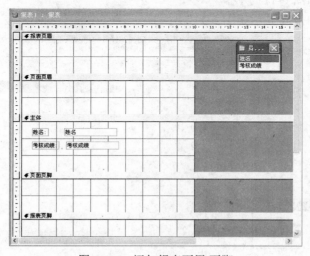

图 6-106　添加报表页眉/页脚

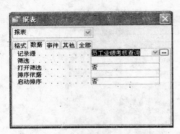

图 6-107 【记录源】设置

图 6-108 背景色选项

（7）用同样的方法，将页面页脚的背景色设置为"16744448"，如图 6-109 所示。

（8）在页面页眉中插入文字标签，并输入"员工业绩考核报表"，将字体设置为宋体、22 号字、红色，如图 6-110 所示。

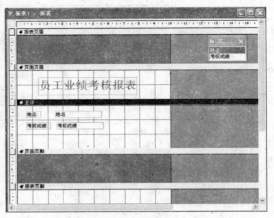

图 6-109 页眉/页脚背景色设置

图 6-110 页眉/页脚中插入文字标签

（9）保存所有设置，在弹出的【另存为】对话框中输入"员工业绩考核报表"，并单击【确定】按钮，如图 6-111 所示。

（10）完成后的报表显示如图 6-112 所示。

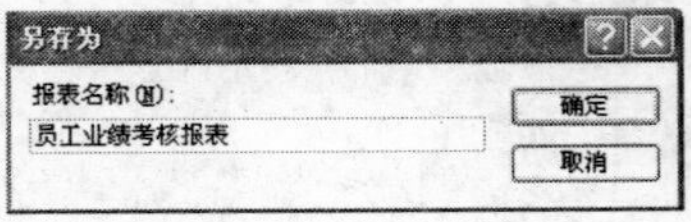

图 6-111 设置保存

图 6-112 完成后的报表

## 6.7　案例解析——利用 Access 和 Web 创建一个报名系统

案例：李煜是学院体育协会的学生干部，经常要组织一些体育项目的报名和比赛，但每次都要先指定报名点，然后接受参赛同学的报名，这种方式太耗费精力，随着校园网络的基本普及，他考虑通过网上报名的形式完成报名工作。正好，刘星是他们寝室的电脑高手，他请刘星为其设置一个自动报名系统。刘星经过一段时间的思考，决定用 Access 解决这一难题。

要用 Access 2003 创建一个参赛报名系统，首先要对报名系统的表结构进行设定，确定好报名表的字段属性，如字段名称、字段类型及长度等，然后创建表，利用所创建的表创建窗体，然后设定成访问页，方便数据的输入和操作。

### 1．创建报名表

一个报名系统，首先要能获取参赛者的报名信息，在 Access 中可以通过建表来实现。

（1）打开 Access，新建一个名为"学生体育比赛报名系统"的数据库，如图 6-113 所示。

（2）打开数据库，切换到【表】选项卡，选择【使用设计器创建表】选项，如图 6-114 所示。

图 6-113　新建数据库

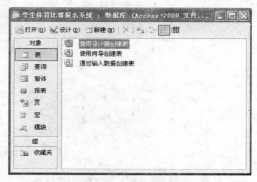

图 6-114　【表】选项卡

（3）表设计器中，输入报名表的字段，如学院名称、系别、专业名称、班级、学号、姓名、性别、联系电话、邮箱、QQ，所有字段的属性均为文本，字段长度可根据自己的需要来调整。输入完成后，保存，如图 6-115 所示。

（4）在【另存为】对话框的【表名称】中输入"学生个人情况表"，单击【确定】按钮，完成报表创建，如图 6-116 所示。

### 2．创建窗体

为了方便学生通过计算机输入信息，我们把创建的表建成一个窗体，通过窗体来提高输入效率。

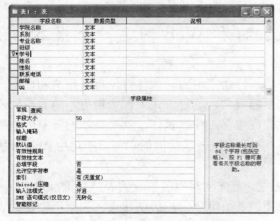

图 6-115　输入报表字段内容　　　　　　　　图 6-116　完成报表创建

（1）在【学生体育比赛报名系统】数据库窗口中，切换到【窗体】选项卡，选择【使用向导创建窗体】选项，在窗体向导中将"学生个人情况表"中的可用字段全部移入选定的字段，如图 6-117 所示。

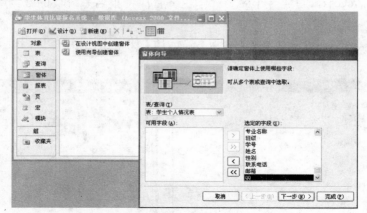

图 6-117　选定字段

（2）在窗体向导中选择布局方式为【纵栏表】，单击【下一步】按钮，如图 6-118 所示。

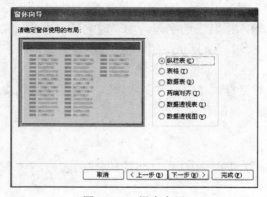

图 6-118　报表布局

（3）在窗体向导中选择所用样式为【宣纸】，单击【下一步】按钮，如图 6-119 所示。

（4）在【请为窗体指定标题】文本框中输入"学生个人情况表"，单击【完成】按钮，如图 6-120 所示。

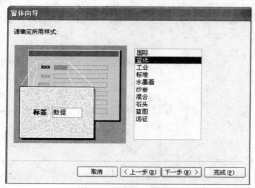

图 6-119 选定样式

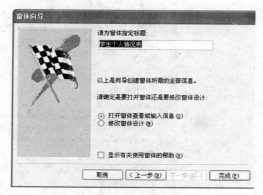

图 6-120 输入报表标题

（5）弹出学生体育比赛报名表的窗体如图 6-121 所示。

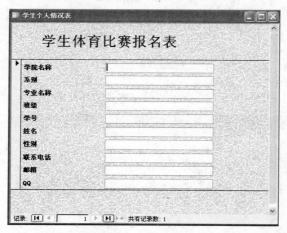

图 6-121 比赛报名表

（6）为了能让这个窗体在 IE 中显示出来，选择【文件】→【另存为】命令，如图 6-122 所示。

（7）在【另存为】对话框中将此表保存为"学生个人情况表 1"，在【保存类型】下拉列表框中选择【数据访问页】，然后确定，如图 6-123 所示。

（8）查看存为数据页的文件，在编辑状态打开"学生个人情况表 1"并对其中的控件进行修改，以达到所要求的标准，如图 6-124 所示。

（9）打开文件后，删除如图 6-125 所示的【删除】按钮。

（10）最后形成的报名表的窗口如图 6-126 所示，可以在这个窗口输入数据，保存后，再回到此数据库的原文件，打开其中的数据表文件便可以导出所有的数据。

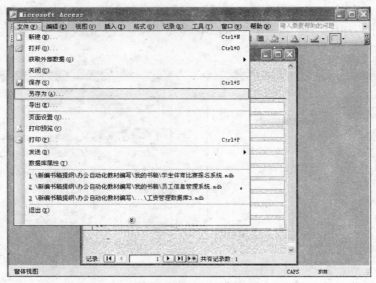

图 6-122　保存报表

图 6-123　保存类型选定

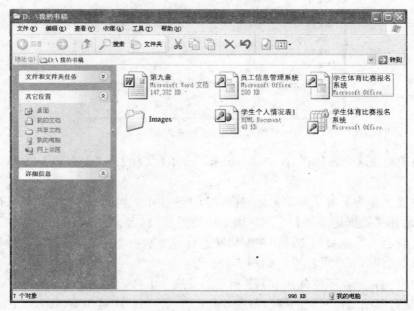

图 6-124　文件查看

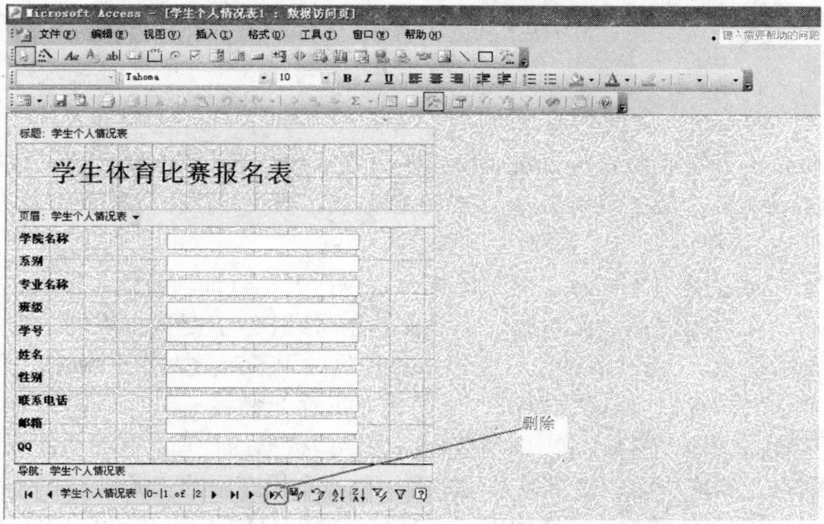

图 6-125　删除有关内容

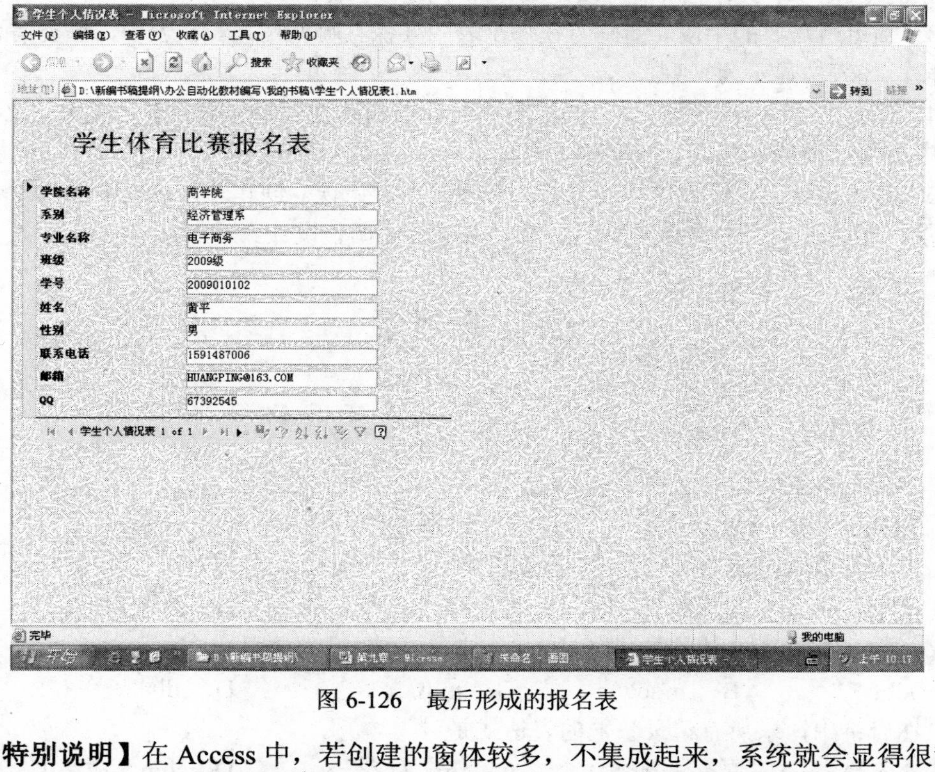

图 6-126　最后形成的报名表

　　【特别说明】在 Access 中，若创建的窗体较多，不集成起来，系统就会显得很散，为了保持完整性，需要使用窗体集成的方法，将这些对象集成在一起，形成一个完整的系统。窗体集成要通过【宏】选项卡来完成，通过"宏"的操作可以建立一个完整的系统界面，关于宏中的具体操作在本书中不再详细述说。

# 本 章 小 结

本章主要介绍了使用 Access 2003 创建数据库的方法。6.1 节主要介绍了数据库的基本概念；6.2~6.6 节主要介绍了使用 Access 2003 创建表、查询、窗体和报表的方法；6.7 节详细介绍了如何通过 Access 2003 来解决实际问题。

Access 2003 数据库是所有相关对象的集合，包括表、查询、窗体、报表、宏、模块、Web 页等。每一个对象都是数据库的一个组成部分，其中，表是数据库的基础，它记录数据库中的全部数据内容。而其他对象只是 Access 提供的用于对数据库进行维护的工具而已。

通过本章学习，我们可以总结出建立数据库的几个步骤：

（1）明确建立数据库的目的。即用数据库做哪些数据的管理，有哪些需求和功能。然后再决定如何在数据库中组织信息以节约资源，怎样利用有限的资源以发挥最大的效用。

（2）确定所需要的数据表。在明确了建立数据库的目的之后，就可以着手把信息分成各个独立的主题，每一个主题都可以是数据库中的一个表。

（3）确定所需要的字段。即确定在每个表中要保存哪些信息。在表中，每类信息称作一个字段，在表中显示为一列。

（4）确定关系。分析所有表，确定表中的数据和其他表中的数据有何关系。必要时，可在表中加入字段或创建新表来明确关系。

（5）改进设计。对设计进一步分析，查找其中的错误。创建表，在表中加入几个实际数据记录，看能否从表中得到想要的结果。需要时可调整设计。

# 练习及训练

## 一、选择题

1. 下列不属于数据的是（　　　）。

A. 电影　　　　　B. 磁盘　　　　　C. 动画　　　　　D. 音乐

2. 以下不是 Access 2003 数据库对象的是（　　　）。

A. 窗体　　　　　B. 查询　　　　　C. 报表　　　　　D. 视图

3. Access 数据库文件的扩展名是（　　　）。

A. .dbf　　　　　B. .mdb　　　　　C. .mdf　　　　　D. .dbt

4. 在查询中，求所有记录条数的表达式是（　　　）。

A. avg(*)　　　　B. count(*)　　　　C. first（学号）　　　　D. sum（成绩）

5. 下面关于主键的叙述正确的是（　　　）。

A. 表中的主键的数据类型必须是文本或自动编号

B. 表中的主键可以是一个或多个字段

C. 不同的记录可以具有重复的主键值或空值

D．在一个表中的主键只可以是一个字段

## 二、简答题

1．什么是数据库及数据库管理系统？

2．数据库的分类有哪些？

3．Access 2003 的对象组成主要有哪些？

## 三、实训题

实训目的：

1．掌握数据表的建立及表间关联的操作

2．掌握数据窗体的建立及格式美化

3．掌握多种数据查询的建立、设计及使用

4．掌握报表的输出

实训要求：

请以某资源开发公司为例，用 Access 2003 建立一个客户、订单、产品、雇员管理的小型数据库。

实训指导：

1．在公司数据库建设中，首先要明确建库的目的，充分了解公司建立此系统的需求。在本项目中，基本数据包括雇员资料、产品资料、订单资料及客户资料。所有资料的字段可以由学生根据公司需求自行设定

（1）雇员资料主要指公司中有哪些雇员及其自然情况（何时被聘）、工作情况（销售业绩）等。

（2）产品资料主要指公司中有哪些产品及其种类、单价、库存量、定货量等。

（3）订单资料主要指公司中订单的来源、所定产品的名称、定货量等。

（4）客户资料主要指公司有哪些客户，客户的姓名、地址、联系方式及有何订货要求等。

2．根据基本数据资料确定数据表

（1）确定表名称及表内容。客户表，存储客户信息；雇员表，存储雇员信息；产品表，存储产品信息；订单明细表，存储客户订单信息。

（2）确定表中具体段的字段信息。

（3）确定表间关系，选定合适的主键，建立表间关联。

3．利用所给表信息，建立相应的窗体，并为窗体设定统一的格式

4．根据系统要求，创建相应的报表并输出

5．集成窗体，形成一个完整的数据库管理系统

# 第7章 网络办公

## 学 习 目 标

**知识目标：**

- 掌握计算机网络的拓扑结构及组成部分，了解局域网、广域网、网络安全的基本知识；
- 掌握办公局域网上资源共享、搜索与下载网络资源的操作方法，了解电子邮件的基本结构，掌握收发邮件、杀毒软件的使用方法；
- 了解视频会议的系统终端界面、各个组成部分及特点；
- 了解电子政务与电子商务的区别，掌握无线互联网、手机上网、物联网的基本知识。

**能力目标：**

- 通过学习计算机网络的拓扑结构和组成、局域网、广域网、网络安全的基本知识，掌握计算机网络的基本知识；
- 通过学习设置共享及使用 Internet 上的资源，达到有效运用网络资源的能力；
- 通过学习杀毒软件的使用及防火墙的设置，进一步掌握网络安全的相关内容。

## 7.1 网络的介绍

### 7.1.1 网络的组成

计算机网络是一个非常复杂的系统，它通常由计算机系统、数据通信系统及网络软件组成。下面分别介绍构成网络的主要部分。

**1. 计算机系统**

计算机系统主要完成数据信息的收集、存储、处理和输出，主要由服务器和工作站组成。服务器是网络的核心，进行网络资源管理、数据处理和网络控制，一般由一台速度快、存储量大的高档微机或专门设计的计算机（即专用的服务器）充当；工作站是连接到服务器的计算机，具有独立处理能力，共享服务器资源和网上的其他共享资源。工作站之间可以直接相互通信。

**2．数据通信系统**

数据通信系统主要由网卡、传输介质及网络的互联设备组成。网卡负责主机与网络的信息传输控制；传输介质是传输数据信号的物理通道，负责将网络中的多种设备连接起来。如双绞线、光纤、微波等；网络互联设备是网络互联的接口设备，常用的有集线器、路由器、网桥、交换机等。

（1）集线器。

集线器（Hub）是工作在物理层的连接设备，是一种特殊的中继器，能够提供多端口服务，也称为多口中继器。作为网络传输介质间的中央结点，集线器克服了介质单一通道的缺陷，其基本功能是信息分发，即把一个端口接收的所有信号向所有端口分发出去。一些集线器在分发之前将弱信号重新生成，一些集线器整理信号的时序以提供所有端口间的同步数据通信。在局域网中，常以集线器为中心，将所有的工作站与服务器用双绞线连接在一起，形成星型拓扑结构的局域网。

（2）路由器。

路由器（Router）是工作在网络层的连接设备，用于连接多个逻辑上分开的网络，完成数据从一个子网传输到另一个子网，即可以将两个网络连接在一起，组成更大范围的网络。路由器具有隔离广播帧、判断网络地址和选择路径的功能，能在多网络互联环境中建立灵活的连接，可用完全不同的数据分组和介质访问方法连接各种子网。

（3）网桥、交换机。

网桥（Bridge）和交换机（Switch）工作在数据链路层。网桥是用于将两个相似网络连接的设备，并可对网络的数据流进行简单管理，即它不但能扩展网络的距离和范围，而且可使网络具有一定的可靠性和安全性。例如，在如图 7-1 所示的网络中，当计算机 A 要传数据给计算机 B 时，网桥发现二者在同一区中，信号没有必要传到网络 2 中，因此网桥将阻止信号传送到网络 2 中。若计算机 A 要传送数据给计算机 C，网桥便让信号通过。

图 7-1　网桥连接的网络

交换机允许在多组端口间同时交换帧，相当于多个网桥在同时工作，实现了帧转发的并行操作。假设网桥和交换机的端口速率都是 10Mbit/s，网桥有两个端口，交换机有 $n$ 个端口，则网桥的容量仅 10Mbit/s，而交换机的容量可以达到 $5n$Mbit/s，即可以有 $n/2$ 对端口同时转发帧。

网桥和交换机都可以扩展网络的距离，减轻网络的负载，对于规模较大的局域网，可以采用网桥和交换机将网络划分成多个子网段，每个子网分别在一个冲突域中，以达减轻网络负担的目的。

### 3. 网络软件

网络软件是计算机网络的重要组成部分，是实现网络功能不可缺少的。网络软件包括网络协议和协议软件、网络通信软件、网络操作系统、网络管理及网络应用软件。

## 7.1.2 网络的拓扑结构

所谓拓扑，是一种以图的形式来表示点和线的关系的数学方法，它将所研究的实体对象抽象成与其大小、形状无关的"点"，而把实体之间的联系抽象成"线"。网络的拓扑结构是指抛开网络中的具体设备，把工作站、服务器等抽象为点，把网络中的通信介质抽象为线，即计算机网络结构是点和线组成的几何图形。目前，网络拓扑结构按形状可分为总线型、星型、环型、树型、网状型等。

### 1. 总线型拓扑结构

总线型拓扑结构是使用同一媒体或电缆连接所有端用户的一种方式，是局域网最常用的结构，如 10BSAE2、10BASE5 等。该结构将网上的所有设备连接在一条总线上，任何两台计算机之间不再单独连接，任何一个结点发送的数据都通过总线进行传播，任意时刻，只有一台计算机发送信息，其他计算机处于接收状态。总线型结构的网络是一种广播式网络，如图 7-2 所示。

总线型拓扑结构易于安装、结构简单、结点易于扩充；使用电缆少、组网费用低、设备相对简单；总线故障全网瘫痪；在同一时刻，只能有两台计算机通信，故障诊断困难；随着站点的增加，网络的效率会降低。

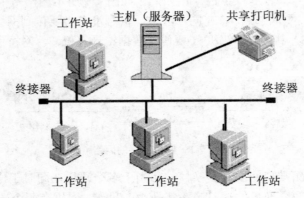

图 7-2　总线型拓扑结构

### 2. 星型拓扑结构

星型拓扑结构是局域网应用中最普遍的一种连接方式，如电话、企业网络等都采用星型结构。星型拓扑结构将多台计算机连在一个中心节点（如集线器）上，各计算机之间的通信必须通过中心节点。星型拓扑结构如图 7-3 所示。

星型拓扑结构的网络结构简单、便于管理和实现、节点扩展容易、容易检查和隔离故障；中心结点是全网的瓶颈，中心结点出现故障，会导致全网瘫痪；在星型拓扑结构中，每台主机均需物理线路与中央处理机互连，线路利用率低。

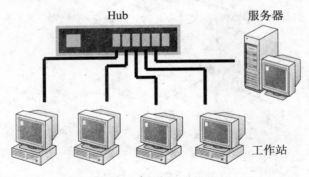

图 7-3　星型拓扑结构

### 3. 环型拓扑结构

在环型拓扑结构中，网络上的各个结点和通信线路连接成一个封闭的环。网上计算机共享通信介质，任意时刻只有一个计算机发送信息，信号沿环单向传递经过每一台计算机，每台计算机都接收信号，经再生放大后传给下一台计算机。如令牌环网、FDDI，整个网络发送的信息都在这个环中传递。星型拓扑结构如图 7-4 所示。

环型拓扑结构的结构简单、易于实现、传输控制机制比较简单；由于两台计算机间有唯一通路，没有路径选择问题，电缆长度短；结点较多时，其性能下降（但没有总线型那样严重）；扩充性能差；任何一个结点出现故障会造成整个网络的中断、瘫痪，故障诊断及维护困难。

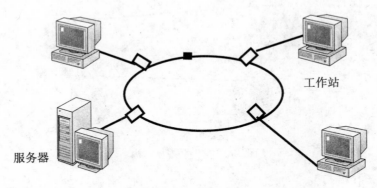

图 7-4　环型拓扑结构

### 4. 树型拓扑结构

树型拓扑结构是总线（星型）结构的拓展，也称扩展星型拓扑结构，是一种分层结构，适用于分级管理和控制的网络系统。树型拓扑结构连接容易、管理简单、维护方便、共享能力差、可靠性低。树型拓扑结构如图 7-5 所示。

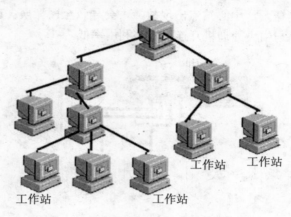

图 7-5　树型拓扑结构

**5. 网状型拓扑结构**

网状型拓扑结构是一种不规则的连接，结点之间的连接不唯一，是任意的。入网设备直接接入结点进行通信，通常一个结点与其他结点有两条以上的通路。一般用于地理范围大、入网主机多的环境，常用于广域网络和一些大型网络系统和骨干网，如帧中继、ATM等。网状型拓扑结构容错能力强，完整性和可靠性高，一条通路故障，可以经其他通路连接目的计算机；但组网费用高、布线困难。网状型拓扑结构如图 7-6 所示。

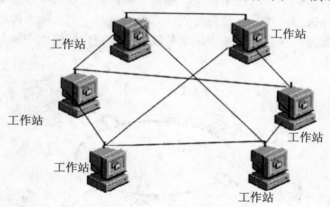

图 7-6　网状型拓扑结构

**6. 混合型拓扑结构**

混合型拓扑结构是一种不规则型的网络，由两种或两种以上的拓扑结构组合。也可以是点-点相连接的网络。

## 7.1.3　局域网概述

局域网 LAN（Local Area Network）是将小区域内的各种通信设备互连在一起的网络，其分布范围局限在一个办公室、一幢大楼或一个校园内，用于连接个人计算机、工作站和各类外围设备，实现资源共享和信息交换。与广域网相比，局域网具有以下特点：

（1）传送距离一般在几公里之内，用于办公室、机关、企业、学校等单位的内部联网。

（2）传输速率高。局域网的传输速率一般为 10~1000Mbit/s，误码率较低，一般在 $10^{-8}$~$10^{-11}$ 之间，几乎可以忽略不计。

（3）连接费用低，数据传输可靠，容易组网、维护和管理等。

（4）局域网可以采用多种传输介质（如同轴电缆、双绞线、光纤等）建立单位内部的专用线路，而广域网一般采用公用线路或专用线路（如公用电话网、公用数据网等）建立。

决定局域网的主要技术因素是局域网的拓扑结构、介质访问控制方法和传输介质。其中，局域网的拓扑结构有总线型、环型、星型结构；介质访问控制方法控制网络节点何时能够发送数据，IEEE 802 规定了局域网中最常用的介质访问控制方法，包括 IEEE 802.3 的载波帧听多路访问/碰撞检测（CSMA/CD）、IEEE 802.5 的令牌环网（Token Ring）、IEEE 802.4 的令牌总线（Token Bus）；传输介质分为有线传输介质和无线传输介质两类，常用的有线传输介质有同轴电缆（Coaxial Cable）、双绞线（Twisted Pairwire）、光纤，无线传输介质有广播无线电波、微波、红外线等。

## 7.1.4 广域网概述

### 1. 广域网的定义

广域网 WAN（Wide Area Network）也称远程网，其联网设备分布范围广，一般从数公里到数百、数千公里。广域网面向的是一个行业或全社会，即网络所涉及的范围可以是市、地区、省、国家，乃至整个世界范围。常常借用公共传输或专用线路（如公用电话网、公用数据网、卫星等）来实现。此外，因传输距离远，且依靠传统的公共传输网，所以错误率较高。广域网如图 7-7 所示。

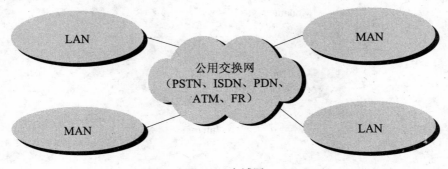

图 7-7 广域网

### 2. 广域网的主要特征

广域网具有以下主要特征：

（1）在地理覆盖范围上，广域网传输距离广，一般在几十公里以上，用于互连广大地理范围的局域网、城域网。

（2）适应大容量与突发性通信的要求，适应综合业务服务的要求。

（3）开放的设备接口与规范化的协议。

（4）在传输方式上，广域网由于实现远距离的数据通信，通常采用载波形式进行频带传输或光传输，具有完善的通信服务与网络管理。

**3. 常见的广域网设备**

常见的广域网设备包括路由器、广域网交换机、调制解调器和通信服务器等。其中，路由器是网络层的设备，实现不同网络之间的互连；广域网交换机是数据链路层的多端口存储转发设备，实现的是广域网数据链路层协议帧的转发，它有不同的种类，如帧中继交换机、X.25 交换机、光交换机等；调制解调器是实现数字信号和模拟信号转换的设备；通信服务器用于对广域网用户的身份进行合法性验证并提供服务策略。

## 7.1.5　Internet 的上网方式

**1. 常见的 Internet 上网方式**

常见的 Internet 上网方式有通过电话网接入、利用 ADSL 接入、使用 DDN 专线接入、通过有线电视网接入。

（1）通过电话网接入。

电话是人们日常生活中最常用的通信设备，借助电话网接入 Internet 是早期用户（尤其是单机用户）最常用的接入方法。用户的计算机与远程访问服务器通过调制解调器（Modem）与电话网相连。电话线路是为传输音频信号而建设的，计算机输出的数字信号不能直接在普通的电话线路上进行传输。调制解调器在通信的一端负责将计算机输出的数字信号转换成普通电话线路能够传输的声音信号，另一端将从电话线路上接受的声音信号转换成计算机能够处理的数字信号，如图 7-8 所示。

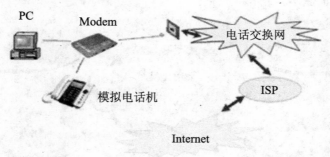

图 7-8　通过电话网接入 Internet

一条电话线在一个时刻只能支持一个用户接入，如果要支持多个用户接入，ISP 端必须提供多条电话线。为了管理方便，通常支持多个用户同时介入的 ISP 使用一种称为调制解调器池的设备，将多个调制解调器装入一个机架式的箱子中，进行统一管理和配置。

电话拨号线路的传输速率较低，目前线路的最高传输速率可达 56kbps，而质量较差的电话线路的传输速率可能会较低，因而电话拨号线路比较适合家庭使用。

（2）利用 ADSL 接入。

由于电话线路的数据传输速率很低，利用电话线路接入 Internet 已经不能适应传输大量多媒体信息的要求，人们开始应用非对称数字用户线路（ADSL）。即在一根电话线上同时提供 POTS（普通电话业务）和数据业务。ADSL 的数字信道提供不对称速率，分为上行和下行两个通道，下行通道的数据传输速率远远大于上行通道的数据传输速率，这就是所谓的"非对称"。ADSL 使用比较复杂的调制解调技术，在普通电话线路上进行高速的数据传输。

由于 ADSL 传输速率高，不仅适用于将单台计算机接入 Internet，而且可以将一个局域网接入 Internet，目前市面上销售的大多数 ADSL 调制解调器不但具有调制解调器的功能，而且具有网桥和路由器的功能，使单机接入和局域网接入都变得非常容易。ADSL 所需要的电话线资源分布广泛，具有费用低廉、无需重新布线和建设周期短的特点，适合家庭和中小型企业的 Internet 接入需求。

ADSL 用户端设备安装包括单用户 ADSL Modem 直接连接、多用户 ADSL Modem 连接、小型网络用户通过 ADSL 路由器直接连接计算机、大量用户通过 ADSL 路由器连接集线器等，大量用户通过 ADSL 路由器连接集线器如图 7-9 所示。

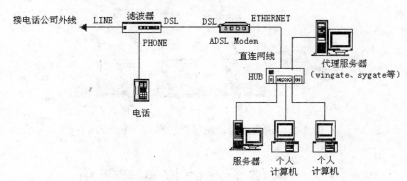

图 7-9　通过 ADSL 接入 Internet

（3）使用 DDN 专线接入。

数据通信网是专门为数据信息传输建设的网络，其种类繁多，如 DDN、ATM、帧中继等网络都属于数据通信网。这些数据通信网由电信部门建设和管理，用户可以租用。

DDN（Digital Data Network，数字数据网），是由光纤、数字微波或卫星等数字传输通道和数字交叉复用设备组成的，为用户提供高质量的数据传输通道，传输各种数据业务。DDN 专线入网可采用通过模拟专线和调制解调器入网、通过光纤电路入网等方式。DDN 专线一般用于大型局域网或提供 ISP 服务的局域网。用户的计算机内安装好专用的网络适配器，使用专用的网线（如光缆、双绞线等）连接到中央设备上，再通过路由器与远程的 Internet 连接，局域网的路由器是通过公共数据通信专线与 Internet 实现连接的。

（4）通过有线电视网接入。

除了电话网之外，还广泛使用有线电视网（Cable TV 或 CATV）与 Internet 连接。传统的有线电视网以同轴电缆作为传输介质。利用有线电视网进行数据传输的特点是数据容量大、传输速率高，上网、看电视两不误等。

**2. 通过路由器局域网共享接入 Internet**

通过路由器局域网共享接入 Internet 是把路由器的一端接在局域网上，另一端则与 Internet 上的连接设备相连。这种方式需要路由器为局域网上的每一台计算机分配一个 IP 地址，涉及的技术问题比较复杂，管理和维护的费用较高，而用于连接 Internet 的硬件设备成本也较高。此方式以硬件方式实现局域网共享上网，性能最好。目前，家庭宽带路由器价格比较便宜，性能和稳定非常高，是应用最广的一种共享方式。以某一案例为例，某外资企业的办事处，已经申请了 ADSL 接入服务，欲实现办公室中 4 台计算机共享 ADSL 上网，要求安装防火墙，接入 Internet 如图 7-10 所示。

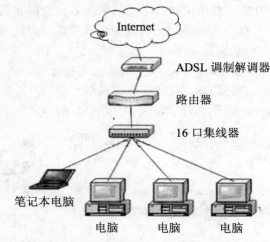

图 7-10  通过路由器局域网共享接入 Internet

# 7.2  网络资源的搜集与使用

## 7.2.1  办公局域网上的资源共享

资源共享是计算机网络的主要功能，Windows XP 提供了访问网络中其他计算机及其资源的功能，同时也可以使自己计算机上的资源供网络中其他计算机共享和使用。计算机网络中的资源，包括硬件资源和软件资源，硬件资源是指硬盘、光盘、打印机等；软件资源主要是指文件和数据。

所谓资源共享，即网络资源共同享有、共同使用，网络中的某用户，可以访问网络中其他计算机上的资源，如使用网络中其他计算机上的光驱、打印机和文件等。资源共享给用户带来极大的方便。

**1. 设置与访问共享文件夹**

（1）设置共享文件夹。

在本地磁盘（D：）中建立"学习资料"文件夹，设置为网络中的共享文件夹，方法

如下:

① 右击要共享的文件夹,在弹出的快捷菜单中选择【共享和安全】命令,此时弹出所共享资源的属性对话框,如图 7-11 所示。

② 选中【共享此文件夹】单选按钮,在下面的文本框中输入共享名,并添加注释。

③ 单击【权限】按钮,弹出设置权限的对话框,如图 7-12 所示,可以设置权限为完全控制、更改、读取。

④ 单击【确定】按钮,返回如图 7-11 所示的对话框,单击【确定】按钮,完成文件夹的共享设置。

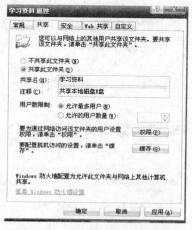
图 7-11　共享文件的属性窗口

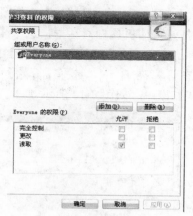
图 7-12　设置访问权限

(2)访问共享文件夹。

① 利用网上邻居进行访问。在桌面双击【网上邻居】图标选择【邻近的计算机】,显示已经登录网络的计算机名称,如图 7-13 所示。

图 7-13　邻近的计算机

② 选择要访问的计算机并双击其名称，显示该计算机中可共享资源的图标（可能有文件夹、打印机、硬盘等）。

③ 双击某共享文件夹的图标，即可将其打开并查看其中的文件和子文件夹。双击要访问的文件名，打开进行访问。

**2. 共享打印机**

共享打印机即安装网络打印机，例如在局域网的计算机 A 中安装了打印机，那么在计算机 B 中安装打印机的方法如下：

（1）在计算机 A 中，选择【开始】→【设置】→【打印机和传真】命令，打开【打印机和传真】窗口。右击要设置的打印机图标，在弹出的快捷菜单中选择【共享】命令。

（2）打开打印机属性对话框，选中【共享这台打印机】单选按钮，此时在【共享名】文本框中有一个共享名称，单击【确定】按钮。

（3）在计算机 B 中，选择【开始】→【设置】→【打印机和传真】命令，打开【打印机和传真】窗口，如图 7-14 所示。

图 7-14 【打印机和传真】窗口

（4）双击【添加打印机】图标，打开【欢迎使用添加打印机向导】对话框。单击【下一步】按钮，在出现的【本地或网络打印机】对话框中选中【网络打印机或连接到其他计算机的打印机】单选按钮，如图 7-15 所示。

（5）单击【下一步】按钮，打开【指定打印机】对话框，选中【连接到这台打印机（或者浏览打印机，选择这个选项并单击"下一步"】单选按钮，在【名称】文本框中输入计算机名称和打印机名称，如图 7-16 所示。

图 7-15 【本地或网络打印机】对话框　　　　图 7-16 【指定打印机】对话框

（6）单击【下一步】按钮，根据向导提示进行安装。最后单击【完成】按钮，当需要打印时，打开打印机对话框，就可自动调用网络打印机进行打印了。

**3. 设置局域网网络访问权限**

在公司局域网内，经常要共享一些文件夹，使其能够被访问，文件夹共享之后，局域网内所有的计算机都可以通过网上邻居访问共享的文件夹，但有时只想让部分用户访问该文件，就需在局域网中设置用户共享访问权限。下面从隐藏文件夹与隐藏自己的计算机两方面进行设置。

（1）隐藏文件夹。

如使其他用户无法通过网上邻居直接访问某个文件夹（例如"我的音乐"文件夹），可以将其隐藏起来，具体操作方法如下：

右击文件夹图标，在弹出的快捷菜单中选择【共享和安全】命令，在打开的对话框中选择【共享】选项卡，选中【共享该文件夹】单选按钮，在【共享名】文本框中输入共享的文件夹名"我的音乐"，并在文件夹名后添加一个半角的"$"字符，最后单击【确定】按钮保存设置，如图7-17所示。

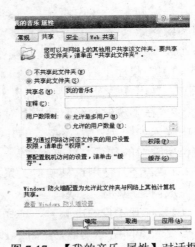

另一种方法是右击该共享文件夹，选择【重命名】命令，在该共享文件夹名称后添加一个半角的"$"字符（例如"我的音乐$"）。

经过上面的操作，其他用户打开【网上邻居】时，在网上邻居列表中将不会看到该共享文件夹。如希望某个用户访问该共享文件夹，只要告知共享文件夹的绝对路径即可，此路径的格式为"你的计算机名我的共享$"，只要将其输入到资源管理器的地址栏中，按【Enter】键即可进行访问。

图 7-17　【我的音乐 属性】对话框

**注意**：路径后面的"$"是必不可少的，如果少了该字符访问将不成功。

（2）隐藏自己的计算机。

上述方法是在局域网内隐藏一个特定的文件夹，如果想将自己的计算机也隐藏起来，可使用下面的操作方法：

① 选择【开始】→【运行】命令，在打开的【运行】对话框中输入"cmd"，打开命令窗口。

② 在命令窗口中输入"net config server/hidden:yes"，按【Enter】键即可，如图7-18所示。

这样，其他用户就无法从【网上邻居】中直接看到该计算机，只有通过在资源管理器地址栏中输入"计算机名"才能够访问。

但通过上面的方法只能在当前有效，每次重新启动系统后，需要重新运行该命令。如果希望将自己的计算机从网上邻居中永久隐藏，可以通过修改注册表来达到目的：打开注册表编辑器，在左侧窗口中展开"HKEY_LOCAL_MACHINE/SYSTEM/CurrentControlSet/Services/lanmanserver/Parameters"，在右侧窗口中找到 DWORD 类型值改为 1，按【F5】键刷新注册表即可。

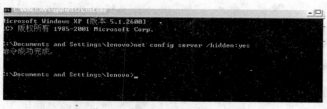

图 7-18　命令窗口

**4.　映射网络驱动器**

在局域网中，如果某个共享磁盘或者共享文件夹经常被访问，用户可以将此共享资源映射为网络驱动器，需要访问时，只需双击网络驱动器图标即可，如将本地磁盘（E：）共享资源映射为网络驱动器，具体操作方法如下：

（1）在桌面上右键单击【网上邻居】图标，选择【映射网络驱动器】命令（如图 7-19 所示），弹出【映射网络驱动器】对话框，如图 7-20 所示。

（2）在【映射网络驱动器】对话框中，选择网络驱动器号（如 Z:），在【文件夹】文本框中输入如图 7-20 所示格式的共享计算机名和共享文件夹名，也可以通过【浏览】按钮来定位所映射的共享文件夹。

（3）若经常使用这种映射关系，则选中【登录时重新连接】复选框，单击【完成】按钮，完成网络驱动器的映射。

（4）打开【我的电脑】，选择网络驱动器 Z:，使用该资源，验证映射的正确性。

若要断开网络驱动器，在图 7-19 所示的快捷菜单中选择【断开网络驱动器】命令即可。

图 7-19　映射命令

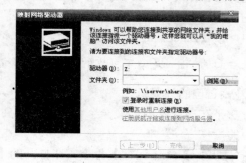

图 7-20　【映射网络驱动器】对话框

## 7.2.2　搜索网络资源

Internet 是一个巨大的信息库，用户可以利用搜索功能在其中查找需要的资料信息。如果在每个网页上慢慢查找，不仅会花费很多时间而且未必能找到所需的信息，但使用搜索功能则可以快速地查找所需信息。搜索引擎是 Internet 上的一个应用服务，是某些站点提供的用于网上查询的程序，可以帮助用户快速地寻找所需要的信息。

**1．常见的搜索引擎简介**

运用搜索引擎可以搜索所需的网站，也可以搜索所需的网页，甚至可以搜索包含特定文字的网页。针对不同的信息，可以使用不同的搜索引擎，要根据具体情况选择。如表 7-1所示列出了一些常用的搜索引擎名称和网址。

表 7-1　常见的搜索引擎名称和网址

| 搜索引擎名称 | 网　　址 | 简　　介 |
| --- | --- | --- |
| Google 搜索引擎 | http://www.google.com | 规模最大的搜索引擎 |
| 百度搜索引擎 | http://www.baidu.com | 功能最强大的搜索引擎 |
| 一搜搜索引擎 | http://www.yisou.com | 雅虎推出的搜索引擎 |
| 中国搜索 | http://www.zhongsou.com | 中国著名的搜索引擎 |
| 网易搜索引擎 | http://search.163.com | 中国三大门户网站之一 |
| 新浪搜索引擎 | http://cha.sina.com.cn | 中国三大门户网站之一 |
| 搜狐搜索引擎 | http://dir.sohu.com | 中国三大门户网站之一 |

**2．搜索引擎的使用方法**

（1）Google 搜索引擎。

Google 搜索引擎创立于 1997 年，是世界上规模最大的搜索引擎，以搜索精确度高、速度快成为最受欢迎的搜索引擎之一，同时，它向 Yahoo!、AOL 等其他目录索引和搜索引擎提供后台网页查询服务。

Google 搜索引擎分为网页、图片、新闻、论坛、网页目录等搜索类别，在浏览器的地址栏中输入 Google 网的网址 http://www.google.com.hk，即可打开 Google 搜索页面，查找 Foxmail 的邮件程序的界面如图 7-21 所示。

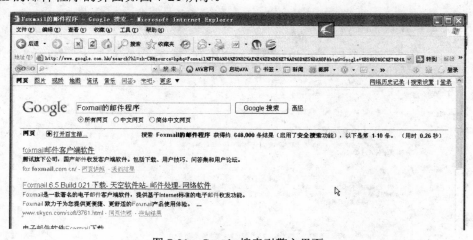

图 7-21　Google 搜索引擎主界面

（2）百度搜索引擎。

百度公司于 1999 年在美国硅谷成立。2001 年 1 月，百度公司在中国成立了百度网络技术（北京）有限公司。百度是国内最大的商业化全文搜索引擎，采用的是"蜘蛛"程序，其功能完备、操作简便、搜索快速、精度高。

百度搜索引擎可以搜索新闻、网页、贴吧、MP3、图片、网站等搜索类别。在浏览器的地址栏中输入百度网的网址 http://www.baidu.com，即可打开其搜索页面，在百度网中搜索与"计算机网络"有关的网页如图 7-22 所示。

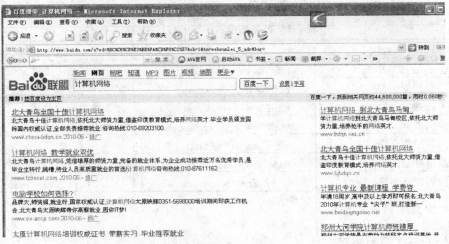

图 7-22　百度搜索引擎主界面

（3）一搜搜索引擎。

"一搜"是雅虎推出的一个中文搜索网站，使用了大量版面提供信息导航，在图片搜索和 MP3 搜索的首页尤为明显。在浏览器的地址栏中输入一搜网的网址 http://www.yisou.com，即可打开其搜索页面，查找一首名为"贝壳风铃"的 MP3 音乐的主页面如图 7-23 所示。

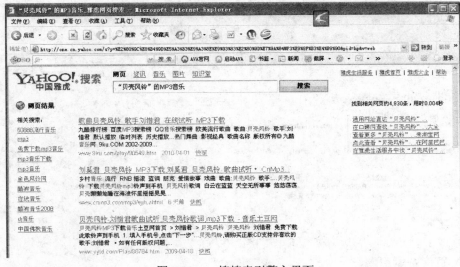

图 7-23　一搜搜索引擎主界面

**3．搜索引擎的使用技巧**

搜索引擎是处理信息的主流工具。在 WWW 上进行信息查找有 3 种方法，即基于超文本的信息查询、基于目录的信息查询、基于搜索引擎的信息查询，使用搜索引擎查询信息有如下几种方法。

（1）使用具体查询条件。

在查询时，要使用查找内容中比较特殊的短句或单词，输入的关键词或词组要尽可能多，尽可能精确，即查询条件要尽量具体，查询条件越精确、越具体，搜索所得的结果范围就越小，文档的相关性越强，就越容易找到需要的文档。比如查找有关"Word 高级排版的具体使用方法"的文章，可以输入查找内容"Word 高级排版"，但不要仅输入"Word"。两种查询所返回的搜索结果数量是不同的。第一种条件返回的搜索结果数量比第二种搜索条件返回的搜索结果数量少许多。

（2）使用布尔表达式。

使用布尔表达式（如和（And）、或（OR）、非（NOT））进行的检索称为布尔检索，不同的搜索引擎在布尔检索的具体表达式写法上有所差别，使得在使用布尔检索方式时，会出现一些错误，从而影响到返回的搜索结果。

（3）使用加号、减号连接符及"*"通配符。

需要确认搜索结果中包含所有查询的词，而不是一部分，就可以使用加号或是空格。如输入"+信息化+教育技术"，会找出包含关键词"信息化"与"教育技术"两方面的信息；但输入"信息化+教育技术"，检索的结果内容中一定包含关键词"教育技术"的信息，但不一定包含"信息化"的信息。

当需要在查询某个内容时，不希望在这个内容中包含另一个内容，可以使用减号。例如搜索所有包含关键词"搜索引擎"和"历史"但不含"文化"、"中国历史"的中文网页，可以输入"搜索引擎 历史 –文化 –中国历史"，注意，要在减号前留一个空格位。

在检索词末尾插入符号"*"，可以将相同词干的词全部检索出来，但"*"不能用在检索词的开始和中间。例如，输入检索词"information*"，可得到 informational、informationism、informationlization 等结果。

（4）使用短词组、短语检索。

搜索引擎提供了短词组、短语检索的功能。如查询"为什么天空是蓝色的"，可以输入"天空 蓝色"这一短语，就能够快速、直接地获得准确的信息回馈。在搜索引擎中，乘法的公式是："短语"。这一公式可以使搜索结果非常准确。即使是有分词功能的搜索引擎也不会对引号内的内容进行拆分。在很多搜索引擎中，这种查询又叫短语查询，或者专用词语查询。这一方法在查找名言警句或专有名词时比较有用。

（5）关键词之前添加"t:"或"u:"。

在搜索的内容之前添加"t:"，仅会查询到该网站名称。例如输入"t:电影"，会找出包含电影的网站名称；在搜索的内容之前添加"u:"，仅会查询到该网址。例如输入"u:beijing"，会找出包含"beijing"的网址。

（6）使用双引号、括号。

运用简单查找出现的是大量不需要的信息，但如果使用双引号查找一个词组或多个汉字时，会将括在其中的多个词当作一个短语来检索。例如输入""学习成绩管理系统设计""就等于告诉搜索引擎只反馈回网页中有学习成绩管理系统设计这几个关键字的网址，这会比输入"学习成绩管理系统设计"得到更少、更好的结果。

利用括号可以把多个关键词作为一组进行优先查询，用于改变复杂检索式中固有逻辑运算符优先级的次序。例如输入"（计算机+网络）-（硬件+价格）"，表示先执行括号中的运算，再执行括号外的运算。即搜索包含"计算机"与"网络"的信息，但不包含"硬件"与"价格"的信息。

## 7.2.3 下载网络资源

网络上的信息资源非常丰富，几乎能满足日常操作的所有需求，用户可以根据需要，使用 IE 浏览器或下载软件下载所需的信息到电脑中，包括图像、软件、游戏、电影和歌曲等。一般从网上下载资源有使用浏览器直接下载、使用下载软件下载以及使用 BT 下载等方法。下面结合实例来介绍使用 IE 浏览器、迅雷软件、BT 软件下载歌曲和软件的方法。

### 1. 使用浏览器下载

IE 浏览器提供了下载功能，可以方便地下载网络资源，运用浏览器直接下载是最普通的一种下载方式，但由于其不支持断点续传，只在下载小文件时适合。如使用 IE 浏览器分别下载一个与复印机有关的网页和图片，操作方法如下：

（1）在浏览网页时，浏览到与复印机有关的网页时，选择【文件】→【另存为】命令，打开【保存网页】对话框，在【保存在】下拉列表框中指定保存的路径，在【文件名】文本框中输入文件名称即可，如图 7-24 所示。

（2）在浏览网页时，如浏览到与复印机有关的图片时，右击要下载的图片，选择【图片另存为】命令，打开【保存图片】对话框，输入相关信息，方法和保存网页的类同，如图 7-25 所示。

图 7-24　【保存网页】对话框　　　　　图 7-25　【保存图片】对话框

**2. 使用迅雷下载**

（1）安装下载工具软件——迅雷。

在迅雷的官方网站下载迅雷最新客户端安装包。双击下载得到的迅雷安装程序，按照安装程序向导完成安装。

（2）通过拖动和 IE 的弹出式快捷菜单进行下载。

对于 IE 浏览器，迅雷支持一次拖放一个或多个链接，即从浏览器中拖动 URL 到迅雷的悬浮窗，即可完成下载。

在 IE 弹出的快捷菜单中，提供了迅雷下载的两个命令，分别为【使用迅雷下载】和【使用迅雷下载全部链接】，可以下载本页所有的链接或选择单个链接。下面以下载"PDF 阅读器安装程序"为例说明具体的操作方法。

使用【使用迅雷下载】快捷菜单命令下载"PDF 阅读器安装程序"的操作步骤如下：

① 在要下载的"PDF 阅读器安装程序"链接上单击鼠标右键，在弹出的菜单中选择【使用迅雷下载】命令，如图 7-26 所示。

② 迅雷会弹出【建立新的下载任务】对话框，如图 7-27 所示。单击【存储路径】文本框后面的【浏览】按钮可以选择存储目录，单击【立即下载】按钮，下载任务就可添加到任务列表中，开始下载。

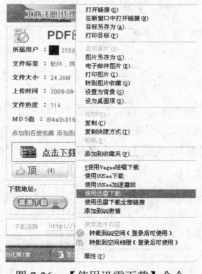

图 7-26　【使用迅雷下载】命令

图 7-27　【建立新的下载任务】对话框

使用【使用迅雷下载全部链接】快捷菜单命令下载的操作步骤如下：

① 在浏览器的空白处单击鼠标右键，在弹出的快捷菜单中选择【使用迅雷下载全部链接】命令。

② 这时会弹出【选择要下载的 URL】对话框，如图 7-28 所示。在这里可以通过选中每个 URL 前面的复选框选择文件下载，当想取消对某个文件的选择时，取消选中其前面的复选框即可。

③ 单击【下载】按钮，迅雷会弹出【建立新的下载任务】对话框，如果要改变保存的目录，单击【存储路径】文本框后面的【浏览】按钮选择目录，选择好后单击【立即下载】按钮。这时，下载任务就全部添加到任务列表中了。

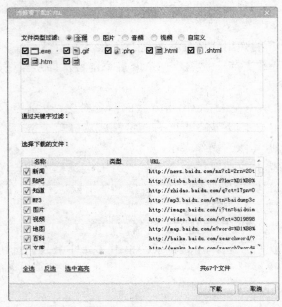

图 7-28　【选择要下载的 URL】对话框

### 3. 使用 BT 软件下载

（1）下载安装 BitTorrent 软件。

① 在 BitTorrent 的官方网站或在搜索网站中下载 BitTorrent 的最新客户端安装包，双击 BitTorrent 的安装程序，安装并显示安装进程，完成客户端的安装。

② 程序安装完成后，分别在【界面设置】、【基本设置】、【高级设置】、【限速设置】选项卡中对 BitTorrent 属性进行设置，设置完成后，选择【保存设置】即可。

（2）在 BitTorrent 中下载文件。

① 打开一个下载的站点，如 http://www.btchina.net，选择需要下载的文件。

② 单击鼠标右键，在打开的【另存为】对话框中，给 torrent 文件选择一个保存位置，即可保存该文件。

③ 也可双击 torrent 文件，在打开的有关下载文件的窗口中单击【现在开始】按钮，再选择文件的保存位置，即可以开始下载。

BitTorrent 还提供了断点续传功能。如果因为死机、突然断电等意外情况中断下载操作，只要重新运行程序并且继续下载即可。

## 7.3　网络办公的应用

### 7.3.1　电子邮件

　　电子邮件是 Internet 最早提供的服务之一，也是目前深受用户欢迎并被频繁使用的 Internet 服务。如果在 Internet 上收发电子邮件，应当向电子邮件服务器管理员、ISP、提供电子邮件服务的网站申请一个电子邮件账号，电子邮件账号包括电子邮件地址和密码，电子邮件地址的格式为：用户名@邮件服务器域名。"@"的意义是 at，是必不可少的分隔符；"@"前的用户名是由用户提供给 ISP 的，可以用自己的名字或是一些有特殊意义、便于记忆的字母、文字、数字来命名；"@"后是代表邮件服务器的域名或主机名。常用的电子邮件应用程序有微软的 Outlook Express、张小龙开发的 Foxmail 等。

**1. 普通浏览器方式的电子邮件**

　　（1）从网上申请电子邮箱。

　　使用电子邮件前必须申请注册一个电子邮箱，即拥有一个电子邮件账户。目前许多网站提供有免费电子邮箱服务，用户可以申请一个或多个免费电子邮箱。如在 163 网站注册一个用户名为"bgzidonghua"的免费电子邮箱，步骤如下：

　　① 运行 IE，登录提供免费或收费电子邮箱的网站，这里以登录 163 网站为例，在 IE 地址栏输入网址 www.163.com，进入网站主页，如图 7-29 所示。

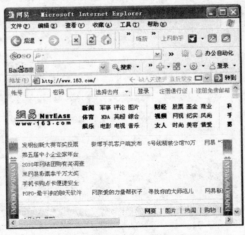

图 7-29　163 网站主页

　　② 单击【注册免费邮箱】超链接，开始申请工作。首先输入一个用户名，并对用户名是否可用进行检查，单击【下一步】按钮，填写个人信息，填写完成后，详细阅读用户服务条款，单击【下一步】按钮，如图 7-30 所示。

　　③ 注册成功后，申请者就有了自己的邮箱地址，可利用这一地址在网上进行电子邮件的发送和接收。

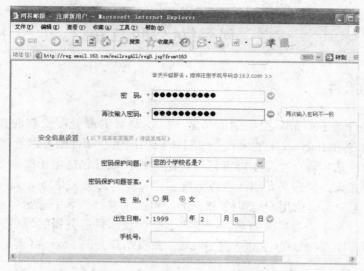

图 7-30　在申请页输入相关信息

（2）在网站上使用免费或收费电子邮箱。

① 登录 163 网站，输入用户名和密码，如图 7-31 所示。单击【登录】按钮。如果用户名和密码无误，就会成功进入邮箱界面。

图 7-31　输入登录邮箱的用户名和密码

② 单击【收件箱】按钮，会看到收件箱中的邮件列表，单击邮件列表中某封邮件的主题，就能阅读这封邮件，如图 7-32 所示。

③ 单击【写信】按钮，可以书写并发送自己的电子邮件。在【收件人】文本框中输入收件人的邮箱地址；在【主题】文本框中输入该邮件的主题，这里输入"学习资料"；在邮件正文输入区内输入要发送的内容，这里输入"你好，资料已发！"。

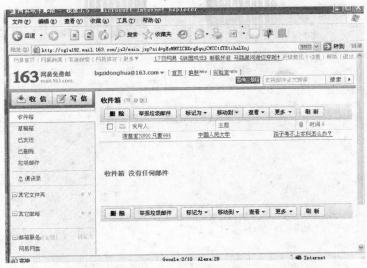

图 7-32　电子邮箱界面

④ 添加附件。如果要将本地硬盘或光盘中的文件以附件的形式发送给对方，则需要以附件的形式发送。单击【上传附件】按钮，出现选择文件对话框，如图 7-33 所示。选择需要发送的文件，这里选择位于 D 盘的"资料"文件，单击【打开】按钮即可。

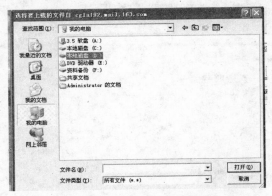

图 7-33　选择文件所在位置图

⑤ 发送邮件。完成后的邮件如图 7-34 所示，单击【发送】按钮，即可将该邮件发送给对方。

（3）设置邮箱。

利用网站电子邮件系统 WebMail 在线收发电子邮件时，可以对邮箱进行设置。邮箱设置界面如图 7-35 所示。

① 对个人信息进行设置。选择【个人资料】可以更改姓名、地址、修改密码，还可以设置密码保护，以在忘记或丢失邮箱密码后，通过密码保护找回自己的密码。

② 对参数进行设置及邮件收发设置。如自动转发、自动回复、定时发信等。

③ 对安全性进行设置。可以设置黑名单、白名单、反垃圾的级别、反病毒等，有效地

防止自己的邮箱受到骚扰，远离病毒的侵袭。

④ 对帮助进行设置。可以看到最新改进、用户反馈、联系客服、邮箱帮助和论坛的信息。

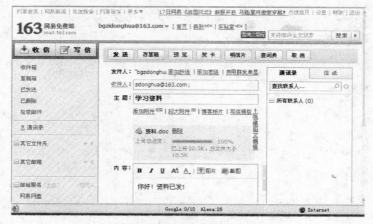

图 7-34　完成后的邮件页面

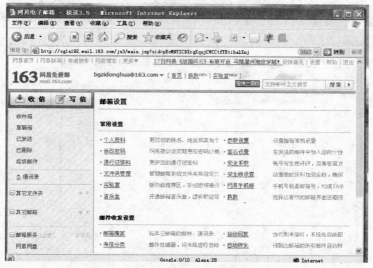

图 7-35　邮箱设置界面

### 2．Outlook Express 收发电子邮件

Outlook Express 简称 OE，是 Windows 系统附带的一个电子邮件应用程序，支持全部的 Internet 电子邮件功能。根据操作系统的不同，Outlook Express 的版本也不同，下面以 Windows XP 系统的 Outlook Express 为例，介绍使用 Outlook Express 收发邮件的方法。

（1）建立 Outlook Express 账户。

通过 Outlook Express 收发电子邮件，首先需建立邮件账户，方法如下：

① 打开 Outlook Express，选择【工具】→【账户】命令，打开【Internet 账户】对话框，如图 7-36 所示。选择【邮件】选项卡，单击【添加】按钮，选择其中的【邮件】命令。

② 进入【Internet 连接向导】对话框，在【显示名】文本框中输入姓名"办公室"，如图 7-37 所示。

图 7-36 【Internet 账户】对话框

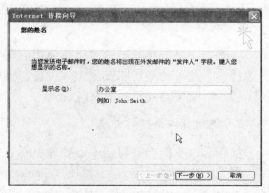

图 7-37 【Internet 连接向导】对话框

③ 单击【下一步】按钮，进入【Internet 电子邮件地址】对话框，在【电子邮件地址】文本框中输入自己的电子邮件地址，单击【下一步】按钮，如图 7-38 所示。

④ 进入【电子邮件服务器名】对话框，输入电子邮件服务器名，单击【下一步】按钮，如图 7-39 所示。

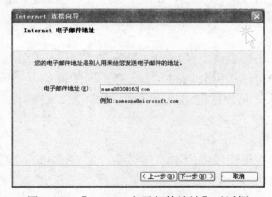

图 7-38 【Internet 电子邮件地址】对话框

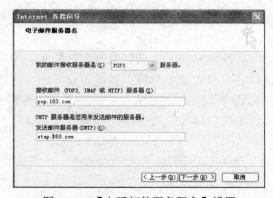

图 7-39 【电子邮件服务器名】设置

⑤ 进入【Internet mail 登录】对话框，输入用户名和密码，点击【下一步】按钮。

⑥ 完成 Outlook Express 的设置，单击菜单栏中的【发送/接收】按钮就可以收发邮件了。

（2）使用 Outlook Express 发送与接收邮件。

① 选择【邮件】菜单或单击工具栏中的【新邮件】，进入新邮件发送窗口。

② 在【收件人】、【主题】、【信件正文】文本框中分别输入对方 Email 地址、信件主题、信件内容，单击【发送】按钮，开始发送邮件连接。

③ 一般启动 Outlook Express 都将自动连接、接收邮件，邮件接收后都会存放在"收件箱"中。

## 7.3.2 视频会议

### 1. 视频会议定义

视频会议是一种典型的多媒体通信应用实例，是指两个或两个以上不同地点的多媒体会议终端，通过传输线路及多媒体设备，将声音、影像及文件资料互传，实现即时、互动的沟通，以实现会议目的的系统设备。

### 2. 视频会议系统的组成

视频会议系统一般包括多点处理单元（MCU）、会议室终端、PC 桌面型终端、电话接入网关（PSTN Gateway）、网闸（Gatekeeper）等几个部分。各种不同的终端都连入 MCU 进行集中交换，组成一个视频会议网络。此外，语音会议系统可以让所有桌面用户通过 PC 参与语音会议，这些是在视频会议基础上的衍生。

（1）多点处理单元（MCU）。

MCU 是视频会议系统的核心部分，为用户提供群组会议、多组会议的连接服务。目前主流厂商的 MCU 一般可以提供单机多达 32 个用户的接入服务，并且可以进行级联，可以基本满足用户的使用要求。MCU 的使用和管理不应该太复杂，要便于客户方技术部甚至行政部的一般员工操作。

（2）会议室终端产品。

会议室终端产品是提供给用户的大、中、小型会议室使用的，设备自带摄像头和遥控键盘，可以通过电视机或者投影仪显示，用户可以根据会场的大小选择不同的设备。一般会议室设备带 SONY 或 CANON 的专用摄像头，可以通过遥控方式前、后、左、右转动，从而覆盖参加会议的任何人和物。

（3）桌面型（PC）终端产品。

若直接在电脑上举行视频会议，一般配置费用比较低的 PC 摄像头，常规情况下只能一两个人使用。

（4）电话接入网关（PSTN Gateway）。

用户直接通过电话或手机在移动的情况下加入视频会议，对于领导和出差较多的人尤其重要，是今后不可缺少的视频会议形式。

### 3. 视频会议系统的功能

视频会议系统具有分布式系统结构、高安全性、会议录像、电话呼叫、会议室的多屏功能及控制功能等特点，一般支持以下功能：

- 电子白板：方便与会成员进行可视化信息交流。
- 屏幕视频：便于以视频方式进行远程培训和指导。
- 屏幕幻灯：以幻灯片的形式发送自己屏幕的内容。
- 屏幕控制：技术支持和协作。
- 文件传输及即时短信：互相发送文件及进行文字交流。

#### 4. 视频会议技术

传统的视频会议技术包括 MCU、H.323、帧中继等，而基于 IP 承载网的视频应用，将把更丰富的功能推到用户的面前。

（1）LPR（丢包恢复）技术。

LPR 技术是解决视频传输丢包问题最有效的方法之一，是一种采用前向纠错（FEC）方法对丢失数据包实施覆盖的机制。由系统的发送方为发出的数据流添加冗余数据，使接收方系统可以侦测并纠正错误，而无需请求发送方系统重新传送丢失的信息。这种无需等待网络传送就有了进行纠错的能力，使得 FEC 非常适合于实时通信，如电视广播、IP 电话以及视频会议。

（2）QoS。

QoS（Quality of Service，服务质量），是指网络提供更高优先服务的一种能力，是网络的一种安全机制，是用来解决网络延迟和阻塞等问题的一种技术，包括专用带宽、抖动控制和延迟、丢包率的改进以及不同 WAN、LAN 和 MAN 技术下的指定网络流量等，同时确保为每种流量提供的优先权不会阻碍其他流量的进程。

由于视频会议大多应用于关键业务，而且与语音、数据同步传输，因此对网络传输品质有更高要求。目前，国内有些厂商在视频会议中运用 QoS 保障机制的视频会议系统，保障了视频会议运行的稳定性。

### 7.3.3　无线互联网、手机上网、物联网

#### 1. 无线互联网

（1）无线互联网的定义。

无线互联网是建立在无线网络基础上的互联网，即由中国移动、中国联通、中国电信、中国网通提供的没有硬线路的网络。目前，中国的无线网络包括中国移动的 GSM 网络、中国联通的 GSM 网络和 CDMA 网络、中国电信与中国网通的 PHS 网络。

（2）无线互联网的组成。

无线互联网是由移动无线网络组成，并实现网络的手机数据双向传输的网络，是一个集线器式的网络。目前出现的移动梦网和联通在线实际上是无线互联网的几个门户站点。

#### 2. 手机上网

CMWAP 和 CMNET 只是中国移动人为划分的两个 GPRS 接入方式。前者是为手机 WAP 上网而设立的，后者则主要是为 PC、笔记本电脑、PDA 等利用 GPRS 上网服务。手机上网（WAP）是移动互联网的一种体现形式，是传统电脑上网的延伸和补充。3G 网络的开通，使得手机上网开始正式进入人们的生活。

WAP 只是一种 GPRS 应用模式，与 GRPS 的接入方式无关。WAP 应用采用"终端+WAP 网关+WAP 服务器"的模式，不同于一般 Internet 的"终端+服务器"的工作模式，主要目的是通过 WAP 网关完成 WAP-WEB 的协议转换，从而达到节省网络流量和兼容现

有 WEB 应用的目的。

### 3. 物联网

物联网是将那些能够联网而且联上去有用的物品联网。

组成物联网首先要有信息获取的层面，以传感器为主，包括二维条码等；中间要有通信网络；最上层要有信息的智能处理功能。物联网所用的通信网可以是公众通信网或专用通信网，不一定是互联网（例如现在的 2G 移动通信网不是互联网，但也能够支持物联网的应用），但其通信平台最常用的是互联网。与其说物联网是网络不如说物联网是应用。物联网需要信息采集技术、RFID（射频识别）各类传感器、地理定位系统、信息处理、加工应用、数据挖掘和决策支持的功能，以使物联网的信息互联满足专用要求。

物联网可应用在教育方面，支持远程教育；可应用在保健方面，利用通信手段传输电子病历。

# 7.4   网　络　安　全

## 7.4.1   计算机病毒的基本知识及预防

### 1. 计算机病毒概述

计算机病毒不是天然存在的，是某些利用计算机软、硬件所固有的脆弱性，能够自我复制、利用通信进行传播的具有特殊功能的计算机程序。计算机病毒具有传染性、隐蔽性、潜伏性、破坏性等特点。

（1）传染性。传染性是病毒的基本特征，计算机病毒也会通过各种渠道从已被感染的计算机扩散到未被感染的计算机，在某些情况下造成被感染的计算机工作失常甚至瘫痪。

（2）隐蔽性。计算机病毒一般是具有很高编程技巧、短小精悍的程序。通常附在正常程序中或磁盘较隐蔽的地方，也有个别以隐含文件形式出现，目的是不让用户发现其存在。

（3）潜伏性。大部分病毒可长期隐藏在系统中，只有在满足其特定条件时才启动其表现（破坏）模块，以进行广泛地传播。

（4）破坏性。任何病毒只要侵入系统，都会对系统及应用程序产生程度不同的影响。轻者会降低计算机的工作效率，占用系统资源，重者可导致系统崩溃。

### 2. 计算机病毒的分类

（1）按传染方式分为引导型病毒、文件型病毒和混合型病毒。其中，引导型病毒是指寄生在磁盘引导区或主引导区的计算机病毒；文件型病毒一般只传染磁盘上的可执行文件（COM、EXE）；混合型病毒兼有以上两种病毒的特点，既传染引导区又传染文件，其破坏性大、传染机会多。

（2）按连接方式分为源码型病毒、入侵型病毒、操作系统型病毒、外壳型病毒。其中，源码型病毒较少见，亦难以编写。因为它要攻击高级语言编写的源程序，在源程序编译之前插入其中，并随源程序一起编译、连接成可执行文件；入侵型病毒可用自身代替正常程序中的部分模块或堆栈区。这类病毒只攻击某些特定程序，针对性强；操作系统型病毒可用其自身部分加入或替代操作系统的部分功能，这类病毒的危害性也较大；外壳型病毒将自身附在正常程序的开头或结尾，相当于给正常程序加了个外壳，大部分文件型病毒都属于这一类。

（3）另外，按破坏性可分为良性病毒、恶性病毒；按病毒攻击的机种分为攻击微型计算机型、攻击小型机型和攻击工作站型的病毒。

### 3. 常见的计算机病毒

（1）系统病毒。

系统病毒的前缀为 Win32、PE、Win95、W32 和 W95 等。这些病毒可以感染 Windows 操作系统的*.exe 和*.dll 文件，并通过这些文件进行传播，如 CIH 病毒。

（2）蠕虫病毒。

蠕虫病毒的前缀是 Worm。这种病毒通过网络或者系统漏洞进行传播，大部分蠕虫病毒都有向外发送带毒邮件、阻塞网络的特性，比如冲击波（阻塞网络）、小邮差（发带毒邮件）等。

（3）木马病毒、黑客病毒。

木马病毒的前缀是 Trojan，黑客病毒的前缀一般为 Hack。木马病毒通过网络或者系统漏洞进入用户的系统并隐藏，然后向外界泄露用户的信息，而黑客病毒则有一个可视的界面，能对用户的电脑进行远程控制。木马、黑客病毒往往是成对出现的，即木马病毒负责侵入用户的电脑，而黑客病毒则会通过该木马病毒来进行控制。一般的木马，如 QQ 消息尾巴木马 Trojan.QQ3344，还有较多的是针对网络游戏的木马病毒，如 Trojan.LMir.PSW.60。

（4）脚本病毒。

脚本病毒的前缀是 Script，是使用脚本语言编写、通过网页进行传播的病毒，如红色代码（Script.Redlof）。还有的脚本病毒的前缀为 VBS、JS（表明是何种脚本编写的），如欢乐时光（VBS.Happytime）、十四日（Js.Fortnight.c.s）等。

（5）宏病毒。

宏病毒是脚本病毒的一种，前缀是 Macro，该类病毒的特性是能感染 office 系列文档，然后通过 office 通用模板进行传播，如著名的美丽莎（Macro.Melissa）等。

（6）后门病毒。

后门病毒的前缀是 Backdoor，该类病毒通过网络传播，给系统开后门，给用户电脑带来安全隐患，如很多朋友遇到过的 IRC 后门 Backdoor.IRCBot 等。

（7）病毒种植程序病毒。

此类病毒在运行时，会从体内释放出一个或几个新的病毒到系统目录下，由释放出来的新病毒产生破坏，如冰河播种者（Dropper.BingHe2.2C）、MSN 射手（Dropper.Worm.Smibag）等。

（8）破坏性程序病毒。

破坏性程序病毒的前缀是 Harm。当用户单击这类病毒时，病毒便会直接对用户计算机产生破坏，如格式化 C 盘（Harm.formatC.f）、杀手命令（Harm.Command.Killer）等。

（9）玩笑病毒。

玩笑病毒的前缀是 Joke，也称恶作剧病毒。此类病毒本身具有好看的图标，诱惑用户单击后，病毒会做出各种破坏操作来"吓唬"用户，其实病毒并没有对用户电脑进行任何破坏，如女鬼病毒（Joke.Girlghost）等。

（10）捆绑机病毒。

捆绑机病毒的前缀是 Binder，病毒作者会使用特定的捆绑程序将病毒与一些应用程序（如 QQ、IE）捆绑起来，表面上看是一个正常的文件，当用户运行该文件时，会隐藏运行捆绑在一起的病毒，从而给用户造成危害，如捆绑 QQ（Binder.QQPass.QQBin）、系统杀手（Binder.killsys）等。

以上是常见的病毒，还有一些比较少见，如 DoS 会针对某台主机或者服务器进行 DoS攻击；Exploit 会自动通过溢出对方或者自己的系统漏洞来传播自身，或本身就是一个用于Hacking 的溢出工具；HackTool（黑客工具），也许本身并不破坏用户计算机，但是会利用用户计算机做替身去破坏其他用户。

## 7.4.2　常见杀毒软件及其使用

### 1. 瑞星杀毒软件简介

常见的国内外优秀的杀毒软件有瑞星、江民、金山毒霸、诺顿（Norton）、麦咖啡（macfee）和卡巴斯基（Kaspersky Anti-Virus）等。诺顿、麦咖啡和卡巴斯基是世界上排名前几位的杀毒软件；瑞星、江民、金山毒霸是国内几个比较不错的杀毒软件。其中瑞星杀毒软件的界面朴实，启动比较快，附带的小狮子卡卡也是其一大特色。

（1）安装瑞星杀毒软件。

① 从网上下载或购买一个瑞星杀毒软件，双击该软件的"Set.up"文件，开始安装。

② 安装完成后，进入手动扫描设置向导。单击【下一步】按钮，进入定制任务设置向导。

③ 单击【下一步】按钮，进入瑞星监控中心设置，在此可以启用各种类型的监控。

④ 单击【下一步】按钮，对定时升级进行设置，完成对瑞星的设置。

（2）使用瑞星杀毒软件扫描和监控。

① 打开瑞星杀毒软件的界面。在查杀目标的窗格中，选择要查杀的磁盘，单击右窗格中的【杀毒】按钮即可以开始查杀病毒。在查杀的过程中，用户可以设置暂停还是停止杀毒。

② 如果发现病毒，可以单击【删除】按钮，即可删除该病毒。

③ 在瑞星杀毒软件中，选择【监控中心】选项卡，选择要进行监控的对象，单击【启用】按钮，就可以对监控对象进行监控。

### 2. 360 安全卫士

360 安全卫士是一款安全类上网辅助软件，拥有查杀恶意软件、插件管理、病毒查杀、诊断及修复 4 大主要功能，同时还提供弹出插件免疫、清理使用痕迹以及系统还原等特定辅助功能，是当前功能最强、效果最好、最受用户欢迎的上网必备安全软件。360 安全卫士被誉为"防范木马的第一选择"。其自身非常轻巧，同时还具备开机加速、垃圾清理等多种系统优化功能，可大大加快电脑运行速度，内含的 360 软件管家还可帮助用户轻松下载、升级和强力卸载各种应用软件。360 安全浏览器是互联网上最好用、最安全的新一代浏览器，与 360 安全卫士、360 杀毒软件等产品一同成为 360 安全中心的系列产品。

## 7.4.3  防火墙的使用与配置

### 1. 防火墙概述

防火墙是在内部网络和外部网络之间设置的一道安全屏障，是对通过的网络信息实施访问控制策略的一个或一组系统，采用了数据包过滤技术和代理服务技术。防火墙具有对内部网的集中安全管理、强化网络安全策略、防止非授权用户进入及方便监视网络的安全等作用。

### 2. 防火墙的类型与配置方式

防火墙主要有网络层防火墙和应用层防火墙两种类型。网络层防火墙可视为一种 IP 封包过滤器，运作在底层的 TCP/IP 协议堆栈上；应用层防火墙是在 TCP/IP 堆栈的"应用层"上运作，使用浏览器时所产生的数据流或是使用 FTP 时的数据流都是属于这一层。应用层防火墙可以拦截进出某应用程序的所有封包，并且封锁其他的封包（通常是直接将封包丢弃）。理论上，这一类防火墙可以完全阻绝外部的数据流进入受保护的机器。

防火墙配置有 Dual-homed、Screened-host 和 Screened-subnet 3 种方式。Dual-homed 方式最简单。Dual-homed Gateway 放置在两个网络之间，又称为 Bastionhost。这种结构成本低，但没有增加网络安全的自我防卫能力，往往是受黑客攻击的首选目标，一旦其被攻破，整个网络也就暴露了；Screened-host 方式中的 Screeningrouter 为保护 Bastionhost 的安全建立了一道屏障。它将所有进入的信息先送往 Bastionhost，并且只接受来自 Bastionhost 的数据作为输出的数据。这种结构依赖 Screeningrouter 和 Bastionhost，只要有一个失败，整个网络就暴露；Screened-subnet 包含两个 Screeningrouter 和两个 Bastionhost，这种结构安全性好，只有当两个安全单元被破坏后，网络才被暴露，但成本也相对较高。

### 3. 瑞星防火墙的使用

（1）安装瑞星个人防火墙，选择【设置】→【详细设置】命令，或右击防火墙托盘图标，在弹出的菜单中选择【系统设置】命令，即可对瑞星防火墙的启动方式、规则顺序、启动声音报警、状态通知、日志记录种类等进行设置。其中，启动方式中的默认设置为【自动】，即系统启动时防火墙随系统自动启动，手工设置是指系统启动时防火墙不自动启动；规则顺序设置可选择访问规则优先或 IP 规则优先；日志记录种类用于指定哪些类型的事件记录在日志中，有【清除木马病毒】、【系统动作】、【修改配置】、【禁止应用】和【修订规则】选项。

（2）选择【操作】→【扫描木马病毒】命令，可在弹出的扫描窗口中进行木马病毒的扫描。扫描结束后将给出气泡提示，单击【详细信息】即可查看结果日志。

（3）选择【设置】→【设置网络】命令，打开【网络设置】窗口，进行网络设置。设定网络连接方式，如果选择【通过代理服务器访问网络】，还需要输入代理服务器 IP、端口、身份验证信息，单击【确定】按钮完成设置。

（4）单击主界面中的【智能升级】按钮或选择【操作】→【智能升级】命令，可进行智能升级的设置。

# 本 章 小 结

本章主要介绍了计算机网络的拓扑结构及组成部分，局域网、广域网、视频会议、电子政务、电子商务、无线互联网、手机上网、物联网、网络安全的基本知识；介绍了使用搜索引擎搜索并下载网络资源的方法、电子邮件的基本结构、电子邮件的收发、杀毒软件、360 安全卫士的使用方法。通过学习本章内容，使读者掌握更多的计算机网络基本知识，并能够有效运用网络资源，进一步提高网络应用能力。

# 练习及训练

## 一、填空题

1．局域网拓扑结构有 3 种，分别是_____、_____和_____。

2．计算机网络拓扑是计算机网络设计时要考虑的首要因素之一，它反映了网络中各结点与通信线路之间的_____。

3．在用搜索引擎搜索信息时，要实现精确的查询，可以在搜索关键词中使用_____。

4．3 种常用的搜索引擎名称分别为_____、_____、_____。

5．要使用 Outlook Express 阅读电子邮件，必须使用支持_____和_____协议的邮件系统。

6．腾讯公司另外推出一个面向企业用户的即时通信软件，该程序的用法与 QQ 是互相兼容的，该软件的名称是_____，简称_____。

7．局域网要与 Internet 互联，必需的互联设备是_____。

8．典型的视频会议系统分为_____和_____。

9．在企业内部网与外部网之间，用来检查网络请求分组是否合法，保护网络资源不被非法使用的技术是_____。

10．对于网络防火墙，_____是不能被阻止的。

## 二、简答题

1．局域网有哪几种常见的拓扑结构，各有何特点？

2．比较通过网上邻居和采用映射网络驱动器两种方法使用共享硬盘的优、缺点？

3．能否对一个文件进行共享设置？

4．在选择接入 Internet 的方式时，应考虑哪些因素？

5．Torrent 文件可以提供哪些类型文件的下载？

6．防火墙的作用是什么？实施防火墙的作用主要采用了什么技术？

7．结合网络体系结构，简述网络安全应采用何种措施。

8．什么是视频会议系统？

9．视频终端的作用是什么？

10．网络图像、音频和视频应具有哪些共性和特性？

## 三、实训题

### 实训一

实训目的：

1．掌握设置共享网络资源的方法

2．掌握使用共享网络资源的方法

实训要求：

掌握局域网资源的共享。

实训指导：

设置和使用共享文件夹、共享硬盘、共享软驱、共享打印机。

### 实训二

实训目的：

1．掌握搜索引擎的使用方法

2．掌握使用"一搜"查找程序的方法

实训要求：

学会搜索引擎的应用。

实训指导：

（1）启动 IE，访问网站 www.baidu.com，搜索关键词为"金融危机"的新闻，查看搜索结果有多少篇；搜索某一首 MP3 歌曲，并将其下载到"D：\我的音乐"文件夹中。

（2）打开一搜搜索引擎主页，在【搜索】文本框中，输入要查找的程序"迅雷"。

（3）单击【搜一搜】按钮，即可查找出许多符合要求的网页链接。

（4）单击与查找的程序"迅雷"有关的链接，打开下载页面，选择一个下载站点，即可进行下载。

### 实训三

实训目的：

1．掌握中小型企业网接入 Internet 的组建与软件配置方法和环节

2．利用 Internet 共享的方法，将一个局域网内的计算机通过 ADSL 接入 Internet

实训要求：

熟悉 Internet 的连接共享设置。

实训指导：

（1）安装好网络硬件，并在服务器上安装一块网卡，设定其与局域网相连。

（2）安装 Internet 共享组件。进入【我的电脑】→【控制面板】→【添加/删除程序】→【Windows 安装程序】中，双击【Internet 工具】。在出现的窗口中，选中【Internet 连接共享】，然后确定安装该组件，系统会自动要求安装所选程序，完成后将重新启动电脑。

（3）安装第 2 块网卡，设定其与 ADSL-MODEM 连接。

（4）安装及配置虚拟拨号程序，输入 ADSL 连接名称、用户名、密码，选择 ADSL 连接网卡。

（5）配置客户机的 IP 地址、子网掩码、网关、DNS。

实训四

实训目的：

1. 掌握 NetMeeting 的使用

2. 能够组织网络视频会议

实训要求：

学会组织视频会议。

实训指导：

（1）运行 NetMeeting。选择【开始】→【程序】→【附件】→【通信】→【NetMeeting】命令，进入【NetMeeting】对话框。

（2）会议主持者在菜单中选择【呼叫】→【主持会议】命令，正确设置会议名称和会议密码（也可以没有密码）。

（3）在 NetMeeting 窗口中，选择【呼叫】菜单中的【新呼叫】命令，打开【发出呼叫】对话框。输入会议主持者的 IP 地址或计算机名称，并单击【呼叫】按钮建立连接。

（4）会议主持者应答呼叫后开始会议。

（5）使用视频、文本聊天、白板等工具进行一次简短的会议，每个与会者发言一次。

（6）在 NetMeeting 窗口中，可以选择【工具】菜单中的【文件传送】命令，在【文件传送】对话框中进行文件的传送。

（7）在 NetMeeting 窗口中，选择【工具】菜单中的【共享】命令，在【共享】对话框中选择一个与会议中其他人共享的程序或文件，并单击【共享】按钮，即可共享文件。

（8）结束会议。

# 第 8 章　办公自动化常用设备

## 学 习 目 标

**知识目标:**
● 了解打印机、扫描仪、复印机、传真机等办公设备的工作原理及分类;
● 掌握打印机、扫描仪、复印机、传真机等办公设备的使用与维护方法。

**能力目标:**
● 通过学习办公自动化常用设备的相关知识,掌握安装与使用它们的方法;
● 能够排除办公自动化常用设备的常见故障。

## 8.1　打　印　机

打印机是自动化办公中必不可少的办公工具之一,其应用非常广泛。政府机关、企事业、银行、超市等各行各业都离不开打印机的使用;日常办公中使用计算机处理的各类报表、文件、发票、账单等也无不需要通过打印机输出到纸上。

### 8.1.1　打印机的类型

按照打印原理,打印机主要可以分为针式打印机、喷墨打印机和激光打印机 3 种类型,其中喷墨打印机和激光打印机又可分为黑色和彩色两种。除此之外,还有一些特定类型的打印机,如热转印打印机、热升华打印机和热蜡式打印机等,但它们主要用在一定领域。本节主要介绍常用的 3 种打印机。

**1. 针式打印机**

针式打印机的工作原理是利用所接收到的点阵图信号,按照位置击打打印头上的钢针,使针头接触色带,在纸上打印相应的点,从而组成相应的文本或图像。根据打印头使用打印针的数量,针式打印机分为 9 针、12 针和 24 针打印机,目前多为 24 针打印机。

针式打印机广泛应用于银行、邮电、税务、证券、铁路和商业领域的多张单据打印输出方面。如图 8-1 所示是一款针式打印机。

**2. 喷墨打印机**

喷墨打印机是目前使用广泛的打印机类型之一,其工作原理是利用喷墨头把细小的墨滴喷到打印纸上，墨滴越小，打印的图片就越清晰。

由于喷墨打印机体积小、价格低廉、打印噪声小，许多家庭也在选用。将使用数码相机拍摄的照片传入电脑中后，用彩色喷墨打印机打印，其清晰度完全可以同冲洗的照片相媲美，甚至效果更好。如图 8-2 所示是一款喷墨打印机。

图 8-1　针式打印机　　　　　　　　　图 8-2　喷墨打印机

### 3. 激光打印机

激光打印机无论在打印品质、打印速度还是噪声大小等方面都远优于针式打印机，目前在打印机市场上占有很大的份额。激光打印机的工作原理比较复杂，打印效果非常好，可以打印精细的图、文用于特殊用途，例如，可以打印印刷专用的硫酸纸及胶片等。如图 8-3所示即为一款激光打印机。

按照打印的色彩来分，激光打印机可以分为黑白和彩色两种类型。黑白激光打印机目前广泛用于各单位的文件资料打印。随着市场经济的发展，彩色打印需求增加，彩色激光打印机虽价格较高，但其使用也得到了相应发展。

图 8-3　激光打印机

## 8.1.2　打印机的安装、使用与维护

### 1. 安装打印机

打印机的安装包括硬件连接和软件安装。硬件连接包括安装电源、墨盒和数据线。软件安装是指安装驱动和随机软件。一般的打印机都配有安装指南，可参照说明书进行安装。

连接打印机的数据线主要是 Cenlronice 并行接口和 USB 接口。

打印机的电源接口和数据线接口一般在打印机的背面，将数据线分别连接到打印机的并口和计算机的并口中，把电源线分别与打印机和交流电源相接即可。硬件连接好之后，为了测试电源是否连接好，可以按下打印机的开关按键，如果打印机的电源灯由暗色变成绿色，说明电源连接成功。

如果是 USB 接口打印机，可以使用提供的 USB 数据线与计算机的 USB 接口相连接，

然后连接电源即可，如图 8-4 所示。

当打印机处于开启状态，USB 打印线连接好之后，在电脑显示屏的右下角会出现"发现新硬件"的提示，说明打印机已经和电脑连接好，打印线没有问题。同时，还会弹出【找到新的硬件向导】对话框，提示需要驱动程序，用户可以先把该对话框关闭。

接着，取出随打印机附带的驱动安装盘，装入电脑的光驱中。在【我的电脑】窗口中，双击驱动器盘符，打开光盘，再双击 Setup 程序图标，弹出安装向导界面。此时，单击【安装】按钮，即可进行"傻瓜式"安装。

图 8-4　连接 USB 接口的打印机

复制文件完成后，为了确认安装的打印机是否正常，可以进行测试打印。在测试打印前，要做好打印的准备工作，按下打印机上的开关按钮，使打印机呈工作状态，打开托纸架和接纸架，放入打印纸开始打印。要打印任何文件，不管是图像、文字或者表格，都需要用一个软件来启动打印设置对话框，一般的软件都有打印命令，如 Word、Excel、Photoshop、记事本、Internet Explorer、画图程序和写字板等。打开需要打印的图片或文档，选择【文件】→【打印】命令，打开【打印】对话框，指定打印范围和设置有关的打印参数，单击【确定】按钮即可打印。

### 2．使用打印机

（1）单击【开始】按钮，选择【设置】菜单中的【打印机和传真】命令，打开【打印机和传真】窗口，如图 8-5 所示。

（2）单击【添加打印机】按钮，打开【添加打印机向导】对话框。

（3）单击【下一步】按钮，进入向导的第 3 个画面，设置打印机所用的连接端口。默认设置为"LPT1"。

（4）单击【下一步】按钮，确定厂商和型号，如图 8-6 所示。从【产商】列表框中选择打印机，从【打印机】列表框中选择型号。如果所用打印机不在列表中，可从列表框中选择出与之兼容的打印机，若有驱动程序安装盘，单击【从磁盘安装】按钮，按照提示安装厂商提供的驱动程序。

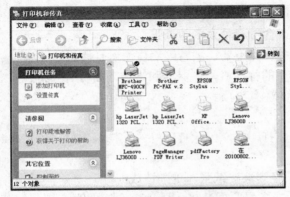

图 8-5　【打印机和传真】窗口

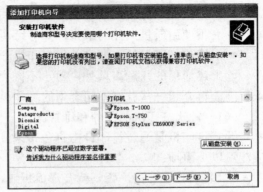

图 8-6　【添加打印机向导】对话框

（5）单击【下一步】按钮，可改变打印机的名称，还可将打印机设置成默认打印机。

（6）单击【下一步】按钮，设置是否打印测试页。

（7）单击【完成】按钮，Windows XP 将寻找相应的打印机驱动程序。打印机安装后，【打印机和传真】窗口会显示打印机的图标，如图 8-5 所示。

如果要设置打印机的属性，可以右击打印机图标，在快捷菜单中选择【属性】命令，在打开的对话框中进行诸如分辨率、纸张大小和打印方向的设置。

Windows XP 通过打印管理器来控制发送到打印机的打印作业。当用户从 Windows 应用程序中打印文档时，应用程序将打印机、字体和文档信息传给打印机管理器，之后在继续执行其他 Windows 应用程序时，打印管理器控制文档的打印。

要打印的每一文档首先放置到打印队列中去，打印管理器会按照它们发送的顺序排队，然后按照顺序逐个打印。在打印时，可在打印机窗口双击所使用的打印机图标，或单击任务栏中的打印机图标来打开打印管理器，如图 8-7 所示。在打印管理器中可以查看文档的打印状态、暂停或继续打印、删除打印文件以及调整打印顺序。

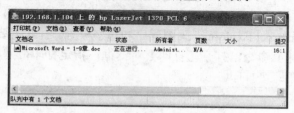

图 8-7    打印管理器窗口

### 3. 打印机的维护

要让打印机高效、长期为自己服务，一定不能忽视保养和维护工作。无论用户使用的是哪种类型的打印机，都必须严格遵守以下几点注意事项。

- 放置要平稳，以免打印机晃动而影响打印质量，增加噪声，甚至损坏打印机。
- 不要放在地上，以免灰尘积聚。
- 不使用时，需将打印机盖上，以防止灰尘或其他脏东西进入，影响打印机性能和打印质量。
- 不在打印机上放置任何东西，尤其是液体。
- 在拔插电源线或信号线前，应先关闭打印机电源，以免损坏打印机。
- 不使用质量太差的纸张，如有纸屑或含滑石粉太多的纸张。
- 清洗打印机时，要先关闭打印机开关，且不要让酒精等液体流入打印机。

除上述通用的注意事项外，对于不同类型的打印机，在保养和维护方面各有其特殊要求。下面再介绍一些针对不同类型的打印机的注意事项。

（1）针式打印机的保养和维护。

针式打印机是通过打印针击打色带来完成打印的，因此打印针的维护很重要。维护中应注意以下事项：

① 装纸时要端正，否则就会形成折皱，轻则浪费纸张，重则造成断针。

② 打印不同厚度的纸张（如卡片、蜡纸或多层票据）时，要调整纸张厚度调节杆，使

打印头与胶辊的距离与纸张厚度相适应。

③ 连续打印时，要将打印纸两边的纸孔与送纸器的齿轮配装好，将打印纸放在合适的位置以免卡纸。

④ 更换色带时，一定要将色带理顺，防止色带无法转动，甚至损坏打印针。

（2）喷墨打印机的保养和维护。

在使用喷墨打印机时，要注意以下事项：

① 在打印时，关闭打印机前盖，以防止灰尘或其他硬物进入机内，阻碍打印头的运动而引起故障。

② 墨盒未使用完时，不要从打印机上取下，以免造成墨水浪费或打印机对墨水的计量失误。

③ 确保使用环境的清洁，以免灰尘太多导致字车导轴润滑不好，使打印头的运动在打印过程中受阻，引起打印位置不准确或撞击机械框架而造成死机。

④ 打印时要把托纸架完全拉开，否则打印纸的后半段下垂，不能顺利进入打印机，造成卡纸现象。同时还会使打印头空走，不仅浪费墨水，还会使墨水滴在打印机内部，给打印机造成不必要的损害。

⑤ 要通过打印机开关来关闭打印机（而不是直接切断电源），以便使打印头回到初始位置。因为打印头在初始位置可以受到保护罩的密封，喷头不易堵塞，并且还可以避免下次开机时，重新进行清洗打印头的操作而浪费墨水。

⑥ 如果同时打开两个墨盒，应把暂时不用的墨盒放入墨盒匣里，以免喷头堵塞。

⑦ 更换墨盒时，一定要按照正确步骤，在打印机开机的状态下进行。因为重新更换墨盒后，打印机将对墨水输送系统进行充墨，而充墨过程无法在关机状态下进行。有些喷墨打印机是通过打印机内部的电子计数器来计算墨水容量的（特别是对彩色墨水使用量的统计），当该计数器达到一定值时，打印机就会判断墨水是否用尽。而在更换墨盒的过程中，打印机将对内部的电子计数器进行复位，从而确认安装了新的墨盒。

⑧ 墨盒在长期不使用时，应放在室温条件下，并且避免日光直射。

⑨ 打印时，如果输出不清晰、有条纹或其他缺陷，可以用打印机的自动清洗功能清洗打印头。若连续清洗几次之后打印效果仍不理想，表明可能墨水已经用完，需要更换墨盒。

⑩ 喷墨打印机的墨水有使用温度的限制，只有在规定的温度范围内可以发挥墨水的最佳性能（一般为 5℃~30℃）。温度过低墨水可能会冻结，而温度过高则影响墨水的化学性能。

（3）激光打印机的保养和维护。

激光打印机的内部很精密，掌握激光打印机的一般日常维护操作很重要。在使用激光打印机时，应注意以下一些事项：

① 激光打印机依靠静电工作，能够强烈地吸附灰尘，因此要特别注意防尘，不要使用粉尘较多和质量不好的纸张。

② 装纸前要注意放掉纸上的静电，并将纸张抖开，以免影响正常进纸和打印质量。

③ 更换硒鼓时，先轻摇粉盒，使墨粉均匀地分布，这样有助于取得好的打印效果。

④ 如果输出量很大，可在工作一段时间后暂停一会儿再继续输出，也可以使用两个粉盒交替工作，以延长硒鼓的寿命。

⑤ 如果用于测纸的光电传感器被污染，打印机将检测不到有无纸张，导致打印失败，这时可以用脱脂棉球擦拭相应的传感器表面，使它们保持清净，始终具备传感灵敏度。

⑥ 对于其他传输部件，如搓纸轮、传动齿轮、输出传动轮等部件，不需要特殊的维护，只要保持清洁即可。

## 8.1.3 打印机的常见故障与排除

打印机的常见故障很多，以黑白激光打印机为例，其常见故障的现象、产生原因及排除方法如下。

**1. 卡纸**

可能的原因：纸张未正确装入；纸张输入盒过满；导纸板未调整至正确位置；在未先清空并重新对齐纸盒中所有介质的情况下，添加了更多的纸张；纸张输出盒太满；在打印时调整了送纸道手柄；打印时打印机端盖被打开；使用的纸张不符合规格；在打印时电源中断等。

解决方法：对于进纸区域的卡纸，如果从纸张输入盒或单页输入槽可以看到大部分卡塞的纸张，可以小心地将卡塞的纸张竖直向上拉出。重新对齐纸张并装入，打印机将自动恢复打印。

对于内部区域的卡纸，可按以下步骤清除：①打开打印机端盖，取出硒鼓；②将绿色松纸手柄向后推；③用手慢慢拉动卡塞纸张，使其脱离机器；④清除可能掉下的纸张碎片；⑤重新装入硒鼓，合上打印机端盖，打印机将自动恢复打印。

**2. 不进纸**

可能的原因：纸张未正确装入；有卡纸。

解决方法：轻按并松开控制面板按钮，打印机再次尝试送入介质。若不成功，尝试下一步；从输入盒中取出纸张，重新对齐，再装入打印机，确保导纸板松紧适度地夹住纸张，使纸张居中；取出硒鼓，检查是否卡纸，如果有卡纸应及时清除，重新装入硒鼓并合上端盖。

**3. 打印的内容颜色浅淡或有垂直排列的白色条纹**

可能的原因：碳粉不足；启用了"经济方式"；打印机的内置光学器件被污染。

解决方法：补充碳粉；更换硒鼓或取消"经济方式"；请求服务商更换内置镜片。

**4. 打印内容有纵向或横向的黑色条纹或不规则污迹或全黑**

可能的原因：硒鼓受损或未正确安装；打印机需要清洁；纸张太粗糙或太潮或不符合打印用纸规格。

解决方法：更换或重新安装硒鼓；清洁打印机；更换纸张。

# 8.2　扫　描　仪

扫描仪是光学、机械、电子、软件应用等几种技术紧密结合的高科技产品，是继键盘和鼠标之后的又一代主要的计算机输入设备。从直接的图片、照片、胶片到各类图纸、图形以及文稿资料都可以通过扫描仪输入到计算机中，实现对这些图像信息的存储复制。其操作简便快捷，是企事业单位常用的办公设备。

## 8.2.1　扫描仪的结构与类型

### 1．扫描仪的结构

扫描仪一般由机盖、稿台、齿轮链条、步进电机、导轨和滑杆 6 个部件构成，如图 8-8 所示。

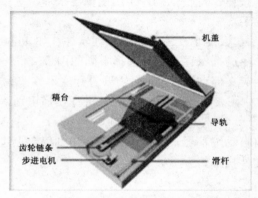

图 8-8　扫描仪外形结构图

### 2．常用扫描仪的类型

（1）手持式扫描仪。手持式扫描仪的外形与条码扫描仪类似，其光学分辨率一般为 200dpi，有黑白、灰度和彩色等多种类型，如图 8-9 所示。

（2）平板式扫描仪。平板式扫描仪是现在的主流，其光学分辨率在 300~8000dpi 之间，色彩位数从 24 位到 48 位，扫描幅面一般为 A4 或者 A3。平板式扫描仪的优点在于使用方便，只要把扫描仪的上盖打开，不管是书本、报纸、杂志、照片还是底片都可以进行扫描，而且扫描效果也是所有常见扫描仪类型中非常好的，如图 8-10 所示。

图 8-9　手持式扫描仪

图 8-10　平板式扫描仪

其他的扫描仪还有大幅面扫描仪、条码扫描仪、底片扫描仪和实物扫描仪，另外还有主要用于印刷排版领域的滚筒式扫描仪等。

## 8.2.2 扫描仪的使用与维护

### 1. 扫描仪的使用

扫描仪的使用分为两种类型：扫描图像和扫描文字，下面以扫描图像为例。

（1）安装扫描仪对应的驱动程序。

（2）安装一个专业的图形图像处理软件（例如 Photoshop）。

（3）打开图形图像软件，从【文件】下拉菜单中选择【扫描仪来源】命令，选中所使用的扫描仪，然后单击【获取图像】进入扫描界面（注：有些软件可直接从【输入】中选择扫描仪型号进行扫描）。

（4）进入扫描界面后，可根据自己的需求来选择一些扫描参数，如照片、文本、分辨率等，然后单击【预览】按钮，待整个稿台上的图像出来后，选中自己想要的部分，单击【扫描】按钮就可以扫描了。

（5）图像扫描完成后，会显示在图形图像处理软件（如 Photoshop）的界面上，选择【文件】→【另存为】命令进行保存（可以选择不同的图像文件格式）。

如果要扫描文字表格类文件，且扫描完后需要进行文本修改编辑，则需要使用 OCR 文字识别软件（一般扫描仪中附带有赠送版的 OCR）进行扫描识别，OCR 的使用稍复杂，可参考相应的说明书。

另外，如果扫描仪有自动输稿器，建议将原图片扣到稿台上进行扫描，自动输稿器一般用于连续多页的黑白文件扫描。

### 2. 扫描仪的维护

注意保养和维护，可以使扫描仪减少出现故障的几率，提高使用效率。在日常使用扫描仪时，应注意以下一些问题。

（1）不能随意拆卸。

扫描仪是一种精密的设备，拆卸时不小心可能会改动光学部件的位置，影响扫描仪的扫描成像质量，因此非专业人员在遇到扫描仪故障时，宜送厂维修，不要自行拆卸修理。

（2）防尘。

除了要在无尘或者少尘的环境下使用扫描仪，还要注意用完以后一定要用防尘罩把扫描仪遮盖起来，以防止落入灰尘。

（3）不要关闭系统虚拟内存。

当在内存配置较低的计算机中扫描图像时，常常会出现系统内存不足的现象，此时可以使用硬盘上的剩余空间作虚拟内存来完成扫描工作。但若虚拟内存被禁用，扫描仪则不能继续工作。

（4）不要将压缩比设置得太小。

使用扫描仪完成图像扫描任务后，需要选择合适的图像保存格式来保存文件。要注意不要将图像压缩比设置得太小，否则将会严重丢失图像信息。

（5）不要频繁开、关扫描仪。

有的扫描仪要求比较高，每次使用之前都要确保在计算机打开之前接通电源。如果频繁开、关扫描仪，就必须频繁启动电脑，这样，无论是对扫描仪还是对电脑都极为不利。

## 8.2.3　扫描仪的常见故障与排除

**1. 扫描软件找不到扫描仪或扫描仪不工作**

原因分析：扫描仪电源未接通；扫描仪与计算机未连接或连接不好；扫描软件和驱动程序安装不正确。

解决方法：检查所有连线的连接是否妥当；重新安装扫描软件和驱动程序。

**2. 扫描仪面板上的按钮操作失灵，无反应或任意执行**

原因分析：可能是扫描仪属性设置不正确。

解决方法：选择【开始】→【设置】→【控制面板】命令，双击【扫描仪和照相机】图标，选中故障扫描仪，并单击【属性】按钮。切换至【事件】选项卡，核实扫描仪事件框已设定为需要配置的按钮。从扫描仪事件框选择使用按钮时打开的应用程序，并取消选中【禁用设备事件】（注意，如果选择了一种以上的应用程序，单击按钮时需要回答使用何种应用程序）。单击【确定】按钮，并关闭其余的对话框。

**3. 扫描仪发出噪声**

原因分析：可能是扫描仪上锁或内部部件故障。

解决方法：核实扫描仪锁是否处于开启位置，否则请与服务商联系。

**4. 扫描件被扭曲**

原因分析：扫描时，如果原件倾斜度大于 10°，扫描软件假设使用者是故意将原件斜放在扫描仪上。

解决方法：将扫描仪上的原件摆正，然后重新扫描。

**5. 扫描件打印不正确**

原因分析：可能是打印机属性或输出类型设置不正确。

解决方法：① 打印前应检查打印机属性，例如，某些彩色打印机具有灰度打印选项。如果需要彩色输出，请核实该选项未被选中；② 如果在 HP 扫描软件中选择输出到打印机，但打印质量不符合要求，尝试更改输出类型，然后重新打印扫描件。

**6. 有关图片或照片扫描的故障**

获取的图像色彩与原件色彩不同；原件效果很好，但扫描件图像模糊或在应用程序中编辑时图像变形或参差不齐；扫描的图片文件用于网页时，效果不好或调用速度太慢。

原因分析：不同的计算机操作系统使用不同的调色板。如果将在一个操作系统中扫描的图像应用于另一个操作系统，色彩可能不正确，也有可能是有关图片的扫描设定不恰当。

解决方法：如果扫描的目的程序是图像编辑程序，可在其中修改色彩。扫描照片或彩色图形时，最好在【改变输出尺寸】对话框中更改尺寸，而不要在目的应用程序中更改，特别注意不要更改图像比例。在网页上使用文件，应在扫描时使用 GIF、JPG 或 FPX 文件格式保存，并将分辨率设定为 75dpi，因为超出 75dpi 的分辨率并不改进计算机监视器中显示的扫描件外观。另外，最好使用正常彩色照片输出类型，而不要使用最佳彩色照片，以便减少扫描件中的色彩数目。这样生成的文件较小，载入速度较快。同时还可以在图像编辑程序中打开文件做必要的改动，例如更改色彩数目等。

### 7. 有关文字扫描转换和 OCR 的故障

文字处理程序中，转换后文字的字体与原件字体不同；无法在文字处理程序中编辑扫描文字；文字处理程序中的转换文字包含错误；HP 扫描软件把文字看作照片。

原因分析：OCR 转换并不总是保留字体的排版信息，一般使用文字处理程序的默认字体。HP 扫描软件可能把扫描件识别为图形或照片。OCR 过程有时会出现错误，某些字体转换可能不如其他字体理想。例如，OCR 过程很难准确地转换文稿字体和特殊字体，另外，与固定间距的字体（如 Courier）相比，比例间距的字体（如 Times）以及某些衬线字体转换比较困难。有背景的文字、与图形重叠的文字或颠倒的文字常常被识别为照片。

解决方法：必要时从文字处理程序中重新将文字格式化。在图像窗口中，以手动方式将输出类型更改为文字，重新将扫描件输送至目的地。欲获得最佳效果，应扫描比较清洁的原件。例如，避免使用反复传真或复制的原件，同时，可以使用文字处理程序的拼写检查程序纠正剩余错误。如果以手动方式将输出类型更改为文字后重新扫描至目的地仍不能解决，只有在文字处理程序中将文字用作照片或者在文字处理程序中重新输入文字。

## 8.3 复 印 机

复印机是人们非常熟悉的现代办公设备。它是从书写、绘制、印刷的原稿得到等倍、放大或缩小的复印品的设备，主要用来复印文件、书刊等资料；同时它还被应用于大幅面工程图纸的复印，以及一些特殊的用途，例如，显微胶片的放大复印等。彩色复印机的发展，使复印机的应用扩展到了很多新的领域，特别是用于复印从彩色打印机和绘图机输出的彩色稿。如图 8-11 所示为一款复印机。

### 8.3.1 复印机的结构

复印机的结构分为机器外部部件结构和机器内部部件结构。本节主要介绍复印机的内部结构，如图 8-12 所示为复印机的内部结构图。

图 8-11　复印机

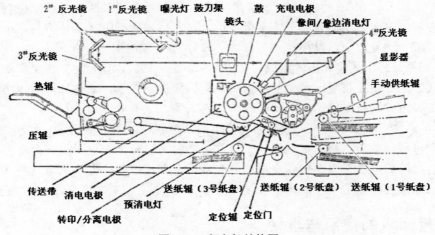

图 8-12　复印机结构图

（1）光学系统：由稿台玻璃、原稿曝光灯、1″~4″反光镜、镜头、防尘玻璃等组成。原稿曝光灯分为热光源和冷光源，热光源一般采用卤素灯，功率从 150W 到 400W 依复印机型号不同而不同。目前，模拟复印机一般都采用卤素灯做曝光灯，其优点是光强度高，相对热量较小；冷光源一般采用氙气荧光灯作为曝光灯，其特点是功率低，热量损耗小，使用寿命长。

（2）感光鼓：是复印机的核心部件，由于其具有半导体光敏特性，是复印过程中形成静电潜像的载体，现在常用的有硒鼓、硫化镉鼓、有机光导体鼓、非晶态硅鼓 4 种。

（3）高压充电系统：该系统主要以充电电极为主。电晕器是对感光鼓表面充电的高压电极，高压由高压发生器供给，由于各高压电极充电的时间和时序不同，高压发生器多为分离单元式的，一个电晕器同相应的高压发生器相连。有的复印机为了使通过转印部的纸不卷到鼓上，在转印电极架上增设一个分离电极，称为转印/分离电极。分离高压一般采用交流高压充电，交流高压可以形成电晕放电，既能产生空气负离子，也可以产生空气正离子，但一般产生负离子要比正离子容易一些。分离电极可以消除复印纸的两面正负电荷，使纸易于从感光鼓上分离下来。

充电电晕器基本分为：

① 电晕丝，一般为直径 0.06mm 的钨丝，其表面镀金；有的表面显黑色；有的表面显原色；用户可对钨丝表面不做任何处理。

② 锯齿形钢片电晕器，现有一般都是做主充电使用，在其与感光鼓之间一般有一个钢网均电栅，用于电晕器向感光鼓放电时，均匀电荷。

③ 橡胶皮棒电晕器，充电胶皮棒是在胶皮棒的铁芯两端处加高压，使胶皮棒表面均匀地向感光鼓或复印纸（用于转印时）放电，其主要优点产生辐射少，电荷均匀度好，较为环保。

④ 显影器：主要由显影剂器、显影磁辊、磁刷挡板和搅拌辊组成。若是双组份的显影器，还有墨粉盒、下粉辊和供粉电机。现在常用的显影方式分为磁刷式、跳动式两种。

⑤ 输纸系统：主要包括送纸辊、定位辊、定位门、手动供纸辊和输纸带（或输纸器、

传送带）5 个部分。在复印过程中，送纸辊将复印纸从纸盒内搓起传送到定位辊，定位辊由定位门控制将复印纸与感光鼓上的图像对位，转印后由输纸带（器）将复印纸传送到定影系统，完成一次复印送纸过程。

⑥ 定影系统：由热辊和压辊组成（又称上、下定影辊），分为定影辊定影和定影膜定影两种方式，其作用是将复印纸上的图像可熔性树脂墨粉粒子，通过加热熔化再经过定影辊加压，使墨粉粒固化在复印纸上，形成牢固的图像。

⑦ 清洁系统：现在常用的一般有鼓刀架上的清洁刮板或清洁毛辊这两种形式。在一个完整的复印过程结束后，感光鼓上会残余一部分墨粉，经预消电灯对鼓表面充分曝光和消电电极对感光鼓放电，鼓表面对残余墨粉的吸着力降到极低的程度，再通过清洁刮板或清洁毛辊将感光鼓表面清洁干净，为下次复印做准备。

## 8.3.2 复印机的使用与维护

### 1. 复印机的使用

复印机的使用主要有以下几个步骤。

（1）开机预热。按下机器的总电源开关，这时机器操作面板上将出现预热等待信号，表明定影器正在预热升温。预热完毕后，即可以进行复印。有的复印机还会出现音乐声音，或在面板上显示"准备好"的字样。

（2）准备工作。复印前，应先将原稿上不清楚的字迹或线条描写清楚，否则，印完后再对复印品进行加工，既费时又费力。放置原稿前，应尽量拆开，以保证原稿与稿台玻璃充分接触。然后将复印机盖板压在原稿上。注意，盖板要尽量盖严，否则会因为漏光而在复印品上出现黑边，影响美观。

（3）选择复印倍率。可以在复印前预置所需的放大或缩小倍率，以便选择合适的复印纸尺寸。倍率的选择有两种，一种是以纸型尺寸表示，放大时为 B5-A4，缩小时为 A3-A4；另一种是以百分比表示，放大时为 1.4%，缩小时为 0.6%。原稿要放在稿台玻璃相应的标线之内，如 B5、A4 等。原稿放置方向（横、竖）应与所选用复印纸的方向一致。

（4）选择复印纸尺寸。根据原稿的大小或需要缩小、放大的尺寸（如从 A3 缩小到 A4）选择复印纸尺寸，如果机器上未显示所需的纸型，则说明机器内没有装入此种尺寸的复印纸盒，需要重新装入。有些复印机设有定影温度调节旋钮或按钮，一般分为厚纸和薄纸两档。复印纸较厚时，应选在复印厚纸（定影温度高）的位置，薄纸应置于复印薄纸的低温位置，否则会出现定影过渡或定影不牢的现象。此外，定影温度控制还要根据室内温度来调节。

（5）预置复印数量。复印数量的预置分为旋钮式和按触式，一般可从 1 页复印到 99 页，如果设错了印数要按清除键清除，然后重新设定。

（6）调节复印品浓度。复印品浓度的调节，有的是靠调节窄缝的宽度实现，有的则是通过控制原稿曝光灯的亮度来完成。

（7）按【开始复印】按钮进行复印。在复印文档材料时，如果突然要复印其他加急文稿，可以按下控制面板中的【暂停】按钮，复印机会立刻停止，同时控制面板中的复印数量自动恢复为"1"，此时可以重新设置复印份数，待紧急任务处理完毕后，再次按下【暂停】按钮即可继续。此时如果要取消当前的复印任务，可以按【停止】按钮。

### 2. 复印机的维护

定期对复印机进行维护和保养，是保证复印机正常高效运转的有效措施。因此，作为复印机的日常管理和使用者，掌握一定的维护保养方法和常识非常必要。

一般来讲，复印 3000 张后，要对废粉盒、显影器底部、导纸板和稿台玻璃进行清洁；复印 10000 张后，要对显影辊和定影器进行清洁；复印 50000 张后，除清洁主要部件外，还要检查易损零部件的工作状况，有损坏的需及时更换；复印 100000 张后，还应检查驱动部件的工作状况，是否需清洁、加油或更换。

在保养过程中，为了不使机器产生人为故障或损坏零部件，必须注意以下几点：

（1）保养应在断电情况下进行。

（2）一定要用中性清洁剂清洁。若清洁某些部件时需使用酒精，应注意防火。

（3）使用润滑剂一定要适量。塑料和橡胶零件不可加油，否则会促其老化。

（4）拆卸部件时，应注意次序，必要时要做记录，以免安装时漏掉或颠倒次序。

（5）拆下的不同螺钉要记好位置，以免上错，损坏机器。

## 8.3.3  复印机的常见故障与排除

复印机的保养，就是尽可能地给复印机创造一个良好的工作环境，定期地清扫、整理、加油、调整，日常要注意防尘、防潮、防震，尽量减少搬动，移动时一定要水平，不要倾斜，这样可以提高复印机的工作质量，延长使用寿命，节约维修费用。特别要注意使其远离水，且不要在复印机的面板上放置太重的物品。下面介绍两种最常见故障的排除方法。

### 1. 复印不清晰

复印机最常见的问题是复印不清晰，其排除故障方法如下：

（1）首先检查文稿，如文稿底色发黄，会使复印对比度受影响。如果是重氮或透明的文稿类型，复印件看起来会有花斑，而铅笔文稿的复印件会较浅。

（2）检查复印板盖和稿台玻璃，脏或有积尘要进行清洁，若划花，需进行更换。

（3）检查电晕机构是否积尘或安放是否正确，检查电晕线是否损坏或锈蚀。再查看转引导板和进给导板是否有灰尘，如果有，可用湿布清洗。

（4）检查复印纸。复印纸受潮会影响复印质量。一些外部因素也会导致复印出现问题，最常见的是受潮和冷凝。南方春季天气潮湿，这时应使用抽湿机，没有抽湿设备，可开机一段时间驱除湿气后再复印，同时用干布抹干复印板盖和复印板玻璃、电晕机构、转引导板和进给导板等。

（5）若复印稿颜色较浅，可以用手动浓度按键加深复印，若还是色浅，则可能是碳粉量不足、原稿色淡、复印纸受潮，还有机器元件故障、使用代用碳粉等原因。

### 2. 复印机卡纸

复印机卡纸可能是机器本身元件故障所造成的，也可能是复印环境及人为使用所造成的。查看复印纸是否受潮皱折，如有，应换用新的复印纸。或查看机器显示卡纸位置是否有残余的纸张未清理干净。如经检查正常，重新开机复印，如仍然卡纸，则应该请专业维修员处理。此外，添加复印纸前要先检查纸张是否干爽、洁净，然后理顺，再放到纸张大小规格一致的纸盘里，放错规格纸盘也有可能造成卡纸。

# 8.4 传 真 机

传真机是一种应用扫描和光电变换技术，把文件、图表、照片等静止图像转换成电信号，传送到接收端，以记录形式进行复制的通信设备。

传真机能直观、准确地再现真迹，并能传送不易用文字表达的图表和照片，操作简便。随着大规模集成电路、微处理机技术、信号压缩技术的应用，传真机正朝着自动化、数字化、高速、保密和体积小、重量轻的方向发展。如图 8-13 所示为一台传真机。

目前市场上常见的传真机按照其工作原理可以分为 4 大类：热敏纸传真机（也称为卷筒纸传真机）、热转印式普通纸传真机、激光式普通纸传真机（也称为激光一体机）和喷墨式普通纸传真机（也称为喷墨一体机）。而市场上最常见的就是热敏纸传真机和喷墨/激光一体机。

图 8-13　传真机

## 8.4.1　传真机的结构

传真机的主要功能都在操作面板上实现，与计算机的键盘和显示器类似，由用户观察并操作、控制传真机的工作状态。面板主要有按键控制、LCD 显示控制和主电源开关控制等。

传真机主要由话筒、原稿台、热敏纸盖、面板和原稿出口处等几部分组成，如图 8-14 所示。

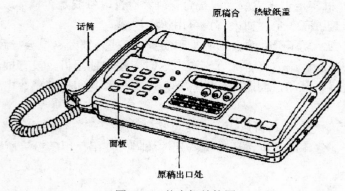

图 8-14　传真机结构图

## 8.4.2　传真机的使用与维护

**1. 传真机的使用**

（1）发送传真。

发送传真一般用手动传送，当对方传来一个传真提示音后，传真机即可自动发送传真，使用免提或话筒都可以监听电话线路的活动。

发送传真的具体步骤如下：

① 将文件原稿有内容的一面向下放置，将导纸器的宽度调整到与原稿的宽度相同。

② 如有必要可选择【对比度/精细度】。

③ 提起话筒或按免提键。

④ 按数字键拨出电话号码。

⑤ 当传真机收到接收方的传真音后，按【开始】键即可传送。

（2）接收传真。

接收传真时，应首先选择接收方式。传真机提供 3 种接收模式，即自动、手动和应答。按【手动/自动】键可在自动和手动两个模式之间切换，当选择了自动模式时，【自动】灯亮；按【应答】键，设置应答模式。若已设置为应答模式，就没有必要设置【手动/自动】键，再按【应答】键将关闭应答模式，传真机恢复到原来设定的模式。

① 自动模式。自动模式下，在传真机或外界电话不进行操作时，可通过电话线路接收传真。自动模式主要用于单一线路的用户，使用一个电话号码既可以接收传真又可以接听电话。当用户拥有一条专用的传真电话线时，可选择该模式。用户可以使用响铃时间设置功能。

当传真机处在自动模式状态下时，电话线路连接前响铃 3 次，如果没有对电话进行应答，在电话线路连接后，传真机响起正式的模拟铃声。

两种铃声的先后次序和铃声的次数可由用户设定。

② 手动模式。如果用户的传真机主要用于传真传送，并且希望由自己来控制传真接收，则选用该模式。在该模式下，一切传真都要经用户应答电话之后才可以接收。

③ 应答模式。当用户外出时，若希望传真机同时自动接收传真和留言，则选择该模式，而所有的传真电话都由外接的电话应答机管理。

**2. 传真机的维护**

为了确保传真机的传真质量，在使用传真机时，应对其进行正常的维护，具体措施如下：

（1）使用传真机的环境。

传真机对温度和湿度的要求比较高，要求环境温度保持在 5℃~35℃，相对湿度则在 25%~85% 范围内。因此，传真机的安装位置十分重要，应避免受到阳光直射和热辐射，不要将机器置于潮湿、灰尘多的环境，也不要放在有震动、不稳固的地方以及冷、暖机附近。

（2）避免干扰。

传真机应使用单独的电源插座，尽量不与噪声大的机器（如空调、打印机等）共用一个插座，以免干扰传真机接收和发送信件的质量。

（3）注意原件质量。

切勿发送过厚及潮湿的文件。

（4）注意安全。

在遇有闪电、雷雨时，传真机宜暂停使用，并拔去电源及电话线，以免雷击造成传真机的损坏。

（5）防潮。

要谨防水或化学液体流入传真机，损坏其电路及器件。

（6）保持清洁。

最好经常使用柔软的干布清洁传真机，特别是扫描部分（如 CCD 或 CIS）以及感热记录头（TPH）。要注意，只能用干净的布或镜头纸清洁，切忌直接用手或不洁净的布、纸擦拭。

（7）保证纸质。

不要使用非标准的传真纸。劣质的传真纸光洁度不够，使用时会对感热记录头和胶辊造成磨损。记录纸上的化学染料配方不合理，会造成印字质量不佳，保存时间变短。如果传真纸上有沙尘，还会刮坏打印头。此外，还要注意记录纸不能长期暴露在阳光或紫外线下，以免记录纸逐渐褪色，造成复印或接收的文件不清晰。

（8）严防异物。

发送文件时必须仔细检查是否有装订针、大头针之类的硬物，还要检查墨迹或胶水是否未干。因为硬物容易划伤扫描玻璃或其他装置，引起传真机故障；而未干的墨迹或胶水则易弄脏扫描玻璃，造成传真机发送质量下降。因此这些文件都不宜发送。

（9）不要频繁开、关机。

每次开、关传真机时，都会使机内的电子元器件发生冷热变化，而频繁的冷热变化容易加速机内元器件的老化，并且每次开机的冲击电流也会缩短传真机的使用寿命，因此不宜频繁开、关传真机。

（10）合纸舱盖的动作不宜过猛。

传真机的感热记录头大多装在纸舱盖的下面，若合纸舱盖时动作过猛，轻则会使纸舱盖变形，重则会造成感热记录头的破裂和损坏。

（11）勿自行拆卸。

传真机的电路和机械结构都比较复杂和精密，因此须按照说明正确使用，不宜自行拆卸。

## 8.4.3  传真机的常见故障与排除

随着传真机的功能越来越全面，其内部构造也越加复杂，因此在日常使用过程中难免会出现许多问题，如果不能及时排查问题消除故障，将会影响正常办公。作为办公人员，除了要学会使用传真机外，还需要了解一些常见故障的排除、解决办法，以便在出现问题后能够及时解决，提高工作效率。

在日常工作中，常见的传真机故障主要有以下 10 种：

**1. 卡纸**

卡纸是传真机很容易出现的故障，发生卡纸现象后，用户必须手动将纸张取出。在取纸的时候要注意两点：只可扳动传真机说明书上允许动的部件，不要盲目拉扯上盖；尽可能一次将整纸取出，不要把破碎的纸片留在传真机内。

**2. 传真或打印时纸张为全白**

如果用户所使用的传真机为热感式传真机，出现纸张全白的原因有可能是记录纸正反面安装错误。因为热感式传真机所使用的传真纸，只有一面涂有化学药剂，如果纸张装反，在接收传真时不会打印出任何文字或图片。在这种情况下，用户可将记录纸反置后重新尝试传真。

如果使用的传真机为喷墨式传真机，出现纸张全白的原因可能是喷头堵塞，这时用户应清洁喷头或更换墨盒。

**3. 传真或打印时纸张出现黑线**

当用户在接收传真时发现文件上出现一条或数条黑线时，如果是 CCD 传真机，可能是反射镜头沾有污物；如果是 CIS 传真机，则可能是透光玻璃沾有污物。这时用户可根据传真机使用手册说明，用棉球或软布蘸酒精清洁相应的部件。如果清洁完毕后仍无法解决问题，则需将传真机送修检查。

**4. 传真或打印时纸张出现白线**

如果用户在接收传真时发现纸张上出现白线，通常是由于热敏头（TPH）断丝或沾有污物所致。如果是断丝，应更换相同型号的热敏头；如果有污物，可用棉球清除。

**5. 无法正常出纸**

这种情况下，用户应检查进纸器部分是否有异物阻塞、原稿位置扫描传感器是否失效、进纸滚轴间隙是否过大等。此外，还应检查发送电机是否转动，如不转动，则需检查与电机有关的电路及电机本身是否损坏。

**6. 电话正常使用，无法收发传真**

如果电话机与传真机共享一条电话线，出现此故障后，应检查电话线是否连接错误。正确的连接方法是将电话线插入传真机标示【LINE】的插孔，将电话分机线插入传真机标识【TEL】的插孔。

**7. 传真机功能键无效**

如果传真机出现功能键无效的故障，首先应检查按键是否被锁定，然后检查电源，并重新开机让传真机再一次进行复位检测，以清除某些死循环程序。如果还不能解决问题，需送修检查。

### 8. 接通电源后报警声不停

出现报警声通常是由于主电路板检测到整机有异常情况,可按下列步骤处理:检查纸仓里是否有记录纸及记录纸是否放置到位;纸仓盖、前盖等是否打开或合上时不到位;各个传感器是否完好;主控电路板是否有短路等异常情况。

### 9. 更换耗材后,传真或打印效果变差

如果在更换感光体后传真或打印效果变差,用户可检查滑轮是否在使用张数超过 15 万张还没更换过,而使磁刷摩擦感光体,使效果减弱。建议每次更换铁粉及感光体时,一起更换磁棒滑轮,以确保延长感光体寿命,如果是更换上热或下热后寿命缩短,则应检查是否因为分离爪、硅油棒及轴承老化,而致使上热或下热寿命减短。

### 10. 接收到的传真字体变小

一般传真机会有压缩功能将字体缩小以节省纸张,但会与原稿版面不同,用户可参考购买传真机时所带的使用手册将省纸功能关闭或恢复出厂默认值。

## 8.5  多功能一体机

多功能一体机,就是将打印、扫描、传真和复印等功能集于一体的设备。大多数多功能一体机从两个方向发展起来:一种是以打印机为主体进行功能扩展,实现打印、扫描、复印和传真功能于一体,如图 8-15 所示;另一种则是以数码复印机为主体进行功能扩展,集打印、复印、扫描和传真于一体,称为数码复合机,如图 8-16 所示。

图 8-15  彩色激光多功能一体机

图 8-16  彩色数码复合机

数码复合机不仅提供从单一打印功能到融合复印、扫描和传真等多项功能,并且可提供专业、全面的业务解决方案,还融合了软件、保密、安全和网络等功能,这种设备文档中心(Document Center)正向智能打印发展。如具备 IC 卡认证功能的复合机需刷卡认证后才能打印输出,以对使用设备者进行管理和限制;具备底纹打印功能的复合机在对打印原件进行复印时会显现底纹文字,以区分原件与复印件,起到安全保密作用;具备身份证正

反两面快速复印功能和嵌入校园一卡通的复合机,要在使用者刷卡付费后才能打印输出等。

相对于传统的办公设备,多功能一体机具有 3 大特点:(1)功能多。多功能一体机将打印、扫描、传真和复印等功能集于一身。(2)体积小。多功能一体机通常仅比传统打印机略大,而比传统复印机要小很多。(3)成本低。同样功能,一套传统的企业用入门级别的设备需要花费 12000 元以上,而一套全功能的彩色喷墨多功能一体机仅需要 2000 元左右,一款具有网络打印、扫描、复印功能的彩色激光多功能一体机也仅需 9000 元左右。

## 8.5.1　多功能一体机的结构

多功能一体机的结构如图 8-17 所示,其中,送稿器用来放置待复印、传真的文稿,并将其自动送到机器里;控制面板主要用来控制机器;电话听筒主要用来收发传真;进纸盒用来放置打印纸;出纸盒用来放置打印后的纸张。

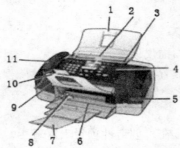

1—送稿器　2—控制面板显示屏　3—纸张导板　4—控制面板　5—墨盒舱门　6—进纸盒　7—进纸盒延长板　8—纸张宽度导板　9—出纸盒　10—出纸盒延长板　11—电话听筒

图 8-17　多功能一体机结构图

## 8.5.2　多功能一体机的使用与维护

### 1. 多功能一体机的使用

(1)打印。

① 装入普通纸张,如果是打印照片,则装入照片纸。

② 打开需打印文档,从应用程序中选择【文件】→【打印】命令。

③ 如要改变打印设置,可单击【属性】、【参数】、【选项】或【设置】按钮(取决于应用程序或者操作系统),将会出现打印属性界面。

④ 单击各个选项卡改变打印设置,或者从菜单中选择适当的项目向导,例如【打印横幅】或【打印信封】等。

⑤ 在【质量/份数】对话框中,为打印文档选择适当的【质量/速度】设置、打印份数、黑白或彩色打印以及如何进行多打印。

⑥ 在【纸张设置】对话框中,为打印文档选择适当的纸张类型、纸张尺寸和打印方向。

⑦ 在【打印样式】对话框中,为打印文档选择适当的样式和双面打印设置,如果是照片,则为其选择适当的样式。

⑧ 当改变了所有需要的设置后，可单击对话框底部的【确定】按钮返回【打印】对话框。

⑨ 单击【确定】或【打印】按钮，完成打印任务。

（2）扫描。

① 打开多功能一体机的扫描仪顶盖。

② 将待扫描件正面朝下放置在扫描仪玻璃上，并确保其正面的左上角与扫描仪玻璃上标记所指的位置对齐。

③ 关闭扫描仪顶盖。

④ 按操作面板上的【Scan（扫描）】按钮，"多功能一体中心首页"将会出现。

⑤ 从【将扫描的图像发送到】对话框中选择希望将扫描的图像发送到哪个应用程序。

⑥ 根据需要改变扫描设置。

⑦ 单击【开始扫描】完成扫描操作。

（3）收发传真。

① 发送传真

- 打开多功能一体机的扫描仪顶盖。
- 将待传真件正面朝下放置在扫描仪玻璃上，并确保其正面的左上角与扫描仪玻璃上标记所指的位置对齐。
- 关闭扫描仪顶盖。
- 打开多功能一体中心，在"创造性项目"区域中，单击【使用计算机调制解调器发送传真】。
- 按照计算机屏幕上的提示进行操作。

② 接收传真

- 选择【开始】→【设置】→【控制面板】命令。
- 单击【传真】。
- 打开【状态监视器】对话框，选中【允许手动应答第一个设备】。
- 当有电话拨入时，将会出现"应答来电？"提示。如果是语音来电，单击【否】，如果听到了传真信号，则单击【是】。

（4）复印。

① 打开多功能一体机的扫描仪顶盖。

② 将待复印件正面朝下放置在扫描仪玻璃上，并确保其正面的左上角与扫描仪玻璃上箭头所指的位置对齐。

③ 关闭扫描仪顶盖。

④ 根据需要改变复印设置。

⑤ 【Black Copy（黑白复印）】或【Color Copy（彩色复印）】按钮，完成复印任务。

**2. 多功能一体机的维护**

（1）规定的湿度环境下使用多功能一体机。

多功能一体机的推荐使用环境温度是 15℃~32℃，相对湿度是 20%~80%。在规定的使用环境下使用多功能一体机,可以避免一些故障,如卡纸、扫描灯管预热不起来等,同时可以延长多功能一体机的使用寿命。

(2)长时间不用应关机断电。

如果多功能一体机没有传真功能,建议使用完后关闭电源并拔去电源线。即便带有传真功能,如果长时间不用,也建议关闭多功能一体机电源,并拔去电源线。

大部分地区存在不规范接地的电源环境。很多用户单位的插座没有良好的接地,用户的插线板不规范,存在漏电等现象。这样的电源环境容易引起多功能一体机主板或电源故障。

(3)雷雨天气需拔掉多功能一体机背后连接的电话线。

我国南方地区春夏季雷雨天气特别多,有时遇到电话公网上的雷击事故,可能导致多功能一体机传真板上的部件被反向击穿。因此建议在雷雨天气时断开多功能一体机背后的电话线,以防止击穿事件。

(4)勿超负荷使用多功能一体机。

每台多功能一体机都有一个工作周期,即每月最多的打印页数。超负荷使用可能会导致多功能一体机工作不正常,如打印慢、容易卡纸等,缩短其使用寿命,所以建议不要超过多功能一体机的工作周期。

(5)要注意维护扫描头。

扫描头是消耗性硬件,就像普通电灯泡一样有使用寿命,超过其使用寿命后,便会出现扫描头无法启动的故障,这时必须进行更换。

① 进行扫描、复印、传真工作时都需用到扫描头,建议将多功能一体机水平放置,且勿在其上面堆压重物,以免使扫描头受压迫造成损坏。

② 保证玻璃板的清洁,如果是使用自动进纸器进行工作的机型,要保证进纸器下玻璃条的清洁,以免导致自动进纸不畅而加长扫描头的工作时间。

(6)墨盒的维护。

如果长期没有打印需求,建议相隔 2 个星期左右打印一张自检页,这样不至于使墨头变干,以防止墨头堵塞。

(7)进纸盒放白纸的注意事项。

如果放置标准的 A4 纸张,建议用 70g~90g 的纸,太薄或者太厚容易引起卡纸或多张进纸。多功能一体机可放置什么类型的纸张,可参考其说明书中的纸张规格标准。

放置纸张时,需先理顺然后放入,不可有粘连或其他东西。如果发生卡纸,不宜用力在前面扯拽,这样很可能导致多功能一体机零件损坏。建议转到机器背后,打开后盖,一边转动后轮,一边取出卡纸。

## 8.5.3  多功能一体机的常见故障与排除

多功能一体机是时尚热门的产品,一直备受用户的关注,在设备使用时间较长的情况下,难免会出现一些故障,很多故障是非常微小的,也是很容易处理的,下面讨论一些常见的故障及排除方法。

**1. 多功能一体机不能打印**

故障描述：使用多功能一体机打印时，出现报警提示：check paper size（检查纸张大小）。放入的是 A4 纸，但开始打印设置中不是设成 A4，是后来更改的，打印时还是会提示检查纸张大小。

排除方法：这与纸张大小无关。打开打印机，检查是否卡纸，若无卡纸，检查纸盒里的纸是否放得正确，位置是否合适，抽出后，重新放回原位，再试。

**2. 多功能一体机收不到传真**

故障描述：多功能一体机不能接收传真。

排除方法：需要在设置中做相应修改，其中的传真信号接收改为自动接收，时间长短也需要设置。

**3. 多功能一体机和扫描仪冲突**

故障描述：同时存在一台多功能一体机和一台扫描仪，打开多功能一体机，则系统提示找不到扫描仪。

排除方法：多功能一体机本身集成了扫描功能，如果直接用 USB 线连接就会产生问题。可以用打印电缆连接多功能一体机，而用 USB 线连接扫描仪，问题一般可以解决。

**4. 多功能一体机扫描出现问题**

故障描述：多功能一体机不能直接扫描文件。

排除方法：在使用扫描功能之前，应安装多功能一体机驱动。安装驱动后，桌面上会有新加的图标，双击进入后里面有扫描、复印等选项，在机器上放入要扫描的文档或图片，直接选择扫描功能即可。

# 8.6 刻 录 机

为了长期保存一些重要资料，常采用刻录机将一些资料刻录在光盘中。刻录机就是将数据从硬盘上转移到光盘上的设备，它需要与专门软件配合使用。如图 8-18 所示是一款 DVD 刻录机的外观。

## 8.6.1 刻录机及刻录盘简介

图 8-18 DVD 刻录机的外观

刻录机是一种可读写光盘数据的设备，使用时需要有刻录盘片。

刻录机的类型有 3 种，即普通刻录机、Combo 和 DVD 刻录机。

（1）普通刻录机就是 CD-RW 刻录机，是早期产品，会逐渐在市面上消失。

（2）Combo（康宝）是集成了普通光驱、刻录机和 DVD-ROM 三者功能的刻录机，其整体性能与各种单功能的产品有一定的差距，使用寿命也相对较短。因此康宝也只是一个过渡性的产品，流行方向应是 DVD 刻录机。

（3）DVD 刻录机可以用来刻录普通的 CD-R/RW 光盘，另外 DVD 刻录机本身还具备 CD-ROM 和 DVD-ROM 的功能，是光存储市场的主流产品。

普通刻录机的盘片有两种，一种是 CD-RW，另一种是 CD-R。CD-RW 的盘片数据可以擦写，在刻录数据出错时，也可以清除数据，恢复光盘的原始状态；CD-R 盘片刻录的数据是永久性的，写入后无法改变。

DVD 刻录机的盘片分 3 种格式：DVD-RAM、DVD-R/RW 和 DVD+R/RW，其中后两种又可以分为可重复擦写（RW）和一次性擦写（R）。

（1）DVD-RAM 格式主要由松下公司推广，与传统 DVD 不兼容，普通 DVD-ROM 不能读取该格式的盘片，因此很少见，其价格也高。

（2）DVD-R/RW 格式由先锋公司主推，与 DVD-ROM 完全兼容。其进入市场的时间较早，盘片的价格较低。其中，DVD-R 盘片最常见的格式有 DVD-R Authoring 和 DVD-R General 两种，分别需要不同型号的刻录机来支持。

（3）DVD+R/RW 格式由惠普、飞利浦和索尼提出，他们认为这种技术比当前存在的技术更先进，因此使用 "+" 号。这种驱动器能够刻录 DVD+R 和 DVD+RW 盘片，但不能刻录 DVD-R 或 DVD-RW。在兼容性上与 DVD-R/RW 基本相同，刻录速度较快，在寻址方式上优于 DVD-R/RW。

刻录机的安装简单，大多数刻录机都采用 IDE 接口，安装时只需将刻录机装入到驱动器的扩展槽内，接上数据线和电源线，用螺丝将其固定即可。

## 8.6.2　使用 Nero 刻录光盘

使用 Nero 刻录光盘的步骤如下：

（1）双击打开 Nero，如图 8-19 所示。

（2）单击【复制和备份】按钮，如图 8-20 所示。

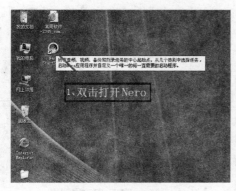

图 8-19　打开 Nero

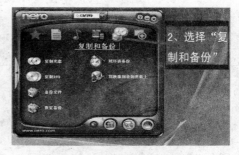

图 8-20　选择【复制和备份】

（3）选择【将映像刻录到光盘上】选项，如图 8-21 所示。

（4）在弹出的对话框中，选择要刻录的格式为 ISO 的系统文件，并打开，如图 8-22 所示。

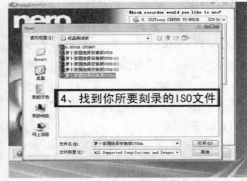

| 图 8-21 选择【将映像记录到光盘】选项 | 图 8-22 选择需要刻录的 ISO 文件 |
|---|---|

（5）如图 8-23 所示，在弹出的对话框中的速度（writing speed）下拉列表中选择 8×
或者 16×，如果高于 16×，则容易造成不能读盘或者刻错，选择完后单击【Next】按钮。

（6）打开如图 8-24 所示的界面，此时不要单击任何按钮，否则可能刻错。

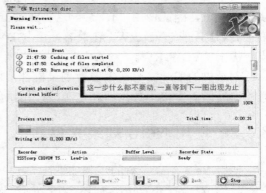

| 图 8-23 选择刻录速度 | 图 8-24 等待下一步 |
|---|---|

（7）刻录完毕后，系统会自动弹出如图 8-25 所示的对话框，单击【确定】按钮。

（8）如图 8-26 所示，直接单击【Next】按钮即可。

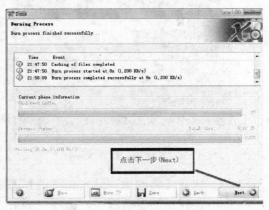

| 图 8-25 刻录结束 | 图 8-26 单击【Next】按钮 |
|---|---|

（9）单击【Exit】按钮，返回主界面，如图 8-27 所示。

（10）单击【×】按钮，退出软件，如图 8-28 所示。

图 8-27 退出刻录界面

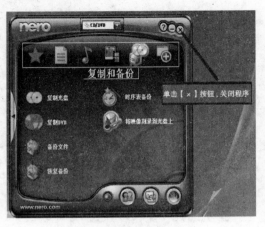

图 8-28 关闭程序

# 8.7 投影机及显示器

投影机和显示器都是计算机的输出设备，其作用是将计算机中的信息在特定的设备上显示出来。

## 8.7.1 投影机

### 1. 投影机简介

投影机是一种数字化设备，用于计算机信息的显示。使用时，常配有大尺寸的屏幕，计算机送出的显示信息通过投影机投影到幕布上。作为计算机设备的延伸，投影机在数字化、高亮度显示等方面具有鲜明的特点，目前被广泛地应用于教学、广告展示、会议和旅游等诸多领域，如图 8-29 所示。

在课堂演示教学中，教师利用多媒体系统将教学内容投影在大屏幕上，对教学内容进行讲解。运用这种方法可以提高学生学习兴趣，增强学生观察、理解和分析问题的能力，提高教学质量和效率。

多媒体教室由多媒体计算机、投影机、数字视频展示台、中央控制系统、投影屏幕和音响设备等多种现代教学设备组成，如图 8-30 所示。

其中，液晶投影机是整个多媒体教室中最重要的设备，它连接着计算机系统、所有视频输出系统及数字视频展示台，把视频、数字信号输出显现在大屏幕上；数字视频展示台是一种可以进行实物、照片、图书资料投影的设备；多媒体计算机是演示系统的核心，用于运行教学软件；中央控制系统把整个多媒体演示教室的设备集成在一个平台上，所有设备的操作均可在此平台上完成；投影屏幕用于与投影机配套使用。

图 8-29 投影机

图 8-30 多媒体教室

**2. 投影机的使用**

投影机的具体操作步骤如下：

（1）安放投影仪。

投影仪一般可以分为吊装式和便携式两种。吊装式投影仪一般由专业人员进行安装，日常使用的主要是便携式投影仪。便携式投影仪在安放时应注意桌面与地面的连线，以免不小心中断电源造成非正常关机。若投射画面倾斜或变形，可调整机器的支腿并固定位置使画面正常。

（2）连接投影仪与计算机。

投影仪附带有连接线，连接时把与投影仪配套的 RGB 视频电缆一端接在计算机用来外接显示器的 VGA 显示端口上，另一端接在投影仪的 RGB 输入端口上即可。

（3）接通电源。

接通电源，投影仪即处在待机状态，橙色的指示灯亮。按遥控器或投影仪操作面板上的电源按钮，此时投影仪进入预热状态，电源指示灯的绿灯闪烁。预热完成后，绿灯停止闪烁，保持灯亮。

（4）启动计算机。

完成连接并开启投影仪后，启动计算机。要注意的是应先打开投影仪，后打开计算机。

（5）设置电脑的输出方式。

要想正确投出影像，还需要切换计算机的输出方式。可以同时按住【Win】键与【F5】键（与笔记本电脑相连接时，可以按【Fn+F8】组合键）来选用合适的屏幕输出方式。如果连接及设置正确，将投影计算机上的信号。

（6）对焦。

为获得理想的投影效果，必须对焦，其具体操作是：将图像投射到墙壁或幕布上，一面移动投影仪使图像投射到正确位置，一面调整投影仪镜头旋钮进行对焦，直到图像清晰为止。如果出现图像呈梯形或者平行四边形的情况，可以借助投影仪内置的梯形纠错功能进行调整。

（7）进行分辨率等的设置。

为了能够获得更佳的投影效果，需对投影仪进行调试。首先是分辨率的调整，最好将计算机与投影仪的分辨率调整到一致，如果投影仪支持的最高分辨率小于计算机设置的分辨率，则画面的显示质量会大打折扣。除此之外，还可以使用投影仪操作面板或遥控器调整投影仪的图像位置、图像大小、亮度、对比度和色彩等。

## 8.7.2　显示器

显示器是计算机的输出设备，能将计算机中的信息和处理工作的结果显示出来，将数据转化为各种直观的图形、图像和字符等。如图 8-31 和图 8-32 所示分别是普通显示器与液晶显示器。

图 8-31　普通显示器　　　　　　　　　图 8-32　液晶显示器

# 8.8　数码相机及摄像机

数码相机和摄像机是图像和视频的处理设备，在广大企事业单位得到了广泛的应用。

## 8.8.1　数码相机

数码相机与传统相机的工作方式截然不同，它是数字摄影技术的尖端产品。由于使用数码相机拍摄的照片可以方便地在电脑中进行处理，因此它一问世便立刻引起了人们的关注，并随着产品技术的更新、价格的降低，迅速介入了自动化办公领域，同时也进入了寻常百姓家，取代了传统相机的位置。如图 8-33 所示是一款数码相机的外观。

**1. 了解数码相机**

大多数数码相机使用电荷耦合器件（CCD）光敏材料芯片，这种特殊的芯片与光作用之后，可将作用

图 8-33　数码相机

强度翻译成数字等价信号。光通过红、绿和蓝色的滤色镜以后，对于每一种单色的光谱，光敏反应都可以被记录下来，当这种读数通过软件合成并计算之后，相机便可确定图片的每一部分的颜色，由于图像实际上是数字数据的集合，因而可以下载到电脑中进行加工处理。

数码相机的操作方法与传统相机大致相同，但是数码相机的功能却比传统相机要多，照片质量更好。有的数码相机还带有录音和摄像功能，可以进行录音和拍摄短暂的录像。

**2. 从数码相机中下载照片**

数码相机内的空间达到一定的存储量时，需要删除部分照片，或者将照片下载到电脑中并删除数码相机内的照片，以保证下一次正常拍摄。

从数码相机中下载照片，就是将保存在数码相机中的照片复制到电脑中，以便使用电脑编辑和处理。将数码相机用数据线与电脑相连，然后打开相机电源，电脑会显示【发现新硬件】提示对话框，表示已识别相机，这时就可以进入下载目录，选择需要下载的照片，将其复制到电脑中。

也可以使用存储卡将照片复制到电脑中。将存储卡从相机中取出，插入购买相机时附带的存储卡卡盒，然后将其插到电脑上，此时便可以像使用 U 盘一样将存储卡中的照片转移到电脑中。

**3. 使用数码相机时的注意事项**

在使用数码相机时，同样应遵循一些注意事项。

（1）在拍照时，相机的握持姿势要正确。数码相机从按下快门到实际完成拍照需要 2~3 秒的时间，比传统相机要长，因此要注意以不晃动为前提。

（2）按快门时应考虑快门的延迟时间，并且掌握好快门的释放时机，这样才能捕捉到生动的画面。

（3）要保证有充足的存储空间和电量，不要滥用闪光灯和长时间对焦，最好少用液晶屏，多用观景窗。

（4）镜头上的指纹、灰尘会降低相机的性能，应用软布轻轻擦拭。最好在购买相机时配上 UV 保护镜。

（5）在海滩或化学物品附近使用后要清理镜头及机身。

（6）相机出现故障时，勿自行拆卸，应送到维修部门修理。

（7）切勿在相机上使用溶剂苯、杀虫剂等挥发性物质，以免相机变形。

（8）清理液晶屏幕时应用半干的软布擦拭，然后用干布擦拭，以确保液晶屏的洁净和干爽。

# 8.8.2  摄像机

摄像机是获取监视现场图像的前端设备，以面阵 CCD 图像传感器为核心部件，外加同步信号产生电路、视频信号处理电路及电源等，如图 8-34 所示。

随着数码摄像机存储技术的发展，目前市面上数码摄像机依据记录介质的不同可以分为 Mini DV（采用 Mini DV 带）、Digital 8 DV（采用 D8 带）、超迷你型 DV（采用 SD 或 MMC 等扩展卡）、专业摄像机（摄录一体机）（采用 DVCAM 带）、DVD 摄像机（采用可刻录 DVD 光盘）、硬盘摄像机（采用微硬盘）和高清摄像机 HDV。

图 8-34　数码摄像机

# 8.9　移动办公设备

智能手机及移动办公设备是计算机技术和通信技术相结合的产物，使用这些产品可大力提高企事业单位的办公效率。

## 8.9.1　智能手机

智能手机，通俗一点说是"掌上电脑+手机=智能手机"。从广义上说，智能手机除了具备手机的通话功能外，还具备了 PDA 的大部分功能，特别是个人信息管理以及基于无线数据通信的浏览器和电子邮件功能。智能手机为用户提供了足够的屏幕尺寸和带宽，既方便随身携带，又为软件运行和内容服务提供了广阔的舞台，很多增值业务可以就此展开，如股票、新闻、天气、交通、商品、应用程序下载、音乐图片下载等。融合 3C（Computer、Communication、Comsumer）的智能手机成为手机发展的新方向，如图 8-35 所示。

图 8-35　智能手机

智能手机具有如下 4 个特征：

（1）具备普通手机的全部功能，能够进行正常的通话、发短信等手机应用。

（2）具备接入无线互联网的能力，即需要支持 GSM 网络下的 GPRS 或者 CDMA 网络下的 CDMA 1X 或者 3G 网络。

（3）具备 PDA 的功能，包括 PIM（个人信息管理）、日程记事、任务安排、多媒体应用、浏览网页等。

（4）具备一个开放性的操作系统，在该操作系统平台上，可以安装更多的应用程序，从而使智能手机的功能可以得到无限的扩充。

## 8.9.2　其他移动办公设备

随着计算机技术的不断发展，移动办公设备越来越多，下面介绍企事业单位常用的 6 大移动办公设备：掌上电脑、手写输入设备、数码录音笔、触控产品、数字化仪和条码设备等。

### 1. 掌上电脑

PDA（Personal Digital Assistant，掌上电脑）意即个人数码助理。PDA 也相当于一台超微型的计算机，具有专用的操作系统。但它一般都不配备键盘，通常使用手写笔或语音输入，存储卡作为外部存储介质。一款普通 PDA 的外观如图 8-36 所示。

PDA 集成了计算、电话、存储、娱乐、网络、传真和电子商务等多种功能，不仅可用来管理个人信息（如通讯录、计划等）、上网浏览、收发 E-mail 和发传真，还可以当作手机来用，这些功能都可以通过无线方式实现。

掌上电脑拥有独立的操作系统，采用手写和软键盘方式输入，同时配备有标准的串口、红外线接入并内置有调制解调器，以便于与个人计算机连接和上网。掌上电脑的操作系统分为 Palm（由 Palm 公司开发）和 Pocket PC（由微软开发）。

对于传统计算机来说，PDA 的优点是轻便、小巧和可移动性强，缺点是屏幕过小，且电池持续能力有限。在无线传输方面，大多数 PDA 具有红外和蓝牙接口，以保证无线传输的便利性，有的 PDA 还具备 GPS 全球卫星定位系统。

### 2. 手写输入设备

在计算机中，最有效的输入工具是键盘和鼠标，但有一些不擅长使用输入法的用户，对拼音和五笔输入法都没有兴趣，因此手写输入法便出现了。

从技术原理上讲，手写板主要分为初级的电阻压力板、电容板，以及目前最新的电磁压感板。目前手写系统的主要品牌有汉王、紫光、文通、蒙恬和手写之星等。

手写笔的核心技术在于对手写文字的识别率。在这方面，汉王、蒙恬和紫光等做得都不错，对于手写体以及不太规范的文字识别率较高。如图 8-37 所示是一款手写设备的外观。

图 8-36　掌上电脑　　　　　　　　　　图 8-37　手写设备

### 3. 数码录音笔

数码录音笔的主体是存储器，由于使用了闪存，再加上超大规模的集成电路的内核系统，使整个产品又轻又小。目前，即使存储容量最小的数码录音笔，连续录音时间都可达 5~8 小时，而高端的产品则可以连续录音几十个小时。与传统录音机相比，数码录音笔是通过数字存储的方式来记录音频的。由于采用的是数字技术，可以非常容易地使用数字加密的各种算法对其进行加密，以达到保密的目的。因此，数码录音笔比传统的录音机有着不可比拟的优势，如图 8-38 所示。

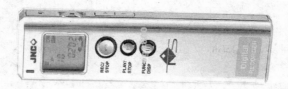

图 8-38　数码录音笔

### 4. 触控产品

触控产品即指触摸屏，为了操作上的方便直接用触摸屏来代替鼠标或键盘，直接在屏幕上查阅信息。触摸屏主要应用于销售点的现金出纳机、掌上电脑、汽车导航屏幕、手机和银行自助服务等，如图 8-39 所示。

工作时，用手指或其他物体触摸安装在显示器前端的触摸屏，系统会根据手指触摸的图标或菜单位置来定位选择信息输入。触摸屏由触摸检测部件和触摸屏控制器组成，触摸检测部件安装在显示器屏幕前面，用于检测用户触摸位置，接收后发送到触摸屏控制器；触摸屏控制器的主要作用是从触摸检测装置上接收触摸信息，并将其转换成触点坐标，再发送给 CPU，接收 CPU 发来的命令并加以执行。

最常见的触摸屏类型有电阻式触摸屏、表面波触摸屏、电容式触摸屏和红外线传输触摸屏等。

### 5. 数字化仪

数字化仪是一种计算机输入设备，能将各种图形根据坐标值准确地输入计算机，并通过屏幕显示出来，如图 8-40 所示。

数字化仪大量应用于工程设计图纸的输入及计算机辅助设计（CAD）中。近年来，也用于非键盘方式（手写）输入汉字及个人数字助理（PDA）中。用它无需学习任何汉字输入方法就能方便地输入汉字。使用它输入汉字时，不会影响人的思维，而且，还具有键盘无法比拟的功能——留下手迹签名。但它是非主流的汉字输入方式，输入速度远低于键盘输入。

图 8-39　触摸屏

图 8-40　数字化仪

数字化仪的工作原理是定位装置在数字板的表面上移动时，通过电磁、静电感应将数字板上的图形坐标信息一点点地数字化及传送到计算机，经过计算机处理，在屏幕上还原为原来的图形，完成图形的数字化和输入过程。

### 6. 条码设备

条码也称为条形码，是由一组规则排列的竖条、空格及其对应的字符组成的标记，用来表示一定的信息。条码系统是由条码符号设计、制作及扫描阅读组成的自动识别系统。条形码作为一种准确、可靠、经济的数据输入手段已被广泛使用。超市里的商品凭条形码都能使用条码设备进行识别，条码设备如图 8-41 所示。

条码识读设备是用来读取条码信息的设备。它使用一个光学装置将条码的条空信息转换成电平信息，再由专用译码器翻译成相应的数据信息。条码识读设备不需要驱动程序，如同键盘一样，连接后即可直接使用。

图 8-41　条码设备

# 本 章 小 结

本章主要介绍了打印机、扫描仪、复印机、传真机、多功能一体机、刻录机、投影机、显示器、数码相机、摄像机、智能手机及其他移动办公设备。通过本章学习，掌握打印机、扫描仪、复印机、传真机、多功能一体机的结构、使用、维护与故障排除，熟悉刻录机、投影机、显示器、数码相机、摄像机、智能手机及其他移动办公设备的使用，能够运用相关设备解决工作中的具体办公问题。

# 练 习 与 训 练

## 一、选择题

1. 打印机是（　　）设备。

A．输入设备　　　　B．扫描设备　　　　C．存储设备　　　　D．输出设备

2. 扫描仪是（　　）设备。

A．输入设备　　　　B．扫描设备　　　　C．存储设备　　　　D．输出设备

3. 下列型号的扫描仪中，扫描效果最好，但价格较高的是（　　）扫描仪。

A．手持式　　　　B．平台式　　　　C．滚筒式　　　　D．立扫式

4. 复印机会产生（　　）种有害物质。

A．高噪声　　　　B．有害气体　　　　C．高频电磁波　　　D．微波

5. 处理涉密信息的计算机、传真机、复印机等办公自动化设备应当在单位内部进行维修，现场有专门人员监督，严禁维修人员读取或复制涉密信息。确需送外维修的，应当（　　）。

A．拆除涉密信息存储部件　　　　　　B．对涉密信息存储部件进行加密处理

C．将涉密信息删除　　　　　　　　　D．不做任何处理

6. 刻录机是一种对光盘进行（　　）的专用设备。

A．录入数据　　B．输出数据　　　C．A/D 转换　　　D．D/A 转换

7. （　　）是刻录机的一个重要指标。

A．刻录速度　　B．刻录方式　　C．数据方式　　D．整盘刻录

8．多媒体教室中，能够放大显示视觉信息的教学设备是（　　）。

A．录像机　　B．CD 机　　C．功放　　D．投影机

9．下列设备中，（　　）都是输入设备。

A．扫描仪、触摸屏、光笔　　　　B．键盘、触摸屏、绘图仪

C．绘图仪、打印机、数码相机　　D．投影仪、数码相机、触摸屏

10．下列设备中，（　　）都是输出设备。

A．键盘、触摸屏、绘图仪　　　　B．扫描仪、触摸屏、光笔

C．投影仪、数码相机、触摸屏　　D．绘图仪、打印机、显示器

## 二、简答题

1．打印机的维护需注意哪些事项？

2．如何维护扫描仪？

3．数码摄像机依据记录介质分为哪些类型？

4．智能手机有哪些基本特征？

## 三、实训题

实训目的：

通过对常用办公设备的学习，能运用办公设备灵活处理工作中的实际问题；能运用复印机的使用技巧满足复印工作中的特殊要求

实训要求：

某学生要复印一份学生名单，原件上有些折痕，要求复印件上不显示折痕。

实训指导：

复印机的使用步骤如下：

（1）开机预热。

（2）准备工作。

（3）选择复印倍率。

（4）选择复印纸尺寸。

（5）预置复印数量。

（6）调节复印品浓度。

（7）按【开始复印】按钮进行复印。

# 第 9 章　办公自动化综合系统软件
# 的使用与实践

## 学 习 目 标

知识目标：
- 了解协同办公的基本概念；
- 掌握协同办公软件的几个关键模块的操作方法与步骤；
- 了解协同办公软件的实施策略与方法；
- 了解协同办公领域采用的几大主流技术架构。

能力目标：
- 能利用协同办公软件处理日常办公中的收发文管理、流程审批管理和知识文档管理；
- 能合理选择协同办公软件的各功能灵活处理办公事务中的具体问题。

## 9.1　协同办公的概述

### 9.1.1　协同办公 OA 软件的基本定义

协同办公 OA 软件就是采用 Internet/Intranet 技术，以"工作流"为引擎、以"知识文档"为容器、以"信息门户"为窗口，使企事业单位内部人员方便快捷地共享信息，高效地协同工作，改变过去复杂、低效的手工办公方式，从而实现迅速、全方位的信息采集、处理，并为企业的管理和决策提供科学的依据。

协同办公在基础 OA 的应用上，可供企事业机构自行灵活定义符合自身需求的管理工作流程，以更便捷、简单、灵活和开放的办公形式满足日常 OA 办公需求。

### 9.1.2　协同管理的基本定义

协同管理在协同 OA 的应用基础之上，以增强型的工作流为引擎，融合知识管理套件，并加入更广泛的日常业务工作管理，包括客户资源的管理等，最主要的是要实现信息、业务和资源 3 方面的协同，企业的各种资源，包括人、财、物、信息和流程，组成了企业运作的基本要素，协同管理将这些资源整合在统一的平台上。

总而言之，协同管理的本质就是打破资源（人、财、物、信息、流程等）之间的各种壁垒和边界，使它们为共同的目标进行协调的运作，通过对各种资源最大的开发、利用和增值以充分达成共同的目标。

# 9.2　泛微协同办公 e-Office 总体介绍

## 9.2.1　e-Office 总体架构介绍

泛微协同办公 e-Office 注重"聚合脑力，规范管理"，通过建立企业内部的流程规范平台、知识汇聚中心等应用形成统一的办公平台，同时根据不同的角色、权限，通过信息门户主动推送相关办公信息至每位员工办公桌面上，其总体架构图如图 9-1 所示。

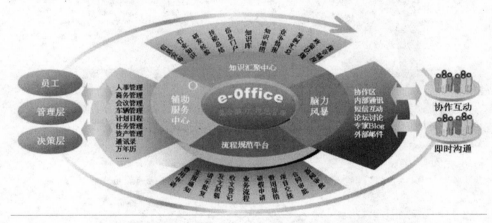

图 9-1　泛微协同办公 e-Office 总体架构图

## 9.2.2　e-Office 功能应用架构图

如图 9-2 所示，在应用上，e-Office 主体分为门户应用、流程管理、知识管理、沟通平台和综合事务 5 大板块，其中门户应用中的数据可自动从后 4 板块中获取并统一展现出来，同时系统提供后台的基础配置，供企业根据自身的实际需求自行调整。

### 1. 门户应用

门户应用可及时准确地把所需要关注的信息内容推送到企业不同层级的员工桌面上。

在日常办公管理过程中，以往均较看重软件功能上的使用，但实质上，对于企业的管理者、中层干部、普通员工，更应该注重的是能够及时获取到能辅助日常办公的相关信息，这样可有更丰富的素材提供给不同的员工作相应的工作决策。

e-Office 不仅仅注重本身软件所带有的功能，同时可以把功能中所承载的数据信息及时推送到各员工的办公桌面上。如及时推送工作流程待办事项提醒员工尽快审批处理、可主动获取到企业内部近期的新闻动向、可获取到所需要了解外界如竞争对手或行业方面的信息，还可根据专业岗位上所需要的知识信息点提供知识地图门户内容等。

同时，e-Office 可根据不同企事业单位、各集团分支机构、各职能部门、各业务部门，在开展各自工作的基础上，分别推送有针对性的信息到对应的人员桌面上。

e-Office 中的信息门户应用点如图 9-3 所示。

图 9-2　泛微协同办公 e-Office 功能应用结构图

图 9-3　信息门户应用点

## 2．流程管理

流程管理可帮助企业管理制度清晰地落实和贯彻，同时优化企业管理流程。

在企业的实际管理和运营过程中，采用手工处理工作任务经常会遇到以下问题：为了签发一份合同而在各个部门奔波，并且经常因为负责人不在而造成工作的延误；工作流相关资料不能有效和统一地管理；工作流的审批意见不能完整地保存并归档。

e-Office 可完整地记录每次审批中的意见并直接形成统计报表,同时可把企业规范的管理制度,通过"流程图+表单"的方式,很清晰地告知每位员工该怎么去执行和跟踪,从而辅助管理制度真正落实,并提高执行效率,同时在此基础上,对每个流程的执行效率进行统计分析,帮助流程管理者优化企业管理流程。

不过,在企业的快速发展过程中,不能要求所有的管理规章制度都很清晰,而应该随着企业的发展逐渐完善内部的管控体系,此时 e-Office 可提供自由流程,让员工在一段时间内使用自由流程及时提交申请,这样在帮助员工快速工作的同时,还可以提供帮助,逐渐把应用的自由流程演变为管理规章制度和规范的管理流程。

e-Office 中的流程管理应用点如图 9-4 所示。

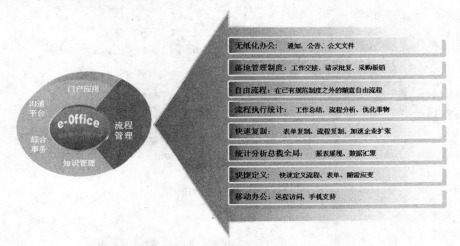

图 9-4 流程管理应用点

### 3. 知识管理

知识管理可帮助企业(含个人)建立知识积累、共享、利用和创新的统一管理平台。

作为公司最大财富的知识,若没有得到积累、共享和利用,会随着人员的流动而丧失。我们需要从不同的地方收集信息:打电话、找文件、等待他人帮助、接收电子邮件和备忘录等。但是,这种信息获取方式取决于个人能力,以及他人是否愿意提供。总之,获取信息的效率太低。如今,很多公司致力于使用群组和网络技术实现对数据库的快速、便捷的访问,但信息仍然需要被复制,企业仍然需要维护不同的数据库。

e-Office 可帮助建立整体的知识体系,包括有企业核心的知识文档、图档等内容,同时在企业知识管理的同时,需要员工有自我学习意识,通过个人知识管理与企业知识管理全面辅助企业和员工个人完整管理知识。

同时在知识积累过程中,将员工之间的创新讨论及时推送到相关人员信息门户桌面上,以让更多的员工获取知识。e-Office 中的知识管理应用点如图 9-5 所示。

### 4. 沟通平台

沟通平台可帮助企业打通日常沟通瓶颈,提供多维沟通工具。

日常办公管理中，员工都需要与企业内部人员或外部合作伙伴打交道，在共同处理事件的过程中，最大的工作内容就是相互沟通，但如何将沟通的信息传递到位，是否有足够多的沟通渠道传递过去，就不能仅仅依赖传统的电话沟通。

e-Office 提供多种沟通渠道，打破单一的沟通模式，并可完整地记录在沟通过程中产生的知识成果，从而转化为企业内部知识并沉淀下来。e-Office 中的沟通平台应用点如图 9-6 所示。

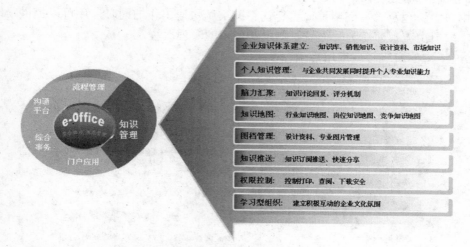

图 9-5　知识管理应用点

图 9-6　沟通平台应用点

### 5. 综合事务

综合事务可帮助企业管理重要内、外部资料和员工日常事务安排。

在员工日常办公中，每天均会处理大量事情，如何让工作有序进行？企业在快速发展的过程中，与最关键的客户是否联系密切，如何保证不丢失客户？还有其他类似需求。

e-Office 在重点处理门户应用、流程管理、知识管理和沟通平台 4 大板块后，将其他事务归纳到日常综合事务中，相对来说，在这些事务中，员工个人单独行为较多，包括员工的计划任务安排、会议室和会议进行的管理、人事档案的管理、工资的上报管理、车辆信息的管理、客户资料的管理、供应商的管理以及固定资产的管理等，如图 9-7 所示。

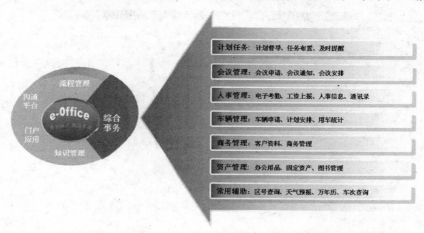

图 9-7　综合事务应用点

## 9.3　泛微协同 OA 软件的应用与实践

### 9.3.1　协同 OA 软件登录操作

本节将结合泛微协同 OA 软件进行介绍，用户可以直接购买正版软件或者从网上下载试用版（http://www.weaver.com.cn/eoffice/eoffice.rar）。首先将软件安装到计算机中，然后通过 IE 浏览器登录。输入协同 OA 软件的登录地址，打开如图 9-8 所示的界面。

图 9-8　e-Office 登录界面

成功登录泛微协同办公系统标准版（e-Office）后，单击【个性设置】按钮（如图 9-9 中标明的 A 和 B 所示），利用修改密码功能，修改密码。

图 9-9　修改密码

进入系统后，可看到软件的整体界面，主界面功能区域分布如图 9-10 所示。

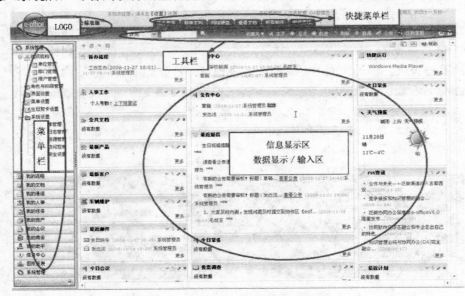

图 9-10　主界面功能区域分布界面

主界面中按照功能区域主要分为：

● Logo：此区域显示公司的 Logo 标志，一般由系统管理员在界面设置中添加。

● 菜单栏：此区域是用户日常工作使用的主要区域，包括所有的功能。

- 快捷菜单栏：此区域包含用户日常工作中常用的功能，是从菜单栏中选取的常用菜单。
- 工具栏：用于放置系统中常用功能快捷按钮，使用户能更加方便地使用系统。
- 信息显示区：主要由中间最大的区域构成，是显示系统数据和进行信息输入的区域。

**1. 工具栏**

工具栏中用于放置系统中常用功能的功能按钮，单击不同的功能按钮可以进入相应的功能操作页面。TOP 区工具栏和页面工具栏如图 9-11 和图 9-12 所示，工具速查表如表 9-1 所示。

图 9-11　TOP 区工具栏

图 9-12　页面工具栏

**表 9-1　工具速查表**

| 序　号 | 功　能　按　钮 | 功　能　说　明 |
|---|---|---|
| 1 | 快速搜索 | 设定快速搜索数据来源和关键字，可以搜索系统各模块的数据 |
| 2 | 快速搜索确定 | 设置快速搜索条件后单击此按钮开始搜索 |
| 3 | 收藏夹下拉菜单 | 单击可显示已经添加到收藏夹的页面名称 |
| 4 | 主页 | 打开首页 |
| 5 | 后退 | 进入访问过的前一页 |
| 6 | 前进 | 进入访问过的后一页 |
| 7 | 刷新 | 刷新当前页面（注意，只刷新信息显示区） |
| 8 | 新闻 | 打开新闻版块，阅读新闻 |
| 9 | 公告 | 打开公告版块，阅读公告 |
| 10 | 个性设置 | 打开自己的个性设置页面，可以设置自己的菜单栏、快捷菜单栏、自定义用户组、程序快捷运行键、个人密码、个人资料及其他设置 |
| 11 | 日程 | 打开我的日程页面 |
| 12 | 内部短信 | 打开内部及时交流窗口，与在线同事及时同步交流 |
| 13 | 内部邮件 | 打开内部邮件收件箱页面 |
| 14 | 泛微客服 | 打开及时交流窗口，与泛微客服人员及时交流 |
| 15 | 帮助 | 打开在线帮助手册 |
| 16 | 退出 | 退出系统 |
| 17 | 添加到收藏夹 | 将当前页面添加到系统收藏夹（首先进入需要添加到收藏夹的页面，然后单击此按钮） |
| 18 | 显示/隐藏菜单栏 | 隐藏或显示左边的菜单栏 |
| 19 | 显示/隐藏 TOP 区 | 隐藏或显示顶部的 TOP 区 |
| 20 | 帮助 | 打开当前页面的帮助手册 |

**2. 菜单栏**

系统界面左侧部分是菜单栏，如图 9-13 所示，操作要点为：

- 单击一级菜单，显示一级菜单下的二、三级菜单。
- 如果二级菜单下没有三级菜单时，单击二级菜单，信息显示区显示该菜单项功能操作页面；如果二级菜单下有三级菜单，则打开三级菜单。
- 单击三级菜单，信息显示区显示该菜单项功能操作页面。

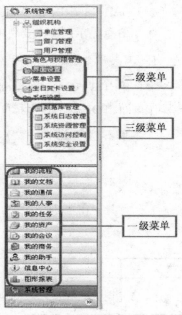

图 9-13　菜单栏功能介绍

## 9.3.2　协同 OA 系统模块的使用与操作

协同 OA 系统的主要模块包括信息门户、工作流程、知识文档、事务协作、会议管理、个人办公 6 大板块，其中，工作流程和知识文档板块可进行灵活配置，使其符合企业的实际应用，比较明显的就是通过工作流程的配置搭建收发文管理。在使用此软件之前需要做一定的初始化工作，包括组织部门、人员及其角色权限的设置，以及流程表单和文档目录的设置，具体配置将在 9.3.3 节介绍。下面针对各个模块的使用进行介绍。

### 9.3.2.1　收发文管理的使用

收发文管理是目前企事业单位中比较常用的功能，收发文单主要由 3 部分组成：公文表单、正文及相关附件。公文表单记录公文的主要属性信息，例如发文字号、主体、发文主题、发文类型、发文机构等；正文是公文的主要内容；附件只是对于正文的一种补充或参考资料等。发文总流程图如图 9-14 所示。

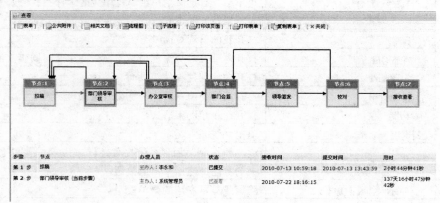

图 9-14　发文总流程图

　　整个收发文的过程其实就是发文、收文和归档的一体化操作。在该过程中，发文是最复杂也是最需要注意的一项，一般而言，发文主要包括发文拟稿、核稿、签发、校对、套红、签收、归档等几个步骤，当然，个别单位可能会因为相关制度而在某些步骤有些特别的操作，这里就不再一一单列。

　　打开【新建公文】或【发文拟稿】界面，就会看到本单位设计好的表单，按照要求填写好表单中的相关信息后，即可建立公文的正文。建立正文时，是直接与 Word 衔接的，这样符合多数人的办公习惯。在完成了以上所有工作后，可以单击【上传】按钮到下一步骤。发文实际是一个半自动的流程，流程的基本框架是确定的，只是其中的人员是不确定的，因此在拟稿的时候需要根据不同的文件来选择处理人员。相关界面如图 9-15～图 9-17 所示。

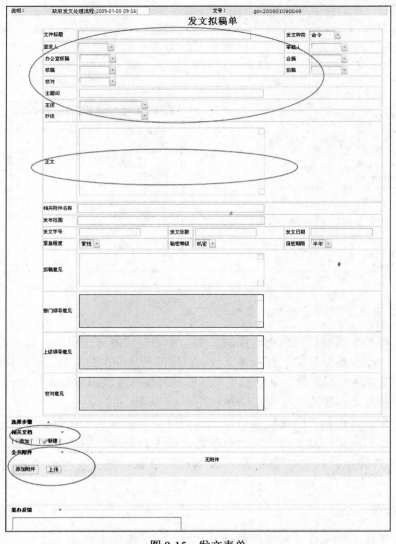

图 9-15　发文表单

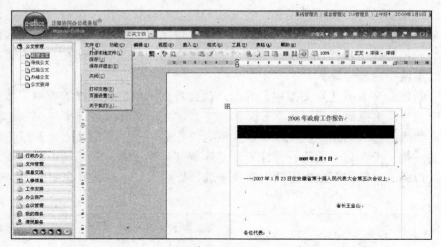

图 9-16　公文正文

图 9-17　确认提交公文流程

**1. 核稿、签发、校对、套红、签收**

相关人员将初步拟稿提交至下一步后，第二步的办理者（一般为办公室人员）就可以在自己的门户中或者待批公文中查看该文件。领导打开某一个公文后，可以修改公文表单、正文和附件；在文件处理表输入批示意见；通过手写签名或电子印章进行文件的签发批示；将文件发送给选定人员等。公文流程清单如图 9-18 所示。

当然，所有的操作都只能在权限设定范围内进行，同时系统还将如实地记录文件办理的修改痕迹，如当前用户对文件内容的修改等，而文件处理表则通过"所见即所得"的权限设置记录下当前用户的批示意见及签名笔迹等信息。公文正文修改痕迹查看界面如图 9-19 所示。

**2. 公文归档**

公文审批并接受完毕后，系统会自动将其归档到公文档案库中，此时，用户会受到文档管理的权限控制。如果要查看历史公文，可以利用查询功能，直接通过全文检索到公文。查看归档后的公文流程界面如图 9-20 所示，按照查询条件搜索公文的界面如图 9-21 所示。

| 文号 | 说明 | 流程名称 | 创建人 | 步骤 | 办理 | 查看 |
|---|---|---|---|---|---|---|
| gov200901090049 | 政府发文处理流程(2009-01-09 09:54) | 政府发文处理流程 | 系统管理员 | 第1步：拟稿人拟稿 | 办理 委托 | 表单 流程图 删除 |
| gov200901090048 | 政府发文处理流程(2009-01-09 09:52) | 政府发文处理流程 | 系统管理员 | 第1步：拟稿人拟稿 | 办理 委托 | 表单 流程图 删除 |
| gov200901070044 | 政府发文处理流程(2009-01-07 16:02) | 政府发文处理流程 | 系统管理员 | 第1步：拟稿人拟稿 | 办理 委托 | 表单 流程图 删除 |
| gov200901060043 | 政府发文处理流程(2009-01-06 14:20) | 政府发文处理流程 | 系统管理员 | 第1步：拟稿人拟稿 | 办理 委托 | 表单 流程图 删除 |
| gov200812310040 | 政府发文处理流程(2008-12-31 14:06) | 政府发文处理流程 | 系统管理员 | 第1步：拟稿人拟稿 | 办理 委托 | 表单 流程图 删除 |
| gov200812290038 | 政府发文处理流程(2008-12-29 09:46) | 政府发文处理流程 | 系统管理员 | 第1步：拟稿人拟稿 | 办理 委托 | 表单 流程图 删除 |
| gov200812250037 | 政府发文处理流程(2008-12-25 14:30) | 政府发文处理流程 | 系统管理员 | 第1步：拟稿人拟稿 | 办理 委托 | 表单 流程图 删除 |
| gov200812250036 | 政府发文处理流程(2008-12-25 14:30) | 政府发文处理流程 | 系统管理员 | 第1步：拟稿人拟稿 | 办理 委托 | 表单 流程图 删除 |
| gov200812250035 | 政府发文处理流程(2008-12-25 09:46) | 政府发文处理流程 | 系统管理员 | 第1步：拟稿人拟稿 | 办理 委托 | 表单 流程图 删除 |
| gov200812250034 | 政府发文处理流程(2008-12-25 09:44) | 政府发文处理流程 | 系统管理员 | 第1步：拟稿人拟稿 | 办理 委托 | 表单 流程图 删除 |
| gov200812180027 | 政府发文处理流程(2008-12-18 10:00) | 政府发文处理流程 | 系统管理员 | 第1步：拟稿人拟稿 | 办理 委托 | 表单 流程图 删除 |
| gov200812170026 | 政府发文处理流程(2008-12-17 14:28) | 政府发文处理流程 | 系统管理员 | 第1步：拟稿人拟稿 | 办理 委托 | 表单 流程图 删除 |
| gov200812160025 | 政府发文处理流程(2008-12-16 18:42) | 政府发文处理流程 | 系统管理员 | 第2步：部门领导核稿 | 办理 委托 | 表单 流程图 admin删除 |
| gov200812160024 | 政府发文处理流程(2008-12-16 18:41) | 政府发文处理流程 | 系统管理员 | 第1步：拟稿人拟稿 | 办理 委托 | 表单 流程图 删除 |
| gov200812160023 | 政府发文处理流程(2008-12-16 18:01) | 政府发文处理流程 | 系统管理员 | 第1步：拟稿人拟稿 | 办理 委托 | 表单 流程图 删除 |

图 9-18　公文流程清单

图 9-19　公文正文修改痕迹

树状目录/归档流程(归档)/

| 选择 | 标题 | 附件 | 回复量 | 创建人 | 修改时间 | 文件夹 | 操作 |
|---|---|---|---|---|---|---|---|
| | 收文处理单(2010-04-07 09:37:12:李永和) | | (0 /0) | 流程归档 | 2010-04-14 | 收文处理单 | 编辑 删除 共享 日志 |
| | 发文处理单(2010-02-10 10:17) | | (4 /4) | 流程归档 | 2010-02-10 | 发文处理单 | 编辑 删除 共享 日志 |
| | 发文处理单(2010-01-18 20:28) | | (0 /8) | 流程归档 | 2010-01-18 | 发文处理单 | 编辑 删除 共享 日志 |
| | 发文处理单(2010-01-16 10:26) | | (0 /3) | 流程归档 | 2010-01-16 | 发文处理单 | 编辑 删除 共享 日志 |
| | 发文处理单(2009-12-12 17:09) | | (0 /5) | 流程归档 | 2009-12-12 | 发文处理单 | 编辑 删除 共享 日志 |
| | 发文处理单(2009-12-10 17:30) | | (1 /1) | 流程归档 | 2009-12-10 | 发文处理单 | 编辑 删除 共享 日志 |
| | 发文处理单(2009-10-19 15:23) | | (0 /5) | 流程归档 | 2009-10-19 | 发文处理单 | 编辑 删除 共享 日志 |
| | 发文处理单(2009-09-23 11:39) | | (0 /2) | 流程归档 | 2009-09-23 | 发文处理单 | 编辑 删除 共享 日志 |
| | 发文处理单(2009-07-18 16:51) | | (0 /7) | 流程归档 | 2009-07-19 | 发文处理单 | 编辑 删除 共享 日志 |
| | 发文处理单(2009-07-18 13:30) | | (0 /1) | 流程归档 | 2009-07-18 | 发文处理单 | 编辑 删除 共享 日志 |
| | 发文处理单(2009-06-02 09:40) | | (0 /7) | 流程归档 | 2009-06-02 | 发文处理单 | 编辑 删除 共享 日志 |
| | 发文处理单(2009-06-01 11:22) | | (0 /4) | 流程归档 | 2009-06-01 | 发文处理单 | 编辑 删除 共享 日志 |

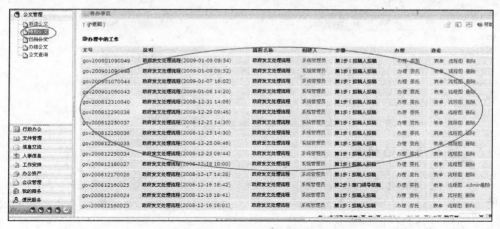

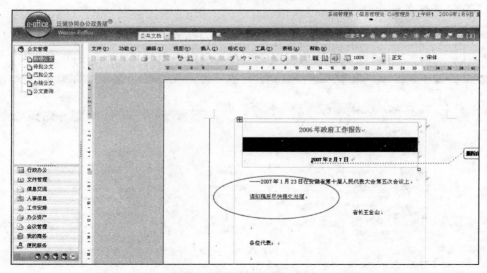

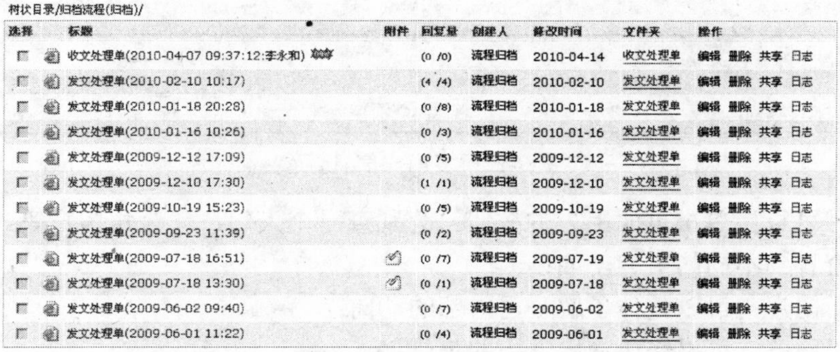

图 9-20　查看归档的公文流程

图 9-21 按照查询条件搜索公文

### 9.3.2.2 信息门户的使用

"门户"是指系统自动抓取各个模块的内容并推送出来，用户可通过门户了解日常办公中所需要的信息，如所需要处理的待办申请、公司知识文档、外部资讯、公司新闻公告、日常工作安排以及短信邮件等内容。

#### 1. 多门户信息查看

首先由公司管理员部署所需要的多门户，如公司门户、个人门户、某部门门户（各个部门都可以单独设定），员工便可自行直接查看各个门户中的内容，如图 9-22 所示。

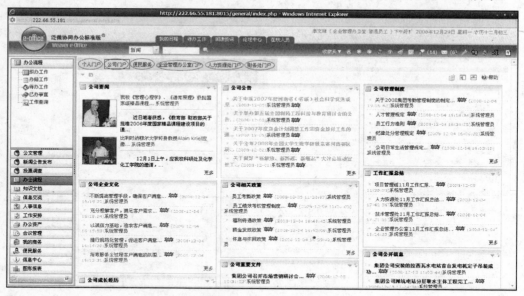

图 9-22 多门户信息查看

查看时，可直接单击页面上方的按钮，分别查看个人门户、公司门户等。从不同的门户中，可以查看到不同的内容，如：

- 公司门户：可以整体了解公司内部的动向；
- 便民服务：可以快速使用常用的工具；
- 办公室（部门）门户：可以了解各办公室（部门）的信息。

**注意**：以上各门户均可由管理员自行定义，若用户觉得没有内容可以获取，可以直接与
　　　　OA 管理员联系。

**2. 个人门户信息栏目自定义**

一般情况下，由公司 OA 管理员设置好门户后，里面的栏目基本上会被锁定，即用户不能自行增加栏目。但在个人门户中，界面默认允许用户自行添加信息栏目。

操作步骤为：先切换到个人门户界面，然后单击该界面左上角的"+"号，进入首页内容编辑栏。在此可以添加首页元素内容以及进行首页排版的模式选择、定义大小（元素支持鼠标手动拖拉排版）。添加门户元素如图 9-23 所示。

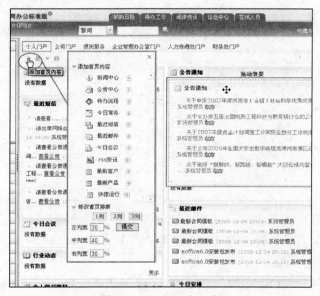

图 9-23　添加门户元素

对首页基本元素的设置：

（1）将光标放在元素框架的右上角，会自动出现一排编辑按钮，单击【编辑】按钮，即可弹出元素编辑框，用户可以自己定义颜色、显示标题、内容大小和内容来源等。

（2）元素图标的替换。单击元素上的图标，直接展开替换图标编辑框，选择喜欢的图标，单击即可，所有内容均会动态保存。

### 9.3.2.3　工作流程的使用

工作流程是对一整套规则与过程的描述，以便管理在协同工作进程中的信息流通与业务活动。其目标在于根据企业实际规范和业务操作来定义电子化的工作流，以智能的方式处理过程，保证工作中的某项任务完成后，按预定的规则实时地把工作传送给处理过程中的下一步，保留工作流转进程中的操作痕迹，更重要的是，保证相关数据的自动更新。工作流程的电子化可以大大提高企业的运营效率，解决人员操作的效率低下、工作相关资料不能有效和统一地管理、工作流的审批意见不能完整地保存并归档等问题。

### 1. 新建流程

打开【新建流程】界面，可以查看当前可以创建的工作流程，单击其中一个工作流程的名称即可创建一个新流程，根据页面信息和实际情况输入所需要的信息，然后单击【提交】按钮即可完成创建过程，如图 9-24 所示。

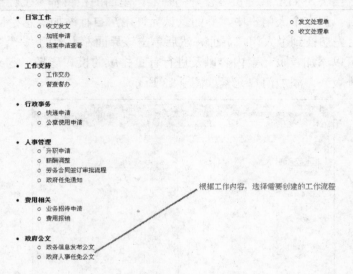

日常工作
收文发文
加班申请
档案申请查看
工作支持
工作交办
督查督办
行政事务
快递申请
公章使用申请
人事管理
升职申请
薪酬调整
劳务合同签订审批流程
政府任免通知
费用相关
业务招待申请
费用报销
政府公文
政务信息发布公文
政府人事任免公文
发文处理单
收文处理单
根据工作内容，选择需要创建的工作流程

图 9-24　创建新流程

进入新建流程包括表单界面，共有【流程图】、【子流程】、【相关文档】、【公共附件】和【签办反馈】5 个 Tab 页，单击如图 9-25 所示各 Tab 页的标题文字，可直接进入相应页面，显示具体内容。

新建流程 - 离职申请流程
提交
保存
查看
删除
帮助
流程表单
标题:
离职申请流程(2010-03-29 09:42:25:系统管
流水号:
201003290003
离职申请单
申请人
系统管理员
申请人部门
总经办/行政管理中心
离职日期
离职人合同编号
离职原因
领导意见
人事意见
签办反馈
公共附件
相关文档
子流程
流程图

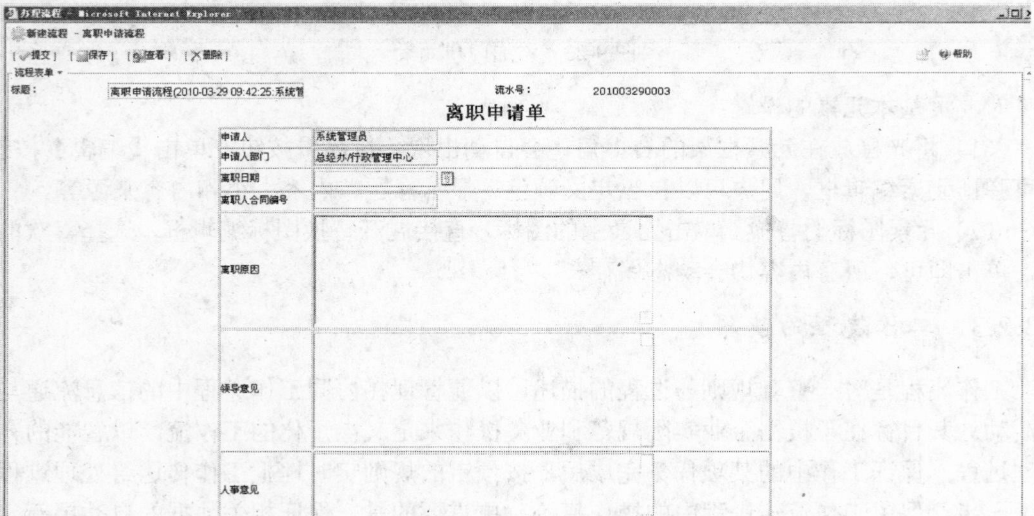

图 9-25　提交申请表单

【表单界面】权限填写的工作内容。流程中所有内容格式均可通过【流程设置】中的【定义表单】进行个性化编辑，如图 9-26 所示。

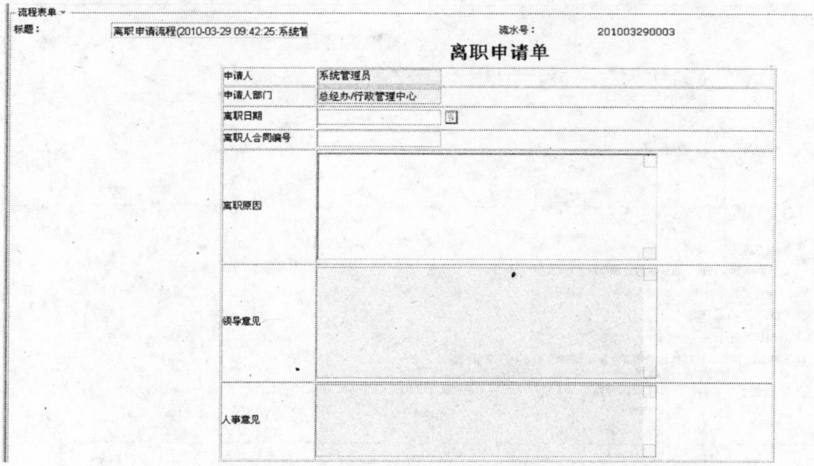

图 9-26　表单约定输入要求

在【流程图】页面中可以查询图形化流程图，同时系统会自动记录工作的流转痕迹，可随时查看到工作的进展状态和过程。查看流程图界面如图 9-27 所示。

图 9-27　查看流程图

【相关文档】界面显示由用户从公共文档库中关联进来的文档。

【公共附件】对于收发文等类型的流程，有较大的文档可以通过流程公共附件上传进行共享查阅或会签讨论。e-Office 自带的 Office 文档控件可以直接在线编辑 Office 文档附件内容。查看流程中的附件界面如图 9-28 所示。

图 9-28　查看流程中的附件

在【签办反馈】界面中可以进行意见交流会签及多个附件的上传，一般是针对个人意见的补充。查看反馈意见界面如图 9-29 所示。

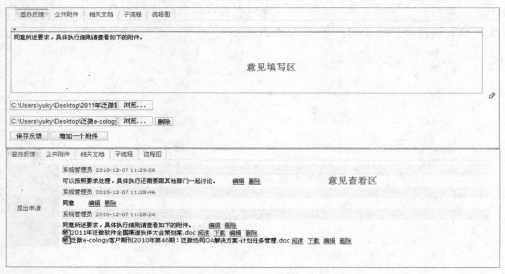

图 9-29 查看反馈意见

根据流程定义不同，处理流程时的操作按钮也不同：

- 【提交流程】：工作流的主办人打开流程办理页面时有此按钮，单击该按钮保存办理信息后，直接将流程提交到下一步骤，同时也说明流程办理已经完成。
- 【保存表单】：工作流的主办人和经办人打开流程办理页面时都存在此按钮，单击该按钮只是保存办理时输入的信息，而不会将流程流转到下一步骤。如果流程的经办人单击保存，表示经办人的工作已完成，因此工作流会自动将流程流转到经办人的已办流程中。如果主办人没有将流程提交到下一个步骤，则经办人可以从已办流程进入，再次办理。
- 【返回】：单击该按钮可返回到选择流程的页面。
- 【转发】：单击该按钮可以将流程转发给系统内的任意其他人员。
- 【结束】：即使不是在最后一个节点，流程某个节点的办理人员也可以直接结束此流程。
- 【删除】：节点办理人员可以直接删除此流程。

**2. 待办事宜**

待办事宜是在流转过程中的流程，若当前步骤需要用户来处理，此流程就会出现在该用户的待办事宜中，待办事宜分类列出了当前需要处理的所有流程，单击【办理】可进行工作处理，单击【提交】或【保存】按钮则将流程流转到下一步骤（注意：部分流程需要选择办理人）。查看【待办事宜】界面如图 9-30 所示。

进入工作的代办界面包括表单界面，共有【流程图】、【子流程】、【相关文档】、【公共附件】和【签办反馈】5 个 Tab 页，单击各 Tab 页的标题文字，可直接进入相应页面，显示具体内容，与【新建流程】界面类似。

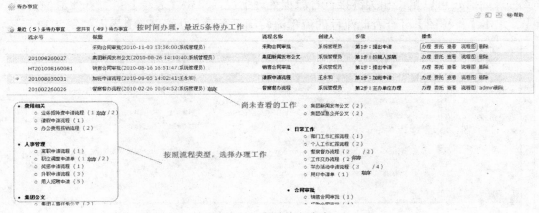

图 9-30  查看待办事宜

### 3. 已办事宜

【已办事宜】界面显示用户已办理，但是下一步骤的办理人还未办理的流程。如果工作流程的办理人是主办人，则主办人必须将工作流提交到下一步骤，此流程才作为主办人的已办事宜，当下一步骤的办理人查看了该流程，主办人的已办事宜自动消失；如果工作流程的办理人是经办人，则经办人只要保存了自己的办理信息，该流程即可作为自己的已办事宜，下一步骤的办理人查看了该流程后，经办人的已办事宜自动消失。查看【已办事宜】界面如图 9-31 所示，其中各按钮的作用为：

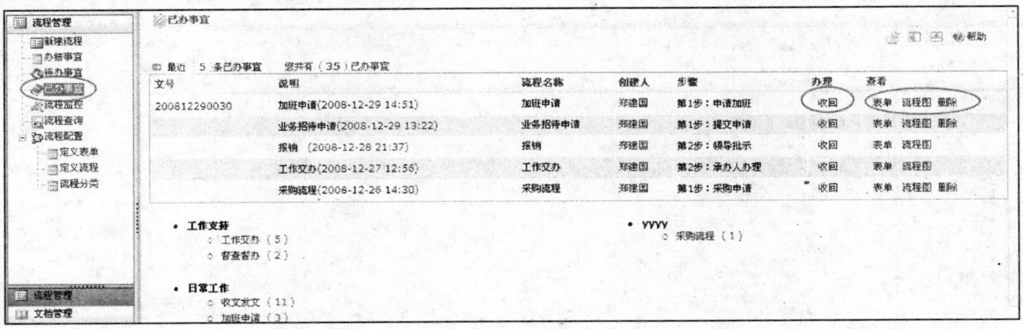

图 9-31  查看已办事宜

- ● 【收回】：当流程已经流转到下一步骤时，单击该按钮可再次收回，重新填写流程表内容。
- ● 【表单】：查看此流程的表单信息。
- ● 【流程图】：查看此流程的流程流转图。
- ● 【删除】：当流程申请还未提交时，可将其删除。

### 4. 办结事宜

办结事宜用于查看已经处理并且归档的流程的处理情况。具体操作为：在菜单栏中单击【我的流程】下的【办结事宜】进入页面，该页面即显示了所有已经处理并且归档的工作流程，此时，可以单击相关链接查看流程处理情况，单击【表单】可查看此流程的表单信息；单击【流程图】可查看此流程的流程流转图。查看【办结事宜】界面如图9-32所示。

图9-32　查看办结事宜

### 5. 我的请求

用户可以在【我的请求】页面中看到所有自己发起的申请以及请求，并且可以直接单击某个具体请求流程，查看相关状态信息。查看【我的请求】界面如图9-33所示。

图9-33　查看我的请求

### 6. 流程委托

流程委托可分为两种，第一种是在并没有实际流程发生时，将未来某个时间段内的某个或某些流程委托给别人，一旦这些流程真的发生，被委托人可以代替委托人直接处理；另一种是流程已经实际发生，需要用户处理，委托人此时再将这一流程委托给别人代为处理。查看流程委托界面如图9-34所示，办理委托具体事宜界面如图9-35所示。

### 7. 流程监控

工作流程监控人员可在【流程监控】界面中全程监控流程。不仅可以查看每个步骤的表单、意见、流程图，还可以直接将流程提交到下一个步骤，另外，还可以根据工作的需要，删除工作流。【流程监控】界面如图 9-36 所示，其中各按钮的作用为：

- 【表单】：查看此流程的表单信息。
- 【流程图】：查看此流程的流程流转图。
- 【意见】：查看此流程的审批过程中发表的签办意见。
- 【转交下步】：有权限的人员可以干预此流程，自动流转到下一步骤。
- 【删除】：可直接删除此流程。
- 【终止】：可直接监控此流程终止，即不再需要审批流转。

图 9-34　查看流程委托处理

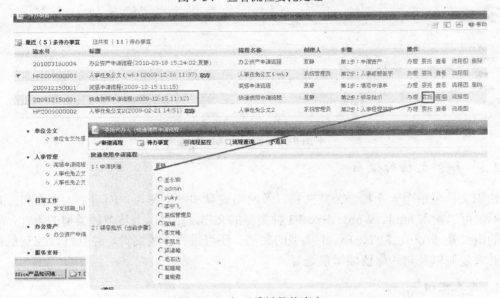

图 9-35　办理委托具体事宜

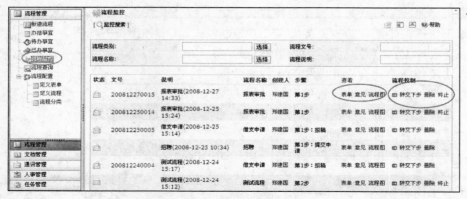

图 9-36    流程监控操作

## 8. 流程查询

通过搜索条件可查询系统中用户所参与过的流程，即用户是流程流转过程中的处理人的流程，并可以设置详细的查询条件进行精确查询，同时监控人员也可以查询自己监控的工作流。流程查询的结果可以进行内容的查看及批量导出（支持 Excel 导出统计数据）。【流程查询】界面如图 9-37 所示。

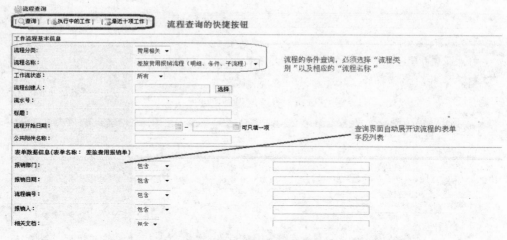

图 9-37    流程查询操作

### 9.3.2.4    知识文档的使用

知识文档包括个人文档、公共文档以及网络硬盘和网络图片。创建个人文档和公共功能，不仅可以输入 html、Word、Excel 3 种类型的文档，还可以上传多种类型的附件。如果上传的附件是 Word、PPT、Excel 类型的文档，还可进行在线编辑，并且可以控制是否禁止查看者复制以及是否保留编辑痕迹等。

### 1. 个人文档

（1）新建个人文档目录。

用户可独立建立属于个人的文件夹目录。

单击【查看文件】，在页面中间的目录上右击，会弹出包含【添加】、【删除】和【修改】命令的菜单，【添加】即是在此目录下新建下一级目录，【删除】是删除此目录，【修改】是修改此目录名称。以此类推，用户可建立多级文件夹目录，以便存放自己的文档。新建个人文档目录界面如图9-38所示。

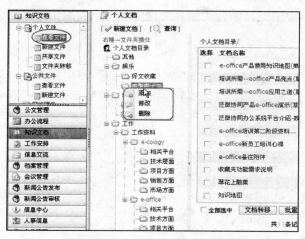

图9-38 新建个人文档目录

（2）新建个人文档。

新建个人文档即向个人文档目录中添加新建的具体文档内容。

① 单击【新建文件】按钮或者在【查看文件】页面中单击【新建文档】，打开如图9-39所示的界面。

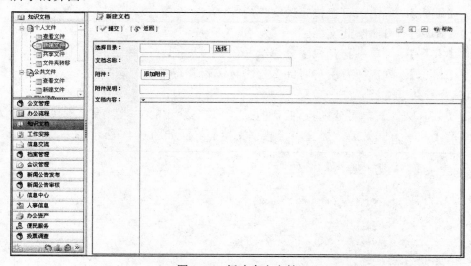

图9-39 新建个人文档

② 在页面右侧填写文档的一些属性内容，如下所示。

● 【选择目录】：选择该文档存放的目录。

- 【文档名称】：即文档标题。
- 【附件】：可直接添加本地计算机中的文件。
- 【附件说明】：对附件的概要说明，让其他能查看到该文档的用户快速了解附件内容。
- 【文档内容】：文档详细内容输入区。

③ 单击【提交】按钮即可以自动保存文档到系统中；单击【返回】按钮则可取消此次新建文档的操作。

（3）查看个人文档。

单击【查看文件】，可分别查看每个文档目录下面的文档列表，单击文档名称链接可查看文档的具体内容。查看个人文档库界面如图 9-40 所示，其中各按钮的作用为：

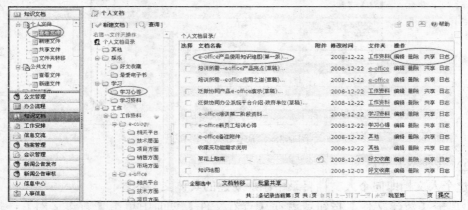

图 9-40　查看个人文档库

- 【编辑】：单击后可直接修改文档内容。
- 【删除】：可删除此文档。
- 【共享】：可单独打开权限分享给其他公司员工。
- 【日志】：列出所有用户对此文档进行编辑、查看的时间。

（4）查看共享文档。

单击【共享文件】，可分别查询其他员工"共享给我的文档"或"我共享给他人的"文档，确定【共享方式】后，提交。【共享文档】界面如图 9-41 所示。

图 9-41　查看共享文档

（5）转移个人文档。

用于用户在个人文档目录中转移个人文档，以便及时调整文档对应的目录。

单击【文件夹转移】后，分别选择源文件夹和目标文件夹，再单击【提交】按钮，系统即会自动转移文件夹中的文档。【文件夹转移】界面如图 9-42 所示。

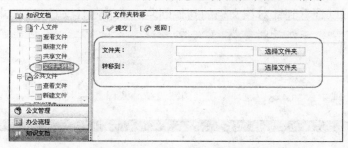

图 9-42　个人文档的文件夹转移

### 2. 公共文档

公共文档主要用于管理公司文件，管理者首先需要在【公共文档设置】中创建文件夹，并且设置文件夹的查看、管理、新建以及下载权限。

每个员工只能查看自己有权查看的文件。如果被赋予新建权限，则可以在文件夹下创建子文件夹和文件；如果被赋予管理权限，则可以编辑、删除和转移该文件夹下的所有文件夹和文件。转移功能同个人文档。

（1）查看公共文档。

单击【公共文件】下的【查看文件】，即可分别按照已经设定好的企业文档目录查看文档列表，单击文档名称链接可查看文档的具体内容。查看【公共文档】界面如图 9-43 所示，其中各按钮的作用为：

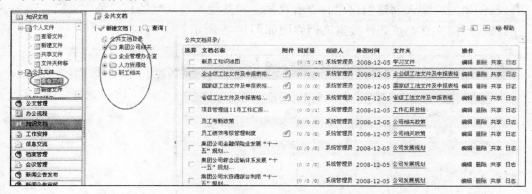

图 9-43　查看公共文档库

- 【编辑】：单击后可直接修改文档内容。
- 【删除】：可删除此文档。
- 【共享】：可单独打开权限分享给其他公司员工。
- 【日志】：列出所有用户对此文档进行编辑、查看的时间。

（2）新建公共文档。

同新建个人文档，只不过这里选择的目录是公共文档目录。

（3）公共文档的回复。

查阅了某篇文档后，如果拥有对该文档的回复权限，那么用户可以直接在文档下面进行回复，同时也可以查看到针对该文档的其他回复。查看具体文档界面如图9-44所示。

图9-44　查看具体文档

### 3. 文档搜索

通过搜索条件可以搜索到用户可以查看到的任意文档，包括个人文档和公共文档，也包括自己创建的、别人创建但自己有查看权限的和其他人员共享给自己的文件，以及自己参与的流程归档文件。按条件搜索文档界面如图9-45所示。

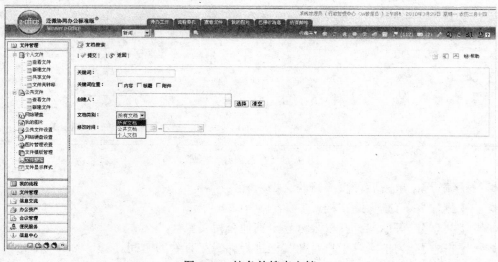

图9-45　按条件搜索文档

### 4．网络硬盘

在服务器的硬盘上共享一个公共目录，用于存储一些应用程序和文件，具有对文本和 Word 文档全文检索、文件移动等功能，允许在线编辑 Office 文档。在使用之前，需要 OA 管理员设定用户可以查看的网络硬盘空间。

单击空间名称，即可查看此目录下的文件，如同在个人计算机上操作一样。查看网络硬盘界面如图 9-46 所示。

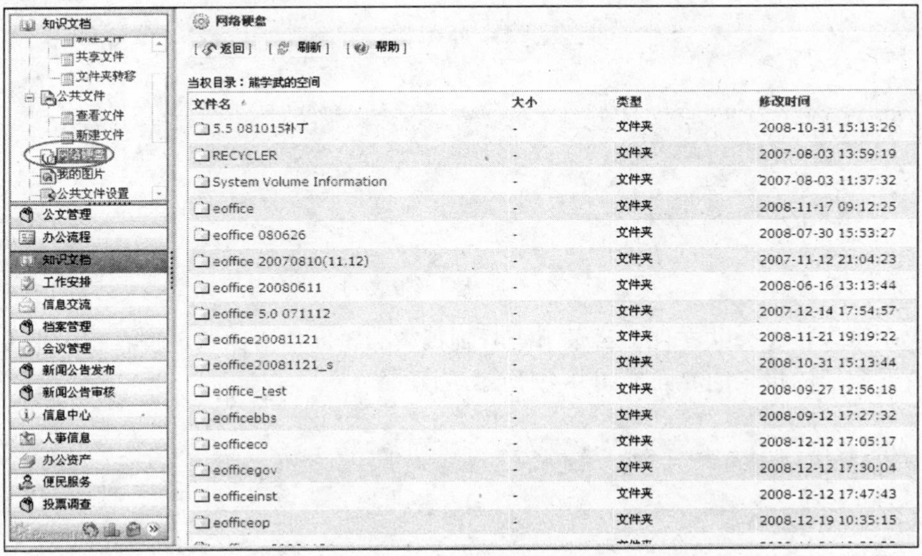

图 9-46　查看网络硬盘

### 5．我的图片

用于查看单独存放在服务器文件夹中的图片库，用户可单独查看对应的图片文件。需要注意的是，在使用之前，需要 OA 管理员设定好共享的图片空间。查看我的图片界面如图 9-47 所示。

图 9-47　查看我的图片

### 6．图形报表

图形报表主要用于图形化展示系统内相关功能的数据，便于用户直观地查看相关数据，它也是文档的一部分，继承基础文件目录的所有权限。

（1）查看报表。

选择【图形报表】菜单中的【查看报表】命令，即可查看用户有权查看的所有报表名称，单击进入某个具体报表，可以看到该报表的正文，查看图形报表列表界面如图 9-48 所示。

图 9-48　查看图形报表列表

用户也可以在【公共文件】目录下查看到报表标题，单击标题可查看相应报表的正文内容。查看归档的报表的界面如图 9-49 所示。

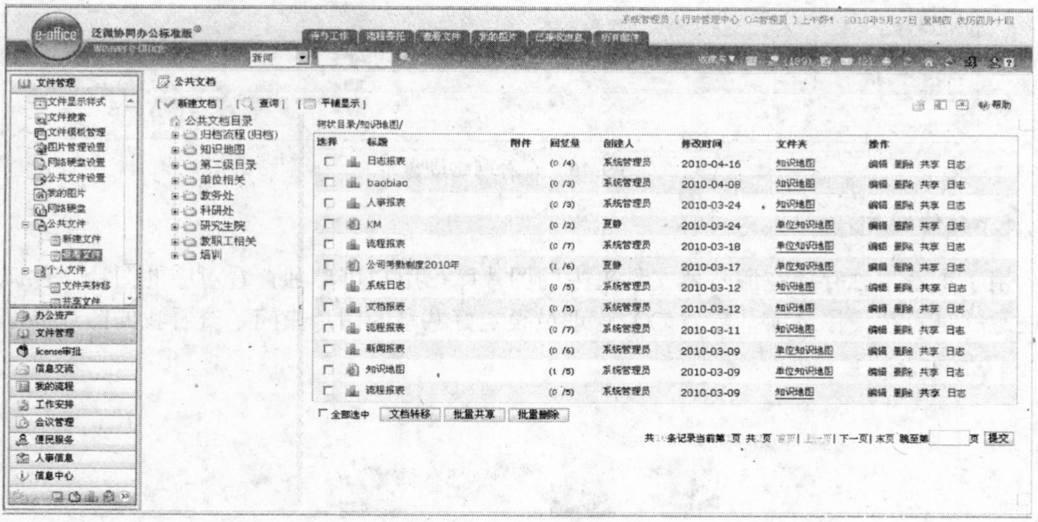

图 9-49　查看归档的报表

**注意**：报表查看页面的操作同文档的操作。

（2）新建报表。

① 在左侧菜单栏中选择【系统报表】，再在右侧【系统模块】下拉列表框中选择要新建的报表。

② 【系统模块】的改变将对应字段"搜索条件、X 轴、字段"的改变。

③ 【选择 X 轴】和【字段】的参数对应报表图形的显示。

④　【显示个数】表示 X 轴的字段数；【数据排序】表示 X 轴的字段值以 Y 轴统计数量作为排序依据。

⑤　动态数据表示报表统计包括当前及以后的数据；静态数据表示报表统计至当前数据。报表条件搜索界面如图 9-50 所示。

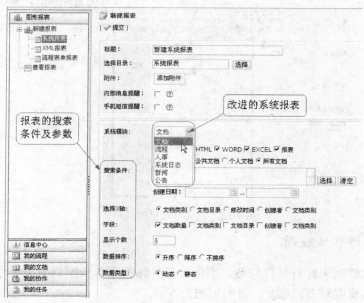

图 9-50　报表条件搜索

（3）新建 XML 报表。

①　【XML 地址】表示本地 XML 文件的地址。

②　【一维报表】和【二维报表】表示报表图形的显示样式。新建 XML 报表界面如图 9-51 所示。

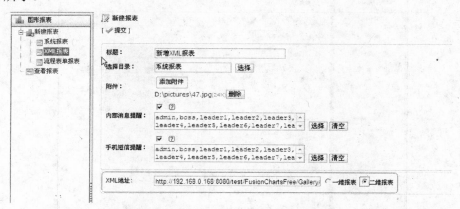

图 9-51　新建 XML 报表

（4）报表共享。

报表共享与公共文档共享操作一致，定义报表后的共享界面如图 9-52 所示。

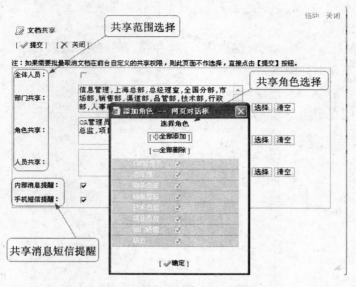

图 9-52　定义报表后的共享

### 9.3.2.5　事务协作的使用

事务协作主要用来针对某件任务、事件进行具体的工作分配或成果展现，让这个虚拟团队能更快速地获取对方的意见，并及时进行交流。

**1．新建协作**

可单击【新建协作】新建需要协作的主题，并选择对应的参与人员。新建事务协作界面如图 9-53 所示，其中各选项的作用为：

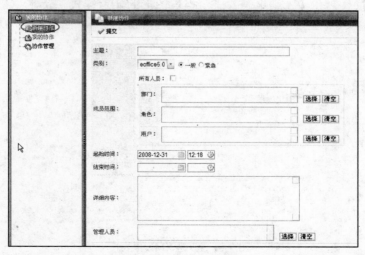

图 9-53　新建事务协作

- 【主题】：填写本次协作的主题名称，宜简要明朗。

- 【类别】：对本次协作的分类处理。
- 【成员范围】：选择参与此次协作的人员。
- 【起始/结束时间】：一般情况下设置本次协作的开始和结束时间。
- 【详细内容】：对本次协作进行详细描述。
- 【管理人员】：可选择对此协作的维护管理权限。

另外，也可以在查看协作的同时直接新建事务协作，其界面如图 9-54 所示。

图 9-54　在查看协作的同时新建事务协作

### 2. 查看协作

单击【我的协作】，可查看用户本人参与的协作主题，界面如图 9-55 所示。

图 9-55　查看协作内容

### 3. 回复协作

针对协作的主题可发表自己的意见，并可选择 OA 中的文档或上传附件共享给其他用户。回复协作界面如图 9-56 所示。

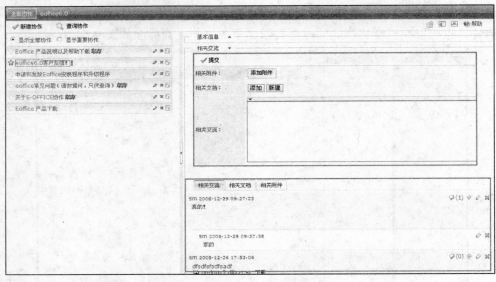

图 9-56　回复协作

### 4. 查询协作

可根据协作条件（如主题、类别、起始时间、结束时间、创建人、管理人员等）组合查询历史已有的协作内容。查询协作界面如图 9-57 所示。

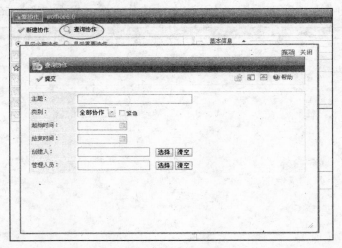

图 9-57　查询协作

### 5. 协作管理

协作管理主要是用来定义协作的分类，并制订每个分类下可新建协作的成员权限，可新建、编辑或删除协作分类。协作管理界面如图 9-58 所示。

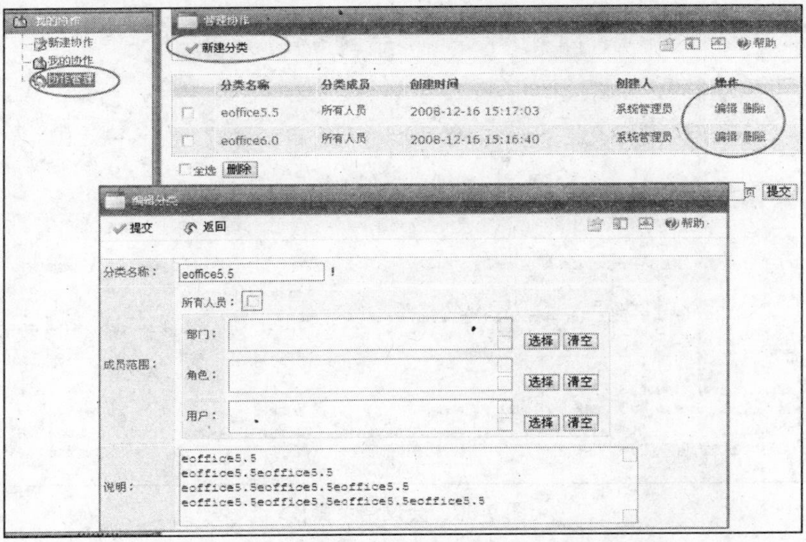

图 9-58　协作管理

### 9.3.2.6　会议管理的使用

在会议管理中，可以申请会议，并将已申请的会议按照待批会议、已准会议、进行中会议和未准会议分类列出，方便用户查询和管理，同时被批准的申请具有短信提醒功能；可按照待批会议、已准会议、进行中会议和未准会议分类查询，也可按照指定条件查询，并可以将查询结果导出为多种报表格式；可管理和审批提交的会议申请；可新建、修改和删除会议室的基本信息，并查看每个会议室的预定情况。

### 1. 会议申请

在提交会议申请前，可查看待批会议、批准会议、进行中会议的情况，再根据这些情况决定是否需要进行会议申请。【会议申请】界面如图 9-59 所示。

图 9-59　会议申请

另外，还可对进行中的会议执行结束操作，界面如图 9-60 所示。

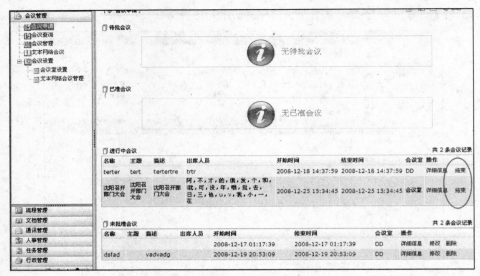

图 9-60　会议结束操作

### 2. 会议查询

单击【会议查询】，可查询待批会议、已批准会议、进行中会议、未准会议及已结束会议列表，并可再单独根据会议属性查询且导出 html 报表、Word 报表和 Excel 报表。会议查询界面如图 9-61 所示。

图 9-61　会议查询

### 3. 会议管理

单击【会议管理】，可对待批会议或未准会议进行审批确认，并可对已准会议撤销申请。会议审批确认界面如图 9-62 所示。

### 4. 会议室设置

单击【会议室设置】，可统一管理公司的会议室信息，如新建会议室、修改或删除已有会议室情况等。会议室属性设置界面如图 9-63 所示。

### 5. 文本网络会议

文本网络会议便于远程会议的进行，用户可参与有权限的网络会议室，并及时进行交流。文本网络会议交流界面如图 9-64 所示。

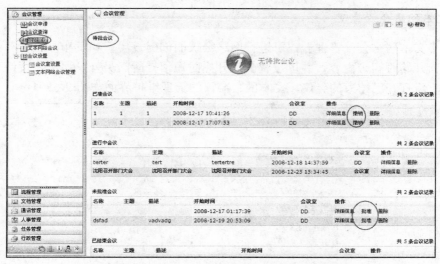

图 9-62　会议审批确认

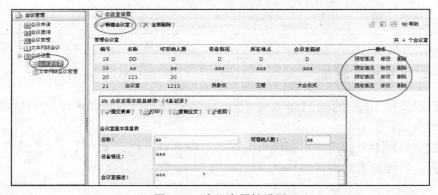

图 9-63　会议室属性设置

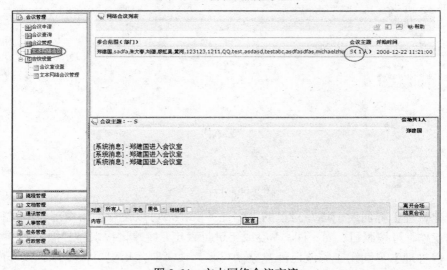

图 9-64　文本网络会议交流

**6. 文本网络会议管理**

单击【文本网络会议管理】，可进行网络会议的创建、申请和发布，包括参会范围、会议主题、开始时间等内容，并可设置会议开始时短信提醒。另外，还可直接结束进行中的会议或重新打开已结束的会议。文本网络会议的管理维护界面如图 9-65 所示。

图 9-65　文本网络会议的管理维护

### 9.3.2.7　日程管理的使用

常务日程安排主要用于管理个人对工作的详细安排，并可设定需要协作接受的人员，一起完成此事项。

在【我的日程】界面中，可按照日、周、月来查看日程安排，并可查看其他人员安排的工作日程。日程查看界面如图 9-66 所示。

图 9-66　日程查看

【新建日程】界面用于填写自己的工作任务安排，可以设置使用内部短信进行提醒；周期性的工作，可按照日、周、月、季度或年进行设定。新建日程安排界面如图 9-67 所示。

【日程管理】界面用于修改已经建立的日程，或者删除历史日程安排。日程内容的编辑安排界面如图 9-68 所示。

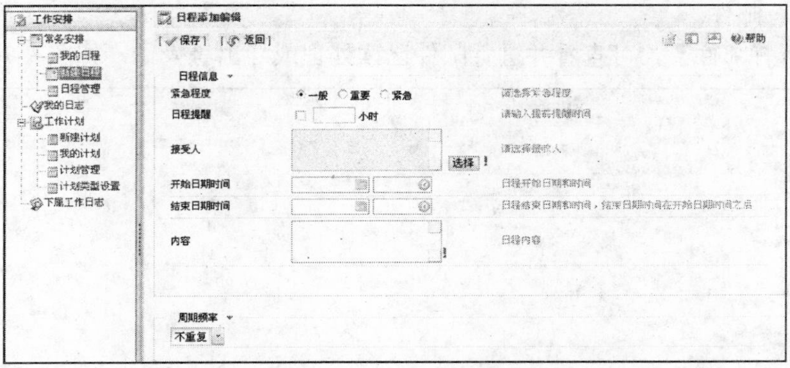

图 9-67　新建日程安排

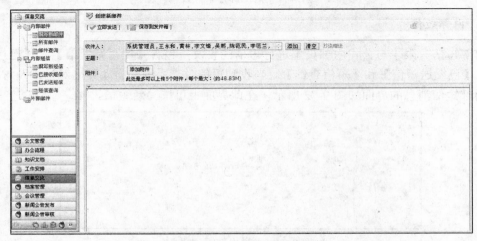

图 9-68　编辑安排日程内容

### 9.3.2.8　个人办公的使用

#### 1. 内部邮件

内部邮件只限于与公司内部员工进行邮件的收发。

（1）撰写新邮件。

选择收件人，填写主题和内容后即可发送。发送内部邮件的界面如图 9-69 所示。

图 9-69　发送内部邮件

（2）所有邮件。

单击【所有邮件】，可查看并进行邮件已读处理或导出等操作，如图9-70所示。

图9-70　查看内部邮件

（3）邮件查询。

内部邮件条件查询界面如图9-71所示。

图9-71　内部邮件条件查询

## 2．内部短信

内部短信只限于与公司内部员工进行短信的收发，包含【撰写新短信】、【已接收短信】、【已发送短信】和【短信查询】。当收到短信时，系统会自动弹出对话框及时提醒。发送内部短信消息的界面如图9-72所示，在此界面上可撰写新短信。

图9-72　发送内部短信消息

单击【已接收短信】，可查看系统或其他员工发给本人的短信，其界面如图 9-73 所示。

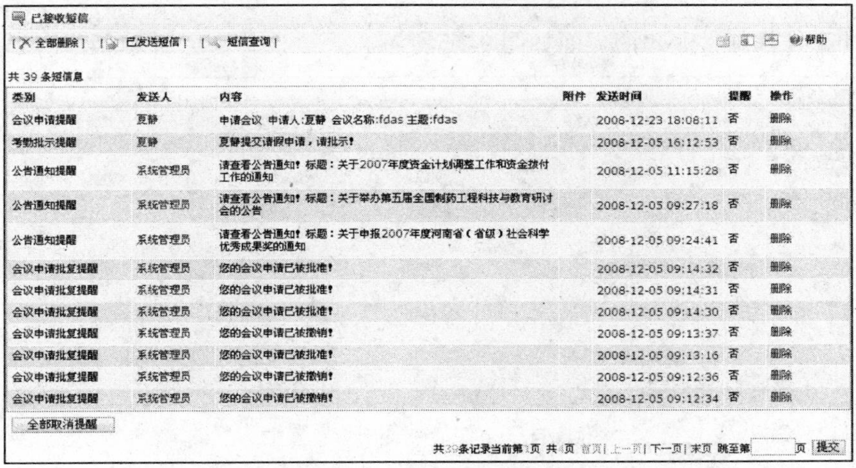

图 9-73  查看内部短信

单击【已发送短信】，可查看通过系统或本人手动发送的短信内容，其界面如图 9-74 所示。

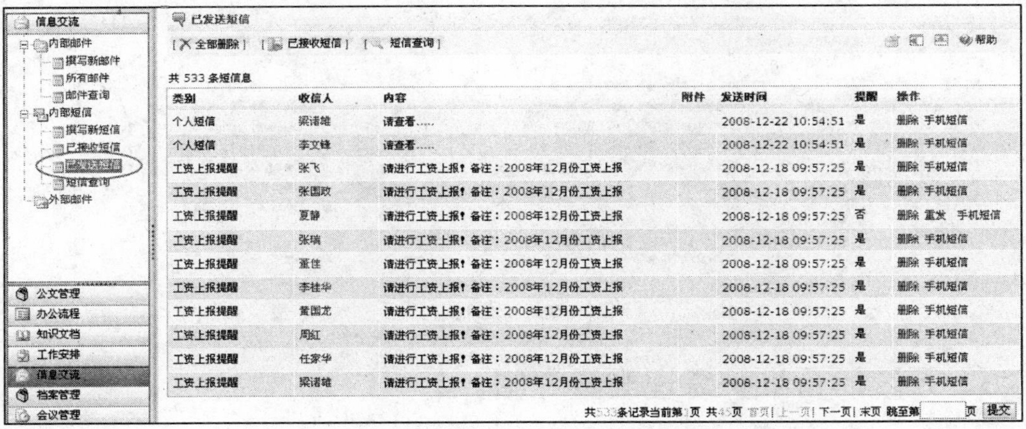

图 9-74  查看历史发送的内部短信

单击【短信查询】，可搜索历史已发或已收短信，其界面如图 9-75 所示。

图 9-75  条件搜索历史内部短信

### 3. 外部邮件

新建一个外部邮件账户的界面如图 9-76 所示。

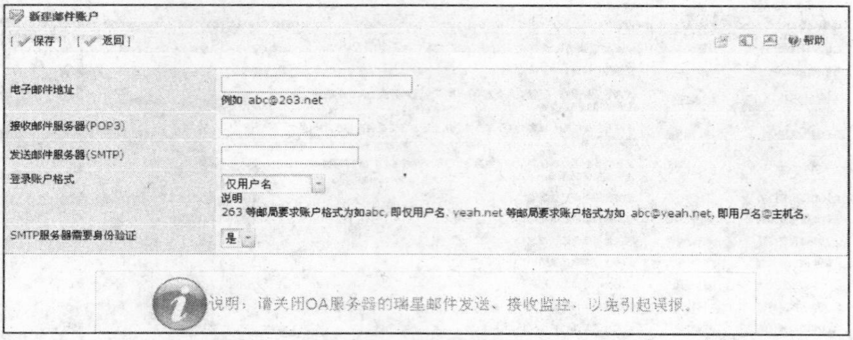

图 9-76　建立外部邮件账号

保存后，单击登录按钮，输入邮箱密码后进入邮箱，界面如图 9-77 所示。

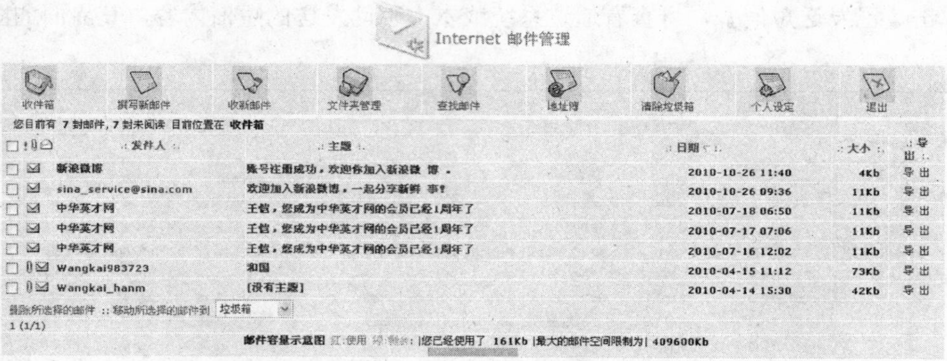

图 9-77　收取邮件

## 9.3.3　系统后台维护管理配置介绍

关于协同办公 e-Office 软件后台的设置，由于企业内部的组织、部门以及人员结构都不一样，需要单独进行，并调整需要使用的审批流程、知识文档目录及其权限。

### 9.3.3.1　组织用户管理设置

#### 1. 单位管理

依次单击【系统管理】→【组织机构】→【单位管理】，打开单位管理功能。这里主要管理公司或单位的档案信息，记录公司名、网址、电子邮箱、开户行、账号等信息。用户在人事的单位信息中，可以看到关于此处记录的所有信息，界面如图 9-78 所示。同时，"人力资源组织树"模块内的公司名称也可以直接获取到此处数据，不需要系统管理人员重新输入。

图 9-78　修改企业或单位的基本信息

## 2. 部门管理

依次单击【系统管理】→【组织机构】→【部门管理】，打开部门管理功能。这里管理企业组织结构的基本单位——部门或单位。在部门查询页面单击【新建部门/单位】按钮，可以创建一级或多级部门/成员单位；在部门编辑页面，可以选择上级部门/成员单位，也可以为其创建下级部门/成员单位或上级部门/成员单位。新建部门信息界面如图 9-79 所示。

**注意：**（1）删除部门时，必须先将该部门下的人员或部门转移到其他部门，再执行删除操作。

（2）人力资源组织树的部门也按照这里的部门序号排序。

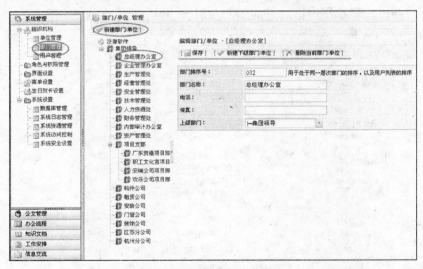

图 9-79　新建部门信息

## 3. 用户管理

用户管理即统一管理需要使用系统的公司人员，包括管理其对应的账号、密码等。

（1）添加用户。

管理系统中人员的账号，包括账号的登录用户名、姓名、密码、部门、角色、是否启用动态密码登录、管理范围等。新建用户信息界面如图 9-80 所示。

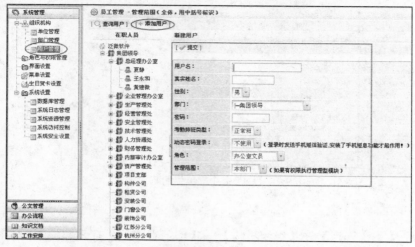

图 9-80　新建用户信息

（2）用户修改。

编辑账号信息，允许用户修改登录用户名、姓名等信息，但是不允许修改密码。每个用户可在自己的【个性设置】→【修改密码】界面中修改自己的密码。若用户忘记自己的密码，系统管理员在用户列表上通过【admin 清空密码】按钮，初始化用户密码为空即可。若人员离职，直接编辑该人员账号的部门，选择【离职】；反之也是编辑账号，赋予登录用户名和部门即可。修改用户信息界面如图 9-81 所示。

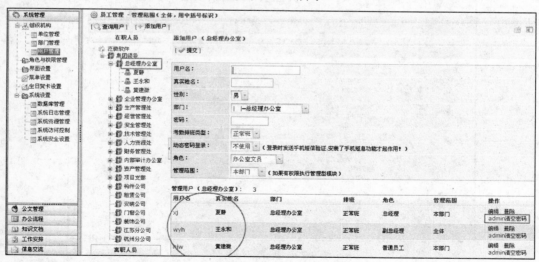

图 9-81　修改用户信息

### 9.3.3.2　流程维护配置

工作流程是对一整套规则与过程的描述，以便管理在协同工作进程中的信息流通与业务活动。它的目标在于根据企业实际规范和业务操作来定义电子化的工作流，以智能的方式处理过程，保证工作中的某项任务完成后，按预定的规则实时地把工作传送给处理过程中的下一步，保留工作流转进程中的操作痕迹，更重要的是，保证相关数据的自动更新。工作流程的电子化可以大大提升企业的运营效率，解决人员操作的效率低下，工作相关资料不能有效和统一的管理，工作流的审批意见不能完整的保存并归档等问题。

基于泛微协同办公系统的工作流程管理模块，为企业搭建一个高效、灵活的工作流程平台，用户可以自行定义所需要的各种流程应用。

**1. 工作流就是几个人协同完成一项工作，简单来说，就是几个人填写同一张"表单"**

（1）表单由用户来设计（一般由管理员设计好）。

（2）泛微 e-Office 的表单，可以用 Word、Excel、网页工具等设计，设计好后复制、粘贴、导入到"表单智能设置"中。然后打开"表单智能设置"，为每个字段添加控件。

（3）表单控件中"宏控件"是指从系统数据库直接调用信息，方便表单操作；例如：当前日期、当前用户名、当前用户部门等等。

（4）每个流程对应一个表单，一个表单可以对应多个流程。

（5）流程分为固定流程和自由流程两种，固定流程由固定步骤组成，用户事先需定义好，自由流程无需定义流程步骤。

（6）固定流程的每个步骤都需要指定下一步骤节点、经办人和相应的可写自段。

（7）下一步骤节点设置时，如果下一步骤是支持多节点的，流程默认指向第一个节点；例如：第二步骤，选择下一步骤节点为"3，5，1"，则用户办理时，流程默认指向下一节点（3），如果是"1，3，5"流程默认指向下一节点（1），也就是退回。

（8）固定流程第一个步骤的经办人有权新建该流程（道理可想而知），如果没有第一个步骤的经办权，则该用户不能创建该流程，在"新建流程"菜单中也不显示该流程。

（9）执行中的工作和已完成的工作，都可以通过流程查询功能查找到并可以导出Excel 表。

（10）任何流程都可以指定监控人员，监控人员可随时转交或终止该流程。

（11）流程只有在最初设计的时候可以进行删除修改、当该流程开始启用之后。流程不能修改节点和删除。如果不需要的流程，可以将该流程所产生的数据删除，定义流程中才允许将其删除。

（12）流程中的签名在"签办反馈区"实现，办理者填写相关意见，提交后系统自动记录用户姓名和时间。实现电子签名功能。对于附件的文档，则通过 Office 控件的"电子签章"功能进行盖章。

流程设计的步骤为：流程分类→定义表单→定义流程→设计表单格式→系统"表单智能设计"设置表单→定义流程→新建流程→编辑流程步骤→新建流程步骤→设置可写字段→编辑流程办理权限。

**2. 流程分类**

可以根据内部管理的工作类型，对流程进行归类，如收发文件、财务管理、行政管理、人事管理等，定义流程时可以将流程归到此分类下，而且用户在使用时，也可按照此分类分别查看，流程分类界面如图 9-82 所示。

图 9-82　定义流程分类

## 3. 定义表单

进入 e-Office 系统的【办公流程】→【工作流配置】→【定义表单】页面，如图 9-83 所示。

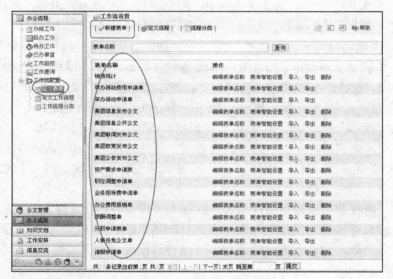

图 9-83　查看流程表单清单

单击【新建表单】按钮并提交保存，这样就创建了一个新的表单名称，其界面如图 9-84 所示。

图 9-84　新建流程表单名称

保存后返回工作流设置页面，通过表单智能设计器，设计各种表单款式，其界面如图 9-85 所示。

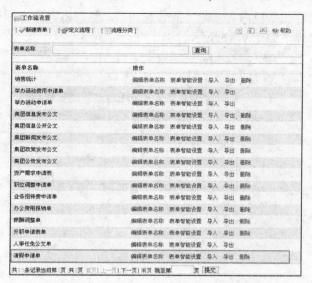

图 9-85 确认流程表单

单击新建表单名称后的【表单智能设置】，打开表单智能设计器。把用 Word 制作的表格全选后，复制、粘贴到表单设计器中（也可以直接导入文档【模板】中做好的表单框架，此模板来自于【文档管理】中的【文档模板管理】），表单的基本样式就设计好了。然后添加【表单控件】，给表单字段定义属性，如图 9-86 所示。

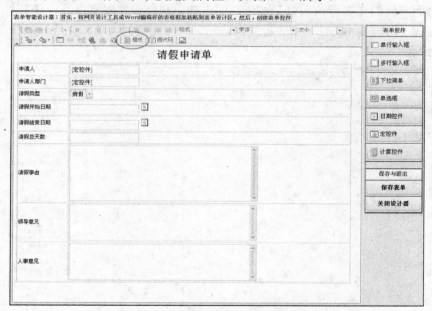

图 9-86 新建表单页面

（1）表单控件的使用。

表单控件是制作一个表单的核心部分。通过 Word 编辑好一张表单的格式和框架后，需要通过表单控件进行字段的属性设置。

首先选择需要编辑的字段内容，如"请假事由"，然后将鼠标光标移动到"请假事由"字段的后面，光标闪烁，如图 9-87 所示。

图 9-87　新建或修改表单字段

单击页面右侧的【多行输入框】按钮，即可弹出属性设置对话框，在【控件名称】中输入字段名称（请假事由），每个字段均操作后，一张完整的表单即完成，最后保存表单，如图 9-88 所示。

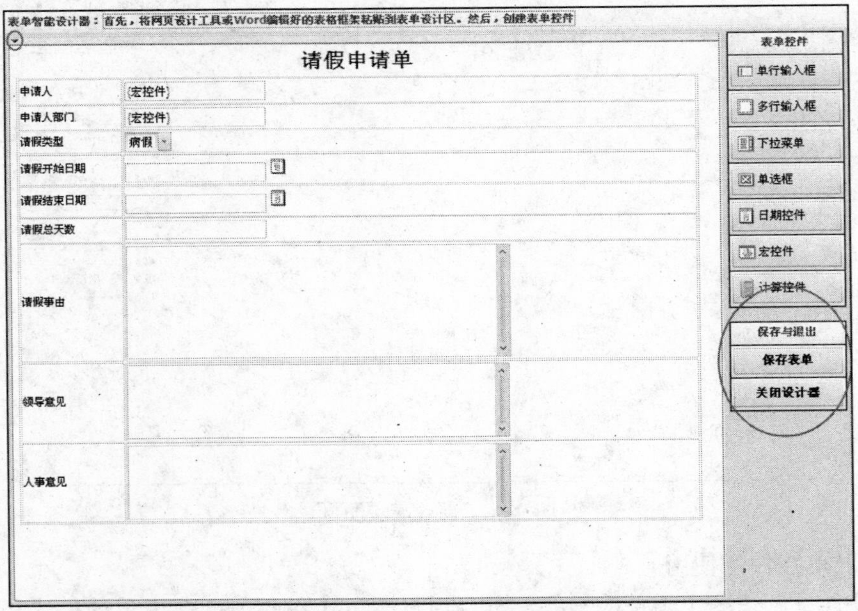

图 9-88　保存新建好的表单

**注意：**每个控件的名称都必须是唯一的，不能重复，特殊控件除外（如日期控件的配合）。

例如，在工作汇报中，工作项目的编号、完成时间、工作内容在表单中都是重复的，但是对于表单控件的名称，则需要按照图 9-89 所示，每个字段的控件名称都是唯一的。表单控件功能说明如表 9-2 所示。

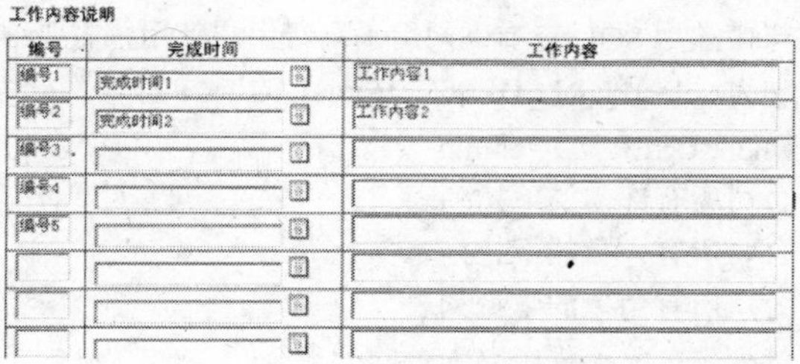

图 9-89 表单字段属性

表 9-2 表单控件功能说明

| 控 件 名 称 | 功 能 说 明 |
|---|---|
| 单行输入框 | 单行文字输入的填写字段，如签字、发文名称等 |
| 多行输入框 | 多行文本输入的填写字段，如文章摘要、具体事项描述等 |
| 下拉菜单 | 针对固定选择项目的单选列表，下拉选项为 50 项，能够满足应用需求 |
| 单选框 | 选中或不选 |
| 日期控件 | 用于实现日期选择窗口的弹出，需要结合单行输入框一起使用<br>先创建一个单行输入框，【控件名称】为"申请日期" 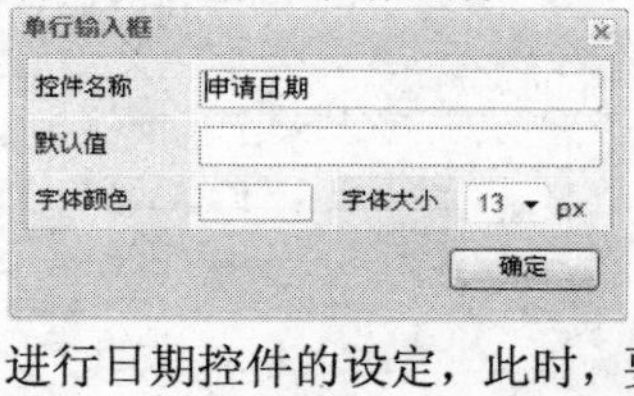<br><br>接下来，单击日期控件按钮，进行日期控件的设定，此时，要填写前面建立的单行输入框的名称，这样就可以为日期控件和输入控件建立起一个关联，以后在实际的工作办理过程中，日期选择窗选择的日期就可以回填到指定的单行输入框中，结果显示如下  <br> |
| 宏控件 | 自动从数据库调用相关的信息，获取数据信息，代替手工输入，自动根据用户指定的要求取值，使得工作流的表单更加智能<br>当前日期：当前步骤的办理日期，该控件要与【流程步骤】中的可写字段对应<br>当前时间：当前步骤的办理时间，该控件要与【流程步骤】中的可写字段对应<br>当前日期+时间：当前步骤的办理日期+时间，该控件要与【流程步骤】中的可写字段对应<br>当前用户 ID：获取当前步骤处理者的 ID，该控件要与【流程步骤】中的可写字段对应<br>当前用户姓名：获取当前步骤处理者的姓名，该控件要与【流程步骤】中的可写字段对应<br>当前用户部门：获取当前步骤处理者的部门，该控件要与【流程步骤】中的可写字段对应 |

| 控件名称 | 功能说明 |
|---|---|
| 宏控件 | 表单名称：获取该流程的表单名称<br>文号：自动获取流程的文号说明，例如，xxx 发文 2006-8-21<br>流程开始日期：自动获取流程建立的日期<br>流程开始日期+时间：自动获取流程建立的日期+时间<br>来自 SQL 查询语句：SQL 查询语句用于高级用户使用，需要维护人员熟悉 SQL 命令如下拉菜单型语句为 select URL_DESC from URL；单行输入框语句为 select USER_NAME from USER where USER_ID='admin'<br>部门列表：公司所有部门的下拉列表<br>人员列表：公司所有人员的下拉列表<br>角色列表：公司所有角色的下拉列表<br>流程经办人员列表：此流程经办人员的列表<br>本步骤经办人员列表：当前办理步骤的人员列表，该控件要与【流程步骤】中的可写字段对应 |
| 计算控件 | 首先，建立好需要参与计算的项目，如图，建立好【交通费】和【住宿费】的控件类型，选择【单行输入框】控件<br><br>接下来，选中显示计算结果的字段"暂支旅费合计"，单击【计算控件】按钮，建立一个计算控件。设定时，需要输入计算公式，公式的规则就是四则运算规则，注意符号必须是英文字符的+、−、*、/、(、)，可以利用括号和加减乘除运算，公式的计算就是上面建立的单行输入框控件的名称<br> |

注意：（1）请勿将设置好控件的表单复制到 Word 或网页设计工具再编辑，这样，控件的属性信息会丢失。

（2）修改表单时，控件顺序应该保持原顺序，按从上到下，从左至右的顺序排序，否则表单将无法与历史数据对应。

（3）控件名称不能含有空格，同时最好不要使用标点符号。

（2）表单设计的小技巧。

用 Word、Excel、FrontPage 或 Dreamweaver 等软件可以制作风格多样，颜色艳丽的表单。建议最好使用网页设计工具设计表单样式，以方便在表单设计器中调整（使用 Word 设计的表格，格式、尺寸不太容易调整）。

- 可以选中控件，用鼠标拖动其边缘，以改变其大小。
- 同一类型或名称近似的控件可以采用复制的办法，快速生成，然后再进行详细设定。
- 可以用键盘移动光标，用【BackSpace】键删除控件前的多余空格。
- 可以选中控件，单击居中按钮，使控件位于表格中央。
- 快捷键：【Ctrl+C】复制，【Ctrl+V】粘贴，【Ctrl+Z】取消，【Ctrl+Y】重做。

选择编辑 HTML 源文件模式，单击鼠标 3 次，再取消编辑 HTML 源文件模式，可将所有内容全选，按【Delete】键可删除。

表单中还可以使用特殊的宏标记，实际使用该表单时，宏标记会显示为具体的信息，下面做一些说明：

- 【表单】：代表表单名称。
- 【文号】：代表文号或说明。
- 【时间】：代表第一步骤的办理日期。

如果需要改变原表单样式，则可以把新的表单先复制到原表单上方，把原来的控件拖动到新表单合适的位置即可，但要注意控件顺序应该保持原顺序，按从上到下、从左至右的顺序排序。

### 4．定义固定流程

定义流程提供了 5 个设置页面：基本信息、节点设置、监控人员、报表设置和其他设置。其中节点设置包括节点信息、办理人员、字段控制、路径设置、出口条件和删除节点等操作。

（1）基本信息。

用于填写必要内容，可在此定义流程的名称、所属的类别、类型以及对应的表单等。新建工作流程基本信息界面如图 9-90 所示，流程功能说明表如表 9-3 所示。

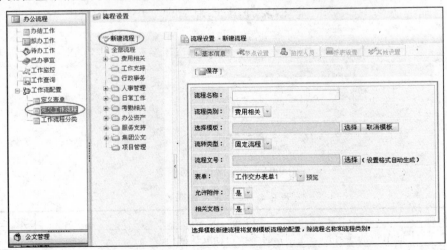

图 9-90　新建工作流程基本信息

表 9-3　流程功能说明表

| 字 段 名 称 | 功 能 说 明 | 是 否 必 填 |
|---|---|---|
| 流程名称 | 流程的名称 | √ |
| 流程类别 | 对应【流程分类】中的类别属性 | √ |
| 流程模板 | 可以直接引用已经创建好的流程，将流程的表单、路径和权限统一复制过来，只需后期进行调整即可，以减少重复工作 | |
| 流程类型 | 自由流程：该类型的流程没有具体流程步骤，由流程前一步骤人员选择是否到下一步骤和下一步骤的办理人员，任何步骤的人员都可以终止此流程；固定流程：该类型的流程需要设置流程步骤，流程前一步骤人员只能选择下一步骤的办理人员，只有流程的步骤执行完或者具有监控权限的人才能终止该流程 | √ |
| 流程文号 | 可按字母、时间或流水号排序设置文号格式，自动生成文号 | |
| 表单 | 流程对应填写的表单 | √ |
| 允许附件 | 流程是否可以上传附件 | |

（2）节点设置。

单击【新建节点】进入【节点信息】编辑界面，在此填写流程的【步骤名称】、【流转步骤序号】，选择【办理方式】。定义流程节点信息界面如图 9-91 所示，流程设置说明如表 9-4 所示。

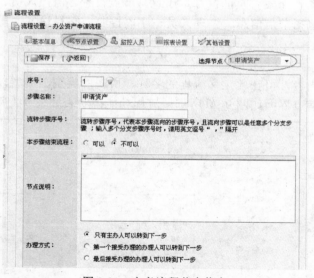

图 9-91　定义流程节点信息

表 9-4　流程设置说明表

| 字 段 名 称 | 功 能 说 明 | 是 否 必 填 |
|---|---|---|
| 序号 | 此节点的序号，一般创建时系统自动默认赋值 | √ |
| 步骤名称 | 此步骤的名称 | √ |

续表

| 字 段 名 称 | 功 能 说 明 | 是 否 必 填 |
|---|---|---|
| 流转步骤序号 | 可以在【路径设置】中进行设置<br>填写下一步骤可以选择的节点出口（填写节点的序号即可，必须是数字）。下一步跳转节点可能有多个，则必须用英文的逗号隔开<br>① 设置为空，则表示流程按步骤序号依次执行<br>② 如填写，则表示跳转至指定序号，例如第一个步骤的下一个步骤写3，则表示跳过 2 直接流转至步骤 3。系统默认指向第一个步骤序号<br>③ 也可以设置为多个分支，例如第一个步骤的下一个步骤写 2, 3，则表示流程的主办人可选择其中一个流程分支，既可以是 2 也可以是3。分支没有个数限制<br>最后一个步骤无论是否指定下一步骤，均可以直接结束流程 | |
| 办理方式 | ① 只有主办人可以转到下一步：如有多个人为经办人，需要设定一个主办人。主办人提交流程时，流程可往下一步流转<br>② 第一个接受办理的办理人可以转到下一步：如有多个人为经办人，则第一个办理人提交流程时，流程可往下一步流转，无主办人<br>③ 最后接受办理的办理人可以转到下一步骤：若有多个人为经办人，则最后一个办理人提交流程时，流程可往下一步流转，无主办人 | √ |
| 会签 | 多人办理的情况下，必须所有经办人员都提交意见之后，指定的主办人才可以将流程提交到下一步骤 | |

在新建节点后，可直接在图形上编辑相关属性，如节点基本信息修改、办理人员、字段控制、路径设置和出口条件等，其界面如图 9-92 所示。

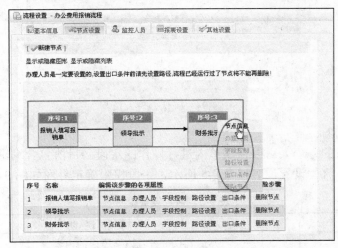

图 9-92　定义流程节点的信息

（3）办理人员。

指当前节点可以处理的人员权限，可以通过人员、角色、部门 3 种方式进行设定。一般建议使用角色方式，可以防止人员离职后需要重新设置，其界面如图 9-93 所示。

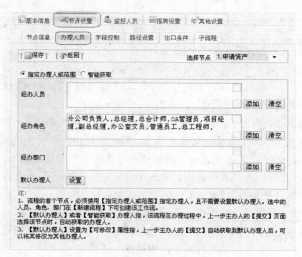

图 9-93　定义流程节点办理者

　　**默认办理人**：当前节点一般是固定一个或几个人。例如公司的总经理，一般只是固定的一个人，不会变化，则流程会自动选择该人员。确认办理人员界面如图 9-94 所示。

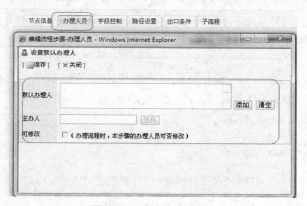

图 9-94　确认办理人员

　　（4）字段控制。

　　显示当前节点的办理人可以在表单内进行操作的字段。目前包含编辑、智能获值和自动获值 3 种选择。流程设置说明如表 9-5 所示，字段权限确定界面如图 9-95 所示。

表 9-5　流程设置说明

| 字 段 名 称 | 功 能 说 明 |
| --- | --- |
| 不选择 | 办理人只可查看该字段内的内容 |
| 编辑 | 办理人可以编辑修改该字段内容 |
| 智能获值 | 如果字段值为空，则自动给字段赋值 |
| 自动获值 | 不管字段是否为空，都会强制给字段重新赋值 |

　　注：只有宏控件属性的字段可以编辑智能获值和自动获值，且只能设置其中一种。

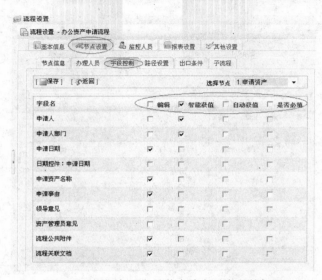

图 9-95 根据办理人员节点确定对字段的权限

（5）路径设置。

功能与【流转步骤序号】一样，但在此可以直接用鼠标从【备选节点】拖动需要的节点到【流出节点】框，且可以排序设定出口排列顺序。如果流出节点为空，则默认流向下一个节点。节点出口方向调整界面如图 9-96 所示。

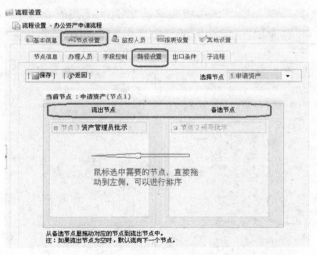

图 9-96 调整节点出口方向

（6）出口条件。

可以给流程出口设置条件，例如报销流程，若字段【报销费用】金额大于等于 1000，则流程节点出口为总经理审批；若字段【报销费用】金额小于 1000，则流程节点出口为部门经理审批。定义流程节点出口条件界面如图 9-97 所示。

首先需要选择一个字段，匹配相应的值，也可以单击【验证】按钮给出正确的赋值公式。

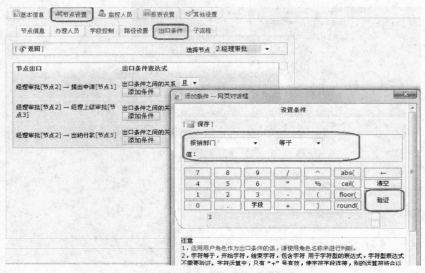

图 9-97　定义流程节点出口条件

（7）监控人员。

用于指定可以监控该流程的人员（如图 9-98 所示），监控人员可以随时将该流程的工作回传上步、转交下步、终止和查看。

（8）报表设置。

单击【新建报表】，保存后，单击报表名称后面的【报表字段】，选择需要统计的字段内容，保存即可，其界面如图 9-99 所示，定义报表字段的界面如图 9-100 所示。

图 9-98　设置流程的监控权限

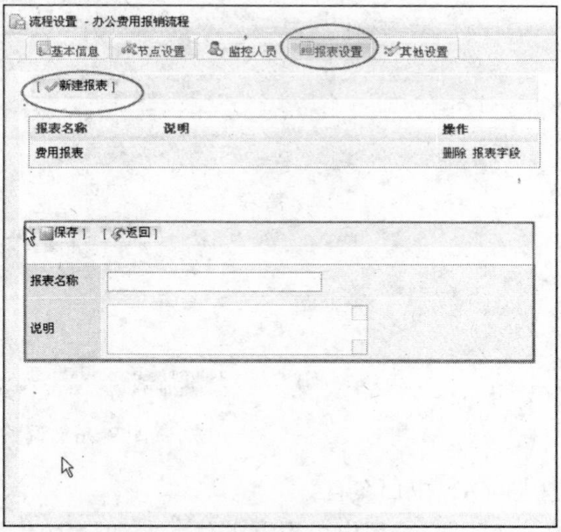

图 9-99　设置报表基本信息

（9）其他设置。

其他设置界面如图 9-101 所示，流程配置设置功能选项说明如表 9-6 所示。

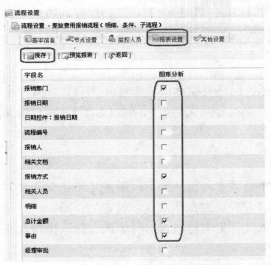

图 9-100　设置报表所需统计的字段

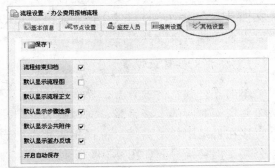

图 9-101　设置流程配置中的其他信息

表 9-6　流程配置设置功能选项说明

| 字 段 名 称 | 功 能 说 明 |
| --- | --- |
| 流程结束归档 | 选中后，系统会自动把此流程的表、附件、签办反馈意见统一归口到公共文档库中，且归口的文档目录会自动根据流程名称建立 |
| 默认显示流程图 | 是对新建或处理流程是否展现流程图的开关 |
| 默认显示流程正文 | 是对新建或处理流程是否展现流程正文的开关 |
| 默认显示步骤选择 | 是对新建或处理流程是否展现步骤选择的开关 |
| 默认显示公共附件 | 是对新建或处理流程是否展现公共附件的开关 |
| 默认显示签办反馈 | 是对新建或处理流程是否展现签办反馈的开关 |
| 开启自动保存 | 选中后，系统会按照系统安全设置中的保存频率，自动保存流程 |

### 5．定义自由流程

定义自由流程主要是满足没有固定的流程流转方向，即没有固定的节点和出口，由用户在新建或审批处理时自行决定下一步需要谁来处理，但自由流程使用前还是需要固定对应的表单。其界面如图 9-102 所示。

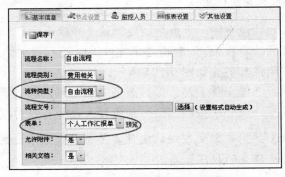

图 9-102　选择流程为自由流程

首先定义流程的基本信息，选择【流转类型】为【自由流程】，之后保存即可；定义为自由流程后，就不用定义【节点信息】及其下的设置，其他设置同定义固定流程。

### 9.3.3.3 知识文档维护

知识文档管理主要涉及个人文档、公共文档、网络硬盘和图片管理 4 大功能，其中个人文档是完全由用户自行使用，不定义固定的目录；公共文档、网络硬盘、图片管理主要需要设置文档目录及其对应的权限。

**1. 公共文档目录设置**

单击【公共文件设置】，界面中将显示整个公共文档目录，可以单击【新建文件夹】按钮并填写对应的上级目录、文件夹名称和开放方式（将在基本属性设置中介绍）；也可以直接在目录中单击右键，选择相应命令，输入文件夹名称或者进行修改、删除操作。新建公共文档目录界面如图 9-103 所示。

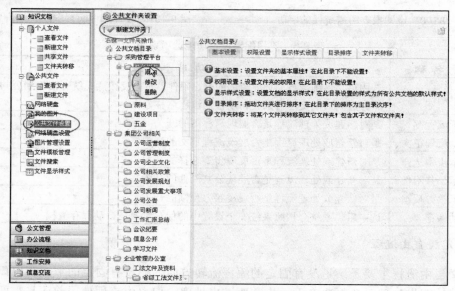

图 9-103　新建公共文档目录

**2. 公共文档目录基本属性设置**

在目录对应的基本属性设置中，重点是需要确认【开放方式】，开放方式是指文件夹、子文件夹以及所有文件的查看权限，同时也是子文件夹以及所有文件操作权限的指定范围，即可供【权限设置】调用，其界面如图 9-104 所示。

开放方式分为两种：一是全体人员，即代表所有员工均可以查看此文件夹下的子文件夹和文件；二是指定范围，可分别按照部门、角色和人员拥有查看权限。

注意：【下级继承权限】是用来定义下级的文件夹是否默认继承此文件夹的权限，这样方便快速定义下级文件夹的权限体系。

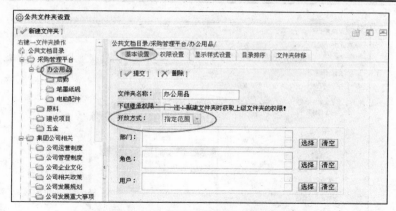

图 9-104　设置公共文档查看权限

### 3. 公共文档目录权限设置

在目录权限设置中，主要是定义部门角色或人员对目录或文件的管理、新建、下载和回复权限。【管理权限】具有该文件夹和子文件夹以及所有文件的编辑、删除、文件夹转移、文件转移、文件夹重命名操作权限；【新建权限】具有子文件夹和文件的新建操作权限；【下载权限】具有该文件夹和子文件夹的所有文件的附件下载权限；【回复权限】具有对查看的文档进行回复的权限。公共文档其他权限设置界面如图 9-105 所示。

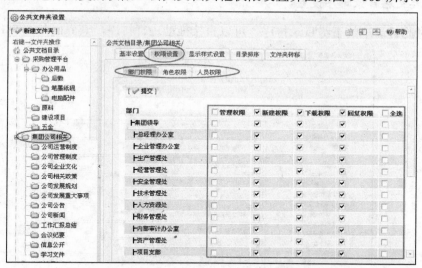

图 9-105　设置公共文档其他权限

定义权限范围的依据是基本属性设置中的【开放方式】，即需要对此目录具有查看权限，才能有管理、新建、下载和回复的权限。

### 4. 公共文档目录显示样式设置

用来为此目录下的文档设置默认显示样式，默认显示样式需要先在文件显示样式中定义好，其界面如图 9-106 所示。

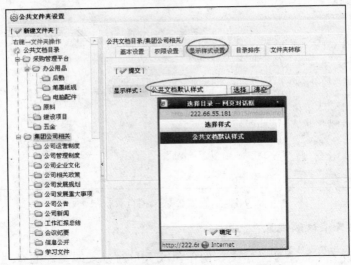

图 9-106　设置此目录下的文档显示样式

设置时只需选择显示样式即可，若此处没有定义，则此文件夹的文档按照初始化的公共文档默认样式显示。

**5. 公共文档目录排序设置**

用来对此目录下的下级目录排序，可以直接拖动进行排序，其界面如图 9-107 所示。

图 9-107　调整文件目录的顺序

**6. 公共文档文件夹转移**

用来把此文件夹的所有文档移动到另外一个文件夹中，其界面如图 9-108 所示。

图 9-108　对文档进行目录转移

**7.　文档模板管理**

用于定义公司常规情况下，制作文档可调用的编辑模板，以方便用户新建文档时快速调用。设定好相关的模板后，用户可以在创建文件、邮件、Word 附件、流程表单、新闻、通告或日志时调用模板功能，统一系统文档应用格式，规范工作。

可在模板的管理界面新建公共使用的模板，作为系统任何 html 格式调用。单击【文件模板管理】，可查看到已有的文档模板，单击【新建】按钮，可打开如图 9-109 所示的界面。

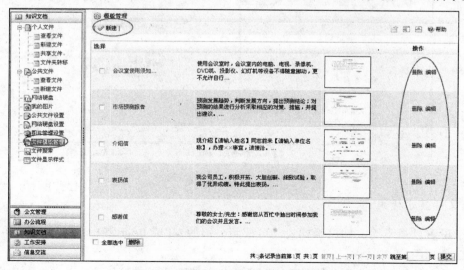

图 9-109　设定新建文档时的模板文件

编辑和删除模板的界面如图 9-110 所示。

图 9-110　编辑模板样式内容

用户可直接调用模板中的模板，快速制作文档，其界面如图 9-111 所示。

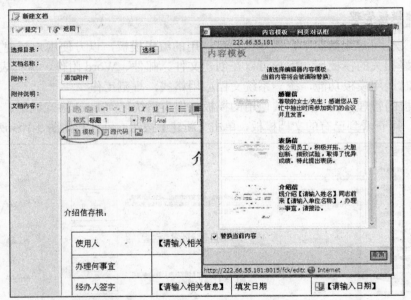

图 9-111　直接调用文档模板

### 8. 文件显示样式

用于设置目录下的文档显示样式，可按照公司的 VI 或 Logo 统一展现文档，并可供各个文档目录调用。

单击【文件显示样式】，其中默认有【公共文档默认样式】和【个人文档默认样式】，可以修改样式中的内容，其界面如图 9-112 所示。

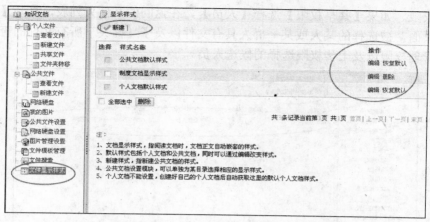

图 9-112　查看显示样式

单击【新建】，可增加新的显示样式。文档显示样式设置界面如图 9-113 所示。

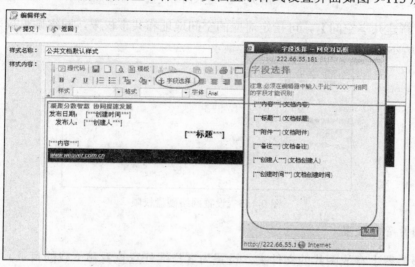

图 9-113　设置文档显示样式

设置时，可以先统一设置好文档的总体部署，再按照规格加入所需要展现的字段内容，其中标题和内容是必须添加的，否则用户将无法查看到文档内容。

**9. 网络硬盘设置**

共享空间就是在服务器上设置一个文件夹作为大家公用的文件夹。首先在服务器上创建文件夹，然后输入空间名以及空间名在服务器上对应文件夹的完整路径，最后为共享空间设置权限范围（全体、部门、人员），其界面如图 9-114 所示。

共享空间权限指文件夹、子文件夹以及所有文件的查看权限，同时也是子文件夹以及所有文件操作权限的指定范围。操作权限包括管理权限、上传权限，具有管理权限者，具有子文件夹以及文件夹下所有文件（包括子文件夹的文件）的创建、编辑、修改、查看、复制、移动、删除和下载操作权限。具有上传权限者，具有文件夹以及子文件夹下上传任意文件的权限。如果【共享权限】选择【人员】，在返回的文件夹列表，打开【指定可访问人员】页面，被选择的某人或某一群人具有文件以及子文件夹下所有文件的查看权限，同时属于管理权限以及上传权限选择的候选人员。

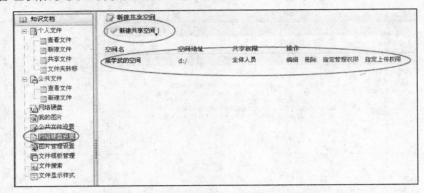

图 9-114　进入网络硬盘

单击【新建共享空间】，可指定对应的空间地址和共享权限。网络硬盘权限设置界面如图 9-115 所示。

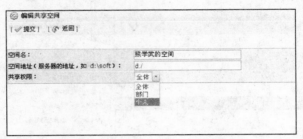

图 9-115　设置网络硬盘权限

### 10. 图片管理设置

可将服务器上存放图片的文件夹，设置为客户端任意查看和下载的目录。创建图片目录时，图片路径必须为服务器上文件夹的绝对路径。图片管理界面如图 9-116 所示。

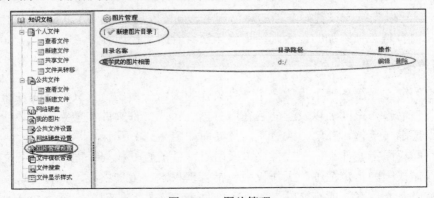

图 9-116　图片管理

单击【新建图片目录】，可指定图片目录路径，其界面如图 9-117 所示。用户使用效果如图 9-118 所示。

图 9-117　设置图片目录路径

图 9-118　图片管理查看效果

### 9.3.3.4　门户管理相关设置

**1. 登录页面设置**

完成自定义登录界面的设置，包括登录界面的背景、图片、文字和按钮等所有信息。该功能下可以创建多个登录界面模板，选中【启用】选项，则所有用户打开的登录界面是当前启用的登录界面。

**注意**：已启用的登录界面，不允许删除，但允许被编辑。

单击登录界面列表中的【设置模板】按钮，打开如图 9-119 所示的界面（登录界面设置页面），进行完全地自由设置。

**2. 工具栏设置**

登录系统，右上角的工具栏默认显示所有工具，如果公司或集团、政府部门，需要调整工具栏，则可打开如图 9-120 所示的界面（工具栏设置页面）进行设置。不仅可以设置是否显示图标、文字，也可以通过拖动按钮，排列工具在工具栏中的显示位置。

**注意**：所有用户登录系统后，都直接获取已设置的工具栏，用户个人不能设置自己的工具栏。

图 9-119　设置登录页面

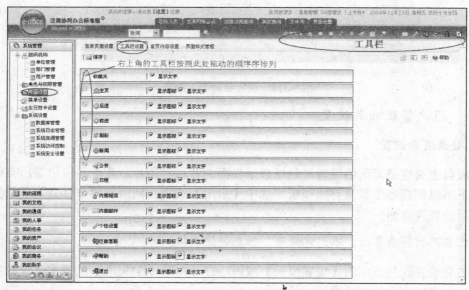

图 9-120　设置工具栏

### 3. 多门户设置

　　用于设置统一的首页，也可以赋予某些人、部门或角色具有首页的编辑权限。具有首页编辑权限的人员，可自定义自己的首页，但是如果取消其编辑权限，其首页将自动恢复为管理员设置的统一首页。

**注意**：各人员首页显示的内容根据角色的权限确定，不具有功能的权限，即使统一首页中存在，在个人的首页中也不会出现。

进入如图 9-121 所示的界面，单击【门户管理】按钮，打开门户管理页面，在此可以新建、修改和设置门户内容。

图 9-121　进入门户设置页面

新建或修改门户内容时，需要定义对应的查看编辑权限，也可以设置该门户是否作为所有人员的默认访问门户，其界面如图 9-122 所示。

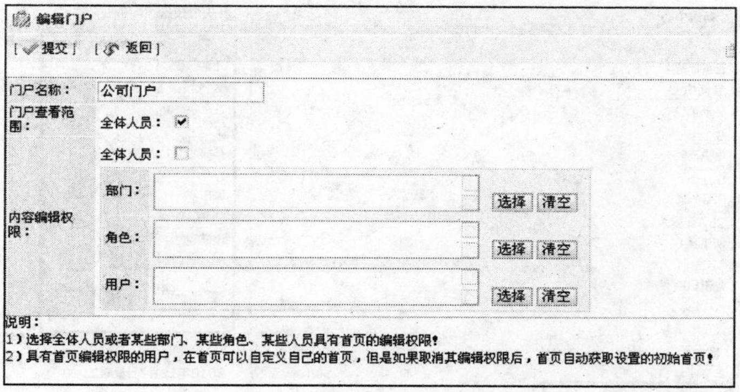

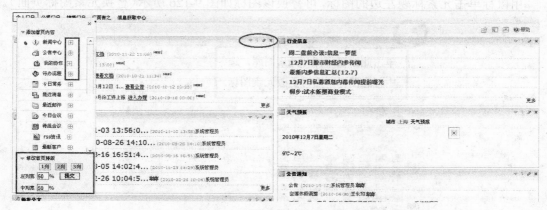

图 9-122　维护门户查看编辑权限

在门户设置中，核心问题是定义门户中的内容元素，其界面如图 9-123 所示，默认门户设置界面如图 9-124 所示。

图 9-123　设定门户中的元素

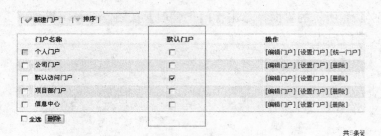

图 9-124　设置默认门户

将鼠标光标放在元素框架的右上角，会自动出现一排设置按钮：　　　　。

● 　：展开/隐藏元素中的数据；

● 　：刷新元素数据；

● 　：编辑元素标题、显示条数以及颜色等属性，如图 9-125 所示（元素编辑页面）；

● 　：从首页删除元素，使得该项元素不显示。

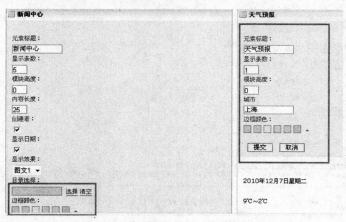

图 9-125　元素编辑

用鼠标单击元素标题左边的图标，可替换该图标如图 9-126 所示（替换元素图标页面）。

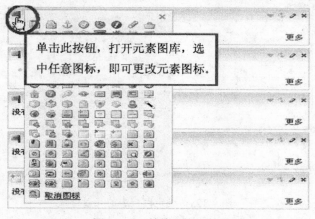

图 9-126　替换元素图标

**4．首页界面样式管理**

界面样式管理，就是自定义界面皮肤模板。新建一个界面样式，默认获取系统的默认皮肤模板，通过样式设置功能，分别自定义系统的 Logo、按钮、文字、边框和菜单等所有信息。设置的各皮肤模板，通过是否可用选项，可控制用户在【个性设置】→【其他设置】→【界面皮肤】下拉菜单中是否可以调用。若选中可用，则用户在个性设置中，可以调用该界面皮肤。

**注意：被用户调用的皮肤模板，不能删除，但是允许修改。**

具体操作步骤如下：

（1）依次单击【系统管理】→【界面设置】→【界面样式管理】，在打开的界面中单击【设置样式】按钮，打开皮肤设置页面，如图 9-127 所示（皮肤设置页面）。

（2）上传自己的个性图片。

（3）在【图片设置】中单击【替换】按钮，打开图片窗口，选择已上传的图片。

（4）在【颜色设置】中，为按钮、表单以及文字等设置颜色。

（5）单击【预览】按钮，即可预览。

【TOP 按钮背景】和【页面标题按钮背景】图片的制作方式如图 9-127 所示。

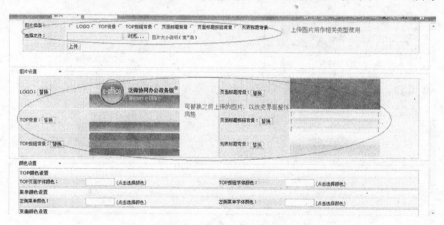

图 9-127　皮肤设置

**5．菜单设置**

菜单设置功能用于新增、编辑系统菜单。在这里可以将安装后获取的初始菜单名，编辑为企业、集团、政府自己的菜单名，同时也可以创建新的系统菜单。

创建菜单的操作步骤如下：

（1）单击【增加菜单】按钮，创建一级菜单，界面如图 9-128 所示。

（2）在一级菜单信息栏中填写好菜单名称、设置该菜单的使用范围、菜单图标以及编号。

（3）单击创建的一级菜单的【增加子菜单】按钮，打开下级菜单的创建页面，如图 9-129 所示，如果该二级菜单需要创建三级菜单，选中【菜单夹】单选按钮且默认该菜单的链接中只输入"@"符号；否则根据实际菜单的来源选择相应名称。

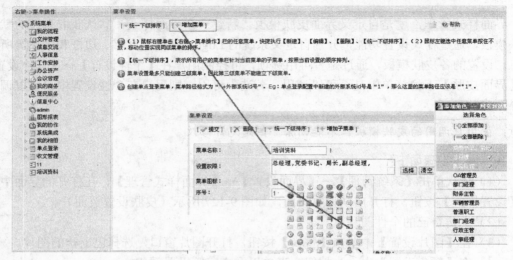

图 9-128　增加主菜单

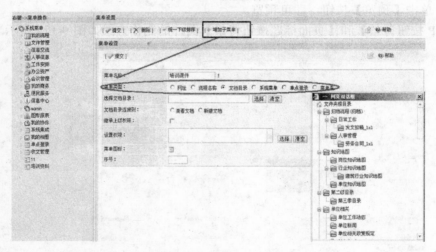

图 9-129　增加子菜单

### 6．角色与权限管理

单击默认菜单中的【系统管理】→【角色与权限管理】，打开功能，用于管理角色以及角色的权限级别。新建或者编辑权限的同时，可以确定该角色的权限级别，进入角色维护界面，如图 9-130 所示，角色级别数字越小，其权限级别越大。打开【设置权限】页面，调整具体权限，选择某权限，则表示具有该权限的功能。

注意：（1）"OA 管理员"是"系统管理员"超级管理员的角色，默认赋予系统所有权限；如果其他用户选择该角色，不具备"系统管理员"的特殊功能。

　　（2）一般将角色的序号设置得间隔大一点（如 2、12、22、32）以便于公司人员或者组织结构调整，中间需要添加角色进来。

（3）一般含有【监控】、【管理】、【配置】和【发布】命令的菜单，是面向管理层的设置，可以对系统的功能进行审批、控制、数据管理。但是也有例外，需要系统管理员全面了解系统的各项功能，并确认公司人员的权限范围。

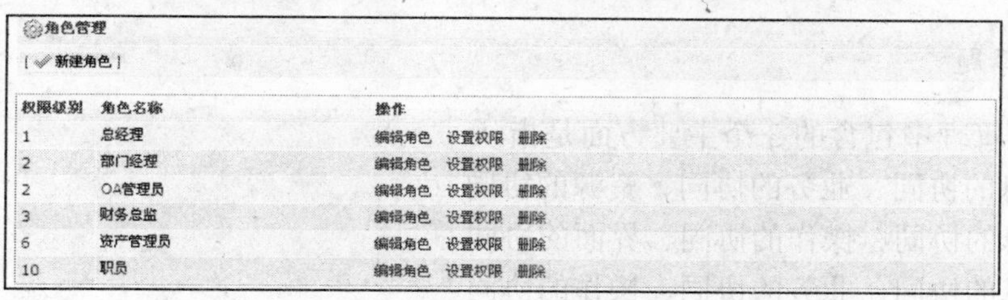

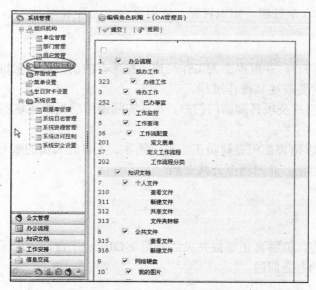

图 9-130　进入角色维护

一般而言，在系统的推广过程中，可以逐步开放其功能，不需要将系统所有的功能全面开放，从简到繁，由易到难，从推进用户使用兴趣和培养用户操作习惯开始，逐步将 e-Office 系统应用到整个办公环境中。在【角色与权限管理】中授予权限，其界面如图 9-131 所示。

图 9-131　角色权限设置

# 本 章 小 结

本章主要介绍了协同办公的基本概念及泛微协同办公系统的操作使用。以泛微协同办公系统为例，详细介绍了利用协同办公软件处理日常办公中的收发文管理、流程审批管理以及知识文档管理等。通过熟练操作协同办公软件，能合理选择协同办公软件的各功能，灵活处理办公事务中的具体事务。

# 练习及训练

## 一、选择题

1. 协同管理中包含的 3 个主要方面是指（　　）。
A. 信息的协同、业务的协同、资源的协同
B. 信息的协同、操作的协同、界面的协同
C. 信息的协同、业务的协同、操作的协同
D. 信息的协同、界面的协同、资源的协同

2. 泛微协同 OA 主体分为（　　）5 大板块。
A. 门户应用、流程管理、知识管理、沟通平台、综合事务
B. 门户应用、人事管理、知识管理、沟通平台、综合事务
C. 门户应用、流程管理、知识管理、应用平台、综合事务
D. 门户应用、人事管理、知识管理、应用平台、综合事务

## 二、思考题

1. 请查看个人门户，并根据个人工作习惯，将现有的门户内元素进行调整，并将同类型工作放在一列，简要叙述其操作过程。

2. 请查看公司门户及项目部部门门户，并从实际使用感受描述这些门户与个人门户的区别。

3. 请思考如何以销售部门普通员工、部门领导、人事处人员的账号进入系统，将"升职申请流程"完整走完，并归档至公共文档。

## 三、实训题

实训目的：

通过学习与操作，能够真正掌握并灵活应用 e-Office 平台，运用平台解决单位或个人实际工作中要解决的办公问题

实训要求：

1. 隐藏自己不常用的几个菜单，如人事信息、资产模块等；将常用的菜单，如待办工作、公文管理等放在菜单栏最上面位置

2. 将常用的菜单放入快捷菜单区域，方便使用

3. 按照个人门户的三大应用价值，加入相关元素

4. 选择适合自己办公习惯的办公界面，修改密码

实训指导：

1. e-Office 基础使用

登录界面介绍 、门户信息介绍、用户信息使用。

2. 流程管理使用

3．知识管理使用

4．协作沟通平台

5．综合事务平台

（1）个人工作管理：计划管理、日程安排、日志管理等。

（2）人事行政管理：会议管理、资产管理等。

（3）商务管理。

（4）报表使用。

（5）相册使用。

（6）我的助手。

# 参 考 文 献

[1] 欧波，王萍，杨柳．办公自动化教程与上机指导（第 2 版）[M]．北京：清华大学出版社，2007.

[2] 赖振丹．办公自动化课程教学实践与探讨[J]．中国城市经济，2010.

[3] 相万让．计算机网络应用基础（第 2 版）[M]．北京：人民邮电出版社，2007.

[4] 刘金平，王晓华．计算机文化基础[M]．北京：化学工业出版社，2008.

[5] 周猛．计算机应用基础教程[M]．北京：冶金工业出版社，2010.

[6] 冯博琴．计算机网络应用基础[M]．北京：人民邮电出版社，2009.

[7] 张浩军．计算机网络实训教程[M]．北京：高等教育出版社，2007.

[8] 周贺来．办公自动化实用教程[M]．北京：中国水利水电出版社，2005.

[9] 施晓秋．计算机网络技术[M]．北京：高等教育出版社，2005.

[10] 王建珍．计算机网络应用基础实验指导（第 2 版）[M]．北京：人民邮电出版社，2007.

[11] 邓凯．办公自动化及高级文秘教程上机实训[M]．北京：中国铁道出版社，2008.

[12] 施博资讯．Office 2007 办公应用[M]．北京：清华大学出版社，2009.

[13] 郑燕琦．任务引领教学法在《办公自动化应用》教学中的实践[J]．中国校外教育，2010.

[14] 倪玉华．大学计算机基础实践教程[M]．北京：人民邮电出版社，2009.

[15] 王春娴．计算机与信息技术应用基础教程实验指导与测试[M]．天津：天津大学出版社，2007.

[16] 于昕杰，张燕．电脑办公入门·提高·精通[M]．北京：机械工业出版社，2007.

[17] 绿业教育教研院．办公自动化：企业内勤篇[M]．北京：中国铁道出版社，2008.

[18] 李岚．办公自动化技术与应用[M]．北京：人民邮电出版社，2010.

[19] 段毅．中文版 Office 使用详解[M]．北京：科学出版社．2008.

[20] 廖文和，徐晓昭．办公自动化[M]．南京：河海大学出版社，2002.

[21] 林学华，张善智．办公自动化[M]．合肥：合肥工业大学出版社，2005.

[22] 周耀林．办公自动化教程[M]．武汉：武汉大学出版社，2008.

[23] 梁建卿．办公自动化技术教程[M]．北京：清华大学出版社，2008.

[24] 陈万金，孟庆荣．办公自动化实用教程[M]．北京：清华大学出版社，2008.

[25] 郭春燕．办公自动化应用[M]．北京：中央广播电视大学出版社，2009.

[26] 孙印杰，李继江，王江阳．办公自动化实训教程（修订版）[M]．北京：电子工业出版社，2009.

[27] 连卫民，杨娜．办公自动化技能教程[M]．北京：北京大学出版社，2009.

[28] 胡艳蓉，刘新竹．办公自动化技术[M]．武汉：武汉大学出版社，2009.

[29] 张可新. 文科院校《计算机与办公自动化实践》课程探讨[J]. 办公自动化，2009.

[30] 梁燕. 办公自动化技能训练教学改革与实践[J]. 吉林华侨外国语学院学报，2010.

[31] 韩晋艳，于洪石. 办公自动化高级文秘教程与上机指导[M]. 北京：清华大学出版社，2010.

[32] 晏智. 基于实验教学的高校"办公自动化"课程建设研究[J]. 办公自动化，2010.